刘万里 著

大汉女国医

DAHAN NVGUOYI

义姁传奇

中国文史出版社

CHINA CULTURAL AND HISTORICAL PRESS

图书在版编目（CIP）数据

大汉女国医：义妁传奇 / 刘万里著. -- 北京：中国文史出版社，2021.1

ISBN 978-7-5205-2727-9

Ⅰ. ①大… Ⅱ. ①刘… Ⅲ. ①长篇历史小说－中国－当代 Ⅳ. ①I247.5

中国版本图书馆CIP数据核字(2020)第246386号

责任编辑：卜伟欣

出版发行：中国文史出版社
社　　址：北京市海淀区西八里庄路69号院　　邮编：100142
电　　话：010—81136606　81136602　81136603（发行部）
传　　真：010—81136655
印　　装：廊坊市海涛印刷有限公司
经　　销：全国新华书店
开　　本：16开
印　　张：16
字　　数：294千字
版　　次：2022年3月北京第1版
印　　次：2022年3月第1次印刷
定　　价：56.00元

目录

第一章　蒲反县

第一节 诬陷

汉景帝前元二年(公元前155年)，一场突兀而来的大雪笼罩了整个长安城，积雪久久不化，皇宫里暮气沉沉，哀乐声在长安城的上空飘荡，汉高祖刘邦的嫔妃、汉文帝刘恒的生母——薄太后驾崩了。

薄太后病逝，让一个人忧心忡忡，寝食不安，他就是太医令丞薄楚生。生老病死，本来是件非常正常的事，薄楚生为没能挽救薄太后的生命而惶恐不安，因为薄太后对他和他姐姐薄皇后来说太重要了。薄太后病逝，姐姐薄皇后最大的靠山没了，姐姐的皇后之位似乎有点岌岌可危。他心里明白，姐姐虽然端庄美丽，大方贤惠，与汉景帝刘启夫妻二十多年，但是汉景帝并不宠爱她。汉景帝继位后，姐姐虽从太子妃晋升为皇后，却一直得不到汉景帝的宠爱，也因为身体原因始终没有孩子。汉景帝有十四个儿子，出自六个妃嫔，唯独薄皇后没有儿子。在汉朝，一个无子的皇后是无法长久保持自身地位稳固的，他心里也清楚后宫之中，已经形成宫闱之争的局面。后宫有子嗣的妃嫔们，对太子和皇后之位虎视眈眈。他担心有一天皇上会废黜姐姐的皇后之位，他之所以能在皇宫里担任医官中职位最高的太医令丞，这其中有姐姐的功劳。在皇宫里医术再高超，没有关系背景，要想谋得一官半职太难了，就是当个御医都难。御医坊的大夫分为御医、吏目、医士和医生四个级别，前三个级别的大夫是可以独立看病的，最后一个级别的“医生”只能当助手，打打杂，没有处方权，而最高级别的太医才可称为“御医”。再说了，太医令丞是一个肥差，他不仅管理着皇宫里的二百多个大夫，还负责皇家各种药材采集收购和方剂的研制，以供宫廷方药之需要。特别是药材采购，稍动心思就能大发横财。

人无远虑，必有近忧。薄楚生也在为自己想退路，就算姐姐被废黜皇后之位，凭他的医术完全可以在皇宫里立足，在医官中对他威胁最大的是药丞义函。义函没关系没背景，但医术一流，对他采购的药材意见很大，几次扬言要上报给皇上，要让皇上派人来严查账目。薄楚生表面低三下四讨好义函，背地里一直在寻找机会报复他，他想把义函杀了。

安葬完薄太后后，时节进入了春节，但皇宫里依然弥漫着诡异之气，天下可能要发生大事了。因为御史大夫晁错已多次向汉景帝陈述诸侯的罪过，请求削减封地，收回旁郡，提议削藩。上疏《削藩策》，指出：“今削之亦反，不削亦反。削之，其反亟，祸小；不削之，其反迟，祸大。”奏章送上去，汉景帝命令公卿、列侯和皇族集会讨论，因汉景帝宠信晁错，没人敢公开表示反对，只有窦婴不同意，从此和晁错结下了怨仇。汉景帝诏令：削夺赵王的常山郡、胶西王的六个县、楚王的东海郡和薛郡、吴王的豫章郡和会稽郡。晁错更改了法令三十条。诸侯哗然，强烈反对，憎恨晁错。晁错强行削藩，冒着极大的风险。晁错的父亲劝解无效，便服毒自尽了。

人们担心的大事终于发生了，恐怕要变天了。

吴王刘濞担心削地没完没了，就想谋反，遂亲自出使胶西，与胶西王刘昂约定反汉事成后，吴与胶西王分天下而治。刘昂同意谋反，并与他的兄弟、齐国旧地其他诸王相约反汉。吴王刘濞同时还派人前往楚、赵、淮南诸国，通谋相约起兵。

不久，汉景帝降诏削夺吴王刘濞的豫章郡、会稽郡。诏令传到吴国，吴王刘濞立即杀了吴国境内汉所置二千石以下官吏，联合串通好的楚王刘戊、赵王刘遂、济南王刘辟光、淄川王刘贤、胶西王刘昂、胶东王刘雄渠等六国诸侯王公开反叛。刘濞征募了封国内十四岁以上、六十岁以下的男子全部入伍，聚众三十余万人，又派人与匈奴、东越、闽越贵族勾结，以“请诛晁错，以清君侧”的名义，举兵西向，从而开始了西汉历史上的吴楚等七国之乱。

汉景帝闻知消息，召集晁错商量出兵事宜。晁错建议汉景帝御驾亲征，他自己留守京城长安，这使汉景帝对他产生了怀疑，也给其他大臣提供了弹劾晁错的借口。曾当过吴国丞相的袁盎向汉景帝献策诛杀晁错，满足叛军“清君侧”的要求以换取他们退兵。汉景帝采纳了袁盎之计，封袁盎为太常，要他秘密整治行装，出使吴国。袁盎献策十多天后，丞相陶青、中尉陈嘉、廷尉张欧联名上书弹劾晁错，提议将晁错满门抄斩。汉景帝批准了这道奏章，将晁错腰斩于东市。

薄楚生见机会来了，便找到姐姐薄皇后，编造了义函十大罪状，说义函跟吴王刘濞、赵王刘遂暗中勾结，还要用药毒死太子，甚至薄太后的死都跟义函下药过量有关等等。薄皇后把这些话告诉了汉景帝宠爱的程姬，让她转告给汉景帝。汉景帝本来心情就不好，晁错已死，他本想七国联军会撤兵，没想到杀了晁错，七国联军反而认为景帝软弱无能，刘濞自称东帝，公开与西汉政权分庭抗礼。汉景帝听到义函跟吴王刘濞、赵王刘遂暗中勾结，还要用药毒死太子等等罪状，非常生气，下令晚上子时抓捕义函，并满门抄斩。

执行这次抓捕任务的是中尉陈嘉，晁错一家满门抄斩就是他去执行的。陈嘉手下有个叫荀祝的跟义函有交情，荀祝曾突发疾病，被义函抢救了过来，他夫人和孩子的病也是义函看好的，义函是他的恩人，所以荀祝得知这一消息后，悄悄派人给义函送了信儿。

义函得知消息后，心里很平静，他想用自己的性命来换妻子和儿女的命。他让妻子带着女儿和儿子赶紧逃跑，妻子不走，要跟他在一起，死也要死在一块儿。何况就算逃到天涯海角，皇上也会派人追杀的，也许只有他们死了，才能换来女儿和儿子的安全。他们不相信汉景帝会对三岁的女儿和襁褓中的儿子下手。同时义函也怀着一丝侥幸心理，自己身正不怕影子斜，皇上不会把他怎么样的，等过段时间风声过了，再把儿女接回来。

义函和妻子商量后，决定把女儿义姁和儿子义纵送到河东老家，让妻子娘家人抚养。义函把马车、盘缠和衣服准备好后，把自己的徒弟和丫鬟找来，让他们两人带上孩子从后门立即离开长安城去河东。

孩子被送走后不久，中尉陈嘉带领官兵包围了义府。义函坐在客厅里喝茶，官兵们冲了进来。他一直在等待着他们上门来。

陈嘉走进客厅，一脸严肃地说："这么晚了，药丞大人怎么还没睡？"

义函品了一口茶，说："刚做梦被疯狗追咬，醒来后睡不着，干脆起来喝茶。对了，这么晚了，中尉大人怎么还亲自登门造访，不知有何贵干？"

陈嘉冷冷一笑，向义函宣读诏书。义函大声说："冤枉啊！请中尉明鉴！"

"带走，有你说话的地方。"陈嘉手一挥，几个全副武装的武士将义函和他妻子及家人二十余口推上了马车。

寂静的夜晚，天上突然飘起了小雨。

马车穿过空无一人的街道，马蹄踩在石板铺成的街道上咯噔咯噔地响着，在静静的夜里显得非常恐怖，义函感觉到这不是去皇宫的路线，他大声质问道："你们这是要带我去哪里？"

"去东市。"骑在马上的陈嘉说。

义函的心里"咯噔"了一下，东市有刑场，罪犯一般都是在东市被砍头的，晁错也是在东市被杀的。不过晁错不是被砍头，而是腰斩。他还听说，晁错当时还穿着朝服，被陈嘉诱骗到了东市，被刽子手从腰部砍作两截后，晁错还神志清醒，两三个时辰后才死，真是残忍至极。

"陈大人，能否带小人去见丞相或者皇上，我有事想当面说。"义函说。

“你一个小小的药丞，还想见丞相和皇上，你没有资格！”陈嘉严厉地说。

“我死也要死个明白，不能这样糊里糊涂就死了。”

“君要臣死，臣不死是为不忠。”

“那我请求你，下手痛快点，不要拖泥带水，一刀两断。”义函悲伤地说。

陈嘉哈哈笑了，让人不寒而栗。

义函的妻子被吓得哭了起来，义函安慰道：“别怕，反正人都是要死的。来生，我们还做夫妻！”义函抱着妻子，任泪水恣意。

马车在东市停了下来，义函和他的妻子被推下马车，同时推下马车的还有他们的亲人，东市静悄悄的，被夜色和朦胧的细雨包围着。

义函一家二十余口人被押上断头台，就这样悄悄地秘密处决了。薄楚生事先买通了陈嘉，处决义函时让刽子手从腰部朝下沿砍作两截。义函身子被砍作两截时，上半身还在动，眼睛一直睁着，惨不忍睹，在痛苦中慢慢死去。

薄楚生派人收尸，安葬了义函和他的家人。薄楚生主动承担收尸和安葬的任务，就是想检查有没有漏网之鱼。他想斩草除根，义函年幼的儿女他也不想放过。在这些死去的人中，他没有发现小孩和婴儿的尸体，看来是被人送走了。

薄楚生去拜访中尉陈嘉，给陈嘉夫人送上了黄金首饰，陈嘉笑着说：“太医令丞太客气了，你是不是有事需要我帮忙？只要我能办到的，一定帮你。”陈嘉的心里明镜似的，薄楚生的姐姐是皇后，他得罪不起，有些事还需要皇后关照。

薄楚生说：“在这些尸体中，奇怪的是没有义函的儿女，难道是被人提前送走了？”

陈嘉不高兴地说：“你怀疑我？”

“大人多虑了，我不是这个意思。”薄楚生说，“我担心的是他们以后长大了，会来报复我们。”

“我只是执行皇上的命令，这事真跟我没关系。”

“我的意思是要不要派人去寻找义函这对儿女的下落，斩草除根。”

“你想多了，还没长大的婴儿能掀起什么风浪？”陈嘉说，“现在正是七个诸侯国叛乱时候，大将军周亚夫率领三十六位将军正在跟叛军打得不可开交，本人戍卫大长安，保护皇上的安危，现在哪有时间和精力去处理这些鸡毛蒜皮的小事。”

薄楚生频频点头，虽心有不甘，也只得起身告辞。

七国叛乱从正月开始，到三月即被平息，七王皆死，同姓诸侯王的势力受到致命打击。汉景帝趁势收夺各诸侯国的支郡、边郡归朝廷所有，并进一步采取措施，削弱诸侯王的权力以加强管理。参加叛乱的七国，除保存楚国另立楚王外，其余六国皆被废除。

接着汉景帝进行了一系列改革，继续推行贾谊“众建诸侯而少其力”的计划，先后分封了十三个皇子为诸侯王。取消诸侯王任免封国官吏和征收赋税的权力，诸侯王不得继续治理封国，由皇上派去官吏治理。改革诸侯国的官制，改丞相为相，裁去御史大夫等大部官吏，使诸侯王失去了政治权力。规定诸侯王不能自治其国，无权过问封国的政事，只能按朝廷规定的数额收取该国的租税作为俸禄。至此，皇上的权力大大加强，而诸侯王的力量被大大地削弱了。诸侯国虽仍然存在，但诸侯王失去了政治权力，其实际地位已与汉郡无异，诸侯王已经不再具有同皇上抗衡的物质条件。

风平浪静后，薄楚生依然是太医令丞。

一天，薄楚生去拜访姐姐薄皇后，薄皇后正在唉声叹气，薄楚生问：“姐姐，你有什么烦心事？”薄皇后说：“皇上几个月都没来看我了，听说他有了新欢，那个女人叫王娡，很是受皇上宠爱，还封其为美人。听说这个女人曾嫁到一户普通农家金王孙家里，还生了一个女儿，我想不通，皇上怎么会看上一个成了亲还生过孩子的女人？”

“我也听说了，这个女人不仅长得漂亮，还很会哄男人开心。”

“我倒要去见识一下这个贱人。”

薄楚生安慰姐姐说：“皇上这段时间确实太忙了，平定七国叛乱，接着又是一系列改革，忙得焦头烂额，哪有时间来看你？”

“你怎么胳膊肘朝外拐？我可是你亲姐姐哦。”

“姐姐有烦心事，我也有烦心事。”

“你能有什么烦心事？”

“昨晚我做梦，梦见义函的儿女长大后，跑到宫里来杀我，我真担心这天到来，所以我想请姐姐帮忙，在皇上跟前美言几句，派人去把这两个小兔崽子杀了，以绝后患。”

薄皇后说：“等以后有机会我会跟皇上说的，话说回来，还在吃奶的两个孩子能有多大的威胁？你还是把心思多放在医学著作研究上吧，万一哪天姐姐不在了，凭你的本事也可在皇宫里立足。”

薄楚生点了点头说：“姐姐说得非常有道理，我一定加倍努力，也要成为神医扁鹊。”

“你就吹吧。”

“姐姐放心，我一定会努力的。”

三年后（公元前151年），汉景帝废黜薄皇后的皇后之位，封王美人王娡为皇后。薄皇后移居别宫，每天过着孤独冷清的日子。

又是三年后的正月，薄皇后去世，葬于长安城东平望亭南。

薄皇后死了，薄楚生的靠山倒了，他的太医令丞这一官职也被撤了。鉴于他在皇宫多年，医术也还说得过去，没有把他赶出宫，而是让他主事方剂的研制，以供宫廷方药之需。他无职无权，开始夹着尾巴做人，斩草除根的想法随着时间的流逝，慢慢地也就忘了。

第二节 退婚

漫长的冬天过去了，春天终于来到了蒲反县。

蒲反县有两家大药铺，姜朗坤的德济堂在城东，墨寒的百药堂在城西。同行是冤家，两家药铺都在暗中较劲，成了生意上的竞争对手。阳春三月，春暖花开，德济堂的掌柜姜朗坤带着十七岁的儿子姜策恒出了县城去山上采草药。小河里的冰早已融化，河边的柳树已开始泛绿，小鸟在树上跳跃嬉戏鸣叫，草丛里开满了星星点点的野花，有红的、蓝的、白的……他们踩着草地，步入山间的小路，朝山上走去，溪声潺潺，古树参天，群山绵绵。

他们背着竹篓不走大路，专门走草丛，拿着柴刀一路披荆斩棘。姜朗坤的目光在四周的草丛里搜索着，他说："你跟墨家的墨兰自小订有婚约，但她的父亲墨寒这人比较狂妄，自称'大药王'，根本没有把我放在眼里，还想陷害我。上次一个病人本来就快要死了，墨寒号脉后说他无能为力，推荐到了德济堂，我刚给病人号完脉，结果病人就死了，病人家属就怪罪我，把棺材停放在德济堂，最后我赔了病人家属一大笔钱才了结此事。但这事对我的生意和声誉都造成了严重影响，在我这看病和抓药的人越来越少了，重振德济堂就靠你了。"

姜策恒点了点头说："父，我一定好好学习和研究，将来也要成为神医扁鹊。"

姜朗坤摸着胡须微微一笑说："好。"顿了顿，又接着说，"我想给你退婚，不知道你会恨父吗？"

姜策恒是个老实懂事的孩子，他叹了一口气说："父，我听你的。"

姜朗坤采摘了几片草药放在篓子里说："义姁这孩子，天资聪敏，而且对医术情有独钟，你监督她，千万不要让她再偷偷看什么《内经》《难经》《本草经》等医药典籍了。"

"父，为什么呢？"姜策恒好奇地问。

姜朗坤犹豫了一下说："从古至今，哪有女孩子学医的？女子只需在家相夫教子，做个贤妻良母。"

“相传神医扁鹊一生共收了十二个弟子，第十个就是个女弟子。”姜策恒反驳道。

“反正不能让姁儿学医。”姜朗坤笑着说，“姁儿从小跟你一块长大，她是你表妹，你是她表哥，我看你们俩挺合适的，等时机成熟，我跟姁儿挑明。”

姜策恒脸红了，点了点头，其实他的心里一直暗暗喜欢着义姁。

姜朗坤左右看了看说：“我现在最担心的还是义纵这孩子，他天生贪玩厌学，打架惹是生非，让我头疼。”

姜策恒说：“父，等我回头好好教训他。”

姜朗坤叹了一口气说：“罢了，我都拿这个小祖宗没办法，你能有什么办法？好了，不说这些不高兴的事了，刚才你说你长大后希望成为神医扁鹊一样的人。”

“是的，扁鹊是我的榜样。”

“扁鹊看病行医有‘六不治’，你知道吗？”

“骄恣不论于理，一不治也；轻身重财，二不治也；衣食不能适，三不治也；阴阳并，藏气不定，四不治也；形羸不能服药，五不治也；信巫不信医，六不治也。有此一者，则重难治也。”

“好。”姜朗坤掏出绳子拴在树上，指着悬崖上的草药说，“平地上能采到的都是普通草药，想采到‘仙草’就要爬悬崖峭壁。珍贵稀有的草药往往生长在人迹罕至之处，比如七叶一枝花、何首乌等等，我去把它采摘下来。”

“父，还是我来吧。”

“好吧，你要小心。我年轻时就像猴子一样，百十米高的悬崖，爬上去也不怕。一天走上百十里路不是问题。”姜朗坤指着悬崖上的一株小草说，“看到那株小草没，把它采摘下来。”

“在哪里？”

姜朗坤说：“几百米开外的药材我都能看得一清二楚，采药不仅靠眼看，还靠鼻子闻。如今我能辨别出一千多种草药，这漫山遍野的草药都是宝，一年到头都采不完。”

姜策恒顺着姜朗坤的手指望去，他看见了十几米高的岩壁上那株小草，星星点点的浅紫碎花顺茎盘旋而上，像一条小龙。姜策恒把绳子一头拴在自己腰上，顺着悬崖慢慢爬了上去，小心翼翼把那株小草的根基刨了出来，用小铲子贴着岩壁把这株小草挖了出来，然后抓着绳子爬了下来。

“这是什么草药？”

“这种草叫盘龙参，只在清明前后才有，一天下来找不到两三株，比冬虫夏草还珍贵，一两能卖不少钱呢。可以治疗痛风等病症。闻起来像人尿，熬出来的水却很清香。”

树林里突然传来窸窸窣窣的声音，姜朗坤警惕地握着柴刀四周看了看，这山上有狼还有毒蛇，他仔细听了一下，大声喊道：“谁啊？别躲躲藏藏的了，快出来。”

一个背着竹篓的小姑娘慢慢走了出来，十四五岁左右，长得很漂亮，眼里满是恐慌：“舅父，我偷偷跟着你们来采草药，你说学医要从辨识草药开始，还说采药是一门非常难学的技艺，光入门就需要五年时间，我想早日入门，如今我可以辨别二百多种草药了。”

姜朗坤指着小姑娘说：“义姁啊，你太让人担心了，在山上万一遇见野狼怎么办，回去后看我怎么收拾你。把竹篓放下，我看看你都采了些什么乱七八糟的东西。”

义姁放下竹篓，姜策恒望了义姁一眼，提着竹篓放在了姜朗坤面前。

姜朗坤看了一眼，说“你采摘的都是些什么？”

义姁指着竹篓里的草药说：“这是草珊瑚，也叫九节茶，清热解毒。这个是山龙眼，去水消肿，祛除产后风，也可治肝癌。这是两面针，可以治风湿关节痛，跌打损伤。这种叫作紫花地根，有清热解毒的功效。这是目镜草，有祛风湿、通络、降血压的功用。这些是半枝莲、大叶七星剑、白花蛇舌草，它们都能用来治蛇毒。”

姜朗坤大喝一声：“够了。采药有很多行规，你知道吗？一是不管药材多贵重，不能全部挖走，要给后人留下药源。二是独苗、幼苗不采，让山间的草药能生生不息。三是上山前要祈福祭祖，默念神农、药王爷、山神的名字，祈求采到更多名贵药材，也希望山神保佑平安，避开野兽。四是和同伴进山要少说话，相互之间不直呼其名……”

义姁说：“前几点我赞同，后几点我看怎么有点像巫术，信医的人就不应该信这些。”

姜朗坤气得一脚把竹篓踢到了山下，大声说：“只要我在，你就别想学医了。”

义姁眼里充满泪水，转身走了。

姜策恒追了上去，姜朗坤叹了一口气，跟在后面开始下山，准备回家。

义姁眼里泛着泪水，气鼓鼓地小跑着。姜策恒气喘吁吁地跟在后面说：“我父就是这种人，你别跟他一般见识。”

义姁生气地说：“舅父不让我学，我偏要学。”

姜策恒说：“没事，到时我把我父传我的号脉和针灸等等，偷偷教给你，不过这些我都还在摸索阶段。”

义姁破涕笑了："好，一言为定！"

两人来到东门，正是中午，太阳还在头顶，晒在身上很热。东门外围了一群孩子，好像在打架。义姁跑过去一看，一个十六七岁的少年在欺负一个十三岁左右的孩子，那个少年她认识，他就是城西百药堂大掌柜墨寒的儿子墨桀。这个墨桀是蒲反县里有名的小混混儿。她再仔细一看，躺在地上的竟是自己的弟弟义纵。墨桀抬腿正要踢义纵，这时义姁冲了过去，双手使劲朝墨桀一推，墨桀站立不稳，失去平衡一下倒在地上。

周围人哈哈大笑。

义姁扶起义纵说："弟弟，你没事吧？"

义纵哭着说："姐姐，我没事。我又没惹他，只是看了他一眼，他就平白无故打我，还说我是无父无母的野孩子。"

"我说过多次叫你不要跟墨桀他们来往，别跟他们学坏了，你偏不听，如今他翻脸不认人了。"义姁生气地说。

墨桀从地上爬了起来，拍了拍身上的灰尘说："有啥好笑的，都给我闭嘴。"

义姁朝比自己高一头的墨桀走去，大声质问："你凭啥欺负我弟弟？"

墨桀朝后退了一步，笑嘻嘻地说："小美人，你想怎样？"

"给我弟弟赔礼道歉。"义姁认真地说。

"笑话，他是我的狗腿子，我会给一个小屁孩道歉吗？"墨桀嬉皮笑脸地说，"除非你嫁给我！"

"你无耻！"义姁脸红了，指着墨桀生气地说，"小心我撕烂你的臭嘴!"

"借你一百个胆，你也不敢。"墨桀一脸不屑地说。

义姁扑了上去，用双手去抓墨桀的脸，墨桀一边躲闪一边说："好男不跟女斗！你再这样我就不客气了。"义姁依然不依不饶，她几次想抓墨桀的脸，都被他用手推开了，脸没抓着，抓住了墨桀的衣服，一不小心撕开一个口子。墨桀生气地一推，把义姁推倒在地上。

姜策恒扶起义姁，对墨桀说："你别太过分了，向义姁和义纵赔礼道歉。"

墨桀咂巴着嘴说："姜策恒，我告诉你，这儿可没你事，滚开!你可是我的妹夫，你还想不想娶我妹妹墨兰了？"

"这事儿我今天管定了。"姜策恒说，"我也告诉你，你以为我想娶你妹妹？我早就想退婚了。"

"你有种！你是不是活腻了，今天我非揍你不可。"

“来啊！”姜策恒把竹篓放在地上，“文斗，还是武斗？”

墨桀把袖子一挽：“当然是比武。”

两人比画着招式，你打我一拳我踢你一脚，分不出胜负，最后两人扭抱在一起在地上滚来滚去。围在四周看热闹的人越来越多。

“都给我住手！”姜朗坤走过来大声喊道。

墨桀和姜策恒停止了打斗，两人爬了起来，姜朗坤伸手打了姜策恒一巴掌，喝道：“丢人现眼的东西，在大街上打架，我真替你们害臊。”

墨桀盯了姜朗坤一眼，眼里露出一丝胆怯，灰溜溜地走了。人群也随即散了。

姜朗坤走在前面，姜策恒、义姁和义纵默默跟在后面。义纵头上起了一个大包，眼里还含着泪水。东门里人来人往，街道是青石板铺成的，两边店铺林立，五颜六色的招牌旗子在风中飘扬。这条街道就像个大杂货铺，也是县城最繁华的一条街道，有商铺、饭馆、杂货店、粮油店、铁匠铺、篾匠铺，还有各种摆地摊卖蔬菜小吃的。姜朗坤从小就生活在这条街道上，他的药铺在这条街道的中间。他熟悉这里的一草一木，每家每户的男男女女老老少少他都熟悉，好多人还是他的病人，所以人们见了姜朗坤都主动打招呼“姜掌柜”“姜郎中”“姜老板”。他面带微笑频频点头。突然他听到熟悉的声音在喊着“姜老板，姜老板”，他一回头，见是城西百药堂的墨寒，拱了拱手说：“墨老板，今日怎么有空，你找我有事吗？”姜朗坤心里在想，他该不是为了两个孩子打架的事而来吧？

墨寒拱了拱手说：“没事，路过。你都一把年纪了，还亲自上山采药，你就不怕毒蛇野兽？不怕掉下悬崖？”

姜朗坤心里很不高兴，但没有表露出来，他面带微笑地说：“天作孽，犹可违；自作孽，不可活。你放心，我命大，死不了。”

墨寒冷冷地笑了笑，他自然知道姜朗坤话里的意思。

姜朗坤接着说：“前面就是我的德济堂，到寒舍坐坐，我刚好有话跟你说。”

“好啊！嫂夫人厨艺不错，好久没有品尝到她的手艺了，不知有没有口福品尝一下？”

“没问题，我让她弄几个菜，我们喝一口。”姜朗坤转身对姜策恒说，“你先回去，让你母亲下厨做几个菜，贵客一会儿就到了。”

姜策恒点了点头，跑回家去。义姁和义纵跟在姜策恒身后也跑了，他们两人心里都有点怕姜朗坤。

姜朗坤和墨寒两人说着话，一会儿就来到了德济堂。德济堂紧邻街道，前面是门诊和药铺，后面是病房，后院是他们的住所。后院很大，有两个天井、十几间房屋。因德济堂今日歇业一天，没有病人，院子里很安静。

墨寒在客厅坐了下来，姜朗坤吩咐女儿姜媛月给墨寒倒茶，姜媛月害羞地端着茶放在茶几上，说了声：“伯父，请慢用！”墨寒微微一笑：“今年多大了？”姜媛月也微微一笑说：“回伯父话，今年十五了，跟义姁姐姐一样大，她比我大几天。”姜媛月说完退了出去。

墨寒说：“你家里怎么不请丫鬟，这些倒茶递水的事，怎么能让小姐们干呢？小姐们就应该在后院绣绣花什么的。”

姜朗坤说：“我又不是大户人家，不能跟你比。我这是锻炼她们，让她们从小就学会吃苦耐劳，学会独立……”

“没想到姜老板心胸宽广，见识长远，不像我那个不争气的犬子，让人操碎了心。听说今天他跟令郎打了一架，还听说三人打犬子一人，打得好啊！”墨寒的话里夹杂着酸溜溜的味道。

“你可能误会了，是令郎先欺负义纵，义纵的头还被令郎打了一个大包呢。义姁看见了就去帮忙，令郎把义姁推倒了。于是策恒就过去讨说法，两人纠缠在一起。”

墨寒本是来问罪的，听姜朗坤这么一说，自知理亏，只好笑着说：“好了，这事就算过去了。”

一会儿，姜媛月和义姁用托盘端着几个菜进来了，姜策恒站在旁边给墨寒和姜朗坤斟满酒，两人端起酒杯喝了一口，墨寒夹菜尝了一口说：“味道不错！姜老板有福啊，哪像我那三个老婆，她们几年都没下过厨房了，过着衣来伸手饭来张口的日子，看着她们就烦。”

姜朗坤明白墨寒是在显摆，他讪讪一笑。

两人端起酒杯又碰了一下，墨寒说：“你看令郎和小女的事，是不是该考虑了，他们也都不小了。”

姜朗坤犹豫了一下说：“本来我想把县上有头有脸的人物请来在凤祥阁聚聚的，又怕伤了你的面子，我现在都不知道怎么开口好……”

“我听犬子说，你们想退婚？”墨寒直视着姜朗坤的眼睛说。

“我觉得策恒和墨兰不合适，策恒配不上墨兰姑娘，我想解除他们从小定的娃娃亲。”姜朗坤低着头说。

“这是你的意思，还是姜策恒的意思？”

“反正他们不合适。”

墨寒把筷子朝桌子上狠狠一摔："姜老板，你以为我女儿嫁不出去吗？好，我答应你。从今以后，我跟你断绝关系。"

墨寒站了起来，拂袖而去。

第三节 告白

墨寒和姜朗坤成了仇人，大有老死不相往来的意思。县城是个巴掌大的地方，到处都是熟人，七拐八拐都能扯上亲戚，有时两人私下发些牢骚，指责对方，这些牢骚话很快就会传到对方耳朵里。有时传话人还添油加醋，歪曲了对方意思，甚至把白说成黑，两人的矛盾就越来越深了。有时两人在街上遇见，头一偏，装作没看见。

人嘴两张皮，说什么的都有。而且“好事不出门，坏事传千里”。全县城的人都知道了墨寒和姜朗坤不合，街坊邻居办红白喜事，主家会把他们安排在不同的桌子上，避免双方尴尬。

义姁是个倔强的孩子，姜朗坤不让她学医，她偏要学。她每天依然偷偷摸摸学医术，好在姜策恒和姜媛月也在暗中帮助，把《内经》《难经》《神农本草经》等医药典籍偷偷拿出来给她看。她看不懂的地方，就让姜策恒去请教姜朗坤，再由姜策恒转告给她。有时人手不够，姜策恒和姜媛月有事离开药铺，义姁也会被推上柜台抓药，她很快熟悉了这些草药，并将这些药物的性味、主治、用药法则、产地、形态、采集、炮制、方剂配伍等一一记在心里。待到晚上，她又拿出《神农本草经》对这些药物一一研究。

院子里很安静，四处的灯光都灭了，义姁也吹灭油灯，躺在床上的她又想到了自己的父母。她问过舅父多次，舅父告诉她，她的父母早早就得病去世了。她非常羡慕那些父母健在的孩子，别人都有父母，而她没有，甚至连父母的样子她都不知道。但她脑海里隐隐约约又有模糊的记忆，在如真如幻的宫殿里，父母把脸贴在她的脸上，父母的目光充满依恋，父母的身影是模糊的，感觉又像在颠簸的马车上，一路狂奔，没有尽头，四周一片黑暗……这些画面在她脑海中出现了无数次，她一直怀疑这是个梦，可这个梦又不停地重复出现，她百思不得其解。她也问过舅父舅母，她父亲是不是长安城里的御医，她感觉到梦里的宫殿只有长安城里才有。舅父反问道：“你听谁说的？你父母大字不识一个，怎么会是御医呢？我告诉你，你父母早早就得病去世了，以后不要再问这些愚蠢的问题了。”父母得的什么病，舅父也说不清楚，反正是生病去世的，所以在义姁幼小的心里就埋下了要学医的种子，她立志要成为天下最好的大夫。

迷迷糊糊中她睡着了，半夜醒来一次，好像是后院的学徒在熬药。姜朗坤最近招收了两个学徒，名义上是学徒，干的全是杂活，劈柴挑水打扫院落给病人端茶递水。义姁翻了一下身，进入了梦乡。

狗和鸡的叫声把义姁吵醒了，院子里飘荡着草药的味道。这种味道中夹杂着淡淡的花香，有种玫瑰的香味。以前，院子里整天飘荡着中药的味道，而这种味道还是第一次。义姁听到了姜朗坤和姜策恒的说话声，她立即起床，洗漱完毕，好奇地穿过天井，来到了后院。院子角落还堆放着一堆干柴，院中并排放着四口大锅，空气中充满浓烈的草药香味。

姜朗坤见义姁来了，他给姜策恒交代了几句就走了。

“你们这是在干啥啊？”义姁问。

“我在熬制沐浴汤药。泡草药浴要四大桶水，要用柴火煮，让草药中的精华完全溶于水。我寅时就要起来熬药水。”学徒说。

“给谁配制沐浴汤药？”义姁又问。

姜策恒说：“苟县令不知得了什么病，全身奇痒，在墨寒的百药堂吃了几服药，效果不见好，反而严重了。他就派人偷偷找到家父，家父就用草药给他配制沐浴汤，让他用沐浴汤泡澡。”

“这也太奢靡了吧？”

“苟县令不缺钱，再说能给县令看病，那是莫大的光荣！谁不想讨好县令大人！”学徒说。

义姁不以为然地说：“管他是县令还是皇上，在我们眼里都是病人。如果看病是为了讨好和巴结当官的，那么他一定不是一个好郎中。”

姜策恒说：“说得非常对。”

沐浴汤药熬制了三个多时辰，终于熬制好了，苟县令派差人把滚烫的沐浴汤药抬到他的府上，然后倒在宽大的木盆里，苟县令美滋滋地躺在了散发着浓烈的草药香的药汤里。

苟县令在沐浴汤药里泡了三次，身上再也不痒了。病好后，苟县令亲自登门拜访姜朗坤，当面表示感谢。苟县令是个活招牌，顿时全县的人都知道了姜朗坤医术高超。

德济堂的生意一下又好了，每天来看病的人排起了长队。

一天中午，因是吃饭时间，没有病人，姜朗坤利用这空隙在院子里摆满了各种毒草药让姜策恒辨认，有毛地黄、断肠草、五毒草、马钱子、夹竹桃、雷公藤、山茄子、藜芦、甘遂、天南星等等，认错了就要挨板子。姜朗坤说："人命关天，滥用草药会害死人。认药也分一看、二摸、三闻、四尝。没有实物的草药就需要看医书。"姜朗坤说完后用竹板指着地上的毒草药，姜策恒一一说出它们的名字，姜朗坤频频点头微笑，指着最后一个根须说："这是什么？"

姜策恒摸着头，半天说不出来。站在门外的义姁给他比画着，指了指天上，又指了南边，姜策恒没领会义姁的意思，脱口而出："是天仙子。"

姜朗坤举起竹板子就要打姜策恒："气死我了，这么简单的你都不知道。"

义姁跑了出来说："别打哥哥，我来替他说，这是天南星。"

姜朗坤指着义姁说："好啊，你逞英雄是吗？你告诉我天南星的功效和作用有哪些？说错了照样挨板子。"

义姁神采飞扬地说道："天南星，味苦、辛，气平，可升可降，阴中阳也，有毒。入脾、肺、心三经。善能化痰，祛风止痉，利膈下气，散结消肿，治中风不语，极能开关，兼治破伤风。又斩关夺门之将，可一用，而不可再用也。三生饮用之，佐附子以出奇，祛痰而化滞，非借其清肺而安心，故只可暂用耳。虽然三生饮中，若无人参为君，则附子、南星皆无用矣。即一三生饮，可以悟用药之妙也。"

姜朗坤板着脸听她说完，哼了一声，用竹板指着地上的毒草药说："你来把这些毒草药一一报出名字来，说错一个，就要挨板子。"

义姁一一报出这些毒草药的名字，没有一个错误的。

姜朗坤有点惊讶，故作镇定地说："你还知道什么？"

"《神农本草经》上说，上药一百二十种为君，主养命以应天，无毒，久服不伤人，如人参、甘草、地黄、大枣等；中药一百二十种为臣，主养性以应人，无毒有毒，斟酌其宜，需判别药性来使用，如百合、当归、龙眼、麻黄、白芷、黄芩等；下药一百二十五种为佐使，主治病以应地，多毒，不可久服，如大黄、乌头、甘遂、巴豆等。"

姜朗坤生气地把竹板扔在地上说："你以为能背书就了不起了吗？我说过，岐黄之术博大精深，你不适合学医，中午你就别吃饭了，待在黑屋好好反思。"后院有间小黑屋，是姜朗坤专门为犯错误的人设置了，姜策恒曾多次被关进小黑屋。

义姁不服气地说："为什么我不能学岐黄之术？"

姜朗坤厉声说："你还敢顶嘴！我要好好关你几天。我说你不合适就不合适，你再这样不听话，看我怎么收拾你。”

义姁噘着嘴自觉地朝小黑屋走去，学徒过去把门锁上。姜朗坤四周看了看，大声说：“没有我的命令，谁都不能放她出来。”

义姁坐在小黑屋里独自默默流泪，她想不明白，自己错在了哪里？为什么舅父不让她学岐黄之术？她甚至想逃离姜家。她也听说了，父亲那边也没有亲人了，自己带着弟弟又能去哪里呢？她又想到了死去的父母，越想越伤心。

“义姁，吃点东西吧。”小黑屋门上有个小洞，便于朝里面递送食物和水。

“不吃！”义姁见是姜策恒，生气地说，“舅父训斥我的时候，你干吗不帮我说句公道话？”

“我想说，插不上嘴，再说你也晓得我父的脾气，我怕把他惹急了。”姜策恒说，“这是我母让我端来的，你快吃吧。”

“饿死算了，反正我是没有父母的孩子。”义姁说。

“我父也是为了你好。”

“你为什么能学医，我就不可以？”

“父说得也有道理，从古至今，有几个女人学医的？女人就应该织布绣花、相夫教子，做个贤妻良母。”

“有其父必有其子，你们瞧不起女人！”

“我可没有，其实我一直都很敬佩你。”姜策恒说，“父带着学徒出诊去了，你快吃饭，吃完后我教你脉诊。”

“好啊。”义姁狼吞虎咽吃完饭说，“你快说啊！”

“父说一个好的大夫带着三个手指头可以走遍天下，学习脉诊首先从实用脉诊开始，从习以为常入门。实用脉诊分：大小、快慢、硬软、浮沉、匀乱等十种。脉大小主管察气，脉大气旺，脉小气虚；脉快慢主管察精，脉快精虚，脉慢精足；脉硬软主管察火，脉硬火多，脉软火少；脉浮沉主管表里，脉浮是表征，脉沉是里证；脉匀乱主管察安危，脉匀则生命及心脏平安。”

义姁认认真真听着，这时义纵拿着钥匙跑了过来说：“我从舅母屋里把钥匙偷了出来。”

姜策恒把门打开说：“如果我父回来了，立即报告我们。”

义纵调皮地伸了伸舌头说：“保证完成任务。”

姜策恒带着义姁从后院的后门出去了，后门就是涞水河。河两岸树木葱葱，河滩上长满了绿草和芦苇，河水清澈碧绿，倒映着天上的蓝天白云，如此美景顿时让人心旷神怡，心中的不愉快也忘到九霄云外去了。两人在河边的草地上坐了下来，义妁把白白的手脖伸到姜策恒腿上让他号脉，姜策恒的目光有点迷离。

“你帮我看看，我有没有什么病？”

“我才入门，我先把我学到的给你讲讲。”姜策恒边说边比画，“人体的五脏，就是说，左手的寸、关、尺对应人体的心、肝、肾；右手的寸、关、尺对应人体的肺、脾、心包。命门从这个角度入手比沉浮滑容易多了。号脉时，左手寸脉能摸到代表心脉正常，摸不到说明心血不足，大多都有心悸接不上气的现象。左手关脉正常为不强不弱，太强说明肝气太盛，太弱也不行，大多有胃痛一类的病。右手寸脉太弱为肺虚，一般有咳嗽现象，太强也不行。右手关脉太弱为脾弱，有便溏、腹痛一类的病。右手尺脉弱，大多腰痛身上沉困。”

义妁握着自己的左手脖，慢慢地揣摩着。她抬起头，看见姜策恒的目光痴痴地望着自己，她摸了摸脸说：“我脸上有东西吗？”

姜策恒不好意思地说：“你知道我为什么退婚？”

“这是你的私事，我怎么知道。”

“我不喜欢墨兰，她从小就娇纵惯养，听说她喜欢耍大小姐脾气，任性霸道……”

“正好啊，她可以管你，我觉得你们挺般配的。”

“我跟她一点儿都不般配。”姜策恒低着头说，“你发觉没，其实我们俩挺般配的。”

“你什么意思？”义妁一脸懵。

姜策恒鼓起勇气说：“我退婚就是因为你，因为我喜欢你！”

义妁的脸一下红了，她想站起来，但被姜策恒紧紧抓住了手，她想挣脱，但姜策恒抓得太紧了，生怕她要飞了似的。义妁挣脱不开，脸红得更厉害了。

姜策恒接着说：“你喜欢我吗？我发誓，我一辈子都要对你好！”

义妁低着头说：“我还小，这些事还没有考虑过，等我把岐黄之术学会了再说。我们从小一块长大，我一直把你当我的亲哥哥。”

姜策恒的手慢慢松开了，他明白了义妁的意思。

义纵气喘吁吁地跑了过来说：“姐姐，舅父回来了。”

姜策恒说：“我们快回吧，等下父发现我们没在，他会生气的。”

树林里突然冒出几个年轻的小伙子，他们吹着口哨，摇头晃脑地拦住他们的去路，姜策恒认得他们，故意说：“你们是谁啊？”

义纵说：“你们快走，我认得他们，他们是墨桀的人。”

一个小伙子瞪了义纵一眼："这儿没你的事，滚远点！"

姜策恒让义姁先走，他们拦住不让走，姜策恒说："你们想干啥？"

"听说你皮紧了，我们给你松松皮。"一个年轻人手一挥，他们朝姜策恒扑去，义姁挡在姜策恒前面说："你们几个人打一个人，算什么英雄好汉，有本事单挑。"一个身材魁梧的年轻人一把推开义姁，义姁一个趔趄倒在草地上，其他几个人扑了上来对姜策恒拳打脚踢。姜策恒一边躲闪一边反击，他一脚踢倒一个人，又一拳打倒一个人，东躲西闪。毕竟对方有五个人，再打下去姜策恒肯定会吃亏，义姁示意义纵回去叫人。

一个人用木棒打在姜策恒背上，姜策恒一个趔趄，另一个人趁机踢倒他，把他按在地上拳打脚踢。

"不要打了，不要打了。"义姁大声喊着，推开一个人，抱住一个人咬了一口，那人一脚踢倒义姁，义姁爬了起来，捡起地上的木棒朝他们飞舞起来，她疯了一样大声喊道："我打死你们！"其中一个人肩上挨了一棒。他们见义姁出手凶狠，其中一个人吹了一声口哨，纷纷跑了。

义姁见他们跑了，扔下木棒，扶起姜策恒问道："你没事吧？"

姜策恒擦了擦嘴上的血说："没事。我跟墨桀没完。"

姜朗坤带着学徒和几个人跑了过来，他看见姜策恒和义姁，生气地说："把他们带回去，关进黑屋。"

第四节 瘟疫

下了几天连阴雨，天终于放晴了。

本来以为这件事就这样过去，但墨桀依然没完没了找姜策恒的麻烦不说，还骚扰义妁。他公然放出话说，他喜欢义妁，要娶她做老婆。

一天晚上，姜策恒在巷子里被一群蒙面人围住暴打了一顿。这群人太嚣张了，他们朝躺在地上的姜策恒身上撒尿不说，还把狗屎抹在他的脸上。姜朗坤看自己的儿子被欺负，心里非常生气，就去找墨寒讨说法。

墨寒不以为然地说："你说墨桀打了姜策恒，你有证据和证人吗？"

姜朗坤生气地说："明摆着，做人要光明正大，既然敢做就要敢认。"

"只要你能证明墨桀打了姜策恒，我一定给你一个满意的答复，绝不姑息。"墨寒信誓旦旦地说。

"既然你这样说，那我就报官，让苟县令来处理这事。"

"好啊，随你的便。"墨寒鼻子一哼。

"我劝你一句，你再这样护着你的儿子，他迟早会出事的，到时后悔都来不及了。"

"墨桀是我的儿子，这事你就不用操心了，你还是管好你自己的儿子吧。"墨寒冷着脸说，"送客！"

姜朗坤出来后，心里非常生气，他真的去县衙找苟县令评理，他认为自己看好了苟县令的病，苟县令会给他做主的。苟县令见了姜朗坤非常客气和热情，让下人上茶，他听了姜朗坤的诉说后，生气地拍了一下桌子说："岂有此理！这事交给我来处理，只要我找到证据，一定把这些歹人抓捕归案！"

姜朗坤心里非常感激，走时留下了一些钱币说："改天我请你吃饭。"

苟县令哈哈一笑，说："姜兄太客气了，到时一定不醉不归。"

姜朗坤高兴地离开了。

一天又一天过去，转眼几个月过去了，苟县令一直没有抓到这伙歹徒，姜朗坤又去县衙追问，苟县令说没有证据，他也不能随便抓人。此事也就不了了之。后来姜朗坤听说，墨寒把自己的女儿墨兰许配给了苟县令的儿子。姜朗坤心里顿时明白了，同时他也为自己的处境担忧起来，墨寒拖上了苟县令这棵大树，对他一定不会善罢甘休的。墨寒一直想一枝独大，垄断整个县城的药材生意，恨不得让全县的病人都去百药堂看病。

开春后，墨寒就迫不及待地把女儿墨兰嫁给了苟县令的儿子苟玥。这苟玥是个傻子，长相奇丑，能吃，所以身材肥胖，像个圆球，背地里大家都叫他狗蛋。

出嫁这天，姜朗坤去送了礼，但他没有吃饭。

墨寒的女儿墨兰嫁给了苟县令的儿子狗蛋后，百药堂的生意变得出奇的好，德济堂的生意却越来越冷清了，看病的人寥寥无几。姜朗坤心里没有气馁，他相信自己的医术，人靠本事吃饭，依附权贵投机钻营不是长久之计，他也刚好利用这段空隙时间教教学徒和姜策恒。为了让他们辨认草药，他带他们上山采草药。采摘回来后，又教他们晾晒、熬制汤药。这些传授完后，他又教他们如何应用砭刺、针灸、按摩、汤液、热熨等法治疗疾病，而义姁依然在偷偷学艺。义姁有些问题不敢问姜朗坤，只好偷偷请教姜策恒。自上次姜策恒向义姁告白后，两人开始变得彬彬有礼了，说话也客气了。姜策恒一直把自己对义姁的爱深深埋在心里。他发觉自己越来越喜欢她了，梦里也全是她，可她明确表态做永远的朋友、一辈子的朋友，“永远的朋友、一辈子的朋友”这句话到底是什么意思，他反反复复推敲了无数遍，还是不能揣摩到义姁的心思，她到底喜不喜欢我？姜策恒每天神魂颠倒，姜朗坤看在眼里，他也希望儿子早日成家立业，他跟夫人商量，夫人说义姁不到十六岁，还小，等明年再挑明吧。姜朗坤点了点头，同意了夫人的意见。

天气慢慢暖和了，一场可怕的瘟疫在蒲反县漫延。

刚开始，没人注意，大家都以为是风寒之类的小病，吃点药就好了。后来得这种病的人越来越多了，每天到墨寒的百药堂看病抓药的人排起了长龙，而德济堂门前依然冷清，姜朗坤已接触到几个病人，感觉他们不是一般的风寒，直到他的学徒发烧头疼。他号脉后，结合多年的经验和医书记载，他认为这是疾疫，会传染。

姜朗坤隔离了学徒后，立即把德济堂所有人召集在一起，义姁在门外偷听，姜朗坤说现在可能是疾疫爆发的前兆，另一个学徒问：“师父，什么是疾疫？”

姜朗坤说：“疾疫也就是瘟疫。疾疫在史料中早有记载，如《周礼·天官·冢宰》中记载：‘疾医掌养万民之疾病，四时皆有疠疾。’《吕氏春秋·季春纪》中记载：‘季春行夏令，则民多疾疫。’说明当时对疾疫的认识已经达到了一定水平，认为瘟疫一年四季皆可发生，原因之一是由于时令之气的不正常，是由‘非时之气’造成的。医学古籍《黄帝内经》也有记载。《素问·刺法论》指出：‘五疫之至，皆相染易，无问大小，病状相似……，正气存内，邪不可干，避其毒气。’《素问·本能病》篇有：‘厥阴不退位，即大风早举，时雨不降，湿令不化，民病瘟疫，疵废。风生，皆肢节痛、头目痛，伏热内烦，咽喉干引饮。’”

学徒说：“师父我听不懂，你直接告诉我们该怎么办吧。”

“平时叫你看书，你就不看，听不懂活该！”姜朗坤打了学徒一下说，“瘟疫具有传染性、流行性、得病表现相似、发病与气候有关等特点，只要‘正气存内’，就能‘避其毒气’。平时没啥事，尽量不要出门，避免被感染。”

从此，姜朗坤每天都要亲自熬制汤药，让大家每天都要喝三次。

几天后，城里死了不少人，城外的乡村也死了不少人，他们所得症状都是恶寒发热、头痛如劈、烦躁谵妄、身热肢冷、舌刺唇焦、上呕下泄。姜朗坤在德济堂门口支起了大锅，熬制的汤药免费送给病人喝。有些人家离县城远，姜朗坤就把药材包好，让他们回家自己煎熬。对于贫穷的家庭，他更是免费赠送。

姜策恒也每天准时把熬好的药汤给义姁，义姁说：“舅父有了‘疾疫败毒汤’秘方，如果他想大发横财，这是一个绝佳的机会啊，可他却免费熬制药汤，自己贴钱进去，听说有一剂乌犀角还是舅父花大价钱购买的。”

“是啊，我们‘德济堂’以德济世方能诚信顾客，才能传承百年，那些歪门邪道不是长久之计，终究会砸了自己的牌子。”

“我虽然对舅父有意见，但在这件事上，我是非常敬佩他的。”义姁说，“这道汤的制作和配方一定很复杂吧？”

“我父为了研究这道汤花了不少工夫。”姜策恒说，“其实配方很简单，我就知道你对这些感兴趣，我都记录下来了。”

姜策恒把写好的配方递给了义姁：

【主治】瘟疫热毒，充斥内外，气血两燔症。

【用法】疫证初起，恶寒发热，头痛如劈，烦躁谵妄，身热肢冷，舌刺唇焦，上呕下泄，六脉沉细而数，即用大剂；沉而数者，用中剂；浮大而数者，用小剂。如斑一出，即用大青叶，量加升麻四五分，引毒外透。

【配方】生石膏、小生地、乌犀角、生栀子、板蓝根、桔梗、黄芩、知母、赤芍、玄参、连翘、竹叶、甘草、丹皮、黄连。

义姁认认真真看了看，笑着说：“这配方很合理，值得我好好研究和学习。”

姜策恒说："父还说乌犀角比较难配的话，可用水牛角尖代替，但药量要加大。"

两人正说着话，外面传来了很大的声音。听声音好像是苟县令，苟县令身材肥胖，粗喉咙大嗓门，有人说苟县令说话几里外都能听到，加上他慢悠悠的八字步，他到哪去哪就地动山摇。

姜策恒跟着父亲出去迎接苟县令，义姁也跟着出去了。

"苟县令大驾光临，不知有何吩咐？"姜朗坤拱了拱手说。

"你免费熬制'疾疫败毒汤'，为本县令分担忧愁，值得表扬。我已把你的事迹报告给了河东郡水太守，到时水太守也会禀报给皇上的，说不定朝廷会对你嘉奖的。"

"谢谢苟县令，这都是我应该做的。"

"本官家人身体不适，听说你的'疾疫败毒汤'很不错，能否给我开几服药，回去我也熬制几服。"

"没问题。"姜朗坤说，"不过我这里缺一剂药——乌犀角，能否找找水太守，看看他能不能想办法给弄些乌犀角？"

"刚好我家里还有一个乌犀角。"苟县令说，"我立即派人去河东郡，把这里的灾情上报，希望能得到朝廷在金钱和人力上的大力支持。"

"好，我现在就给你配药。"姜朗坤说。姜策恒也帮忙配药，这些药材他已烂熟于心。很快就配好了药，分别包好。

"多少钱？"苟县令说。

"算了，我怎么敢收您的钱呢？"姜朗坤说。

"也好，我不会亏待你的，等上面把救灾钱财拨下来，我会一块给你结算的。"

"谢谢大人了。"

苟县令说："现在死人越来越多了，我有个请求，能否把你的'秘方'在全县推广，让更多的人得到救治。"

"好啊，我们郎中的职责就是救死扶伤，不应过多计较自己的得失，应时刻为病人着想，千方百计为病人解除病痛……"

姜朗坤把写好的"疾疫败毒汤"配方交给了苟县令，"这是我多年研究的心血，经过多次验证，效果不错。据我观察只要喝了我的'疾疫败毒汤'的病人，基本会病愈或者病情得到控制。只要在全县推广，我想瘟疫很快就会被控制。"

"辛苦你了。"苟县令笑着说。

"熬制败毒汤的药材越来越少了，你得想办法从外地采购一批药材回来。"

"我知道了。"

“我还有一个建议，要尽快封锁城门，把生病的病人隔离起来，尽快配置药水消毒防疫，或者熏蒸消毒防疫。”

“什么是熏蒸？”苟县令好奇地问。

“瘟疫爆发，用雄黄、雌黄、丹砂等十六味药材，早上或晚上，或放在庭前烧，或放在城门前烧，这样可以消毒防疫。”

“我先走了，我还有事。”苟县令说完迈入了空荡荡的街道。

几天后，县城死人越来越多了。原本繁华的街道，变得空荡荡的，家家户户都关着门，没有一个人影。但整天都可以听到哭泣声，哭声在县城上空飘荡，特别是在深夜，听上去让人揪心。姜朗坤整夜失眠，他虽然依然免费提供“疾疫败毒汤”，但熬制所需的药材他库房里的存货越来越少了，再过几天，别说别人，他自己也没有喝的了。

天一亮，德济堂门前又排起了长队，大家都是来领取“疾疫败毒汤”的，义姁用勺子给他们舀汤药，发到一半没有了，一个排队的年轻人非常生气地说：“凭啥没有我们的？”姜策恒说：“免费的，又没让你们掏一文钱，还怎么了？从今日开始，不再提供免费的败毒汤了。”人们喝惯了免费的汤药，突然没有了，就聚集在一起准备闹事，有人还扬言要冲进去把德济堂砸了。义姁拦住说：“你们还有没有良心，我们好心为你们，你们却不领情，你们还是人吗？”一个人说：“小姑娘，你这是啥话，我们不是人，你说我们是啥？”其他人也跟着附和着，乱哄哄的。义姁急得脸都红了，一时不知道该如何回答才好。

姜朗坤走了出来，他挥了挥双手说：“大家静一静，听我说几句。”

大家顿时安静了下来。

姜朗坤说：“不是我不给大家发‘疾疫败毒汤’了，是因为我库存的这些药材所剩无几，你们知道吗？为了给你们熬制药汤，我起早贪黑，还把自己的家底都搭了进去。你们可以去找县令，只要能弄到药材，我自然会给大家熬制免费药汤。希望你们能理解我的难处！”

有几个自知理亏，不好意思地走了。

有一个人说：“我们找了苟县令，他说他正在想办法。有人半夜看见大批的药材运送到城里了。”

姜朗坤说：“你们怀疑我把药材藏了起来？你们不信，可以进来检查。”

这时匆匆跑来一个人冲着人群喊：“城西的百药堂在开始卖‘疾疫败毒汤’的药材，大家赶紧去排队购买吧，去晚了恐怕就买不上了。”

人群一下子散了，朝城西跑去。

德济堂门前一下安静了，姜朗坤望了望空荡荡的街道，叹了一口气。他回到房间准备睡一会儿，昨晚他辗转反侧一夜没睡好。这些日子来，为了防治疾疫他操碎了心，他太累了，一觉睡到天快黑。直到女儿姜媛月喊他吃饭，他才醒来。

饭桌上大家都不说话，空气很沉闷，姜朗坤望了大家一眼说："今天你们怎么了？"

姜策恒说："我心情很不好，我们免费熬药，人家还不领情。父辛辛苦苦研究的配方，被张贴在城门上广而告之。"

姜朗坤笑着说："这很好啊！"

姜策恒说："你知道吗，这配方一公布，百药堂掀起了抢购狂潮，连积压多年的黄芩、知母、赤芍、玄参、连翘、甘草、丹皮都一销而空，听说他们在外面采购的药材也一销而空，这次墨家发大财了。"

姜夫人说："配方是我们姜家的，而墨家拿着我们的配方大发横财，凭啥啊？"

"他们趁机坐地起价，药材价钱翻倍。"姜策恒说，"我怀疑苟县令跟墨寒勾结在一起，上面支援的免费药材也有可能被运送到百药堂，被墨寒卖了。"

姜朗坤把筷子重重放在桌子上："岂有此理！我去找苟县令去。"

大街上依然空空荡荡，姜朗坤气冲冲直奔县衙，县衙看门的人认识姜朗坤，放了他进去，苟县令住在县衙的后院里，后院里飘荡着药香，这是他熟悉的味道，他知道苟县令是在按照他的配方在煎药。

姜朗坤按住心中的怒火，问道："我给你配置的'疾疫败毒汤'，效果如何？"

"来来，请坐！"苟县令笑着说，"效果很好。"

"听说河东郡的水太守已派人运送了大批药材来，我还听说你把这些药材送到百药堂了？"

苟县令一怔，随即哈哈大笑说："别听他们胡说，贪污朝廷救灾物资这可是要掉脑袋的事，我哪有这么大的胆子。我确实争取到了一批药材，正要找你商量呢。"

"哦，都是些什么药材？"

"雄黄、雌黄、丹砂等十几味药材。"苟县令说，"你说早上或晚上，放在庭前焚烧，或放在城门前焚烧，我想把这批药材交给你，你去安排合适的位置焚烧，当然我会派人协助，你不用动手，只需动动嘴就可以了。"

姜朗坤听苟县令这么一说，胸中的怒火一下消了："好啊，事不宜迟，我这就去办理这事。"

荀县令叫了几个手下，用马车拉着药材就出发了。姜朗坤根据风向，分别在东南西北四个方向点燃了药材。火还不能大，要捂着，需要浓烟，烟雾升起，发出刺鼻的味道，在县城上空飘散着。

后来，每天县城的上空都飘荡着难闻的味道，但家家户户还是愿意打开门窗，让这种味道飘进屋里，他们知道这种味道可以预防瘟疫。县城里除了弥漫着焚烧药材的味道外，还有熬制汤药的味道，家家户户都弥漫着同样的味道。在姜朗坤的建议下，城门终于关闭了，不准外地人进城。每天家家户户都关着门，人们都待在自己的家里，过着漫长煎熬难受的日子。

死人也在慢慢减少，病人也在慢慢较少。一个多月后，疾疫终于被控制住了。荀县令多次走访了墨寒和姜朗坤后，听取了他们的意见，城门终于打开了，也宣告了瘟疫的结束。

河东郡的水太守亲自来到蒲反县，对荀县令、墨寒和姜朗坤等人进行了表扬和嘉奖。当姜朗坤接过匾牌时，他的心里充满了自豪，这些日子的辛苦也值了。

第五节 私奔

瘟疫结束后，墨寒开始主动向姜朗坤示好，两人表面上和好了，其实私下里谁也不服谁。

墨寒在一次宴请亲戚好友时喝高了，那天他心情很好，酒后不小心把自己在这场瘟疫中大发横财的事说了出来，他说利用姜朗坤的配方，把积压的药材全部高价卖完了不说，还伙同亲家苟县令把上面配送的药材也全部高价卖了，两人把钱平分了。亲戚都非常羡慕，夸墨寒有本事，墨寒越说越有劲，把朝廷拨的救灾款也说了出来，他说只有少部分用在灾民上，大多数落在了苟县令和他的口袋里了。

墨寒大发横财，让亲戚羡慕嫉妒，有人就不服气，偷偷告诉给了姜朗坤。姜朗坤听了非常生气，自己配制的“疾疫败毒汤”却让墨寒发了财，越想越生气，他就想检举墨寒和苟县令。倒卖朝廷的药材、贪污救灾款这可是要掉脑袋的事，姜把自己的想法告诉了夫人。夫人劝他还是算了吧，只是听说没有证据，再说墨寒和苟县令的后台又硬，万一告不倒他们，今后怎么在县城待下去？你不为自己考虑，也要为家人考虑。姜朗坤想了想，夫人觉得说的也有道理，只好忍气吞声作罢。

义姁和姜策恒的关系变得微妙了，原本两人无话不谈，现在变得都在故意躲避着对方。在这期间，姜策恒又提出了说喜欢义姁，义姁还是那句话，两人只能做朋友。义姁的拒绝让姜策恒很尴尬，他每天躲在屋里不出门。

在这期间，义姁认识了墨竹，墨竹是墨寒的小女儿，但没有大小姐的脾气，是个知书达理善良的女孩子，两人谈得来，很快成了好朋友。墨竹来看望义姁，认识了姜策恒。其实她早就知道姜策恒，只是两人以前没说过话而已，这个拒绝她姐姐的男子让她好奇。经过几次接触，她发现姜策恒是她心目中的男人，是个让她心跳和脸红的男人，她心里暗暗喜欢上了他。义姁看了出来，说了姜策恒的种种好处，鼓励她为了自己的幸福要大胆去追他。刚开始墨竹不好意思，义姁就主动找到姜策恒，说了墨竹种种好处，还说墨竹喜欢他。姜策恒平静的心里又荡起了涟漪，他再看墨竹时心里也多了一分怜惜一分牵挂一分喜欢。义姁见时机成熟，约好了让他们在河边的树林里相见。

两人见面后，墨竹红着脸鼓起勇气说了自己喜欢他。姜策恒心里忐忑不安，要忘记一段感情最好要尽快开启一段新感情。他犹豫了半天说，我也喜欢你。关系挑明后，压在两人心上的巨石终于搬走了。两人的手握在了一起，靠在树下偎依在一起。

墨竹说："死生契阔，与子成说。执子之手，与子偕老。你会永远喜欢我吗？"

姜策恒说："会的，我会永远喜欢你。"

从那以后，两人的关系飞速发展，一日不见如隔三秋。义姁看到姜策恒终于从上一段感情中走了出来，终于放心了。

姜策恒和墨竹毕竟年轻，情窦初开的他们认为只要彼此相爱就可以在一起，就可以白头偕老。他们考虑的是感情，其他问题从没想过。直到墨桀带人来闹事，姜策恒才突然明白，要想跟墨竹在一起，真的太难了。

那天，他们在城外的小路上散步，墨桀带着几个人包围了姜策恒，墨桀警告说："离我小妹远点，否则别怪我不客气了。"

墨竹说："我就喜欢他，你敢动他一根手指，别怪我不认你这个哥了，我会跟你没完。"

墨桀着急地说："这个兔崽子吃了豹子胆竟敢退婚，伤了父和大妹的心。你竟敢跟他在一起，我告诉你，父要是知道了，他会打断你的腿。"

墨竹态度一下软了，说："哥，你先不要告诉父不就行了。"

墨桀鼻子一哼，指着姜策恒说："除非他求我，在我胯下爬二十四个来回。"

姜策恒生气地说："你别欺人太甚了，我喜欢你妹妹，我知道你现在心里难受不是滋味。"

墨竹说："哥，你也太过分了，随你的便，反正我喜欢他。"

墨桀说："我以后见他一次打一次。"

墨竹说："你敢！我就喜欢他。"

墨桀瞪了墨竹一眼，转身走了。

墨桀回去后，把墨竹的事告诉给了父亲墨寒，墨寒一听火冒三丈，气势汹汹带人来到了德济堂，见了姜朗坤就让他管教好自己的儿子，离他女儿远点。姜朗坤问："我儿子怎么了？"墨寒生气地说："离我小女儿远点，以后再敢纠缠我女儿，我打断他的腿。"姜朗坤说："你放心，我儿子就算娶不到媳妇，也不会找你的女儿。"墨寒说："好，有你这句话我就放心了。"

墨寒一走，姜朗坤把姜策恒叫来狠狠训斥了一顿，自古以来儿女的婚姻都是父母之命，媒妁之言。姜策恒心里很窝火，自己的婚姻为什么不能自己做主？他想不通，就悄悄去找墨竹。墨竹也被父亲训斥了一顿，还打了她一巴掌，她心里也窝着火，那一刻她甚至不想活了。倔强的她突然作了一个大胆的决定，要跟姜策恒私奔，目的是为了报复父亲。姜策恒有点犹豫不决，墨竹就说我一个女孩子都不怕，你怕啥？姜策恒咬咬牙同意了，约定第二天早上在城外的树林相见。

第二天天还没亮，姜策恒偷了一些盘缠，背着竹篓，他说他要去中条山挖草药。城门一开，他是第一个出城的人，在约定好的树林等墨竹。等了好半天，墨竹慌慌张张走了过来说："好不容易找了一个借口出来，我们走吧。"姜策恒说："去哪里？去安邑县？"墨竹说："安邑县为河东郡治，去那里恐怕会遇到熟人，干脆我们去长安城吧？"墨竹说："好啊，我一直都想去长安城，有机会还想去皇宫看看，看看皇上和宫女，也不知道他们是如何生活的？他们一天吃饭不？"姜策恒哈哈笑着说："皇上也是人，也要吃饭放屁。"墨竹不好意思地笑了。

两人步行了一段时间，来到一个小镇，然后租了一辆马车，一个时辰后来到了黄河岸边渡口，对岸就是潼关，只要到了黄河那边就不属于河东郡的管辖范围了。两人望着滔滔的黄河水心里有说不出的激动和喜悦，立即乘坐渡船去对岸的潼关。

船在渡口停了下来。下船时，沿着东门外陡坡道拾级而上，举目仰望关楼和巍峨的麒麟山，恰如一只虎视眈眈的猛虎，守卫着东大门。东门城楼北临黄河，面依麒麟山角，东有远望沟天堑，是从东面进关的唯一通道，峻险异常，大有"一夫当关，万夫莫开"之势。站在潼关城头北眺东望，只见银光四闪的冰块伴随着河水，汹涌而下，水天一色。眼前一叶叶冰船傲居浪头，忽高忽低，时隐时现，有的排着长队，中流争渡；有的单枪匹马，岸边徘徊。风声、水声、隆隆的冰块相撞声，威武雄壮，激荡情怀。再回头看潼关南面的秦岭峰峦起伏，峰峦中游云片片，若飘若定，似嵌似浮，来之突然，去之无踪。一会儿若龙腾跃，一会儿若马奔驰。有时如丝如缕，有时铺天盖地，或如高山戴帽，或如素带缠腰，或如绵团乱丝。千姿百态，变化无穷。迨旭日初露，锦幛乍开，五光十色。山为画，画为山，画山融为一体。

墨竹说："太美了，美到我都找不到词来形容了。"

姜策恒伸开手臂，大喊大叫，他在发泄这些天来心中积压的郁闷和不愉快。他要把这一切统统忘掉，开启一段新的生活。

两人在街上饭馆要了一碗面，吃得津津有味。只要跟心爱的人在一起，就算吃糟糠他们心里也乐意。吃完饭后，他们又手拉手去禁沟龙湫，禁沟既长且深，下有流水，水源出自秦岭蒿岔峪，汇合沿途泉水流至沟口石门关。沟床突变，湍流直下，飞沫四溅，好似白练高挂。沟水下落与潼河相融，汇为深潭。碧波荡漾，鱼跃兴波，绿树成荫，鸟语花香，颇有江南水乡风韵。

姜策恒见四周没人，他抱住墨竹，两人久久地吻着。他们沉浸在甜蜜的爱情当中，心里没有一丝杂念，只有纯真的爱情。一个你，一个我，一心一意，爱在他们心里就是这么简单。爱情让他们忘记了一切，对方就是彼此一生的幸福。

晚上，他们在客栈住了下来，计划第二天一早就朝长安城的方向出发。他们早早睡了，偎依在一起幸福地睡着了。

且说墨家发现墨竹不见了，墨寒本来是让墨桀监督墨竹的，结果墨竹不见了。早晨过去了，中午过去了，墨寒感觉情况不对，柜子里的钱币少了不少，墨竹的换洗衣服也不见了，难道她跟姜策恒私奔了？墨寒派墨桀去姜家看看姜策恒在不在。姜朗坤在药铺里坐诊，心里慌慌的。他问义姁看见姜策恒没有，义姁说他不是说去山上挖草药去了吗。姜朗坤叹了一口气说："这孩子，我没有让他去采草药啊。"这时墨桀来了，他不敢问姜朗坤，就问义姁："姜策恒在家没？"义姁说："一大早就不见了，不知道他去哪里了。"墨桀把手一拍，跺了一下脚说："坏了，我小妹也不见了，他们两人该不是私奔了吧。"

墨桀跑回家告诉了墨寒。墨寒一听火冒三丈，这种丢人现眼的事也不好意思声张，他让墨桀带人去寻找，自己去了姜家，找到姜朗坤后，他强压心中怒火，小声说："小女带着钱和衣服不见了……"姜朗坤打断他的话，淡淡地说："你小女不见了，跟我们姜家有何关系？"墨寒说："我怀疑小女跟你家公子跑了，你看看他常穿的换洗衣服在不在，或者家里钱财少没有？"姜朗坤冷着脸说："你放心，我还是那句话，我家姜策恒就是娶不到媳妇，也不会娶你家的闺女。"墨寒阴着脸，走时撂下一句话："你家孽障勾引我家不懂事的小女，如果他们真在一起，到时别怪我不客气了。"

墨寒骑着马来到西门，遇见了墨桀，墨桀说他听马车夫说，一男一女坐他的马车去了黄河边，然后坐船去了潼关，从他们谈话中得知要去长安城。墨寒生气地说："你去找荀县令，让他派几个武士立即快马加鞭到西门来帮我追捕逃犯。"

一会儿，墨桀带着两个身材魁梧的武士骑着马跑了过来，武士客气地说："墨老板，荀县令让我们听你调遣，下命令吧。"这两个武士墨寒认识，一个叫青龙，一个叫白虎，他们是荀县令的衙役。

"去潼关！"墨寒扬起马鞭说，"具体事情，路上再说吧。"

几匹马后扬起一片尘土。

墨寒一行来到黄河边时，天已黑了，黑咕隆咚地看不见对岸，只听见黄河在咆哮在怒吼。

“父，要不我们在镇上先住下吧，天黑了，渡船早就停了。”墨桀说。

“老子不缺钱，去找艄公。”墨寒说。

墨桀和两个武士去渡口找船，艄公刚开始说天黑浪大不愿意，墨桀说不差钱，艄公说给再多的钱我也不摆渡。青龙和白虎说墨桀的父亲是百药堂的大老板，墨老板跟苟县令是亲家，黄河这边还是归苟县令管，你还想不想在蒲反县混了？艄公一听，只得同意了。

几匹马牵上了船，艄公还找了两个年轻的小伙子帮忙。艄公见了墨寒，客气地说：“原来是墨老板，小的有眼不识泰山，还请多多包涵。”

墨寒微微一笑说：“辛苦你了。”

船上亮起了马灯。河面上很寂静，只有波涛声。两个小伙子卖力地划动船桨，卷起的水声哗哗地响。船到了码头后，青龙和白虎牵着马小心翼翼地上岸，墨寒说：“谢谢你们了，需要多少钱？”艄公摆了摆手说：“算了，我怎么能要墨老板的钱呢？”墨寒掏出一串铜钱说：“你必须收下，这是你应该得的。”艄公只好收下。

墨寒来到一家客栈，店小二热情地招呼他们入住。墨寒见这家客栈还不错，朝墨桀点了点头，墨桀说：“来三间房，把马牵到后院，用上等饲料喂饱。”店小二笑着说：“好嘞，没问题！客官请！”

他们在大堂坐下后，要了一壶酒和几个凉菜，再加每人一碗面，墨寒心情很不好，他不想说话，大家都很沉闷不敢说话，匆匆喝酒匆匆吃饭，吃完后各自回房间入睡。

天还没亮，墨寒就起来了。他在客栈周围转了转，心里一直在琢磨，墨竹和姜策恒可能会一路走一路玩耍，根据时间推断，也许他们就在潼关呢。墨寒立即回到客栈叫醒了其他人，吃了早点，让他们去附近的客栈查找一下，看看有没有一对少男少女入住。

墨寒也去街上四处寻找，他看见街道上一男一女两人的背影有点像墨竹和姜策恒。他们手拉手，卿卿我我，墨寒紧追了几步，喊了一声：“墨竹。”那女孩就是墨竹，她一回头，脸色一下变了，抓住姜策恒就跑。

“站住！”墨寒一看就是墨竹，心中的怒火一下冒了出来。这个不懂事的女儿让他伤透了心，还没出阁的女儿做出这种丢人现眼的事，如果传出去了，他的老脸往哪里搁？女儿今后怎么嫁人？他心里在想，抓住了姜策恒这个臭小子，一定要把他装进猪笼里沉河。

墨寒气喘吁吁地追了上去。一转眼，两人跑进巷子不见了。墨寒大声喊叫，青龙和白虎听见声音跑了过来：“墨老板，怎么了？”墨寒指了指前边，上气不接下气地说：“抓住姜策恒那个王八蛋，我有重赏！”青龙和白虎顺着墨寒手指的方向追了上去。

墨桀也跑了过来，墨寒说：“我看见他们了，抓住那个兔崽子朝死里打！”

墨桀点了点头，从另一头追了上去。

潼关地方不大，青龙和白虎很快在街上追上了墨竹和姜策恒，他们押着这对少男少女回客栈。姜策恒大声喊道：“打劫啊，打劫啊!”光天化日之下竟敢抢劫，人群围住了青龙和白虎，让他们放人。青龙掏出腰牌说：“我们也是当差的，奉命抓捕逃犯。”一个女人说：“胡说，这两个孩子还小，怎么会是逃犯？”大家都附和说：“是啊，你们是人贩子吧？”姜策恒想挣脱，青龙抓得很紧，无法挣脱。就在青龙和白虎无法收场时，墨寒和墨桀挤开人群来到了墨竹和姜策恒面前。墨竹和姜策恒见了墨寒吓得浑身哆嗦，墨寒拱了拱手对人群说：“这是我的女儿和邻家孩子，偷了钱想跑，这是我们的家事，大家都散了吧！”

“她真是你的女儿？”一个老人指了指墨竹说。

“千真万确，她就是我不懂事的女儿。”墨寒说，“从家里跑了出来，好不容易才找到。”

墨桀也证明说：“她就是我妹妹，我们找得好辛苦。”

一个老人说：“既然是人家家事，大家都散了吧。”

姜策恒想说话，他的脖子被青龙用胳膊揽着，青龙在暗暗使劲，他发不出声来。

人群一下散了。

墨寒怕夜长梦多，悄声对墨桀说：“你先去客栈把房子退了，把马牵出来，我们随后就到。”

青龙和白虎押着墨竹和姜策恒来到客栈，墨桀找来绳子把姜策恒捆住手脚，嘴里塞上破布，装进了麻袋里，狠狠踢了几脚，然后把麻袋朝马背上一放，就朝黄河边的渡口走去。

“你们想干啥？”墨竹哭着说。

“回家后，看我怎么收拾你。”墨寒冷着脸说，“你不要脸，我还要脸！”

他们来到渡口，把麻袋抬上船，扔在船板上，麻袋里的姜策恒哼哼唧唧地在动，墨桀踢了一脚说：“我让你动！”姜策恒顿时安静了。青龙和白虎把马牵上船，墨桀坐在墨竹身边看着她。船在水面上慢慢地行驶着，来到了河中央。墨桀对青龙和白虎说："你们两个把麻袋扔到河里。"

青龙和白虎可不傻，这是杀人灭口，他们没动，装作没听见。

墨竹哭着说："我求求你们，放了他吧！"

"闭嘴！"墨寒厉声说。

"如果他有个三长两短，我也不活了。"墨竹说。

"你还有脸说，我打死你。"墨寒扬起巴掌说。

"你打啊，我早就不想活了。"墨竹反驳道。

"好啊，你现在就去死吧。"墨寒生气地说。

"我现在就死给你看。"墨竹站起来就要跳河，墨桀一把抱住了墨竹。

墨寒气得说不出话来。

船靠岸后，墨竹死活不下船，墨桀连哄带骗把墨竹哄下船，又哄上马，然后把姜策恒扔在另一匹马背上，说先回家，他会跟父亲求情，放姜策恒一马的。他们一路狂奔，平整的田野延伸到远处的群山，山上飘着雪白的云。

他们回到蒲反县正是中午时分。他们没有走大街，走的小巷，从后门进入百药堂。青龙和白虎把麻袋扔进了黑屋，开始拳打脚踢。墨竹被关进了另一间房屋，没有墨寒的允许，谁也不能开门。

墨寒坐在屋里生闷气，他心里在想该如何处理这件事。墨夫人走了进来，墨寒生气地说："都怪你生了这么一个不听话的女儿，我的脸都丢完了。"墨夫人说："刚才姜家的丫头姜媛月在门前晃荡，她问我墨竹在家吗，想找她玩。我没搭理她，她一定是姜朗坤派来打听消息的。"

"下次再问，就说不知道。"墨寒顿了顿，接着说，"你说我现在该怎么办？"

墨夫人说："竹儿毕竟还小，不懂事，受了那个兔崽子的蛊惑……"

墨寒在屋里走来走去，仿佛下定了决心似的说："长痛不如短痛，干脆我把他们两个装在猪笼里沉河算了。"

墨夫人哭着说："你就放了竹儿吧，至于怎么处置那个兔崽子随你的便。"

"一想到那个丢人现眼不争气的女儿，我都快要气死了。"墨寒说。

墨夫人想了一会儿说："把那个兔崽子沉河，这可是人命关天的事，姜家知道了岂能罢休，到时他们报官，闹到满城风雨，墨家脸上也不光彩，到时两败俱伤。"

"我不怕他报官。"墨寒说，"你先下去吧，我再想想。"

姜策恒被吊在黑屋里，嘴上塞着破布，被青龙、白虎和墨桀轮流用鞭子抽打、用木棒打，连续折磨了三天，已是奄奄一息。半夜时分，青龙和白虎把姜策恒抬着放在德济堂门前就悄悄走了。

第二天早晨，姜朗坤开门发现了昏迷的姜策恒。他双腿发软，手指放在姜策恒鼻前，心里宽松了一下，还有气，立即吩咐徒弟把他抬到屋里救治。姜策恒这几天没有回家，也曾派人去寻找。他也听说墨家的小女儿失踪了，这才心里有数了。一个男孩子贪玩而已，过几天就会回来的。但他没有想到的是姜策恒是躺着回来的。从他身上的伤来看，全身青一块紫一块，腿已被打断，应该是被人抬着扔到门前的。是谁出手这么狠呢？为什么不直接送到屋里而扔到门前？他首先想到的就是墨家。

姜策恒昏迷了一天，终于醒了。姜朗坤扶他坐了起来，他看见自己右腿上的夹板，泪水哗哗流了下来。

姜夫人一边给姜策恒喂药一边流泪。义姁站在一边心里也难受，她心里满是自责，不该把他和墨竹撮合在一起，更没想到会有今天的结局。

“谁把你折磨成这样？是墨家吗？”姜朗坤问。

姜策恒点了点头，他把这几天的遭遇一一说了出来。

姜朗坤生气地说：“你先把伤养好，这事我跟墨家没完。”

姜朗坤坐在德济堂里心里慌慌的，据他判断，儿子的腿好后可能就是一个跛子了。年纪轻轻就是跛子，今后怎么成家？心里越想越生气，刚好没有病人，他让学徒和姜媛月照看一下，自己怒气冲冲地朝城西的百药堂走去，心里一直盘算着如何应对墨寒，街上好多人跟他打招呼他都没听见。

来百药堂看病的人很多，大多是墨寒的亲朋好友介绍过来的。墨寒看见姜朗坤满脸怒火，知道他是兴师问罪来的，立即笑脸相迎，把姜朗坤请到后院的一间客厅，吩咐丫鬟上茶。

“姜老板，你怎么有空来了？”墨寒满脸堆着笑。

“你少给我装糊涂。”姜朗坤说，“我问你，你把我儿子打成这样，你说该怎么办？”

“有这事吗？我还不知道，是我儿子闯的祸吗？回头我问问，这个孽障整天不落屋，也不知道今天又跑到哪儿去了。”

“姜策恒已把事情经过都告诉我了，你也就别装了。”姜朗坤说，“我儿子腿被打断了，还没成家，这事你总要给我一个交代吧？”

“你儿子勾引我女儿私奔，按照我们墨家的族规就该把他们沉河。我没有把他沉河，就是考虑到我们是多年的朋友，才留了他一条性命，你还想怎样？”

“谁勾引谁还不知道呢。”姜朗坤说，“我要为我儿子讨回公道，我要报官。县上告不倒你，我就去河东郡，甚至去长安城，我就不信告不倒你！”

“随你的便。”墨寒端起茶杯说，“请吧，不送——”

姜朗坤气呼呼地走了，他找人写好了状子，然后去县衙。苟县令见了姜朗坤非常客气，姜朗坤把状子递了上去。苟县令看了看状子，拍了一下桌子说：“岂有此理！这件事我会秉公办理。我不会因为他是我亲家，就对他网开一面，王子犯法与庶民同罪，你放心，等我调查清楚了，我会给你一个满意的交代。”

“多谢苟县令！”

“你现在主要任务是给你儿子看病，等他养好了伤，到时我们还需要他配合我们调查呢！”

“一点小意思！”姜朗坤掏出一吊钱。

“这我可不能收。”苟县令推开他的手。

“你嫌少？”

“你这话说的，我身为县令就是全县百姓的父母官，就要为百姓伸张正义，怎么能收你的钱呢？你把我看成什么人了？”苟县令说，“你先回吧，把你儿子病养好再说。”

姜朗坤感动不已，恨不得要给苟县令下跪。

不知不觉两个月过去了，姜策恒行动不便，依然每天躺在床上，义姁和姜媛月每天轮流照顾他。经历这次风波后，姜策恒变得沉默寡言、目光呆滞。义姁经常鼓励他要坚强，要好好活下去。

“有没有墨竹的消息？她怎么不来看我？”一天，姜策恒突然问，他说自己做了一个噩梦，梦见墨竹出事了。

“听说墨竹被关在屋里，出不来。”义姁说。

“哦。”姜朗坤闭上眼睛，躺在床上就不说话了。

又一个月过去了，姜朗坤见上告墨寒的事还没消息，就去找苟县令，去了几次，苟县令都没在。直到有一天，他听说墨竹因怀孕了无脸见人，晚上不知怎么偷偷跑了出去，跳河自杀了。墨竹的死，姜朗坤心里也难受。他让人先不要把这个消息告诉姜策恒，墨竹的死跟他或多或少都有关系，这都是姜策恒闯得祸，他不把人家姑娘肚子弄大了，人家也不会跳河自杀。墨竹死了，姜策恒腿跛了，这算是扯平了。姜朗坤再也不提为儿子讨公道的事了，这件事就这样不了了之。但姜朗坤和墨寒两人之间的仇从此就结上了，都在想办法置对方于死地。

第六节 决斗

两年后，义姁个子长高了一点，变得越来越漂亮了。义纵的个子更是猛长，比姐姐义姁都高出了一头。

姜策恒伤好后，成了一个跛子，走路一拐一拐的。经历这次打击后，他像变了一个人似的，整天待在屋里闷闷不乐，也不说话。义姁也为这事内疚，为了弥补这种内疚，她常陪伴着他，一起学习《黄帝内经》《神农本草经》《黄帝八十一难经》，而姜策恒有时也确实需要照顾，所以姜朗坤也就默许了义姁陪同姜策恒一起学习，她再也不用偷偷摸摸地学医术了。姜朗坤给姜策恒传授脉学和针法，也不避嫌了，义姁可以站在旁边听了。

姜朗坤见姜策恒到了成家的年龄，他几次想当着义姁的面把话挑明，每次话到嘴边就咽了回去。姜策恒现在是个跛子，他感觉儿子现在配不上义姁了。姜夫人也为儿子的婚事着急。娘家亲戚介绍了一个姑娘，这个姑娘叫蒲玉梅，家虽穷却勤劳贤惠，一看就是过日子的人。姜夫人很满意。姜夫人满意，姜朗坤也没啥意见。婚事很快就定了下来，一个月后准备成亲。

姜朗坤打算为儿子的婚事大办，想冲冲家里的晦气，准备吹吹打打热热闹闹大摆三天流水席，街坊邻居都可以来吃席。

婚礼这天，亲朋好友都来了，苟县令和墨寒也来了。院子里坐不下，就在街上摆起了筵席。这一天，也不知道喝了多少酒，感觉整个县城上空都飘荡着酒香。男人们走路摇摇晃晃，说话嘴里都喷着酒气。

墨桀也来了，领着几个手下来大吃大喝，还美其名曰是来捧场的。他虽然也成了亲，但整天不落屋，吊儿郎当，领着一帮弟兄打打杀杀，收保护费放高利贷，或采用暴力、胁迫手段勒取他人财物，整天过着花天酒地的生活。刚开始，墨寒还劝说几句，墨桀依然我行我素，后来干脆不管不问了，他想咋的就咋的。如今的墨桀成了蒲反县大名鼎鼎的恶霸，他手下有一群混混儿，随意伤害无辜少女，强奸、轮奸竟成了“家常便饭”之事，或者强迫女孩子去怡红楼当青楼妓女。怡红楼是蒲反县唯一的妓院，怡红楼的老板是墨寒的妹妹墨冷，其实幕后的大老板是墨寒。

墨桀喝醉了，他冲进洞房要闹洞房。他拍着姜策恒的肩膀哈哈笑着："恭喜，恭喜。"姜策恒也赔着笑，虽然他讨厌墨桀，但在自己大喜的日子他只好忍着。随即墨桀搓着手，望着新娘色眯眯地说："新娘子叫什么名字？"

害羞的新娘子不好意思开口，姜策恒替她回答："她叫蒲玉梅。"

"好名字，新娘子一定长得跟梅花一样。"墨桀开始对新娘子动手动脚。

姜策恒推开墨桀说："你喝多了，先到外边休息一下。"姜策恒让两个伙计扶着墨桀出去。墨桀步子发软，身子发飘，两个伙计把他扶到院子里，他一屁股坐在石凳上死活不走了。伙计无奈，撇下他忙自己的事去了。

墨桀趴在石桌上睡了半天，他醒来时睁开眼，恰好看见刚好从他身边经过的义姁。他一直对义姁有意思，醉眼蒙胧中他发觉义姁越来越漂亮了，胸部也发育得很丰满，简直就像一个仙女。他的眼里冒着欲火，站了起来，东倒西歪拦住了义姁的路。他心里很清楚自己酒已醒了，此刻正是装疯卖傻的好机会，义姁眼睛一瞪，厉声说："你想干啥？"

"喜欢你哦，我还能干啥。"墨桀恬不知耻地说。

"走开！要不我就告诉你老婆了。"义姁说。

"那个女人我讨厌死了，是父给我找的，我一点儿都不喜欢。我喜欢的是你。"墨桀开始动手动脚。

义姁突然抬腿一脚踢在墨桀的胯下，他蹲在地上捂着下身嗷嗷叫："你想让我断子绝孙啊。"义姁看他痛苦的样子，想笑，忍住了。

墨桀的两个狗腿子冲上来想打义姁，义纵突然冲了出来，拦在义姁面前说："我看谁敢动我姐姐一下？"

两个狗腿子站住了。

义纵说："我们老大张次公想找你谈谈，不知你什么时候有时间？"张次公在蒲反县也算小有名气，今年十七岁，虎背熊腰，打架凶狠出名。苟县令见了他也礼让三分，老百姓更是敬而远之。张次公的父亲张隆在朝廷做官，因善射得到汉景帝的信赖，封为轻车兵中的武射吏(轻车武射)，常年驻守边关。张次公年幼时母亲就死了，父亲张隆把他寄养在老家蒲反县。张次公从小就被爷爷当宝贝宠着，养了一身坏毛病。爷爷死后，他不愿投靠父亲张隆，张隆也不希望儿子跟随着他征战。没人管的张次公就像野草一样疯狂地成长。他召集了一伙人，占山为王，自封为绿林好汉，杀富济贫。

墨桀站了起来，指着义纵说："你这个叛徒，原来跟我混，现在投靠张次公这个王八蛋了。回去告诉他，谈，可以！打，奉陪！欺，妄想！你劝他在我的地盘上还是少插手为好，小心我把他的手剁了。"

"滚！"义纵喊了一声。两个狗腿子扶着墨桀走了。

墨桀回去后对义姁念念不忘，越是得不到的东西他越想得到。他就琢磨着寻找机会对义姁下手。

那天，义姁和姜媛月提着竹篮子去城外的河边洗衣服。阳光灿烂的时候，河边就三五成群地聚集了好多女人，叽叽喳喳，东家长西家短，谁家小媳妇跟婆婆关系不好，谁家小姑子跟小媳妇不好，谁家公公偷看儿媳洗澡等等，好多是非就是这样传播出去的。传来传去，就变得面目全非了。洗完衣服，义姁和姜媛月提着篮子抄近道，穿过河边茂密的竹林和树林。突然树林里冒出几个蒙面人，抱住她们就往树林里拖。义姁一边挣扎一边大声喊叫，一个人想捂住她的嘴，挣扎中那人的手指刚好到了嘴边，她狠狠咬了一口，那人痛得大叫。义姁趁机扯下那人脸上的布，一看原来是墨桀。义姁大声说："好啊，又是你，你还是早点死心吧，下次再骚扰我们，我打断你的腿。"姜媛月也开始大声喊叫。

树林外传来了脚步声，做贼心虚的他们，仓皇而逃。

姜媛月回去哭着把自己被欺负的事告诉了姜朗坤，姜朗坤一听火冒三丈，安慰女儿他会想办法收拾他们的。当年墨寒利用他的药方大发横财，姜朗坤一直耿耿于怀。儿子的腿又被他们打断，这件事一直像巨石压在他的胸口上。如今女儿又被欺负，他又处处被墨寒排挤打压，姜朗坤积压多年的怒火被点燃了。当年要不是夫人劝他，他早就检举墨寒和苟县令他们倒卖朝廷的药材、贪污救灾款的事情了。这次他是铁了心要举报墨寒和苟县令，只有他们倒下了，他才能过上舒心的日子。姜朗坤没有告诉夫人，他决定先搜集墨寒和苟县令违法的证据，然后去河东郡和长安城告他们。

义姁被墨桀欺负，义纵很快也知道了。他早就看不惯墨桀。前几年他在墨桀手下混日子时，没少被墨桀欺负，他一辈子都忘不了那次因为做错了一件事，墨桀让手下人逼他趴在地上吃狗屎那一幕。如今他要报复，让墨桀知道他的厉害。义纵把这事报告给了张次公，还说墨桀根本没有把张次公放在眼里。张次公也听说了墨桀仗着家里有钱，又有人撑腰，肆无忌惮地干了不少坏事。他向墨桀下了挑战书，约定三天后在城外河边的树林里见。

战书是义纵亲自交到墨桀手上的，义纵临走时说："我们大王说了，谁要不去，谁就是孙子！"

墨桀鼻子一哼，说：“回去告诉你们的狗屁大王，老子奉陪到底！”

义纵冷笑一声。

“站住！”墨桀大声喊道。

“什么事？有屁快放！”义纵说。

“我警告你，你也要小心点，我会把你们一家人，一个一个弄死的！”

“我可不是吓大的。”

“走着瞧吧，我会把姜家弄得家破人亡妻离子散，把你们姐弟俩弄得人不像人鬼不像鬼的。”

“你把老子惹急了，老子一把火把你们墨家烧了。”义纵说完，毫无惧色地做了一个挑衅的动作，然后走了。

墨桀在背后骂道：“小兔崽子，你等着，小心我剥了你的皮，抽了你的筋……”

这天下午，墨桀带了近百人，张次公也带了五六十人，他们手拿棍棒和刀子在河边相遇了，双方摆开了阵势。走在两队前面的墨桀和张次公两人瞪着眼睛，相隔几米站住了。他们一停下，后面的队伍也停下了。

“文斗，还是武斗？”墨桀开门见山地说。

“你大字不识几个，跟你文斗，岂不让人笑话。”张次公冷笑着说，“当然是武斗。”

“怎么个武斗法？”墨桀哈哈大笑，“我人多，你拿什么跟我斗？”

“江湖有江湖的规矩，绿林有绿林的规矩，仗着人多欺负人，岂不怕天下人耻笑？”张次公说，“我们双方各派三人比武，比剑法、比摔跤、比射箭，三盘两胜，谁输了谁就在对方胯下爬二十四个来回，你敢不敢？”

“谁怕谁啊，好啊。”墨桀指了指身后的一个胖子，说，“你上。”

“我来。”义纵拿起一根一米多长的竹棍说。

胖子也拿着一根一米多长的竹棍，以竹棍当剑，他扑了上去朝义纵打去。义纵轻松化解，并开始反击，腾身飞跃，剑如雨点，忽左忽右，忽上忽下，胖子招架不住开始后退，竹棍在他喉咙、胸口、胯下点了三下，一气呵成，胖子一个趔趄倒在地上。义纵举起竹棍开始欢呼，张次公也开始欢呼，他的手下也跟着欢呼。

墨桀脸色变了，他朝手上吐了一口唾沫，跳了出去，扎了一个马步，朝自己胸口打了一下说：“老子亲自出马，谁来？”

张次公身后的一个高个子跳了出来，两人纠缠在一起，在地上转圈子，一时分不出胜负，双方的人都开始呐喊鼓劲儿。墨桀突然把腿斜插过去，顺势一推，把高个子绊倒了，然后紧紧按在地上，高个子挣扎着想翻身，几次都没成功，只好认输。

双方战成了平局，关键是第三局。张次公拍了拍胸脯说："老子也亲自来。"义纵开始鼓掌，人们都知道张次公的父亲张隆有百步穿杨的箭术，连皇上都欣赏他的箭法。父亲的箭术好，儿子一定也差不到哪去。天上刚好有一只鸟飞过，张次公快速拔出箭拉满弓，手一松，箭"嗖"的一声飞了出去，天上的鸟掉了下来。

张次公的手下开始欢呼。

张次公望着墨桀得意地说："该你了，请吧！"

墨桀有点为难地说："你父亲的箭术好，这不公平，不算。"

"你想要赖，我父亲的箭术好，他是他，我是我。"张次公张开双腿说，"认输了吧，快点从我胯下爬二十四个来回。"

"快啊！"义纵大声笑道。

墨桀的脸红了，他仗着人多，手一挥："都给我上。"墨桀的手下喊叫着冲了上去，张次公的手下也不甘示弱，纷纷冲了上去，双方开始了混战。场面非常混乱，很快就有几个人受伤躺在地上，鬼哭狼嚎。

好多路人远远地围观。有人报告给了荀县令，荀县令命令青龙和白虎带着全副武装的差人赶来了。打架的人见县衙来人了，一下散了。躺在地上的人来不及跑，也没人管。青龙和白虎见没有死人，他们也懒得管，谁也不得罪，吹着口哨走了。

张次公和义纵也受了伤，他们见青龙和白虎走远了，折了回来，抬着受伤的弟兄来到德济堂。姜朗坤给他们看病，有的骨折了要夹夹板，有的伤口流血了要包扎。姜策恒和义姁在旁边帮忙，义姁训斥义纵不听话，义纵受了轻伤，他笑着说："没事，墨桀欺负你，我们是帮你出气的。"

"我的事，你们少掺和。"

"你帮大王包扎一下吧，他胳膊出血了。"

"谁是大王？"义姁问。

义纵指了指张次公："这位叫张次公，我们都叫他大王。"张次公望着义姁笑了笑，施了一礼。义姁的清纯和美丽震撼到他了，少女的矜持又让他着迷，他的目光变得呆痴了。

义姁微微一笑，走到他的面前，见他还在发呆。义姁伸手在他眼前挥舞了几下，"想啥呢？"

"没想啥。"张次公不好意思地笑了。

义姁拿着他的手检查伤口，义姁白皙小手的柔若无骨，张次公感觉浑身酥酥地说不出的舒服，他真希望自己的手永远被她握着。义姁给他处理好伤口，涂上药，用布包扎好了，他还一直呆呆地看着她。

义姁有点不好意思，问站在身边的姜媛月说："我脸上有什么？是不是溅了点血？"

姜媛月看了看说："什么都没有啊。"

张次公低下头，脸一下子红了。

姜朗坤走了过来，义姁立即站了起来，双手放在身后，装作什么也没干。她还是在偷偷学医，特别是在姜朗坤面前总是小心翼翼，因为姜朗坤还没有明确表态让她学医。姜朗坤对张次公说："这伙人下手太狠，有几个骨折了，恐怕要留下来观察几天。"张次公说："姜老板，那就让他们先住几天，钱我一分都不会少的。"姜朗坤摆了摆手说："不急。"张次公站起来说："我先走了，过几天我来看他们。"

三天后，张次公来换药来了，顺便把受伤的弟兄们接走。这次是姜策恒给他换药，张次公希望义姁给他换，但又不好意思开口。姜策恒一碰他，他就杀猪般地叫"痛痛痛"。义姁说："还是我来吧。"义姁把布拆了，涂上药。他乖乖的，不哼也不叫，姜策恒气得出去了。

"奇怪的是你给我换药一点儿都不痛，还是你手轻。"张次公一脸鬼笑。义姁没有搭理他，张次公还在唠唠叨叨，邀请她去他的山寨，还说要带她去黄河边的古城玩耍。义姁嫌张次公话多，在他胳膊上拧了一下，他咧着嘴叫了一声。

义姁抿着嘴唇忍住笑。

"怎么回事啊？"姜朗坤进来了，目光在他们脸上扫来扫去。义姁赶紧退到了一边。

"没事。"张次公笑着说，"请姜老板把这次费用算一下，我顺便把受伤的几个弟兄带走。"

姜朗坤对张次公说："小伙子，你敢跟恶霸墨桀作斗争，老朽敬佩，至于这些药钱就算了吧。"

"这可不行，该收多少就收多少，我可不想欠你的人情。"张次公说。

姜朗坤只好吩咐姜策恒去算账，张次公接着说："等我伤好后，我跟墨家没完。墨家跟苟县令狼狈为奸，干了不少坏事。苟县令也是个贪官，一定贪了不少钱，到时我让他全部吐出来。"

站在旁边的义纵插话说："将来我要是当官了，我就杀尽天下的贪官，让天下百姓过上好日子。"

“就你吊儿郎当的样子，也不撒泡尿照照，还想当官？”姜朗坤摆了摆手说，“你的账，我还没跟你算呢，这儿没你说话的份儿，站一边玩儿去。”

义纵站在一边嘀咕着：“人不可貌相，说不定到时皇上还要上门来求我呢！用八抬大轿来请我去当大官。”

人们哈哈大笑起来。

姜朗坤厉声说：“别在这里丢人现眼了，把他送到黑屋关起来，免得他又跑了。”

义纵被关进了后院的小黑屋里。

姜朗坤笑着问张次公：“你今后有何打算？”

张次公笑着说：“当然是希望报效朝廷，当个大将军，抗击入侵大汉的匈奴，战果硕硕……”

姜朗坤竖起大拇指说：“有志向，不错!”

张次公结完账，手下弟兄抬着或扶着伤员就走了。张次公走了几步，回头望着义姁小声说：“以后需要我帮忙的事，尽管开口。等我伤好后，我会继续跟墨桀这个恶霸决斗的。”

义姁说：“你还是管好你自己的事吧，不要把我的家人牵扯进来。还有，你就放过我的弟弟义纵吧，不要让他再跟你混了。”

张次公说：“没问题，不过腿长在他身上，他要跟在我屁股后面，我也是没办法啊。”

张次公走了一个时辰后，义姁去给义纵送饭，屋里没人，窗户已破开，义纵又跑了，估计又去找张次公了，她赶紧报告给了舅父。

姜朗坤听后叹了一口气说：“不争气的东西，随他去吧！”

义姁也叹了一口气，她这个当姐姐的对这个弟弟也一点儿办法都没有。

第七节 绑架

姜媛月失踪了。

那天中午，姜媛月喊义姁去城外河边洗衣服，义姁当时来了月事，身体不舒服，便拒绝了，姜媛月提着篮子一个人去了。转眼到了下午该吃饭的时间了，姜媛月应该回来了，结果还没见人。直到太阳快落山时，义姁感觉情况不妙。她跑到河边一看，河边静悄悄的，没有几个人。义姁问常在河边洗衣服的大婶看见姜媛月没有，大婶说，早都回去了，也许去别的同伴家玩去了。

义姁回家后，天已黑了，姜媛月还没回来。姜朗坤和夫人有点急了，派人去问平常跟她能玩在一起的伙伴，结果她们都说没看见姜媛月。姜朗坤和夫人急了，派人四处去寻找，结果还是一无所获。她能去哪儿呢？姜朗坤心里有种不好的预感——女儿出事了。他首先怀疑的就是墨桀，墨桀强暴女孩子的事他也听说了，女儿会不会被他们抓去了？他心里不敢想。墨桀的父亲墨寒也多次扬言要把姜家弄得家破人亡妻离子散，难道墨家已开始行动了？姜朗坤派姜策恒去监视墨家的动向，特别是那个墨桀。姜朗坤一夜无眠，恨不得立即带人去墨家搜查，但没有证据和理由，没人敢动墨家的。

第二天一早，姜朗坤派人继续寻找。义姁和姜策恒去了河边的竹林和树林寻找。这个地方虽然已找过了，但他们想再看看，能不能发现一些蛛丝马迹。自姜策恒成亲后，他们两人似乎变得生分了，除了工作他们私下很少说话。他们钻入竹林，这里的土质很松软，以前是泥沙，后来被人栽了竹子，逐渐长成了一片竹林。姜策恒见四周没人，平时沉默寡言的他突然鼓起了勇气说："义姁，最近我老做梦，梦中全是你，你说这是为什么？"竹林深处有一小块空地，这里是沙地，上面有不少脚印，姜策恒想去用脚踏平，义姁说："等下，我看看。"义姁伸出手，用手丈量了一下，脚印有大有小有长有短，脚印重叠。她目测了一下，大概是三四个人的脚印。义姁蹲下身子，用手挖了一下，对姜策恒说："哥，你也来帮忙挖，我感觉下面有东西。"

姜策恒心里一下子紧张起来，挖了一会儿，挖出一个篮子把儿。他用力一拽，是个篮子，里面全是姜媛月和母亲的衣服。姜媛月的篮子和衣服被人藏了起来，看来人一定遭遇了不测。姜策恒在四周寻找，他的心如针刺一般，他担心姜媛月的尸体就埋藏在附近。义姁也在四周仔细看了看说：“你说，谁会对媛月下手？”姜策恒说：“还能有谁？一定是墨桀这个王八蛋！我去找他算账！”

义姁说：“我们势单力薄，没有证据，被他反咬一口，吃亏的还不是我们？”

“你说我们该怎么办？”

义姁突然想到了张次公，她说：“你派人继续监视墨家，监视墨桀，我去搬救兵。你千万不要鲁莽，等我回来。”

义姁说完就走了，骑着马去了中条山。她一路狂奔，扬起阵阵尘土。到了中条山脚下，峰峦起伏，悬崖峭壁，苍翠清新，令人赏心悦目。山中气候湿润，空气异常清新纯净，细雾蒸腾，迷蒙如雨，似着上轻缕纱衣。她顺着溪水进入山谷，山谷的小路越来越窄越来越陡峭了。她只好下马，牵着马上山。

“什么人，留下买路钱？”突然从旁边的大树后面跳出两个手持大刀的少年。

“我问你，你们是天星寨的人吗？”

“是，又怎样？不是，又怎样？”

“少跟我磨磨唧唧，去去去，把张次公和义纵给我叫出来。”义姁大声说，“你告诉他们义姁找他们有急事，十万火急！”

“等下，小的进去通报一下。”

“姐，你怎么来了？”义纵从大树后面走了出来，然后转身踢了那个少年一下，“这是我姐，通报狗屁。”义纵领着姐姐来到山寨。这个山寨地势险要，山上风光绮丽、峰峦叠嶂、溪声潺潺，鸟声悦耳，真是一个好地方。

张次公正坐在大殿里发呆，他闭着眼睛心里正在想着义姁，憧憬着跟她在一起的美好日子。义纵喊了一声“大王”，见没有反应又喊了一声，张次公头也不抬眼睛也不睁，骂道：“叫魂啊，烦死了。”

“你看谁来了？”

“原来是你。”张次公微微睁开眼，站了起来，有点尴尬地说，“怎么不早点通报我，我好亲自下山迎接。”

“岂敢，没把我直接捆绑进来都是好的。”义姁说，“对了，你的伤好了吗？”

“早都好了。”张次公舞动胳膊说。他的心里充满着温暖。

“比我小一个月的妹妹姜媛月失踪了，我怀疑是被墨桀抓走了，所以想请你帮忙去找找。”义姁说。

“墨桀是个畜生，媛月姐姐落到他手上就完了，我们去把墨桀抓起来。”义纵说。

张次公手一挥说：“弟兄们，操家伙下山。”

“我们不是去打架，不需要这么多人，等确定了媛月的下落再收拾他不迟。”义姁说。

张次公说：“人多力量大，你放心，他们不会给你添麻烦，我们可以分成几路进城打探消息和找人。”

义姁见张次公这样说，也就不好再说什么了，她拱了拱手说：“我先告辞了。”

张次公说：“我们随后就到。打听到新消息，我会派义纵告诉你的。”

义姁下山后，快马加鞭朝县城赶去。她回到德济堂时，正是吃饭时间，但大家都没心情吃饭，姜夫人坐在一边不停抹眼泪。义姁安慰姜夫人说：“舅母，你放心吧，我已让义纵带人去寻找了，媛月很快就会找到的。”

“要是月儿有个三长两短，我也不活了。”姜夫人伤心地说。

“媛月会没事的。”义姁鼓动大家说，“大家都快吃吧，吃饱了才有力气想办法。”

“是啊，大家都快吃吧。”姜策恒说，“吃饱了我再去找找，我就不信大活人能不见了。”

姜朗坤说：“你们吃吧，我没有胃口。”

大家都默默地吃饭，没人说话，空气很沉闷。姜朗坤心事重重地在屋里走来走去。自姜媛月失踪后，他也没有心情开诊，德济堂暂时关门歇业了。

大家刚吃完饭，义纵跑了进来，拿起桌上剩下的馒头就朝嘴里塞。义姁问：“他们都来了？”义纵说：“都来了，分头去寻找了。”姜朗坤问：“他们是谁？”义姁说：“就是张次公他们。”姜朗坤说：“有啥消息没？奇怪的是最近一直也没见到墨桀。”义纵说：“我们准备晚上翻进墨府去看看。我们有几个弟兄，飞檐走壁，功夫了得。同时墨桀手下也有我们的人，张次公已派人去打探消息了。”

夜幕降临了，义纵走了，县城里还有他几个弟兄，他们准备今晚进入墨家查探一下情况。

姜朗坤在门口徘徊。街道上很安静，没有一个人影儿，该找的地方都找了，都没有姜媛月的踪影。但他有种预感，姜媛月会回来，他一定要等到她。

街道上传来了脚步声，很凌乱很急。一会儿脚步声近了，朝德济堂方向来。姜朗坤看见了五六个身影，其中一人的背上似乎背着一个人，他的心突然突突地跳得更厉害了。

“是姜叔吗？”其中一个人说。

姜朗坤应了一声："我是。"

"我们找到姜媛月姑娘了。"是张次公的声音。

"在哪？"姜朗坤急急地说。

"我背的就是她。"张次公说。

"快快进屋。"姜朗坤激动地说。姜夫人闻讯跑了出来，喜极而泣。

张次公把姜媛月放在床上。义姁闻讯后也跑了过来。姜媛月双目紧闭，衣衫不整，满身都是伤，她已昏迷了。义姁看着浑身是伤的姜媛月，心里非常难受。姜夫人让张次公他们先出去，姜朗坤要给女儿亲自号脉。

过了一阵，姜朗坤出来了，张次公问："她没事吧？"

"身体虚弱，问题不大，吃点药，休息几天估计就没事了。"姜朗坤说，"你们是在哪找到她的？"

"是这样，我有个眼线告诉我说墨桀抓了一个女孩子，软禁在北街的一个院子里。我估计就是姜媛月姑娘。"张次公说，"这个院子是当年墨寒买给他的相好的，墨桀知道后把那个女人赶走了，这个院子就成了墨桀的一个窝点。我们得知消息后，准备晚上去救姜媛月。我们埋伏在四周准备找机会翻墙进去，没想到从后门跑出来一个姑娘。我一看是她，她见了我们让我们送她回家，就晕倒了。"

"果然是墨桀这个短命的。"姜朗坤咬牙切齿地说，"我去找他算账。"

"这种事交给我们吧。"张次公说，"等姜媛月姑娘醒后你再问问她到底是怎么回事，收拾墨桀是迟早的事。"

姜夫人探出头，向姜朗坤招了招手说："掌柜的，月儿醒了。"

姜朗坤说了声知道了，然后对张次公说："这次多谢你了。"

张次公说："客气了，没啥事，我就先走了。"

"这么晚了，城门估计也关了，今晚就别走了，等下我叫人弄点菜，我们喝几杯。"姜朗坤说完就朝姜媛月房间跑去。

姜朗坤重新给姜媛月做了检查，姜夫人给她已换了一身干净的衣服。姜夫人眼里含着泪，她想对姜朗坤说什么，但还是忍住了。姜媛月目光呆滞，问她什么她都不愿意说，只是默默流泪。问急了，她就大声吼叫，把喝药的碗也砸了。"你们都出去，我想静静。"

姜夫人抹了抹眼泪说："你们都出去吧。"

姜媛月回来了，姜朗坤心里踏实了，只要她吃几服药，休息几天就没事了。他终于松了一口气。他来到客厅，张次公和几个弟兄在聊天，他吩咐义姁上菜。义姁不情愿地跑到厨房端了盘花生米，重重地放在张次公面前。

姜朗坤给张次公倒满酒，张次公拿过酒壶说："这怎么行呢，还是我来吧！"

"你帮了我女儿，我应该给你倒酒。"姜朗坤说，"回头我要重谢你们。"

张次公笑着说："义纵是我的兄弟，这是应该的。"

姜朗坤叹了一口气说："义纵这孩子大了，从小就不听话，我如今也管不了他了，你以后多关照一下他，我发现他很听你的话。"

"我跟义纵是磕头兄弟，你放心吧。"

他们正说着，义纵带着几个人来了，他进门就说："没有发现姜媛月姐姐，我们走时在后院点了一把火，墨家上下正在救火呢。"

姜朗坤生气地说："你怎么能这样呢？墨家肯定怀疑是我派人放的火。"

"我看不惯墨家耀武扬威仗势欺人，我早就想出一口恶气了。"义纵说。

"明天我就放出话去，说是天星寨的人干的，他有本事找我去。"张次公望了一眼义姁说。

姜朗坤对义纵说："我们已找到了姜媛月，墨桀把她藏在墨家另一个院子里。"

义纵说："明天我们去找墨桀算账。"

姜策恒说："大家辛苦了，快坐，我让我媳妇再做几个菜，大家好好喝几杯。"

义姁来到姜媛月的房间里。姜媛月见了义姁，哇哇大哭起来。义姁拍着她的肩膀说："哭吧，把心中的痛苦通通哭出来。"姜媛月哭了半天，义姁安慰道："把心中的痛苦说出来，说出来也许心里会好受点。"

姜媛月抽泣着说："姐，我不想活了，我也没脸活了。"

"为什么？"义姁说，"把你这几天的遭遇告诉我好吗，我帮你。"

姜媛月犹豫了一会儿，开始哭着诉说，那天她洗完衣服独自经过偏僻的竹林时，背后突然冒出几个人，把她捆住，嘴上塞上破布然后装进了麻袋里。等麻袋解开，她看见站在她面前的是墨桀，墨桀跷着二郎腿得意地说我要弄得你们姜家家破人亡。墨桀的手下对她一阵拳打脚踢，还令手下架住她的左右臂，吊起来，墨桀还照准她的腹部轮番猛击，她几次痛昏过去，但墨桀仍不肯罢休，叫人找来筷子和竹签，用交叉起来的筷子猛夹她的十指，将竹签扎进她的指甲缝里。姜媛月的声声惨叫似乎让这伙人倍感快意，墨桀狂笑着，强暴了她……姜媛月晕了过去。他们用冷水泼醒了她，围着她又一阵拳打脚踢。她瘫倒在地上，满身是血，挣扎着欲爬起来，又被墨桀飞起一脚踢在头部。随后，他们令姜媛月用牙齿咬住桌面，然后用肘部猛击她的后脑勺，致使其牙齿破损、脱落，血沫飞溅。然后又把她拉到桌子另一边，重新折磨。待她昏迷过去，他们又拿来一坛酒，浇在她脸上，又打了两耳光。这伙人便扔下她，各自到一边去喝酒。喝完酒后，这一伙人竟然解开裤子，用尿浇在她的脸上，浇醒她后欲拖起来再打，他们还说要把她扔到河里，或者活埋了。晚上她醒来后，见他们又在喝酒，喝得醉醺醺的，东倒西歪躺在地上，她就拼着最后的力气悄悄从后门跑了出来，后来就遇见了张次公他们……

姜夫人靠在门外没有进去，里面说的话她听得清清楚楚，她捂住自己的嘴巴和鼻子不让自己的哭声传出来。

义姁听完后气得恨不得立即就去找墨桀拼命："这个畜生，不得好死！"

姜媛月又伤心地哭了起来，义姁抱着她说："你好好休息，安心养好身体，你的仇我们会给你报的。"

义姁走出去，关上门。她看见姜夫人抹着眼泪匆匆走了。

义姁走到张次公身后，轻轻拍了他一下说："你过来，我有话跟你说。"

张次公喜笑颜开地跟着义姁来到后院："什么事？"

义姁说："你不是要给姜家出气吗，墨桀现在喝醉了，我希望你能活捉墨桀，把他押到德济堂来，我要剥了他的皮。"

张次公笑着说："没想到长得这么漂亮的女孩子，出手这么狠。"

"少废话，你帮还是不帮，给句痛快话。"义姁板着脸说。

"帮，帮你也是帮我自己，我早就想把无恶不作罪恶滔天的墨桀给灭了，为民除害。"张次公笑着说，"我现在就带人抄了他的老巢。"

义姁笑着说："我等你的好消息。"

张次公回到酒桌上，给弟兄们使眼色说："今晚酒也喝好了，时候也不早了，今天弟兄们累了一天了，早点休息吧。"

姜朗坤说："好吧，大家早点休息。"

张次公见姜朗坤回到房间，灯也灭了。张次公小声说："操家伙，跟我走，把墨桀老巢抄了。"

"好。"义纵喊道。

"小点声。"张次公说，"大家跟我走。"

张次公带着十几个人直奔北街墨桀的院子，义纵翻进院子里打开门，满屋都是酒味，但没有人，一定是他们听到墨家着火了，都赶去救火了。张次公命令大家把屋里的东西全砸了。砸完后，张次公用匕首在墙上写下"张次公"三个大字。

随后，张次公带着弟兄们来到了墨府，墨府的火已灭了，但空气里弥漫着烧焦的味道。张次公留了两个人在大门附近监视，一旦见到墨桀出来立即报告。

这天晚上，姜夫人把女儿遭受的罪原原本本地告诉给了姜朗坤，姜朗坤心里难受得一夜无眠。天一亮他就去县衙找苟县令控诉墨桀的罪行，苟县令听后拍着桌子说："岂有此理，我一定为你做主！"然后派人立即去墨府抓人。

墨桀很快被抓住了，关进了大牢。

姜朗坤终于松了一口气，期待着墨桀早日被砍头。

第八节 告状

转眼半年过去了，墨桀一直没有被砍头。姜朗坤多次去催问荀县令，荀县令说他已把墨桀的事上报给了河东郡水太守，上面没有批下来，他也没有办法。

经过几个月的调理，姜媛月身上的伤好了，身体虽然恢复了健康，但心灵的创伤却无法愈合。她整天待在屋里，沉默寡言，目光呆滞，像变了一个人似的。

姜策恒的夫人蒲玉梅怀孕了，肚子鼓了出来。蒲玉梅的怀孕为这个多事沉闷的家增添了一分喜悦，但这分喜悦没有维持多久。蒲玉梅那天早晨去街上买包子，本来她可以让姜策恒或义姁去买的，可自她怀孕后什么事也不用干，整天待在屋里闷得慌，她就想独自出门散散步。这天早晨很冷，门口不知被谁泼的水结了冰，蒲玉梅踩在上面，脚一滑，重重地摔在地上爬不起来。姜策恒和姜朗坤听到叫声跑了出来，看见蒲玉梅躺在地上呻吟。姜策恒冲了过去，也差点滑到，他扶起蒲玉梅。姜朗坤疑惑地问："这是谁泼的水，其他路面都是好好的，看来是有人故意泼的水。"路过的街坊邻居都摇着头，纷纷表示不知道。

姜夫人闻讯后跑了出来说："这是谁这么缺德啊？是有人想害我这个老婆子，想让我故意摔倒。"

姜朗坤说："这事我问了街坊邻居，他们都不知道。"

姜策恒看见地上的血，大吃一惊，扶着蒲玉梅回到屋里。地上留下了一串串血迹，血是顺着她的腿上流下来的。姜朗坤感觉情况不好，他进屋给躺在床上的蒲玉梅号脉，然后站了起来，叹了一声，出去了。

"父，玉梅怎么了？"姜策恒追了出来问。

"小产了。"姜朗坤指着姜策恒说，"我说你啊，连自己的媳妇都看不好。"

姜策恒低头不语。

眼看孙子没了，姜朗坤坐在德济堂里生闷气。这时一个街坊邻居领着生病的孙子走进来看病。这个老人姓晏，人们都叫他晏老板，经营着一家杂货店。姜朗坤给他号脉，开药方。晏老板说："我昨晚看见有人拉着水故意在你家门前泼水，因天黑我没看清楚。”姜朗坤哦了一声，继续给他号脉、开药方。晏老板左右看了看小声说：“我的亲戚在安邑县看见了墨桀。”姜朗坤说：“他不会看错了吧？墨桀还关在大牢里，他怎么会出来。”晏老板说：“我也是这样说的，我亲戚说绝对错不了，墨桀化成灰他都认得。我还听说，墨桀在大牢里待了不到一个月就出来了。”

晏老板带着孙子提着药走了。姜朗坤的头一下蒙了，原来墨桀早就从大牢里出来了，他还一直眼巴巴地等待着墨桀被砍头呢。这也难怪，苟县令和墨寒是亲家关系，自然会向着墨家。墨桀出来了，看来他已开始报复了。这么说的话，门前的水也是他派人泼的。他们的目的是想让他的老伴摔倒，想弄得他家破人亡，也许还有更多的阴谋等待着他，等待着姜家。

姜朗坤越想越生气，直奔县衙。苟县令正搂着一个女人在打情骂俏。姜朗坤咳嗽了一声。苟县令见姜朗坤来了，挥了挥手，那个女人退了下去。苟县令正了正衣服坐在太师椅上，一脸严肃地说：“你找我有何事？我可是大忙人！”

“你口口声声说秉公办案，我问你，你为何早早就把墨桀放了？”

“你听谁说的？别听他们胡说。”

“要不你带我去见见墨桀？”

苟县令说：“你以为这是你家，你想见谁就见谁？”

“有人都看见墨桀出来了，你这是徇私枉法，包庇罪犯，我要去告你们。”姜朗坤生气地说。

苟县令有点尴尬，呵呵一笑：“冤家宜解不宜结，你看这样行吗，墨家答应给你一笔钱，这个案子就此了结。如果再这样闹下去，对你女儿名声也不好，她今后还怎么嫁人？”

“墨家给再多的钱，我也不答应，新账旧账我跟他一块算。”

“何必呢？都是街坊邻居，抬头不见低头见……”

不等苟县令说完，姜朗坤就气呼呼地走了。

姜朗坤回去后，找人连夜写好了状子，他要去安邑找河东郡治水太守，他要状告墨寒和苟县令的罪状。姜朗坤把家里事情安排妥当后，天还没亮，就带着学徒麦芷赶着马车出发了。他怕夫人担心就说去安邑采购药材。他们一路奔波，天快黑时终于来到了安邑。安邑毕竟为河东郡治所在地，又曾是战国时期魏国早期都城，每天汇集着南来北往的商人，街道繁华自不必说，郡县城也比蒲反县大多了。

姜朗坤在郡治附近找了一家客栈住下来，顺便点了几个小菜喝了点酒。吃完后他就早早睡了。第二天天一亮，姜朗坤和麦芷就来到了郡治太守府。太守府门前聚集了不少人，他们都是要求见水太守的，但门口的看守拦住不让进，排队等待着传唤才可以进去。

外面很冷，姜朗坤只好让麦芷排队，他在队伍外边走来走去，这样身子能暖和一点。从早上排到下午，都没能等到传唤。看守说："今天到此结束，明天再来吧。"

姜朗坤和麦芷只好回到客栈，第二天天还没亮又来到了太守府衙。他没想到有人比他还来得早。姜朗坤一看，今天估计又没有机会见到水太守。他悄悄来到看守的身边，给看守塞了点钱说："求求你了，我们老远赶过来，来一趟也不容易，通融一下吧。"看守的把钱塞进宽大的袖子里，面带微笑地说："下不为例，你先在旁边等着。等水太守来了，我再传唤你。"姜朗坤点头说："多谢，多谢了。"看守的故意呵斥说："站一边去。"

天已大亮，又等了一个时辰。看守的朝姜朗坤走来，示意他从侧门进去。有人看见了不服气地说他为啥能进去，看守的把他们呵斥了一顿，他们顿时不语了。一个差人领着他来到太守府衙，一个人问道："你有什么事？"姜朗坤看那人穿着官服，以为他就是水太守，掏出状子说："水太守，我是来告状的。"那人说："我是长史，不是水太守。"姜朗坤说："我想见水太守。"长史不高兴地说："把你的状子留下，我会转交给水太守的。"姜朗坤说："求求你了，我是从蒲反县来的，我要告苟县令和墨寒。他们罪孽深重，罪恶滔天。"长史打量了姜朗坤一下说："我最讨厌那种鱼肉百姓的人，好吧，我带你去见水太守。"姜朗坤感激不尽。

姜朗坤跟着长史来到太守府衙，宽大的桌子后面一个肥头大耳、油光满面的人正在看着桌上的卷宗。长史禀报说："水太守，这人非要见你。"长史把状子递了上去，水太守抬起头，瞥了一眼，目光落到了姜朗坤的脸上，问："你是来告状的？想告谁呢？"姜朗坤说："回太守话，我是来告苟县令和墨寒的。"水太守面带微笑地说："说来听听，你为什么要告他们？"姜朗坤就把上次蒲反县发生的那场瘟疫中，苟县令和墨寒如何大发横财，倒卖救灾物资，贪污救灾款以及儿子被他们打断腿、女儿又被墨桀他们绑架强暴的事说了出来。水太守认认真真听完，气得跳了起来说："岂有此理！在我管辖的河东郡地盘竟然出现这种事，我一定要严惩不贷，绝不姑息！你说的这些，可有证据？"姜朗坤说："我说的句句都是实话，你可以去调查，可以去查苟县令的账目。"水太守说："好吧，这事我一定要严查，你先回去吧，我会派人调查或者亲自去蒲反县调查。王子犯法，与庶民同罪，他们算什么东西。如果情况属实，我一定会把他们送进大牢，该抓的抓，该杀的杀，绝不手软。"

姜朗坤感激不已，下跪磕头："水太守，小民都不知道该说什么了，太感谢了。"

“快快起来。”水太守面带微笑地说，“你先回吧，等我调查清楚了，我会给你一个公道的。”

“水太守，要不中午我来做东，不知能不能赏脸？”姜朗坤的心里充满了感激之情，一时不知道该怎么感谢才好。

“改天吧。你看我现在很忙，你要是晚来几天，我就去长安城拜见皇上去了。”水太守说。

姜朗坤向水太守深深鞠躬，再次表示感谢。

姜朗坤走出太守府衙，回头望了望府衙门口雄伟的石獬豸和气派威武的府衙大门，他的心里充满了期待，想象着苟县令和墨寒、墨桀父子被押进大牢的情景，甚至被砍头的画面在他眼前也出现了，想着想着，他忍不住哈哈笑了。今天他的心情很好，回到客栈立即收拾行李回蒲反县。本来他打算投送完状子后去拜访老朋友——乐仁堂的葱岭巍。这个葱岭巍医术精湛，不仅是安邑第一名医，也是整个河东郡第一名医。他擅长疑难杂症，而且对针灸也颇为精通，所用药物只是些山间的草木藤叶，但疗效极好，一时间被誉为神医扁鹊。姜朗坤考虑到家里还有很多事情要处理，决定改天去拜访请教，他急着回去要亲自上山去采草药。女儿姜媛月受了刺激，整天沉默寡言的。大夫看不好自己的女儿，传出去他脸上无光。他尝试配了几个新药方，下定决心要看好女儿的病。

在回蒲反县的路上，姜朗坤一路上都面带微笑闭着眼睛。他是醒着的，处于陶醉的状态，一想到苟县令和墨家的下场，心里就有种说不出的高兴。

姜朗坤和麦芷回到蒲反县时，天已黑了，下着小雨，天又冷。铺面大多是关闭着的，人们都窝在屋里，街道上显得很冷清，马踩在青石铺成的街道上嗒嗒地响。

“掌柜的，你回来了。”姜夫人听到马蹄声，她让义姁扶她出来站在门口迎接。

“回来了。”姜朗坤把马车交给了学徒，“外边冷，进屋说吧。”

“还没吃饭吧，我让玉梅给你们下碗酸菜面吃。”

“她刚小产不久，还是算了吧。”

“就是太金贵了，所以容易小产，想当年我怀孕时……”

“好了好了。”姜朗坤岔开话说，“月儿她现在还好吗？”

姜夫人叹了一口气说：“还是那样。这会儿睡了，一想到墨桀这个杂种，我就恨不得把他碎尸万段。我每天都在诅咒这个畜生不得好死。”

义姁说：“舅父舅母你们聊，我去给你们做饭。”

姜夫人点了点头。

姜策恒一拐一拐走了进来，把这两天德济堂的情况作了汇报。姜朗坤满意地说："抓紧时间好好学吧。脉诊和开处方你已学得差不多了，现在把针灸要多加练习。万一哪天我不在了，你要把德济堂发扬光大。"

"我知道了。"姜策恒说，"见到水太守没？状子递了上去没？"

"你这是唱的哪一出？"姜夫人目光在姜朗坤和姜策恒的脸上扫来扫去。

"我怕你担心，以前我想告他们，你总是劝阻我，怕他们报复，所以这次我没有告诉你。"姜朗坤说。

"我想通了，拼了老命也要告他们。"姜夫人说。

"好，我们不仅是为了自己，还要为全县好多被他们欺负的百姓讨公道，讨尊严。"姜朗坤笑着说。

姜策恒说："父，你快说说，水太守都说了什么？"

站在姜朗坤旁边的学徒麦芷插话说："水太守说他一定要严查，他会派人调查或者亲自来蒲反县调查。王子犯法，与庶民同罪。如果情况属实，他一定会把他们送进大牢。该抓的抓，该杀的杀，绝不手软。"

姜朗坤微微一笑说："水太守确是这么说的。"

姜夫人说："太好了，我就等着这一天快点到来。"

姜策恒拍着手笑了。

义姁和蒲玉梅端着菜和两碗面进来了，姜夫人说："不说了，你们快吃饭吧。"姜朗坤对麦芷说："你今天辛苦了，快吃吧。"麦芷端起碗哗啦啦吃了起来，他早就饿了。

姜朗坤端起面也津津有味地吃了起来。他今天心情好，感觉吃什么都是香的。他一边吃一边说："大家早点休息吧，明天我准备去山上采草药。"

姜夫人说："现在是冬季，不是采草药的时候，山上有雪，路又不好走。"

姜朗坤说："你不懂，人们采草药时间多数在二月、八月，这很不恰当。只是二月草已发芽，八月茎叶还没有枯死，采药的人容易辨认罢了。对药材来说，并不是最好的时间。用根的草药，如果有隔年老根，必须选择没有茎叶时采摘，这时液汁都集中在根内……"

义姁说："用叶的草药要选择叶子刚长足的时候采摘；用芽的草药，自然应当遵从传统的说法；用花的草药，要选取花刚开时采；用果实的草药，要在果实成熟时采。这些都不可以用固定的时间月份去限制。"

"你是怎么知道的？"姜朗坤不高兴地说。

“我在书上看的。”义姁低着头说。

姜朗坤吃完后把碗放在上桌子说：“我去睡了，大家也去睡吧。”

第二天一早，姜朗坤吃完早饭带着干粮和麦芷出发了。原本姜朗坤有两个学徒，另一个学了不到一年，感觉岐黄之术太深奥了，自己吃不了这个苦，就回家学木匠去了。

太阳出来了，远处山上的云雾缠绕在半山腰。他们沿着崎岖的山路进入树林，坐在树下休息。身后传来了窸窸窣窣的声音，姜朗坤头也不回地说：“出来吧！为什么我每次出来采草药，你都要悄悄跟来？”

义姁背着竹篓走了出来：“舅父，我想能多认识些草药。现在我已能辨认三百多种草药，并了解它们的功效与作用。”义姁心里忐忑不安。她怕舅父发火，没想到这次姜朗坤没有生气，笑着说：“过来，我有话跟你说。”

义姁走了过去，麦芷以为师父有什么悄悄话要跟义姁说，就起身走到一边挖草药去了。

姜朗坤叹了口气说：“媛月这个可怜的孩子啊，自上次发生那事后，整天痴痴呆呆，晚上不睡觉，就算睡下了也不安稳。我用丹参、莲子心、茯苓、远志、炒酸枣仁、柴胡、珍珠粉、首乌藤给她熬制汤药，起到养心安神、疏肝解郁、活血化瘀的功效，现在她总算能睡个安稳觉了。”

“我知道，媛月现在睡觉可香了。”

“俗话说，心病还须心药医，我想医好她的心病，这需要你的帮助。”

“没问题，我能帮什么忙，舅父只管吩咐就是。”

“我想重新给她配一服药，起到调理情绪、醒脑开窍、疏肝涤痰、调理气血，调整机体的脏腑功能及平衡阴阳的作用。俗语说‘心病还需心药医’，只有从根本上治疗疾病，才能取得满意的治疗效果。疾病反复发作的原因就是没有治疗心因，只有去除心因才可以达到根治。”

“舅父，我明白了你的意思。你要我多开导开导她，化解她心中的郁结。”

姜朗坤笑着说：“你真是个聪明的孩子，等媛月好后，你就可以学岐黄之术了，我大力支持你。”

“真的吗？”义姁高兴得跳了起来。

姜朗坤张开嘴想说什么，犹豫了一下，咽了回去。过了一阵，他才长吁一口气说：“走，我们一块挖草药去。”

这次他们专门是为针对姜媛月的病情来挖草药的，现采的草药也许效果会更好些。三人回到德济堂后，姜朗坤饭也顾不上吃一口，他要亲自给女儿煎熬草药，每一道工序他都要亲自操作。药的味道在院子里弥漫。两个时辰后，汤剂终于熬好了。他尝了一口，很苦，自言自语道：“良药苦口。”

姜朗坤端着汤药进了女儿的房间，看见姜媛月闷闷不乐地躺在床上，义姁在给她讲故事。现在她的病情比以前好多了，不发脾气不砸东西了。姜朗坤把汤药放在桌子上，给义姁示意了一下，义姁点了点头。姜朗坤轻轻关上门退了出去。

“你先把这药喝了吧，我再给你讲。”义姁把碗递了过去说。

姜媛月皱了皱眉头，接过碗乖乖地喝了。

“不错！”义姁拍着手说。

每天，义姁都陪着姜媛月，让她按时喝药，给她讲故事，跟她说话……姜朗坤也定时给她做针灸治疗。针灸有疏经通络、醒脑安神、平衡阴阳的效果。

从冬天到春天，姜媛月在草药汤剂、针灸和义姁的陪伴下，状态一天比一天好。等春暖花开的时候，姜媛月已完全病愈，慢慢恢复了正常的生活。

姜朗坤的心情却高兴不起来，他每天都在盼望着苟县令和墨寒父子被抓，可苟县令和墨寒父子那边好像没有一点动静，人家的日子依然过得潇洒。难道水太守没有派人来调查？姜朗坤开始失眠了。他能医好别人的失眠症，却看不好自己的失眠症。几天后，他带着学徒麦芷又去安邑找水太守，他想问问现在是啥情况？他们来到了太守府衙，守门的人说水太守刚去长安城拜见皇上和丞相去了。姜朗坤问：“什么时候能回来？”守门的人说：“我们这些小人怎么能知道，也许十天半月，也许一个月。”姜朗坤不相信守门人的话，就在门口等。等了几天，果然没有看见水太守的踪影。水太守没等着，却等来了那个长史，长史见了姜朗坤低着头装作不认识。姜朗坤拦住喊了一声：“长史。”长史说：“你是谁啊？”姜朗坤说：“上次我们在太守府衙见过面，我就是告蒲反县苟县令的那个人。”长史打量了姜朗坤一下，左右看了看，小声说：“你不知道水太守跟苟县令的关系？我劝你还是算了吧。”姜朗坤说：“我不管他们什么关系，实在不行了我就去长安城找丞相找皇上来给我评评理。”长史微微一笑，匆匆走了。

一个月后，姜朗坤在麦芷的陪同下又来到了安邑。这次比较顺利地进入太守府衙，仿佛水太守在等待他似的。水太守客气地招呼他入座上茶，然后支走了下人。水太守说：“关于蒲反县苟县令和墨寒父子的事，我已禀报给了朝廷，上面压着一直没有给消息，我也是没办法。你看这样行不，给我一个面子，你也不上告了，墨家愿意赔偿你几根金条，此事就到此为止。”

姜朗坤生气地说：“不行，墨家把我一家害惨了。如果太守不能给我做主，我就去长安城找丞相找皇上来给我评评理。”此事一拖再拖，姜朗坤心里一直很不舒服，满肚子都是火。他想不通，上次来府衙，水太守非常热情，还扬言要严查严办，让他看到了希望，转眼间怎么这么快他就变脸了。这像一个太守说的话吗？分名是在包庇苟县令和墨寒父子。难道水太守收了他们的黑钱？

“别敬酒不吃吃罚酒。”水太守说，“我劝你还是算了吧，你不为自己考虑，也要为你的家人考虑。”

“你在威胁我？”姜朗坤大声喊道。

“我这是为你好。”水太守笑着说。

“这事没完，既然太守做不了主，我就去找能做主的人。我去长安城找皇上来给我评评理。”姜朗坤拱了拱手说，“告辞了！”

“不送！”

姜朗坤走出府衙，听见水太守在给长史说话。水太守声音很大，他听得清清楚楚：“有本事就告去！就他这样子，还想见皇上，笑话！”姜朗坤心里更加生气了，心里更加确定了这个笑面虎水太守一定收了苟县令和墨寒父子的好处。

这次，姜朗坤本来要去拜访乐仁堂的葱岭巍的，因心情不好，只好作罢，直接回蒲反县。

第九节 捉拿凶手

姜朗坤回到蒲反县没多久，墨桀也大张旗鼓地回到了蒲反县。他在向姜家发出挑衅，他没事了，他依然是蒲反县的小霸王。

每天，墨桀的身后都跟着几个混混儿，他们在街上看见漂亮的姑娘就要去调戏一番，看见摆摊卖小吃的他们就白吃白拿，墨桀像个瘟神一样，走到哪里，人们尽量躲着不招惹他。

那天，墨桀从怡红楼出来后，又去了酒楼喝酒，从下午一直喝到天黑，陪同的四个混混儿也喝醉了，他们东倒西歪地往回走。走在偏僻安静的小巷子里时，突然冒出两个蒙面人二话不说，掏出刀子就朝墨桀砍去，其中一个混混儿想帮忙，身上挨了一刀，便倒在地上装死。另外三个混混儿腿发软，有的跪在地上磕头求饶，有的东倒西歪想跑，跑了几步，腿不争气，又倒在地上。一会儿，墨桀倒在血泊中告饶，一个蒙面人说："谁让你欺负老百姓，老子是替天行道，让你长点记性。"那人用手中的刀在墨桀的脸上划了几刀。另一个蒙面人说："别跟他废话了，干脆杀了这个畜生。"

"救命啊!"躺在地上的一个混混儿大声呼喊。

"闭嘴！再喊我就杀了你。"蒙面人提着刀走了过去。有脚步声朝这里走来，是县衙的县尉带着几个人在巡逻，刚好路过这里，那人喊叫得更加厉害了。

蒙面人退了回来："来人了，快走。"

另一个蒙面人不甘心，又在墨桀身上捅了一刀，转身跑了。

县尉带人跑了过来，见躺在血泊中呻吟的是墨桀，大吃一惊，大声道："是谁吃了豹子胆！"那几个混混儿早就被吓醒了，"他们蒙着面，见了我们二话不说就用刀朝我们砍，我们毫无防备。"县尉说："快把墨桀送到百药堂。"

墨寒见到满身是血的儿子，他腿有点发软，是谁下这么重的手？现在不是他考虑的事，重要的是先救活自己的儿子。墨桀已昏迷，身上多处受伤，墨寒得赶紧给他止血，墨寒头上开始冒汗，有几处伤口他没有把握能止住血，便对县尉说："快去派人把姜朗坤押过来。"

“你怀疑凶手是姜朗坤派来的？”县尉问。

“现在不是讨论这个问题的时候，先救人，我需要他帮忙。”墨寒说，“只要你把他带到我这里就行，我会重谢的。”

不一会儿，姜朗坤被带来了。他不知道发生了什么事，心里很不安。当他看见躺在床上的墨桀时，他什么都明白了。墨寒的医术他还是清楚的，跟他相比，还是差了一大截，墨寒请他来是给墨桀看病的。姜朗坤的心里顿时敞亮了，这是报应啊，正是弄死墨桀的最好机会。

“求求你救救我儿子。”墨寒说，“我们之间虽然有很多过节，但我内心里一直很敬佩你，我相信你的医术你的医德。纵然他罪大恶极、十恶不赦，但躺在我们面前的是手无寸铁的病人，而我们大夫的职责就是救死扶伤、悬壶济世……”

“你别跟我谈这些，你不配。”姜朗坤冷着脸说。姜朗坤望着眼前的墨桀，恨不得现在就掐死他。他害得自己女儿差点就死了，这笔账一直还没了结，今天到了结的时候了。

“是，我不配。”墨寒赔上笑，要是搁在以前他早就翻脸了，“姜大哥，你看病人身上有几处伤口还在流血，能否用你家祖传的‘金疮止血药’试试？”

姜朗坤说：“药没随身携带。”

县尉说：“我们把你的药箱都带了过来。”

姜朗坤无奈地打开药箱，拿出一个小瓷瓶。他的手是颤抖的，面对仇人的儿子，他完全可以趁机杀了他，但面对病人，他的心也颤抖了一下。他在跟自己作思想斗争，大夫职责就是救死扶伤、悬壶济世……而一个大夫在病床上不去救治病人，而是故意“杀死”自己的病人，那么他就一定是个不合格的大夫。当年师父也这样告诫他。姜朗坤的手又颤抖了一下，他扯开瓶塞，朝墨桀的伤口上撒上药粉，血顿时不流了。他又在其他伤口撒上止血药，他一边撒一边说：“你这都是些什么狗屁止血药，实话告诉你，要不是我的止血药，他会因流血过多而亡。”

“太感谢了。”墨寒心诚口服地说。

“谢谢姜老板救了我的儿子，以后我一定好好教育他。”墨夫人站在旁边一边抹泪一边说。

“这儿没你说话的地方，快去安排晚饭，等下我要跟姜大哥喝一杯。”墨寒瞪了夫人一眼。

墨夫人应了一声，退了出去。

姜朗坤给墨桀处理完伤口，再敷上药疗伤，他指着墨桀身上的瘀血说：“身上有瘀血，用乳香、没药、麝香、三七、葱白等物捣敷于患处。如果失血过多则内服八珍养荣参附一类的药汤，比如用当归、白芍、熟地黄、阿胶、何首乌、黄芪、红枣、枸杞等，达到补血补气的目的。如果伤口着风，出现了发热头痛乃至身体痉挛等症状，则用小柴胡等药材熬煮治疗……”

“多谢了。”墨寒说，“你再看看，他还有没有其他症状。”

“你不就是大夫吗？怎么还要问我？”姜朗坤突然想起了什么。

“唉，我的水平你还不知道，都是瞎吹糊弄人的。”墨寒不好意思地说。

姜朗坤坐下来开始给墨桀号脉，过了一会儿，站了起来说：“他现在虽然昏迷，但已无性命之忧，问题不大。”姜朗坤转身就要告辞，墨寒抓住他的手说：“吃了晚饭，我派人送你回去。”姜朗坤说：“谢谢好意，现在没我的事了，吃饭就算了。”两人正在拉拉扯扯时，外面传来了吵闹声。下人进来禀报，说是姜策恒带了一帮人，在门口闹事，要求放了姜朗坤。姜朗坤故意说：“县尉带人气势汹汹把我押走，家人以为出了什么大事呢。如果我不回去，万一他们冲进来，发生冲突，烧了墨家大院，再打伤了人就不好了。”墨寒呵呵一笑：“那就改天请你喝酒，我还要登门负荆请罪呢！”

墨寒把姜朗坤送到大门口，然后吩咐下人打开门。门缓缓打开了，有人想朝里面冲。姜朗坤看见了姜策恒和义夠他们，他们手中拿着棍棒，也想朝里冲，他大喊了一句：“你们都给我站住！”大家看见姜朗坤安然无恙，纷纷停住了脚步。姜朗坤接着说：“墨老板请我来，是给他儿子看病的，大家别起哄了，都散了吧。”

墨寒有点尴尬，但又不好意思发火。他是大夫，姜朗坤也是大夫，大夫请大夫，传出去岂不让人笑话。当时只考虑如何救儿子的命，而没想那么多。

姜朗坤走后，墨寒来到客厅里。苟县令早就来了，一直在客厅里喝茶，他不想见姜朗坤，所以一直没有出来。

“墨桀没事吧？”苟县令问道。

“无性命之忧。”墨寒说，“苟县令，你说谁会下如此毒手？你要给我们做主啊！”

“这事我会严查的。”苟县令说。

墨寒吩咐丫鬟上酒上菜，墨夫人也默默走了过来，坐在一边。县尉招呼墨夫人入席，墨夫人说自己没有胃口，等下还要去照顾桀儿。苟县令知道墨夫人的意思，她想听抓捕凶手的事，苟县令对县尉说：“出事时，你刚好在场，你把当时的情况说说。”县尉说：“我听到救命声，赶去时凶手已跑了，我看墨桀满身是血，救人要紧啊，于是我把墨桀和另一个受伤的抬了回来。”苟县令又说：“跟墨桀的几个人亲眼看见了凶手，他们怎么说的？”县尉说：“我问了，当时凶手蒙着面，他们又喝醉了，什么也说不清楚，只是感觉蒙面人说话声音有点熟悉，听口音是本地人。”

苟县令喝了一口酒，望着墨寒说：“墨桀结了不少仇家，你觉得谁的嫌疑最大？”

墨寒想了一会儿说：“当然是占山为王的张次公和姜朗坤的甥男义纵嫌疑最大。”

“派人去调查啊！”苟县令说。

县尉说：“我去请姜朗坤的时候，顺便打听了一下，他们说义纵根本没有回来。”

苟县令吃了一口菜说：“也许义纵怕连累家人，跟张次公行凶后，当天晚上就离开了。”

“完全有这种可能。”墨寒附和着说。

“如果证据确凿，明天我让县尉带人去天星寨捉拿张次公和义纵归案。”苟县令说。

“多谢县令大人。”墨寒端起酒杯说，“来，我敬你一杯！”

苟县令端起酒杯呵呵笑了：“我们是啥关系，别说什么感谢的话了。来，喝酒！”

墨寒笑着说：“等处理完这件事后，我们是不是也要跟姜朗坤算账了。他到河东郡水太守那里告我们的状，说我们倒卖救灾物资、贪污救灾款，说我儿子把他儿子腿打断了，还强暴了他女儿……好在水太守把这事捂住了。我还没告他，他倒先告我了，要不是他儿子勾引我小女儿，我女儿能自杀吗？还有我家着火一事，我怀疑就是姜家干的。”

苟县令说：“水太守把姜朗坤写的状子都给我看了，我之所以没有动他，是在静观其变，寻找对策。听说他前些日子又去了太守府衙，扬言要去长安城找丞相找皇上来给他评理。我已派人监视他的行踪，只要他敢去长安城，我就……”苟县令做了一个抹脖子的动作，接着说：“别说这些不高兴的事了，喝酒！”

墨寒哈哈笑了。

墨夫人见他们谈得高兴，起身看墨桀去了。

苟县令和墨寒正在商量如何收拾姜家，丫鬟进来禀报说少爷醒了，苟县令和县尉跟着墨寒来到墨桀的床边。墨桀身上有好几处刀伤，脸上也被划了几刀，只露出眼睛，墨寒激动地说：“儿啊，你终于醒了，你告诉我，是谁下的毒手？”墨桀的声音很微弱，墨寒俯下身子还是没听清楚。墨夫人哭着说：“他身子还虚弱，需要休息，先把熬好的药给他喝了吧，有问题明天再问吧。”墨寒说：“好。”墨夫人说：“他刚醒来时嘴里一直说着一个名字，好像是张次公。”墨寒咬牙切齿地说：“果然是这个强盗。”苟县令说：“明天一早，我让县尉带人去围剿张次公。”

三人又回到酒桌上，边喝酒边商讨明天捉拿张次公的行动计划。三人一直喝到半夜，苟县令和县尉见时候不早了，说要回去，墨寒便让墨桀的弟兄扶着东倒西歪的苟县令和县尉回去了。

第二天天一亮，县尉带着青龙和白虎及百十号人浩浩荡荡朝天星寨出发了。他们来到中条山脚下，抬头一看，这里峰峦起伏，悬崖峭壁，县尉大声说："大家顺着山谷进去，路上要小心。"他们顺着小溪边的小路行走了一会儿，然后翻山。山上的羊肠小路更加难走，道路也越来越窄越来越陡峭了，县尉只好下马，留下几个人看马，其余人都步行上山，大家沿着石阶行走，森林茂密，溪流四注，瀑布飞溅，绝壁千仞，绿树凌空，抬头可以看见天星寨。葱郁的峰头白云环绕，一阵风吹过，松涛轰鸣，声音在山谷回荡。

他们气喘吁吁来到了山寨门前，守门的人大声喊道："干什么的？快快报上名来，饶你不死！"

"快去通报，让张次公出来见我。"县尉大声说。

"你谁啊，这么大的口气。"

"你就说是蒲反县的县尉有事求见他，快去。"青龙说，"他要是敢不出来，我们就踏平他的山寨。"

过了一阵，张次公出来了，身穿盔甲站在寨门上。他的身边也站满了全副武装的弟兄，他们手持剑、钩、矛、戈、铍、戟、弓、弩，做好了战斗的准备。张次公哈哈一笑："我知道你们会来，所以放你们进来了，否则你们能轻易来到山寨门前吗？你们不是要踏平我的山寨吗？来吧！"

县尉看了看这阵势，嘿嘿一笑："我是奉苟县令之令，请张大王到县衙做客！"

张次公仰天长笑："苟县令真是够意思，带这么多人请我下山。"

青龙和白虎说："你就把门打开，放我们进去吧。"

"是啊，我们远道而来，也不请我们进去喝口水。"县尉说。

"有啥事，就在这儿说吧！苟县令不用八抬大轿来请我们大王，我们大王是不会下山的。"站在张次公身边的义纵笑着说。

"别给脸不要脸，快快把门打开，跟我们去见苟县令。"白虎说。

"凭啥？"义纵笑着说。

"那我今天就把话挑明吧，墨桀被人砍杀，我是奉命来调查的。"县尉说，"你跟我一块去见苟县令，把事情说清楚。如果不是你们干的，我们自然不会伤害你们一根汗毛。如果你们不配合，甚至再打伤我们的人，那就罪加一等，后果就更加严重了。"

张次公哈哈大笑，“男子汉大丈夫，敢做敢当。我告诉你，砍杀墨桀的就是老子，你想怎样？”

“真的是你们干的？”县尉问。

张次公的语气里充满了得意：“是老子干的，我在他身上捅了几刀，脸上还划了几刀，怎么没死？不可能啊？他和手下认出老子来了？就算不死，也是残废疤子窝囊废。”

“你的同伙是不是义纵？”县尉又问。

“有本事冲着老子来！”张次公扬起手，用大拇指指着自己说，“苟县令这个狗官算什么东西，他要是把老子惹急了，老子带人杀进县衙，取了他的狗头，挂在城门上，替天行道。”

县尉给青龙和白虎递了一个眼色，他手一挥，县衙官兵发起了冲锋。他们想强攻，趁机踏平山寨。张次公大声喊道：“不要逼我。”他命令弓箭手拉满弓朝官兵腿上手臂射去，他不想乱杀无辜。箭如雨点飞了出去，那些中箭的官兵躺在地上呻吟，鬼哭狼嚎，后面的兵卒见这阵势停止了前进。张次公大声喊道：“谁敢前进半步，格杀勿论。”

青龙没把这伙小年轻人放在眼里，他拔出刀，大声喊道：“冲啊！”

义纵拉满弓，手一松，箭飞了出去，青龙头上戴的官帽被射飞了出去，头发一下散开，披头散发。躲在树后的县尉刚探出头，头上的帽子也被射飞了，他吓出一身冷汗，浑身颤抖。

“别怪老子不客气了，这是警告，不想活命的，尽管朝上冲。”义纵大声喊道，“我要射你的左眼，箭绝不会插在你的右眼上。”

张次公见他们停止了前进，也没后退，在哪儿犹豫不决，就下令吹响了进攻的号角。寨门打开，喊杀声一片，那些官兵丢盔弃甲，转身就跑。山路陡峭，有的被挤下悬崖摔死了。兵败如山倒，县尉灰溜溜地从小道跑了。

张次公本来是想吓唬他们一下，没想到这些官兵不堪一击。他下令停止了追击，打扫战场。山寨的弟兄们望着逃跑的官兵，举起兵器大声呼喊着。

县尉狼狈地逃回县衙，说强盗张次公如何如何厉害，打死打伤了不少官兵，还说张次公已承认他就是行刺墨桀的凶手。苟县令指着县尉的鼻子气得半天都说不出话来。过了半天他才说：“你带一百多人，还打不过几十个小毛孩？我都替你害臊！”青龙说：“这伙强盗确实厉害，占据有利地势，我们吃了大亏。”白虎说：“张次公太嚣张了，他说要杀进县衙还要取你的人头。这人不除掉，迟早会成为心头大患。”苟县令生气地拍了一下桌子说："张次公真是这么说的？"县尉点头说："他真是这么说的。"苟县令生气地说："你现在就去找河东郡的水太守，就说强盗张次公非常嚣张，蓄意造反，杀人放火，打伤打死我县衙多名官兵，请水太守派军队来剿灭。"苟县令把写好的公函交给了县尉，县尉说："好，我现在就去。"

第二天，县尉回来了，说水太守同意了。第三天，扈都尉带着一千人的军队浩浩荡荡来到了蒲反县。战车和马停满了县衙，县衙成了他们临时营房。县城一下来了这么多人，引起了人们的好奇和围观。

苟县令设宴为扈都尉接风洗尘。一千人每天的开支就是一笔不小的数目，苟县令心里恨死了张次公。席间他多次催问："什么时候进攻天星寨，消灭强盗，捉拿张次公？"

扈都尉说："奔波了一天，我们吃饱了喝好了才有力气爬山，你说是不是？"

苟县令频频点头，他也不好说什么。扈都尉手下的一些官兵吃饱了喝醉了，就在大街上东倒西歪地晃悠，有的去了青楼，有的去了赌场……他们这样大张旗鼓在县城晃悠，天星寨的人很快就得到了消息。

第二天中午时分，扈都尉才下令让县尉带路，浩浩荡荡直奔天星寨。等大部队赶到山脚下已是下午。扈都尉左右看了看，笑着说："这里风景不错，地势险要，真是一个出刁民的好地方。"县尉附和着一笑，没说话。山谷里很安静，官兵悄悄包围了山寨，县尉跟在他们后面小心翼翼地摸进了山寨。山寨异常安静，连看寨门的人都没有，县尉感觉情况不对，担心张次公使诈，不敢前进了。

"里面没人。"扈都尉的手下喊道。

县尉冲了进去，前院后院大厅空荡荡的，没见张次公和他的弟兄，看来他们得知消息后跑了。留得青山在，不愁没柴烧。别看张次公年纪不大，鬼点子却多。

"这个小兔崽子，害得老子白跑一趟，这么大的山让我去哪里找他？收队！"扈都尉大喊一声。

县尉一气之下，一把火烧了山寨，黑烟滚滚，在山顶盘旋，遮住了天上的云彩……

第十节 冤死

县城贴满了通缉张次公和义纵的画像，但他们却消失得无影无踪，没人知道他们去了哪里。

墨桀总算捡回了一条命，身上的伤疤衣服一遮盖，外人根本看不出来，但脸上的几道伤疤太明显了，左边一道×，右边一道×，看上去很狰狞。墨寒甚至怀疑眼前的这个墨桀是不是自己的儿子，每次看到他的脸，他的心里就充满了仇恨，充满了对姜家的仇恨，因为义纵就是伤害他儿子的凶手之一。苟县令也暗中派人监视着姜家，只要义纵一回来就抓捕他，可是义纵一直没有回来。

宫廷中所需药物，一般从全国各地入贡。河东郡每年都要向宫廷贡献地方的名贵药材，水太守就把收购药材的任务分摊到下面各县。中条山有金银花、丹参、五味子、秦艽、祖师麻、断肠草、马先蒿、太白贝母、连翘、伸筋草、穿山龙、玉竹、五倍子、黄精、天冬、独活、石韦、天南星、七叶一枝花等药材。苟县令把收购金银花、丹参、五味子、穿山龙、天南星的任务交给了姜朗坤，并且强调这是硬任务，如果完不成任务，上面追究责任，他日子不好过，大家都没好日子过，他还让你全家没好日子过不说，还要让你掉脑袋。姜朗坤心里明白，墨寒垄断了整个蒲反县的药材收购，他要完成任务几乎不可能，看来苟县令这次故意要把他逼上绝路。完不成任务就要掉脑袋，就算完成任务，也要把家底搭上。因为苟县令是个铁公鸡，上面拨的经费他已扣了多半，他给姜朗坤的经费有限，甚至连成本都不够。

姜朗坤只好在门上挂上了收购金银花、丹参、五味子、穿山龙、天南星的牌子。百药堂的墨寒同样也在收购这些药材，并且出价比姜朗坤出的高，卖药材的人自然就把药材卖给了墨寒。几天下来，姜朗坤没收到一点药材。万般无奈，姜朗坤只好带着学徒和义姁、姜媛月去山上挖草药，每天起早贪黑，但挖的草药有限。入贡宫廷所需药物都要精挑细选，都是要上等佳品，所以挖的采摘的药材能成为贡品的只是少数。

一天，义姁在山上挖草药遇见了义纵，义姁大吃一惊："县衙在通缉你，你怎么在这里？"义纵说："我知道，我后悔当时应该再补几刀。我虽然没有回县城，但城里的动静我还是知道的。我知道你们在挖草药，就找了过来。”姜朗坤把收购药材上贡的事说了，义纵说：“这事交给我来办，一个月后我派人把药材送到德济堂。”义姁说：“你别吹牛了，你去抢吗？”义纵说：“我们现在又找了一个山寨，现在发展到一百多个弟兄了，等时机成熟后，我们会杀回蒲反县的。至于怎么弄到药材，你就不用管了。”姜朗坤笑着说：“谢谢你了，你暂时不要回来，等风声过了再说。我发现县衙的人一直在德济堂附近转悠，他们在等你上门呢。”义纵说：“我知道，我现在长大了，自己会照顾好自己的。”义纵说完钻入树林里消失了。

一个月后，离交货的日期越来越近了。姜朗坤每天急得连饭都吃不下去，如果完不成任务，死罪一条。离交货日期头一天，几辆马车停在了德济堂门前。姜朗坤说：“你们找谁？”一个人说：“我们是来送货的。”姜朗坤心里暗喜，估计是药材，他们卸完货就走了。姜朗坤留他们吃饭，他们拒绝了，说还有事。他们走后，姜朗坤打开麻袋一看，果然是上等的金银花、丹参、五味子、穿山龙、天南星。姜朗坤心里大喜，派人通知苟县令。苟县令亲自来验货，药材果然是上品，他也不好说什么，让差人把药材拉走了。

这次躲过一劫，姜朗坤心里明白，苟县令和墨寒不会善罢甘休的，也许他们正在策划着更大的阴谋要置他于死地。与其束手就擒，还不如主动出击。他想去长安城告他们，只有把他们告倒了，他才能在蒲反县立足，才能过上好日子，否则永远被他们欺负，没有出头的日子。

姜朗坤把自己的想法告诉了姜夫人，姜夫人也大力支持他，她也受够了窝囊气。说干就干，他把状子写好，盘缠和干粮也准备好了。他怕苟县令发现他是去告状的，早早就放出话，要去潼关收购药材。

这天天还没亮，姜朗坤就起床了，带着学徒麦芷早早来到城门前，城门一打开，姜朗坤和麦芷扬起马鞭飞奔了出去。他们怕苟县令派人追了上来，一口气奔到黄河渡口，上船，到了潼关，离开蒲反县管辖范围后他们才松了一口气。他们在一家饭馆前停了下来，各自吃了一碗面，然后继续出发。

“麦芷，你今年也不小了，也到了该成家的年龄了，你有啥打算？”

“家里穷，还没考虑，再说有哪个姑娘愿意嫁给我呢？”

“如果你不嫌弃，我愿意把媛月许配给你……”

“师父这是说哪里话啊，只要她不嫌弃我，我就烧高香了。”

“那就好，早日出师，回到乡下开家药铺。”

“谢谢师父了。”

马车进入山谷，山上林木茂密，山顶白云在飘荡。山谷里很安静，没见一个人影。后面传来了马蹄声，几匹马朝他们奔来。他们都蒙着面，有两人冲在前面拦住了他们的去路。

“你们想干啥？”姜朗坤大声喊道。

一个人挥着手中的刀说：“留下买路钱，不然就不要怪我手中的刀不客气了。”

几个人跳下马，把麦芷一把拽下来，又用刀指着姜朗坤说：“快把钱掏出来。”

“几位好汉，求求你们了，我们也是穷人，为了讨口饭吃，我们才做药材生意，没想到赔了本钱。”姜朗坤低三下四地说。

一个人开始搜身，另外几个人把马车上的行李拿走了，盘缠和状子都在行李里。姜朗坤急了，抱住拿行李的人，那人胳膊一甩，一脚把姜朗坤踢倒了。

“干脆一不做二不休，把他们杀了算了，免得留下活口。”

“老板没有交代我们杀人啊！”

麦芷扑在姜朗坤身上说：“钱财你们都拿去了，如果杀了我们，就成为命案，官府是要追查凶手的，一旦被抓，你们是要掉脑袋的。”

一个人犹犹豫豫举起了刀，前面有马蹄声和说话声，那人神色慌张，朝姜朗坤的马捅了一刀，马受了惊吓，拖着马车滚下了山崖。强盗们跳上马，朝着回去的路跑了。姜朗坤蹲在地上哭了，身无分文，如何去长安城，看来只能先回去了，告状的事得先缓一缓了。

几个商人来到他们面前。他们是马帮，马车上装着货物。一个中年男人走到姜朗坤身边说：“发生了什么事？”姜朗坤说：“我们遇到强盗了，财物被抢了，他们还想杀人灭口，要不是你们来了，恐怕我们命都没有了。”中年男人说：“我经常走这条山路，从来没有听说有什么强盗啊。”麦芷说：“反正我们的东西被抢了，他们一个个都蒙着面。”中年男人说：“我叫董大，家在潼关，要不跟我一块回去？”姜朗坤说：“我是蒲反县的姜朗坤，很高兴认识你。我们现在身无分文，只能先回去了。”董大打量了姜朗坤几眼说：“你就是德济堂姜老板？”姜朗坤说：“正是，你认识我？”董大笑着说：“我内侄得了一种怪病，四处求医都没能看好，后来我弟弟带着孩子去蒲反县，还是你给他看好的。我弟弟常夸你，说你医术如何如何高明。我最近胸闷，一直还想去拜访你呢。”姜朗坤哈哈笑了，指着马车上的东西说：“你们是做啥生意的？”董大不好意思地说：“都是粮食，做点小买卖，混口饭吃。”两人越聊越投机，不知不觉来到了潼关。

董大热情邀请姜朗坤到自己家里做客，姜朗坤欣然答应了。这是一幢很大的宅子，刚一进门，董大就吩咐内人上茶做饭。两人聊了一会儿天儿，几个凉菜上来了，董大让姜朗坤坐上席，然后亲自斟酒。这时一个男人走了进来，他看见了姜朗坤，一把抓住他的手说："姜郎中，你还记得我吗？去年我带孩子去你那看病，吃了你开的药后，病就好了。"姜朗坤点头微微笑，他知道这人就是董大的弟弟董二。董二坐下后，给自己倒满酒，端起酒杯敬姜朗坤，姜朗坤端起酒杯微微一笑，一口喝了。麦芷站起来，要去倒酒，董二摆了摆手说："你是客人，坐下。"接着董大开始敬姜朗坤酒，姜朗坤又开始回敬，几杯酒下肚后，热菜也开始慢慢上了，他们聊得热火朝天。话题扯到遭遇强盗的事上，董大说这一带我常年走，从没遇到过强盗，可能是你的仇家想害你。姜朗坤一琢磨，觉得董大说得也有道理，他首先想到的就是苟县令，苟县令想阻止他上告。姜朗坤的心情很压抑很痛苦，董大他们轮番敬酒，他来者不拒。

这顿饭从下午一直吃到半夜，董大和董二酒量很好，把姜朗坤灌醉了。董大看着趴在桌子上的姜朗坤，让麦芷扶着他的师父去房间休息。

姜朗坤醒来时天已大亮，坐在床边的麦芷说："师父，你终于醒了，你昨天喝得太多了，我从没见你喝过这么多酒。"姜朗坤不好意思地笑了。

早已在门外等候的董大和董二听见屋里有说话声，他们推开门说："姜郎中，你没事吧？"

"没事，没事。"姜朗坤摆了摆手说。

"你先洗脸，等洗完脸到客厅来一趟。"董大说。

"顺便再瞧瞧我儿子。"董二笑着说。

"好好，你们先去，我一会儿就来。"姜朗坤说。

姜朗坤洗漱完毕，来到了客厅。董二带着孩子在那等候，他看见姜朗坤来了，起身让座，说："你给我儿子再看看。"姜朗坤把孩子拉到自己的身边，孩子有点害羞，低着头。他问了问孩子的情况，然后开始号脉。客厅里很安静，没人说话，都看着姜朗坤的手指。过了一阵，姜朗坤说："问题不大，我开几服药，你照我的单子抓药，应该很快就会痊愈。如果以后还有啥问题，你来蒲反县，我用针灸给他治疗。"

董二感激不尽，掏出钱要感谢，姜朗坤拒绝了。姜朗坤现在缺钱，他想去长安，他甚至想开口向他们借钱。初次见面就借钱，他开不了口。

董大说："姜大夫，你给我看看，我经常胀气、烧心、恶心，排便也不好，身体好像也越来越瘦。"

姜朗坤开始号脉，过了一阵，他说："你肠胃有点小问题，我给你开个方子，煎几服药吃。还有，你日常一定多忌口，少吃辛辣油腻酸冷食物，多休息，调理一阵就可以康复！”

董大笑着说：“谢谢姜郎中了。”

一会儿饭菜好了，董大说：“再喝几杯？”姜朗坤说：“昨晚喝多了，头还有点隐隐作痛，不能喝了，吃完饭我还要赶路。”董大只好作罢，吃完早饭，姜朗坤要走，董大强行塞给姜朗坤一点钱做路费。董大和董二把姜朗坤师徒二人送上渡船，然后告别。这个船老板是董大的一个亲戚，免收了他们的船钱。

下船后，他们租了一辆马车回到德济堂。姜夫人看见姜朗坤样子很狼狈，吃惊地问道：“你们怎么这么快就回来了？你们的马车呢？”姜朗坤也不说话，回到了自己的房间。姜夫人问麦芷怎么回事，麦芷就把遇见强盗的事说了出来。

经历这件事后，姜朗坤似乎预感到了什么，整天郁郁寡欢。义姁那天去姜朗坤的房间，看见他正在写什么，他看见义姁来了有点慌张，把写的东西放进了屉子里。他招呼义姁坐下，想说什么，又有点犹豫。姜朗坤说：“我以前反对女孩子学医，但看你天资聪颖，我这里有《扁鹊内经》和《扁鹊外经》你拿去看吧。这虽然是复制品，但非常珍贵，整个河东郡没有第二本，墨寒一直想得到它们，但我从不示人。”

“谢谢舅父。”义姁抱着《扁鹊内经》和《扁鹊外经》走了。

义姁每天把自己关在屋里，如饥似渴地研读着扁鹊的著作，遇到不懂的地方就向姜朗坤请教。

几天后，姜朗坤和姜夫人去乡下参加亲戚儿子的婚宴，姜策恒就在德济堂坐诊。如今的姜策恒可以独当一面了。自腿折了后，他把全部心思都用在岐黄之术的研究和实践中，他的技艺也逐渐提高。中午时分来了几个病人，从穿衣打扮看像乡下人，姜策恒望闻问切后给他们开了几服药。他相信他们吃了他开的药后很快就会病愈，但他没有想到的是一场阴谋在等待着他。

第二天，人们抬着三具尸体来到德济堂门前，他们的亲人号啕大哭。一会儿，德济堂门前围满了看热闹的人，街道也堵塞了。

“怎么回事啊？”姜朗坤走了出来说。

“吃了你们‘德济堂’的药，我父亲就死了。”一个年轻人哭着说。

“我们也是。”

“不可能，你们这是栽赃陷害。”姜策恒跑了出来说。

“怎么这么巧啊，你们是哪里人？叫什么名字？”姜朗坤问。

“管我们叫啥名字，赔钱。不赔钱就把尸体埋在德济堂里。”

“起码你要告诉我们，我们不能不明不白地赔钱吧。”姜朗坤说。

“你要这样说的话，我们就报官，让官府来处理。”

“报就报，我还怕你们不成？”姜策恒说。

姜朗坤让姜策恒不要说话，他揭开布看了看死者的脸，然后盖上，招呼三家代表进屋面谈。姜朗坤的心里充满了愤怒，从死者面部看，不像中毒身亡，而这背后一定有更大的阴谋，一定是荀县令和墨寒在背后操作，舍财免灾，他决定认了。一旦闹到官府，他的损失就更大了，搞不好就要掉脑袋。

姜朗坤说：“你们想要多少钱？”

“文景四铢半两一万枚。”有人说。

“你们这是狮子大张口，”姜朗坤说，“有些事我就不明说了，他们是怎么死的，你们心里比谁都清楚。如果我把这事通报上去，你们是知道后果的。我给你们一家一千枚四铢半两，入土为安，赶紧抬回去。”

他们面面相觑，私底下商量了一下，最后同意了姜朗坤的意见，抬着尸体走了。他们刚走没多久，县尉带着一伙官兵来了，包围了德济堂。

“你们怎么来了？”姜朗坤问。

县尉说：“有人告你们，说吃了德济堂的药，出了人命。”

“这事就不用你费心了，我们私下已处理好了。”姜朗坤说。

“人命关天的事，岂能私下解决。”县尉说。

“县尉大人，这三具尸体我都已看了，从面部看，根本不像是中毒而亡，有人故意栽赃陷害我们，还请大人明察。”姜朗坤说。

县尉说：“我们有人证物证，已把你们开的药和他们还没熬制完的草药取了回来。经过我们检查，这些草药里有乌头、甘遂、天南星、马钱子、断肠草，这些药材一旦过量，就会致人死亡。药物配伍分为：单行相须、相使、相畏、相恶、相杀、相反。在复方配伍中，有些药物应避免合用。《神农本草经》称这些药物之间的关系为‘相恶’和‘相反’。”

姜朗坤说：“没想到县尉也懂医术，看来是提前背好了的吧？”

县尉有点尴尬，脸有点发红。

“胡说八道，我清楚记得，我给他们的药材里根本没有乌头、甘遂、天南星、马钱子、断肠草。”姜策恒大声说。

“跟我到县衙去说。”县尉指了指姜策恒，“把他带走。”

姜朗坤拦在姜策恒面前说：“我是德济堂的老板，有什么冲着我来。”

县尉趾高气扬地说：“把他们两人都带走。”官兵冲上来抓住了姜朗坤父子俩，朝门外推。

姜夫人冲了出来拦住官兵。县尉说："不要妨碍我们执行公务。我们这是例行调查，请他们到县衙说明情况。我们会秉公执法的，如果没啥事，他们自然很快就会回来的。"

县尉押着姜朗坤父子俩走了。

姜朗坤和姜策恒被关进了县衙的死牢，严刑逼供，让他们承认医死人的事。姜策恒死活不承认，县尉就用各种办法来折磨他，不给他吃饭，不让他睡觉，吊起来轮番用马鞭抽打……同样，姜朗坤也遭受了各种折磨。他知道这是苟县令公报私仇。

经过几天几夜连续的折磨，姜策恒的精神彻底垮了，身体也垮了，饥饿让他眼前甚至出现了幻觉，那些刑具都变成了能吃的东西。迷迷糊糊地在他们提前写好的审问供词上，被抓住手按了手印。

接着县尉亲自审问了姜朗坤，县尉说："姜策恒已招了，承认了致人死亡的事实。按照大汉的法律，他将会执行死刑，砍头谢罪。"

姜朗坤痛心疾首，肮脏的衙门已不是他们说理的地方了，他们现在是案板上的肉，任人宰割。他说："我只有这么一个儿子，放过他好吗？我愿意替他死。"

"不行，姜策恒必须死。"

"只要你们放了我儿子，什么条件我都答应。"姜朗坤说。

"真的？"

"真的。"

一直站在门外的苟县令推门进来了。苟县令笑着说："对不起啊，姜老板，我才回来，刚听说这件事，快快松绑。"

姜朗坤望着苟县令轻蔑地笑了笑。

"王子犯法，与庶民同罪。"苟县令叹了一口气说，"姜策恒已承认了，你说我该怎么办？"

"我愿意替他死。"

"姜策恒是你儿子，而你又是德济堂的老板，你有不可推卸的责任，同样有掉脑袋的可能。"苟县令慢悠悠地说。

"只要你们放了我儿子，我愿意答应你们的任何条件。"

"除非你替你儿子死，同时把德济堂转让给我，我们才能让你儿子不死，没有商量的余地。"苟县令站了起来说，"否则，明天中午对姜策恒执行死刑。"

苟县令说完弹了弹衣服，起身就走。

“慢着——我答应你的条件。”姜朗坤哭着说。

苟县令把起草好的契约递给姜朗坤，姜朗坤含泪拿起笔，写了自己的名字，按了手印。

“我有个请求，我想见儿子最后一面。”姜朗坤说。

“可以，现在就可以安排你们父子见最后一面。”苟县令说。

一会儿，姜策恒被带进了姜朗坤的牢房。苟县令站了起来，拍了拍手，皮笑肉不笑地说：“你们好好聊聊，我走了。”

姜朗坤抱着姜策恒哭了。姜策恒说我真的没有在那些药里加什么乌头、甘遂、天南星、马钱子、断肠草，他们这是栽赃陷害。姜朗坤说，我知道，他们迟早会遭报应的。姜朗坤看了看外边的狱卒，他知道这些狱卒在偷听，重要事情他们会上报的。他小声说：“原谅父，这也是没办法的，你们离开蒲反县到乡下去谋生吧。至于义姁，我推荐她去安邑县我的好朋友葱岭巍那里学医，这么好的苗子不学医可惜了。我写了两封信，一封给她的，一封给葱岭巍的，放在我睡房里，到时你转交给他。”姜策恒点了点头，父子俩又抱在一起痛哭。

第二天，姜朗坤被执行死刑。一代名医就这样被人栽赃陷害了。

姜策恒被放了出来，伤痕累累。姜夫人看着自己的儿子，号啕大哭。安葬完姜朗坤后，姜策恒把两封信交给了义姁。义姁问：“这是什么东西？”

“这是家父生前让我转交给你的，一封给你的信，一封拜师推荐信，让你交给河东第一名医葱岭巍。家父希望你能苦学医术……”

义姁打开信，认真仔细地看了，看完后她的内心很激动，有点想哭。在这封信中，她终于知道了自己的身世。生父义函原是皇宫的药丞，因遭到太医令丞薄楚生嫉妒和排挤，编造了十大罪状，说义函跟吴王刘濞、赵王刘遂暗中勾结，还要用药毒死太子，甚至薄太后的死跟义函下药过量有关等等。汉景帝下令将义函满门抄斩。义函提前得知消息，就让最信任的徒弟和丫鬟护送年幼的义姁和义纵来到了蒲反县，并且交代，这两个孩子长大后要远离岐黄之术。在这封信的最后，姜朗坤说这个薄楚生好像还在皇宫里，希望她好好研习医术，有机会进宫为父亲报仇，同时也希望她能为姜家报仇。

义姁现在终于明白了，舅父姜朗坤为啥一直反对她学医，这些年来她一直错怪了舅父。再想到冤死的父母，她都不知道父母的模样，越想越伤心，躲在一边呜呜哭了。

县衙官兵又来到了德济堂，县尉扬起手中的契约说：“德济堂现在被查封没收了，下一步我们准备将其卖掉，所得的钱，将赔偿那些死者的家人。”

麦芷想去抢那契约：“我不信。”

青龙和白虎把麦芷推开了：“你一个外人，少管闲事，站一边去。”

“老天爷啊，你睁开眼看看，还让不让人活了？！”姜夫人瘫软在地上。

义姁跑过来扶起姜夫人，姜夫人气得吐血了。

“限你们三天搬走。三天后不搬走，我们将强制执行，后果自负。”县尉说完得意扬扬地走了。

忽然乌云密布，一场倾盆大雨从天而降。大雨哗哗下个不停，一会儿的工夫，街道上积满了雨水，街道变成了河……

第二章　安邑县

第一节 拜师学艺

小路上鲜花盛开，远处的山上飘着白云，义姁骑着马背着《扁鹊内经》和《扁鹊外经》在小路上奔驰着，衣裙飘飘。

德济堂被苟县令没收后，很快成了墨寒的私人财产，德济堂也更名为百药堂，成了墨寒的产业。姜夫人搬到乡下去了，姜策恒萎靡不振，整天借酒消愁，他感觉医术没有啥用处了，当官的一句话就可以剥夺他人性命。当义姁把《扁鹊内经》和《扁鹊外经》交给他时，姜策恒说啥也不要，还说放在他那里不安全，墨寒一直想得到这两部著作，义姁也不想它们落到墨寒手中，这些著作太珍贵了。当初也不知姜朗坤是怎么弄到手的。

进入山谷茂密的树林，义姁抬头看了看，高大的树木遮天蔽日，这是一条偏僻安静的道路，她扬起鞭子甩了一个响鞭，想快速通过。身后突然传来了马蹄声，义姁回头一看，十几个人吆喝着挥舞着刀子追了上来。她感觉不妙，扬起鞭子抽打了马一下，马开始狂奔。后面的马跑得更快，有两匹如闪电一样从她身边闪过，在她前面十米开外突然勒住缰绳，马高高扬起前蹄停了下来，拦住了义姁道路，他们用手中的刀指着义姁喝道："停下！"

义姁只好勒住缰绳，马扬起前蹄在他们面前停了下来。后面几匹马也追了上来，围住了她。义姁前后看了看，认出他们是墨桀的人。墨桀身边这四个混混儿她认识，外号就叫金大、金二、金三、金四。义姁大声质问："你们想干啥？"

金大说："我们老大在病床上一直惦记着你，请你回去!"

金二说："嫂夫人，如今姜家落败，请跟我们回去吧。"

"谁是你们嫂子。"义姁扬起手中的鞭子呵斥道，"你们把路让开，否则别怪我不客气了。"

"把背上的东西交给我们吧，看你细皮嫩肉的，我们看着都心疼，我们来替你背吧。"

义姁用手中的鞭子指着他们说："你们别过来。"

金大跳下马，朝义姁走去："跟我们回去吧。"

"退后。"义姁甩了一个响鞭。

金大笑哈哈朝义姁走去，"没想到一个娘们儿还会耍鞭子，能文能武，怪不得大哥喜欢。"

义姁扬起鞭子打在金大的身上，金大痛得大叫一声，他恼羞成怒，大声说："兄弟们，把她抓起来，回去领赏。"

他们包围着义姁，嗷嗷叫着，义姁扬起鞭子抽打他们。金二扬起鞭子抽打在义姁马的屁股上，马受了惊吓，把义姁摔了下来，几个人抓住了义姁，把她背上的东西抢了下来，金大说："把她的嘴堵上，手捆上，塞进麻袋里。"

"光天化日之下，你们竟敢强抢民女，好大的胆子！"突然两匹马冲了过来，冲在前面的是个高大英俊的年轻人，后面的男子一身黑衣，两人年龄相仿。

"少管闲事，走开！"金大说。

"这事我们管定了。"高大英俊的男子说。

金大手一挥，他们冲了上去。这两个年轻人功夫了得，他们剑如闪电，唰唰几下，四个混混儿的衣服腰带被挑开，其他几个人的衣服也被划了好多口子，有的肉都露了出来。

"不要逼我们出手！"黑衣男子说。

四个混混儿吓了一跳，停止了进攻，相互看了几眼。金大说："快跑吧。"转眼跑得无影无踪。

"姑娘，你没事吧？"年轻人跳下马，把义姁嘴里的布扯了出来，又解开了她身上的绳子，扶她起来。

"谢谢！"义姁望着眼前这个英俊高大的男子，两人目光对视了一下，她的心通通直跳。这些年来她心里一直幻想的心上人就是这般模样。她的脸红了，红得像三月的桃花，她感觉自己像在做梦，又希望这个梦不要醒来。

"小姐，需要我们帮忙吗？"

义姁没有反应，那个男子又说了一遍，她才反应过来，脸红得更加厉害了："谢谢你们救了我。"

"请问姑娘芳名，你这是去哪里？"

"我叫义姁，我是去安邑拜师学艺的，请问两位公子……"

"我叫卫青。"英俊高大的男子自我介绍，他指了指身边的黑衣男子说，"这是我的好朋友公孙敖。"

公孙敖插话说：“你要拜师学艺，就拜我们为师吧。我们卫大哥武功高强，他要是天下第二，就没人敢说是第一了。”

义妁说：“我是学医，不是学武。”

公孙敖有点尴尬，不好意思地笑了。

义妁笑着说：“看你们不像本地人，从外地来的吧？”

“是啊。”卫青四周看了看小声说，“我们是从长安城来的，顺便去安邑办点事，明天就回去了。”

公孙敖捡起地上的行李说：“这是你的东西吧，好沉，我帮你背吧。”

义妁点了点头。

三人上马，朝安邑奔去。义妁故意放慢了速度，卫青也只好放慢了速度。义妁没话找话地说：“长安城里的皇宫一定规模宏大、气派豪华吧？”卫青微微一笑：“算是吧。”义妁接着又问：“我听他们说皇宫里还有三宫六院七十二妃，她们全是皇上的老婆……”卫青呵呵笑了：“你怎么对这些感兴趣，你想进皇宫吗？”义妁的脸一下又红了：“我只是好奇，随便问问而已。好了，不说这些了，说说你自己吧。”卫青叹了一口气说：“我的身世坎坷，一时半会儿说不清楚，等以后有机会再慢慢告诉你吧。”义妁望了卫青一眼，目光清澈如水，这没有杂质的目光让卫青颤抖了一下，卫青接着说：“简单地说吧，我是平阳县人，我父亲郑季在平阳侯曹寿家供事，曾与平阳侯的小妾卫媪相好，也就是我的生母，后来就生了我。平阳侯曹寿后来知道了此事，把我父亲赶走了。曹寿为了报复我母亲，让我从小就成了平阳侯家的仆人，我受够了折磨，就偷偷回到生父郑季家里，父亲让我牧羊。父亲前妻生的儿子们都把我当作奴仆对待，不把我当作兄弟，骂我是杂种。我曾经跟人来到甘泉宫，有个脖子上戴着铁枷的犯人给我相面说：‘你是个贵人，将来能当大官，封侯！’我笑一笑说：‘我家境不好，能不挨他人打骂就心满意足了，怎能想到封侯的事呢！’”卫青说到动情处，眼眶里有泪水。

“对不起啊，说到你的伤心处了，我不问了。”义妁不好意思地说，“你将来一定会当大官，封侯！”

“谢谢！”

义妁联想到自己的身世，父母早早就死了……她心里一阵难过，泪水滚了出来。

“你怎么了？”卫青问。

“没什么。”义妁擦了擦泪水，挤出一丝笑。

两人又聊了一些开心的事，不知不觉来到了安邑。卫青拱了拱手说：“义姑娘，就此别过！”

义姁有点依依不舍地说：“我们还有机会见面吗？”卫青笑着说：“有缘自然就会有见面的机会。”

两人挥手告别。

安邑比蒲反县大多了，也繁华多了。街上商铺林立，吆喝声一片，人来人往，人头攒动。义姁问了一个人，顺利地找到了乐仁堂。乐仁堂门口看病的人排起了队，他们都是从附近县城赶来的。义姁把马拴在一边，朝人群挤了过去。她看见一位面目慈祥白发苍苍的老人在给病人号脉，她估计此人应该就是河东第一名医葱岭巍，她不好意思打扰，自觉地排在后面。她数了数前面有十人，她不着急，目光在乐仁堂四周游荡着，一位青年用铁药碾在碾压药材引起了她的注意。她以前都是用杵臼碾药。那位青年绷着脸，好像很不高兴。义姁走了过去看了看铁药碾说：“药材都压成粉末了，还在碾。”

“我高兴。”那青年抬起头正要发火，见是位漂亮的姑娘，他随即呵呵笑了，“你是找我吗？”

“你一看就是个小伙计，我找你能有什么事？我问你，那个老者是不是河东第一名医葱岭巍？”义姁问。

“那个死老头子就是葱岭巍，”青年人鼻子哼了一声，“他就是我父亲。”

义姁抿着嘴忍住笑，“看来是你惹你父亲生气了，一定是把草药辨认错了？”

“你怎么知道？”

“我猜的。”

“我叫葱青柏，是葱岭巍的小儿子，请问你叫什么名字？”

“我叫义姁。”

“你找我父亲干吗？看病啊！”

“笨蛋！你慢慢碾药吧。”

义姁见乐仁堂没有啥病人了，她走了过去，朝葱岭巍深深鞠躬：“葱伯伯好，我是奉舅父姜朗坤之命来的。”义姁把姜朗坤生前写的信交给了葱岭巍，葱岭巍打开信看了看，叹了一口气说：“可惜我再也见不到这位好朋友了，关于姜家我也听说了一些，姜家现在败落了，我很痛心。”

义姁说：“舅父是被人陷害的，苟县令和墨寒勾结在一起，连水太守好像也不管……”

葱岭巍摆了摆手说：“我知道了，我知道了。刚好我这里也缺人，你一路奔波而来一定累了吧，要不先休息一下。”葱岭巍打断了义姁的话，隔墙有耳，他不想听也不愿意扯这些官场上的事。

“没事。”义姁从行李里拿出《扁鹊内经》和《扁鹊外经》，交给葱岭巍说，“舅父说这东西很宝贵，就当是我的见面礼吧。”

葱岭巍打开《扁鹊内经》和《扁鹊外经》，欣喜若狂，一边翻看一边说：“刚好有几处疑点我一直没有得到解决，太好了。”葱岭巍翻看了半天，不时做出沉思状，义姁规规矩矩站在旁边，显然他聚精会神已忘了义姁。突然他大声说：“把这些都搬到我书房来。”义姁抱着这些竹简跟在葱岭巍后面，来到了他的书屋。书屋里不仅有医学著作，还有诸子百家的著作。桌子上摆着一个男性身的漆木人，棕色漆面，约有半尺高，在烛光的照耀下，漆木人身上的一道道交错线条清晰可见，穴位清晰，五脏六腑明确。义姁仔细看了看，漆木人身上有二十二条红线、二十九条白线，用以标识经脉，及任脉、带脉与《黄帝内经·灵枢·经脉》记载的十二经脉分布相似。漆木人共有一百一十七个清晰可见的穴位点，一些部位还标有“心”“肺”“肾”“盆”等文字。有文字标记的是针治的重要部位，是提醒针治这些部位时应格外小心。义姁认认真真地看着，研究着穴位，寻找那些没有标注的穴位。他记得舅父说过，人体上共有四百零九个穴位，包括十四条经络上三百六十一个穴位和四十八个经外奇穴。这其中，有一百零八个穴位遭受外力击打或者点击后会有明显的症状。而这一百零八个穴位中，有三十六个大穴被历代武家称为“死穴”，意思是在遭受点击或击打后如果不及时救治，会有性命之忧。

葱岭巍突然跳了起来，像个小孩子一样说道：“我用针灸看了几个腰背疼痛，急性腰扭伤，风湿痿痹的病人，效果都不好，今天终于找到原因了。”

义姁望着葱岭巍，做好了倾听的准备。

“《黄帝内经·灵枢》上说：‘从腰以上者，手太阴阳明皆主之；从腰以下者，足太阴阳明皆主之。’我再结合扁鹊的针灸疗法，终于明白了腰背疼痛都可以取足太阳膀胱经的委中穴来解决。为什么呢？”

葱岭巍本是想自问自答，义姁以为葱岭巍在考她，她答道：“因为膀胱经在腰背部左右两侧各有两条经脉主干，它们分别又经过臀部、大腿后面，最后在腘窝的委中穴汇合。所以，刺激委中穴可以‘一穴通两经’，是疏通腰背部经络、调理腰背部气血最理想的一个总穴。治疗急性腰部扭伤，最好配用人中、后溪二穴，三个穴位均可点刺出血，施术过程中还要求病人向前后左右慢慢活动腰部；治疗慢性劳损，最好能与命门、肾俞、腰阳关、腰眼等穴配伍，以提高疗效。”

葱岭巍吃惊地望着义姁，问：“你怎么知道的？”

义姁不好意思地说：“我从书中看了些理论，慢慢摸索的。还有你这个漆木人，我数了数共有一百一十七个清晰可见的穴位点，还有好多穴位点没有标注。就拿人体三十六个‘死穴’来说吧，不计双穴位，单记穴位名，如果按照头面门、躯体部位、脊背门、腿足门四部分列出，它们分别是：头面门有百会、印堂、睛明（左右双穴）、太阳（左右双穴）、人中、耳门（左右双穴）、哑门、神庭（左右双穴）、人迎等十三穴位；躯体部位有膻中、乳根、期门（左右双穴）、神阙、中极、关元、气海、章门、鸠尾、巨阙、曲骨等二十穴位；脊背门有肩井、大椎、命门、长强等十五穴位；腿足门有……”

葱岭巍高兴地说：“好了好了，数目繁多就不一一列举了，你让我刮目相看，你这个女徒弟我收下了。你是我的关门女弟子，明天我召集同道之人宣布我这一决定。”

“谢谢葱伯伯。”义姁激动地下跪磕头。姜家已败落，乡下的老房子已破烂不堪，甚至连她的一间卧室都没有。弟弟义纵又浪迹江湖，姜家也没能力白养活她。她只想找一个落脚点，等有机会了她再去长安城，为父亲、为舅父、为姜家报仇。

“快快起来，等明天正式拜师你再下跪磕头。”葱岭巍笑呵呵地说，“回头我再教你《葱氏奇穴针灸学》。葱氏针灸一般不传外人，我欲破例传授给你。这葱氏针灸包括经穴学和治疗学，内容博大精深，包含针法甚广，诸如耳针、头皮针、手针、倒马针、放血疗法等。内容不但丰富异于传统，且治法简便而疗效显著，是河东本土所独有的针法。”

这时葱青柏走了进来，打量了义姁几眼：“你怎么还没走？你得了啥病？”

“这位就是我那个不争气的小少爷，辨认草药老出错。”葱岭巍瞪了葱青柏一眼说，“你以后得向这位妹妹好好学习了，人家可比你懂得多。”

葱青柏不服气地说：“你把她眼睛蒙上试试，我就不信她能辨认出来。”

“人家是客人，不得无礼。”

“没事，我可以试试。”义姁笑着说。

葱岭巍微微一笑，摸着胡须没说话。

“好啊，好啊，我就想看好戏。”葱青柏掏出一块黑布，递了过去，“自己蒙上，不准看哦。”

葱青柏跑到药房拿了几种药材，他先递了一个过去说：“你不是厉害吗？这是什么？”

义姁接过药材摸了摸，放在鼻子上闻了闻，又放在嘴里咬了一口，一边品味一边说："性甘寒气芳香，芳香透达又可祛邪，清热而不伤胃，还善清解血毒，用于各种热性病，它就是金银花。"

葱岭巍哈哈笑了："不错。"

"再来，我就不信你蒙着眼睛能辨认出来？"葱青柏不服气地把一根干燥根递了上去说，"你说这是啥？"干燥根看似简单，其实是很难辨认的。葱青柏见义姁没有说话，又摸又闻，故意误导说："你告诉我，它是人参、三七、川乌，还是木香、马兰根、牛膝？"

"它们都不是，"义姁说，"味先微甜后苦涩，具有清热解毒、利咽之功效。主要用于治疗温毒发斑、舌绛紫暗、烂喉丹痧等疾，所以它应该是板蓝根。"

葱岭巍拍着手说："不错。你看看义姁姑娘，再看看你自己，怎么老是辨认错，明天你再辨认错，打扫院子和晚上熬药的活儿就都归你做了。"

葱青柏想转移话题："我就不信了，让她继续猜。"

"够了。"葱岭巍说，"你还不嫌丢人吗？"

葱青柏突然想起了什么，说："母亲大人让我喊你们吃饭，我把这事都忘了。"

葱岭巍说："走吧。"

这时一位老年妇人走了过来，打量了义姁几眼问："这位姑娘是？"

葱岭巍笑着说："夫人，我给你介绍一下，这位是蒲反县德济堂姜朗坤的外甥女，如今姜家败落了，她是来拜师学艺的。"

葱夫人哦了一声，说道："菜都快凉了，赶紧去吃饭吧。"

坐在餐桌上的一个女子打量了义姁一眼，没有说话，她已经开始吃了。葱岭巍说："这是我的女儿，她叫葱青雅，你应该喊她姐姐。"义姁喊了一声"姐姐"，葱青雅没有搭理，只顾自己吃。葱岭巍说："没有一点礼数，这样下去，怎么能找到婆家？"葱青雅说："我的事，你们少管。"葱岭巍望着夫人说："你怎么生了这么几个不争气的儿女，大儿子葱青剑死活不学医也不成家，整天在外跟那些酒肉朋友在一起鬼混也不回家。青雅也早到了出嫁的年纪，一给她说媒就寻死觅活。"葱岭巍的目光落到了葱青柏的脸上，他显然也不满意，话到嘴边咽了回去。

葱夫人板着脸说："你能不能少说两句，吃饭。"义姁坐在了葱青柏的旁边。吃饭的间隙，义姁知道了，葱岭巍有两儿一女，还有一个叫葱青剑没回家，在外边不知忙啥去了。

吃完饭，葱夫人原本打算把义姁安排在葱青雅的房间，便于两人多交流，但被葱青雅一口拒绝了，她说不习惯跟一个外人睡一间房，葱夫人无奈，只好把义姁安排在偏房。

第二天，葱岭巍在乐仁堂里摆了四桌酒席，把安邑同行及水太守也邀请到了葱府。葱府靠街道，靠街道房子打通后便成了乐仁堂。关于这个水太守她也听舅父多次提起过，说他肥头大耳，满面油光，跟苟县令一样，义姁看了一眼，果然如此。水太守也望了义姁一眼，他脸上堆满笑："这个丫头模样俊俏，一看就是个好苗子。"

葱岭巍哈哈笑着说："这闺女天资聪颖，的确是个好苗子。"

众人也纷纷夸赞葱岭巍好眼光有福气。

收徒仪式正式开始，葱岭巍简单说了几句，宣布义姁是他的关门女弟子，还请大家以后多多关照。然后烧香祭祖，义姁下跪磕头，磕头完毕，义姁算是他正式的徒弟了。接着大家入席，喝酒划拳，气氛进入了高潮，葱府和乐仁堂里飘荡着酒香。这酒香和熬制药汤的香混合在一起，形成一种独特好闻的味道在街上飘散着，似乎在告诉人们，乐仁堂有好事了，葱府有好事了。

第二节 采草药

葱岭巍擅长脉法、针道、正骨、整脊、阴阳、药物，能治各种疑难杂症，真不愧为河东第一名医。在生活上他却像个老顽童，平时嘻嘻哈哈，无忧无愁，但对待病人他却一丝不苟，兢兢业业，他以治好别人的病为乐趣，一旦救治失败或者没能根治，他就睡不着觉，反复思考和研究问题症结到底出在哪里。他满头的白发就是这个原因造成的，而这满头的白发又给他增加了几分仙气和神秘，反而让人们对他充满了信任，所以方圆几百里的病人都跑来找他看病。

葱岭巍先从辨认草药和学习《黄帝内经》《神农本草经》开始传授义姁。义姁本来基础很好，以前跟舅父姜朗坤也学习了这些，她很快就能辨认八百多种草药，并且每种草药的功效与禁忌都能脱口而出。接着葱岭巍给她系统地传授脉学，在脉学上本来他颇有研究，但面对《扁鹊内经》和《扁鹊外经》两本著作时他把自己的姿态摆得很低。他说扁鹊创立了脉学，有好多东西还要向扁鹊学习。书中有些问题，他和义姁共同探讨，有些观点出现分歧，葱岭巍像个小孩一样跟她争吵，完全没有师长的样子。如果葱岭巍错了，他还主动向义姁道歉。有时，葱青柏看不下去了，大声质问："你们到底谁是师父啊？"

葱岭巍说："谁对谁就是师父。"

葱青柏说："我对时我怎么就不是你师父了？你说错了，还打人。"

"谁让你跟我顶嘴。"葱岭巍说，"你看看义姁多聪明，你要向她学习，你要能有她一半，我会打你吗？扁鹊总结出望、闻、问、切的诊断疾病的方法。在这四诊法中，扁鹊尤擅长望诊和切诊。扁鹊的切脉技术高超，名扬天下。你要是能把《扁鹊内经》和《扁鹊外经》研究透了，你就是我的老子。"

葱青柏说："你都吃不透，还让我研究，我还是当你儿子算了。"

义姁抿嘴憋住了笑。

葱岭巍说："扁鹊无私地把自己的医术传授给门徒。他的徒弟子阳、子豹、子越等人都是有所成就的人，而你是我的亲儿子，我求求你能上点心。"

“我尽力了。”葱青柏说，“我大哥喜欢舞刀弄棒，不喜欢学医，你逼他学医，他不学，干脆不落屋，你拿他还是没办法。”

葱岭巍故意打击葱青柏的自信，说：“你大哥聪明，在江湖上混吃不了亏，而你憨厚老实，不学一门手艺，将来如何生存？我的乐仁堂到时还不是靠你来继承，发扬光大。”

葱青柏心里有很多不满，但他又不敢说出来，只好在嘴里嘀咕。

“你说什么？”葱岭巍问。

“没说什么！”葱青柏无精打采地说。

葱岭巍说：“那就闭嘴，好好把《黄帝内经》《神农本草经》《扁鹊内经》和《扁鹊外经》学习下，不懂的地方，你可以请教义姁。别看她比你小，她其实完全可以给你当师父了。”

“好啊，我以后天天向师妹请教，就怕她讨厌我？”葱青柏望了义姁一眼，匆匆低下头。

“不会的，这是好事啊！”义姁落落大方地说。

有了这句话，葱青柏开始名正言顺地请教义姁了。其实他心里暗暗喜欢着她。在义姁的帮助下，葱青柏学习进步很快。以前他只是没把心思放在钻研医术上，一旦把心思集中起来，他的进步还是很快的。这一切，葱岭巍都看在眼里，心里暗喜。

草药和脉学理论学习差不多了，然后进入实操。有病人来了，葱岭巍就坐在后面，让他们坐诊，让他们号脉开方，然后葱岭巍再亲自给病人确诊，他也开药方，然后跟他们开的药方作对比，指出病症的问题出在哪里。理论结合实践，这种方法，让义姁进步很快，慢慢地她所开的药方跟师父葱岭巍所开的药方相差不大，有时甚至一模一样。葱岭巍心里很高兴，接着就教她《葱氏奇穴针灸学》，这可是葱家祖传的独门奇穴针灸学。他们的家族世代在王宫或皇宫做太医，直到葱岭巍的父亲这一代因遭人嫉妒排挤，他们才离开皇宫回到了安邑。

义姁在葱岭巍的指导下，研究着漆木人，了解每一个穴位点。人体上共有四百零九个穴位她都一一清晰记在心里，并能手拿银针准确找出它们的位置，或者模拟在漆木人上扎银针。义姁本来对十二经脉分布和穴位颇有研究，所以她学起来得心应手。有病人需要针灸时，葱岭巍就亲自给他们示范和讲解，可葱青柏老是走神，葱岭巍非常生气地质问葱青柏：“刚才我讲了什么？你重复一遍。”葱青柏摸着头傻笑着，刚才他一直盯着义姁看，葱岭巍讲了什么，他一句也没有听进去。

葱岭巍对义姁说：“你告诉他，刚才我讲了什么？”

义姁说："针灸是针法和灸法的总称。针法是把银针按照一定的角度刺入病人体内，运用捻转与提插等针刺手法来对人体穴位部位进行刺激，从而达到治疗疾病的目的。灸法是以灸炷或灸草在体表一定的穴位上烧灼、熏熨，利用热的刺激来预防和治疗疾病。通常以艾草最为常用，故而称为艾灸，另有隔药灸、柳条灸、灯芯灸、桑枝灸等。"

"好了。"葱岭巍摆了摆手说，"你看看义姁多用功，今晚你就在熬药房熬制药吧。"

葱青柏"啊"了一声，他心里清楚这是件苦差事，熬药房里面并排放着四口大锅，熬药还要准备四大桶水。寅时就要起床熬药水，要用柴火煮，让草药中的精华完全溶于水。熬制这种草药需两个多时辰，还要时时掌握火候，火不能太大，也不能太小，要用温火慢慢熬。

"你啊什么？"葱岭巍冷着脸说。

葱青柏低着头不敢说话。

葱岭巍开始认认真真朝病人身上扎银针，给他们作示范。然后把银针交给了义姁，说："剩下的还是你来吧！"义姁接过银针，手有点发抖。葱岭巍用鼓励的眼神望着她，示意她开始。义姁捏着银针轻轻扎入病人的穴位，病人的眉头皱了一下，她一鼓作气把剩下的几根银针也轻轻扎入病人的穴位。葱岭巍在旁边观察着义姁的手法和病人的表情，并问病人："感觉如何？"病人说："初扎入皮肤时有点疼，扎到深处时是酸的感觉，但每个的痛感是不同的……"葱岭巍哈哈笑了："这就对了，每个穴位的痛感是不同的。"

经过一段时间的实践，义姁很快掌握了耳针、头皮针、手针、倒马针、放血疗法等等。接下来，葱岭巍又给她传授正骨、整脊、阴阳、药物及各种疑难杂症的治疗方法。扁鹊精于内、外、妇、儿、五官等科，应用砭刺、针灸、按摩、汤液、热熨等法治疗疾病，他想把义姁打造成"女扁鹊"。义姁天资聪颖，本身基础又好，学起来很快。加上她刻苦勤奋，废寝忘食地钻研，她的医术飞快地长进，大有青出于蓝而胜于蓝之势。

一天晚上，义姁又想到自己的身世，想到了败落的姜家，想到死去的舅父，想到了舅母和姜策恒兄妹俩，她的心里很难受。她开始胡思乱想，也不知道为何突然又想到了高大英俊、武功高强的卫青。她对他一见钟情，昨晚她在梦中还梦见了卫青，此刻他又在哪里呢？卫青的身世让她充满同情，她感觉自己跟他同病相怜，都是苦命人。她多么希望他能突然出现在自己的面前，少女的心开始蠢蠢欲动了。她第一次体会到了思念一个人的难受的滋味。她心里在不停地猜想他是否成家，或者有了婚约？转眼她对自己又失去了信心，她跟他只是一面之缘，有没有机会再见面都很难说，她叹了一口气，独自来到了后院。

一弯月牙儿挂在树上，后院很安静，只有草地里的虫子在鸣叫。

突然一个黑影从院墙上跳了下来，义姁吓了一跳。她看清了是一个男人，那个男人也看见了义姁，他做了一个手势让她不要出声。他小声说："别怕，我是葱家大少爷，你是我家新来的丫鬟吗？"义姁猜测此人就是葱青剑，她说："我是葱伯伯的学徒，我叫义姁，你是葱青剑吗？"

"不错，我就是葱青剑，你怎么知道我的名字？"葱青剑围着义姁转了一圈说，"没想到是个美人胚子，比西施还漂亮。"

"你见过西施？"义姁心里充满一丝喜悦，故意打趣地说。

"我哪能见到她，每个男人心中都有一个西施，你就是我心中的西施。"葱青剑嬉皮笑脸地说。

义姁的脸红了，转移话题说："有大门你不走，为何要翻院墙？"

"半年都没回家了，我困死了，怕父母见了我唠唠叨叨的，我嫌烦。"葱青剑笑着说，"我现在长大了，要是搁在小时候，他们会把我打个半死。"

"那你去了哪里？"

"长安城。"葱青剑得意地说，"你猜我在长安城里认识了谁？"

"我怎么知道？"

"卫青和公孙敖，他们在皇宫里当差，跟他们一接触，我才知道自己白活了。他们有理想有抱负，好男儿要保家卫国，征战沙场。他们说有机会一定要上战场，抗击匈奴。"

"你真见到了卫青？"义姁心情很激动。

"你们认识？"葱青剑满眼疑问。

"一面之缘，算是吧。上次我到安邑来，路上遇到强盗，是他救了我。"

"原来这样啊。"

义姁想知道卫青的消息，但又不好意思问，她犹豫了一下，说："他还好吗？"

"卫青在建章当差，本来日子过得挺滋润，吃香的喝辣的。没曾想卫青的三姐卫子夫被灞上扫墓做客平阳府的皇上看中，他姐被带到了宫中，入宫后不久卫子夫有了身孕，引起了陈皇后的嫉妒。其母馆陶大长公主刘嫖派人捉了正在建章当差的卫青，意图杀害。公孙敖听到消息后率人赶去救下卫青。皇上得知此事，大为愤怒，立刻任命卫青为建章监、侍中，封卫子夫为夫人，封卫青的同母哥哥卫长君为侍中。数日间皇上连续赏赐卫青多达千金。”

义姁听完后，心里有喜有悲，喜的是卫青终于要飞黄腾达了，悲的是自己跟他的距离越来越远了，自己配不上他了。义姁本来还有很多问题想问葱青剑，想想算了，她觉得自己跟卫青已不是一路人了，于是长长地叹了一口气。

“哥，你回来了。”一直悄悄跟在义姁身后的葱青柏从树后冒了出来。

葱青剑点了点头，指着义姁说：“这个姑娘有意思有趣谈得来，我喜欢！”

葱青柏附和道：“是个不错的姑娘。”

义姁脸红了，匆匆走了，她想回到自己的房间。葱青剑的目光一直尾随着义姁的身影，直到义姁消失了，他还在呆呆地看。葱青柏在他眼前挥舞了几下手说：“我告诉你，这是我喜欢的女人，你不要跟我抢。”

葱青剑笑着说：“你跟她说了？她知道你喜欢她吗？”

“虽然没有明说，但我能看出来她喜欢我。”葱青柏小声说。

“就你这猪脑子还能看出来？既然你没有说，说明我还是有机会的。”葱青剑笑着说，“快去厨房看看，有没有啥吃的？”

“我不去。”葱青柏不高兴地说。

“快去！”葱青剑扬起巴掌，虚张声势。

葱青柏蹑手蹑脚地走了，葱青剑像猫一样快速敏捷悄无声息地回到了葱青柏的房间。葱青柏的房间很乱，桌子上摆着已铺开的竹简。一会儿，葱青柏拿着几个馒头走了进来，葱青剑说：“你打发要饭的？”葱青柏把馒头放在桌子上说：“肚子不饿就别吃。”葱青剑笑了笑说：“去给我弄一杯水来。”葱青柏说：“你怎么跟老爷一样，你没手没脚？”葱青剑说：“下不为例！”葱青柏说：“你再这样，我就告诉父母了。”葱青剑说：“别。我在屋里待几天就走了，我要去干大事。”葱青柏说：“什么大事？”葱青剑说：“暂时保密，到时你就知道了。先睡觉吧。”

第二天一早，大家都知道葱青剑回来了。葱岭巍很快也知道了，他心里有气，不愿见葱青剑，也不愿搭理葱青剑。倒是他母亲高兴得不得了，给他做好吃的，嘘寒问暖，问长问短，葱青剑总是搪塞过去。

吃完饭，葱青剑就坐在乐仁堂默默看义姁给病人看病。葱青柏看葱青剑的目光总是停留在义姁的身上，心里有点酸溜溜的，他说：“你又帮不上忙，站在这里干啥？站一边去玩耍去。”葱青剑说：“我现在浑身不舒服，我也是病人。”葱青柏说：“把你手伸过来，我给你号脉看看。”葱青剑不屑地说：“就你的水平，我看不上，我等义姁妹妹给我看看。”葱青柏生气地站起来说：“来，我把我的位置让给你，你来给病人看病。”葱青剑毫不客气一屁股坐了上去，葱青柏气得离开了。

葱青剑见没有病人了，他又坐在了义姁面前，把手伸了过去说：“我浑身不舒服，你给我看看。”

义姁瞪了他一眼说：“我忙着呢，不要捣乱。”

“我也是个病人啊！你总不能见死不救吧？”

义姁只好伸出手指给他号脉，过了一会儿，她微微一笑说：“你很正常，没有什么大毛病。”

“我真的有病，我得了相思病，求求你，给我开个药方。”葱青剑望着义姁的眼睛说。

义姁站了起来，拿出银针故意吓唬说：“你脑子进水了，我在你头上和心上扎几针试试。我刚好才学，练练手，我还不知道心脏的位置，胡乱扎几针……”

葱青剑站起来，转身跑了，跑得比兔子还快。

义姁抿着嘴笑了。

葱青剑的出现，让葱青柏感觉到了压力，他感觉哥哥也喜欢义姁，他要抢在前面告诉她。葱青柏见四周没人了，他走到义姁面前，东张西望畏畏缩缩，他给自己不停打气，不要怕不要怕，要大声说出来。他犹豫了半天吞吞吐吐地说：“义姁，我喜欢你！”

“你说什么，我听不清？”义姁听见了，她故意装糊涂。她不喜欢葱青柏，但又不知道该如何拒绝，怕伤了他的心。

“我喜欢你。”葱青柏接着小声说。

“你要喝稀饭？”义姁站了起来朝后院走去，她回到了自己的房间不敢出来。

葱青柏坐在乐仁堂前哭笑不得，好在这会儿已没人来看病了。

到了吃午饭的时间，大家又围在桌子跟前。义姁坐在葱青雅的旁边，葱青雅现在对义姁好多了，不像以前瞧不起人爱理不理的。她开始主动找义姁说话了，甚至悄悄话也跟她说了。葱青柏低着头坐在葱青雅的旁边默默不语。葱岭巍望了夫人一眼，又望了望大家一眼说：“不等葱青剑这个混账东西了，大家吃吧。”

正说着葱青剑，他笑呵呵冒了出来说：“来得早，不如来得巧。”他朝空位子坐了上去，拿起筷子端起碗就呼啦啦开始吃了起来，咂巴着嘴，吃饭的声音很响，似乎故意在向葱岭巍发出挑衅或者引起他的注意。自他回来后，父亲没有正眼瞧他一眼，也没跟他说话。

这顿饭大家都吃得非常沉闷，葱岭巍一直板着脸没说话，大家也不好意思说话。葱青剑吃完饭把筷子一放就回自己房间去了。葱青柏站起来也要走，葱岭巍说：“明天你带义姁去山上采药，这也是我对你们的考核之一。春采茂叶，夏采红花，秋后采根，冬拾枯花。谁采的品种多，谁就考核合格。你们先去准备吧，明天一早出发。”

“我也去。”葱青雅说。

“你就别凑热闹了。”葱岭巍说。

“我可以监督他们。”葱青雅伸了伸舌头说。

“山上有很多野兽、毒蛇，你就别去了。”葱青柏吓唬葱青雅，他正想借这独处的机会再向义姁告白。

“好吧。”葱青雅噘着嘴说。

第二天天一亮，义姁和葱青柏就背着竹篓出城了。他们进山所需的物品都带好了：两双草鞋，两把柴刀，两个铲子，两个袋子。袋子里装馒头、红薯干等干粮，还有一壶水。他们出城没走多远，葱青雅气喘吁吁地追了上来。葱青柏说：“姐，你来干啥？快回去吧。”葱青雅笑着说：“昨晚我是打算不去，可今早一醒来，我觉得一人在家无聊，还不如跟你们去爬山，头脑一热就跑了出来。”义姁说：“多一个伴儿也好啊。”葱青柏也不好说什么，只好默默行走。他们刚走到山脚下，葱青剑也追了上来。葱青柏说：“哥，你怎么也来了？”葱青剑说：“山上有野兽，我不放心你们。”葱青剑走到义姁跟前献殷勤地说：“把你竹篓给我，我来替你背。”义姁说：“谢谢，我自己来背，不用麻烦你了。”葱青柏听见了说：“大哥，我背不动，你来替我背吧。”葱青剑摆了摆手说：“去去去。”

义姁跟着舅父多次上山采药，知道草药一般都在少有人走的地方。他们不走大路，专门走草丛，葱青剑和葱青柏拿着柴刀走在前面一路披荆斩棘。

葱青柏得意地模仿着父亲的声音说：“采药人，首先要有基本功。入山采药前要了解地形，山中有没有毒蛇猛兽出没。要像个土地爷一样有空就去巡山，遇到不认识的草药就问师父。时间久了，山里哪个角落有什么草药，心里都有数。其次，采药人还要有好眼神和嗅觉。别看我老了，但几百米开外的药材我都看得一清二楚。不仅靠眼看，还靠鼻子闻。我说的这一切你都记下了吗？”

葱青剑笑着说：“你学的真像，我一听见他的声音就害怕。”

葱青雅说：“你们还有没有完，把你们嘴闭上，我再也不想听到关于这个老头的任何消息。你们快点寻找草药吧。”

树林里突然传来哗哗的声音，葱青剑示意大家不要出声，一团黑乎乎的东西露出大耳朵，葱青剑举起刀说：“我以为是大狗熊呢，原来是只野猪。大家别怕。”葱青剑举起刀，朝野猪慢慢走去，向野猪发起了挑衅，嘴里发出哼哧哼哧的声音。葱青剑站住了，野猪也停下了，双方目光对峙着，野猪一转身跑了。

葱青柏笑着说：“没想到你的眼光比毒蛇还毒，野猪都被你吓跑了。”

葱青剑笑着，“它被我手中寒光闪闪的宝刀吓跑了。”

义妁开始挖草药，葱青柏跟在后面，他们来到一处悬崖上。义妁看见了悬崖峭壁上的仙草，她把绳子一端系在山顶的大树上，另一端拴在腰间。葱青剑吃惊地说：“你想干吗？”义妁说：“采草药啊。”葱青剑关心地说：“下面是悬崖，万一掉下去怎么办？还是我来吧。”义妁说：“不行，你帮我采，这不是作弊吗!我可不想作弊！”义妁身轻如燕，她顺着绳子慢慢滑了下去。有些地方土质松软，义妁脚一蹬，小石头和泥土哗啦啦掉了下来，过了好久才听到山谷的回音。义妁心里有点紧张，但不为惧色。她一手抓住绳子，一手掏出铲子，把仙草从悬崖上弄了下来，放在了竹篓里，然后抓住绳子爬了上来。

葱青剑三兄妹看呆了，他们没想到瘦小的义妁敢到悬崖上采草药。葱青雅更是佩服不已，称义妁为飞檐走壁的女侠客。

葱青柏说：“我甘拜下风，我们回吧。”

义妁望了望太阳说：“难得出来一次，我们多采点草药，再说这些草药今后都能用得上。”

大家开始散开，在山间寻找草药。葱青柏挖了几株草药，抬起头看见葱青剑总是跟在义妁后面，那目光总是在她身上扫来扫去，心里很不是滋味。他知道哥哥也喜欢她。他走到葱青剑面前说：“哥，你不能老跟在义妁后面，你能不能帮我弄点草药？”葱青剑瞪了葱青柏一眼说：“我乐意，你管得着吗？”

弟兄俩发生了争执，两人推来推去。义妁感觉他们很无聊，懒得搭理他们，翻到另一座山采摘草药去了。

两人推搡了半天，发现义妁没见了，他们停止了争吵，寻找义妁去了。好不容易找到义妁，葱青剑开始主动献殷勤：“义妁妹妹，给个机会，我来替你背竹篓吧！”义妁回过头，在他们脸上扫了一眼，又左右看了看说：“青雅姐呢？”

“我们以为青雅姐跟你在一起呢。”葱青柏说。

“糟了，该不会迷路了吧。”葱青剑说。

“万一遇到狼怎么办？”义妁担心地说，“我们现在不采药了，找人要紧。”

三人开始往回走，站在山顶大喊大叫。喊了半天，都没见回应。葱青柏说：“完了，完了，该不会让狼吃了吧？”葱青剑说：“别说丧气的话，我们继续寻找。”义姁看见一个山坡，山坡下是山谷，山谷里长满了树，山上的草有被压过的痕迹。她仔细看了看，说：“青雅姐该不会不小心从这里滚了下去吧？这些草明显有被压过的痕迹。”

“等着，我下去看看。”葱青剑说。

“小心点。”义姁说。

葱青剑下去后，在草丛里发现了昏迷的葱青雅。要不是几棵树拦着，恐怕就要滚进万丈深渊了。葱青剑不知该怎么办，挥舞着手说：“在下面呢。”

葱青柏对义姁说：“你在上面等着，我下去看看。”

葱青柏小心翼翼蹲着身子，抓住杂草慢慢走了下去。他扶起葱青雅探了探鼻子，还有呼吸，按住她的人中，过了一会儿，她慢慢醒了。

“你怎么躺在这里？”

“我看见山谷有很多野花，想采点野花回去，没想到脚一滑，踩空了，滚了下来，然后就晕倒了。”葱青雅摸着自己的头说。

葱青剑和葱青柏扶着葱青雅朝山坡上爬去，义姁站在上面说：“要不要我把绳子扔下来？”

“有我在，没事。”葱青剑说。

他们推着葱青雅好不容易来到山上的小路上，义姁把水递了过去说：“喝口水吧。”

葱青雅喝了一口水后，不好意思地说：“不小心滚到山坡下，一下就晕倒了，这件事千万不要告诉父亲，免得他又要责怪我。”

义姁说：“放心吧，我们不会说的，要不我来给你检查一下，看看受伤没？”

葱青柏说：“我都检查过了，头上有个包，其他都好着的。”

葱青雅指着自己的衣服说：“你看我的衣服都刮破了，怎么好见人？”

“万幸的是捡了一条命，还管它衣服是好是坏。”葱青剑说，“把我外衣披上，谁能看见。”

他们一路磨磨蹭蹭，直到天快黑时才回到家里。葱青雅是从后门进去的，她怕父母看到她狼狈的样子。

葱岭巍坐在客厅里等他们，见他们回来，检查了他们采摘的草药，让他们一一报出草药的名字和功效。葱岭巍皱着眉头，对他们采摘的草药很不满意，他说：“你们去了一天，就采摘了这么一点？”

葱青柏低着头说："我们迷路了，对山不太熟悉……"

"别找借口了，你看义姁就比你强，还采摘回来了如此珍贵的草药。"

葱夫人说："好了，他们饿了一天，先吃饭吧。青剑和青雅怎么还不来，每次吃饭要么急，要么磨磨蹭蹭。"

正说着他们，他们就来了。葱青雅换了一身干净的衣服，但神情还是有点慌乱，感觉像个做错事的孩子。葱青剑坐下后，毫不客气地端起碗拿起筷子就吃，狼吞虎咽，吃饭的声音很大。

葱岭巍冷冷盯了葱青剑一眼。葱青剑吧唧着嘴，声音越来越大了。葱岭巍拍了一下桌子说："吃饭声音能不能小一点，葱家是有家训家规的。"

"管天管地，你还能管人家吃饭？"葱青剑本来要说你还管人家拉屎放屁，话到嘴边临时改了。

葱岭巍把筷子重重放在桌子上说："我忍了你好久了，你现在不小了，还在外边混。我让你学医你偏不学，今后你怎么养活自己？"葱夫人扯了扯葱岭巍的衣服，让他不要说了。

"我的事你不用管，我自有办法。"

"你能有什么办法？万一哪天我死了，你连媳妇都娶不上……"

"离开你，我照样活得好好的。"

"你……你……"葱岭巍气得说不出话来，不停地咳嗽，突然冒出一句，"你这个孽障，滚！滚得越远越好，我再也不想见到你。"

"滚就滚，"葱青剑站了起来说，"实话告诉你们吧，我在长安城里找了一份差事。我回来就是跟你们道别的，不混出个人样，我是不会回来的。"

葱岭巍讥笑道："不会是去当宦官吧？！你要是去当宦官，我对不起列祖列宗，你最好永远不要回来。"

这句话像匕首一样扎在葱青剑的心上，他气得跑回自己的房间，拿上行李，从后院牵了一匹马就走了。等葱夫人出来想阻拦时，他骑着马扬起鞭，飞快地走了。

"走了也好，走了就别回来。眼不见，心不烦。"葱岭巍大声说。

葱夫人不停地抹眼泪。义姁追了出来，她猜测葱青剑可能是投奔卫青去了，她多么想通过他给卫青捎几句感谢的话。望着远去的马，她轻轻叹了一口气。

第三节 奔丧

下了几天雨，终于放晴了。

乐仁堂今天很安静，没人来看病。葱岭巍吃喜酒去了，葱青雅见这是难得的机会，便邀请义姁跟她一块逛街。自义姁来到乐仁堂后，一门心思都放在学医上，还没有好好逛过安邑，好多街道和地方她都是陌生的。义姁有点犹豫，葱青柏说："你去吧，这里有我。"义姁说了声谢谢，跟着葱青雅走了。

街上人山人海，商铺林立。葱青雅领着义姁来到一家饭馆门前，义姁问："你带我来这里干吗？"

"现在到午饭时间了，也该吃饭了。"葱青雅神秘地一笑，"你帮我参谋一下，看看这个男子如何？"

义姁微微一笑，打趣地说："我明白了，怪不得师父给你说媒，你都看不上，原来你早就有意中人了。"

葱青雅说："原来相好了三年多的那个叫符虎的人，我们分开了。现在是鱼公子请我吃饭，我们才认识不久，死皮赖脸缠着我，我才答应来吃饭的。"

"你跟符虎为啥要分开呢？"

"这种事情，几句话也说不清楚，回头有时间再慢慢说吧。"葱青雅说。

两人来到饭馆，伙计热情地把她们招呼到二楼雅间。推开门，里面坐着一个矮胖男子。他站了起来，面带微笑，拱手说："葱小姐，我等了你好久了。两位请坐！"葱青雅指了指义姁说："鱼公子，这位是我父亲的关门弟子……"鱼公子色眯眯地打量了义姁一眼说："我知道，她就是义姁姑娘。"义姁微微一笑，她心里非常讨厌这个人，表面上还是客客气气。

鱼公子亲自给她们倒上茶，笑着说："两位想吃什么？"

"随便。"葱青雅笑着说。

鱼公子把店小二叫了进来，让把本店的特色菜统统上来，然后加了几个热菜再加一壶好酒，要温的。鱼公子开始谈他父亲的生意如何如何好。义姁想起来了，他就是水太守的外甥，关于鱼公子的坏事她也听到不少，她没想到葱青雅竟然跟他走到一块儿去了。

凉菜端了上来后，热酒也端了上来，鱼公子开始给她们斟满酒。义姁对鱼公子充满了戒备，她说："对不起，我不会喝酒。"鱼公子笑着说："你怕我在酒里下药吗？"他自己端起一杯酒喝了，把酒杯竖了起来说："你放心吧，我这人做事向来光明磊落。"葱青雅一反常态地说："把酒斟满，今天喝个痛快！"鱼公子竖起大拇指对葱青雅说："你是我心目中的女侠，不醉不归。"义姁说："我真的不会喝酒。"葱青雅说："没事，喝一杯。"义姁感觉葱青雅今天很反常，从她的眼中流露出了幽怨和苦闷。

鱼公子端起酒杯，简单说了几句客气话，然后把酒喝了。义姁见葱青雅一口干了，她皱着眉头，抿了一口，咂巴着嘴，做出难受的样子。鱼公子哈哈笑了。

刚开始他们边吃边聊，义姁被逼无奈喝了两杯，头有点晕了，无论再怎么劝，她死活不喝了，趴在桌子上装醉。鱼公子见义姁不胜酒量，就开始跟葱青雅拼酒。义姁没想到葱青雅这么能喝，葱青雅的心里一定充满了痛苦，或者有什么难言之隐，她这是借酒浇愁？不一会儿，她看见葱青雅也趴在桌子上，看来她是喝醉了。

鱼公子打了一个响指，吱呀一声门开了，趴在桌子上的义姁看见两个男人走了进来。

鱼公子窃窃而笑："想跟我玩，她们嫩了点，我在她们酒里下了药，把这两个女人弄到楼上的房间，本少爷要好好玩玩她们！"

两个男人哈哈笑了："鱼公子玩够了，到时能否让我们也玩玩？"

"没问题，随便玩。"鱼公子歪着身子挥着手说。

义姁听得清清楚楚，她想站起来，腿有点发飘发软，她内心里在鼓励自己：站起来！站起来！

门被一脚踹开了，一个男子带着几个人冲了进来。他用剑指着鱼公子说："葱青雅是我还没过门的媳妇，还请你放她们一马，其他事我们回头再算账。"

鱼公子把桌子上的茶杯扔在地上说："符虎，你想打架吗？我奉陪，走，到城外找个场子，带上弟兄们，干一场。"

"你不放了她们，只怕你现在没有机会了！"符虎把剑已抵在鱼公子的喉咙下，只要他手朝前一推，剑就会插进鱼公子的喉咙。

鱼公子脸上堆满笑："好汉不吃眼前亏！好，我答应你，我们的账回头慢慢算。"

符虎收起剑，鱼公子摸了摸自己的脖子，看了看手，然后一挥手说："走。"

义姁站了起来，头有点晕，但她的心里非常清楚，对符虎说："幸亏你来得及时，鱼公子在酒里下了药，葱青雅好像心情也不好，喝了不少酒……”

葱青雅趴在桌子上，嘴里不停骂着符虎。符虎望着葱青雅左右为难地说：“这如何是好？”

义姁把店小二叫来，让他弄点醒酒汤来。店小二把醒酒汤端来递给了义姁，义姁让符虎把葱青雅扶起来，她把醒酒汤给青雅喂了进去。过了一阵，葱青雅慢慢睁开眼，她望着义姁呜呜哭了。“我心里好痛苦啊！符虎这个王八蛋！我之所以放纵自己，就是想报复他！他凭啥要跟我分开，我下次见到他，要剥了他的皮……”

“我错了。”符虎说。

葱青雅用双手捶打符虎，符虎一把抱住她，把她拥在怀里。

义姁看了他们一眼，不好意思地关上门退了出去，她还是有点不放心葱青雅，坐在一楼大厅等他们。这一等就是半个时辰。他们终于出来了，葱青雅的脸上带着笑，脸上的红晕看上去如盛开的桃花般妖娆美丽。符虎也不知道跟她说了什么话，让她瞬间像变了一个人似的。义姁觉得再跟在他们后面就不妥了，找了个借口先回去了。

义姁刚一进门，葱青柏急急地说：“刚才从蒲反县来了一个小伙子，他捎话给你，说你舅母去世了，希望你能回去一下。”义姁忍住泪水。自她来到安邑，她还没有回去过。姜家遭遇一连串的不幸，如今舅母也去世了，姜家只剩下姜策恒和姜媛月两兄妹了。她之所以一门心思学医，就是想等学有所成后寻找机会给舅父和父母报仇。

刚好葱岭巍和夫人吃完酒席回来了，葱青柏把义姁的舅母去世的消息告诉了父亲。葱岭巍沉默了半天，叹了一口气说：“我年老了，青柏代表我陪同义姁一块去蒲反县吧。”接着吩咐夫人多拿些钱出来。

葱青柏和义姁坐上马车就出发了。马车奔驰在寂静的山路上，两人都没说话。葱青柏想安慰义姁几句，但又找不到合适的话语，他就安安静静地驾驶着马车。此时他的内心忐忑不安，寂静的路上只有他们两人，此刻是多好的机会啊，但他又想到义姁现在心里非常痛苦，此时告白不是时候。天快黑时，他们来到了蒲反县。

义姁在舅母灵前上了三炷香，然后下跪磕头。她看见披麻戴孝的姜策恒、姜媛月、蒲玉梅和麦芷，向他们点了点头，算是打招呼了。葱青柏也跟着上了香，磕了头。义姁把葱青柏介绍给大家说：“这是舅父生前的好友乐仁堂葱岭巍的小儿子葱青柏。”葱青柏向大家点头说：“家父本来要来的，但因他年纪大了，特派我来吊唁，节哀顺变！”姜策恒满脸疲惫，他说：“谢谢了，里面请吧！寒舍破旧，见笑了。”姜媛月抓住义姁的手，哭了。义姁忍住泪水说：“我走时，舅母身体还好好的，她怎么说走就走了。”

姜媛月哭得更厉害了，她说：“母亲去给父亲上坟，发现坟被人挖了，母亲回来后气得就病倒了，当天就去世了。这肯定是墨家干的，苟县令和墨寒一直都想抓到义纵，赏金不停地在上涨，可他们没有一点线索，于是他们挖父亲的坟和姜家祖坟，想激怒义纵，引义纵上钩。县尉带了不少人在监视呢。墨桀更是放出话来，谁要抓住了义纵和张次公，他就赏四十块金饼，他要亲手一刀一刀割下他们的肉，剁成肉酱……”

“义纵当时就该杀了这个恶霸。”义姁说。

“是啊，我听说墨桀捡了一条命回来后，好了伤疤忘了痛，现在他在蒲反县越来越嚣张了，没人敢惹他了。”姜媛月说，“他脸上现在留有几条刀印子，人们私下都叫他墨疤子，活该！”

麦芷插话说：“师父遭陷害，墨家又霸占了姜家的财产和德济堂，君子报仇十年不晚，等有机会一定要把苟县令和墨家父子送进死牢。”

姜媛月说：“是啊！坏事做多了，必会遭到报应的。只是哥哥一直萎靡不振，整天喝酒消愁，我希望他能振作起来，重整德济堂威风，可他就是不听。当初劝我时多会说，一旦事情落到自己头上就糊涂了。”

“等处理完舅母的后事，我找他谈谈。他越是这样消沉，墨家就越高兴。”

“谢谢你了。”

“一家人不说两家话。”义姁左右看了看，小声说，“我好久也没见到义纵了，希望他千万不要送上门来。”

姜媛月说：“麦芷在路口已安排了人，如果看见了义纵，让他不要来。”

“舅母从小就疼爱义纵，我了解他，舅母去世他一定会来见舅母最后一面的。”义姁说。

这时一个拄着拐杖的老人蹒跚着腿来到灵前，他跪了下来，上香磕头，大家都用诧异的目光望着他，都不知道他是谁，也许是多年没走动的远方亲戚。义姁从他眼里看到了泪水，这是真挚的泪水，两人对望了一下，老人匆匆低下头站在一边去了。义姁的心颤抖了一下，这双眼睛她感觉非常熟悉，她首先想到的是义纵，但很快又否定，这分明是个老态龙钟的老人。

县尉带着两个人也来吊唁。他们东张西望，显然吊唁是假，他们是来寻找义纵和张次公的。

老人用拐杖戳了县尉一下，瓮声瓮气地说：“这位大人，既然来了，就要披麻戴孝，下跪磕头，请吧！”

“你是谁啊？”县尉用手中的剑鞘拨开拐杖，厉声说。

“我是谁不重要，重要的是见不惯你们当官的依仗权势，媚上欺下，鱼肉百姓，罪该杀头。姜朗坤被你们栽赃陷害，姜家的财产被你们苟县令和墨家霸占，你们为何还不放过姜家？天理何在？天理何在？”老人严厉地说。

“你再胡说，把你抓起来。”

“我求之不得呢，”老人说，“我是快要死的孤寡老人，刚好被你们抓去，也好替我收尸。”

“死者为大！下跪！”人们围住了县尉他们。平时他们对县衙的人充满怨言，兵役和徭役让他们苦不堪言，敢怒不敢言，早就看不惯他们，如今有人挑头，他们开始大喊大叫。

县尉他们只好磕头，然后灰溜溜地走了。

姜媛月和义姁对这位老人充满了感激之情。锣鼓唢呐响了起来，邻居街坊和亲戚都来了，大家开始入席，是流水席。这时，墨桀耀武扬威地带着一群人来了。他的手下包围了院子，他得意扬扬地走了进来，目光四处张望，脸上的刀疤看上去很恐怖。他故意咧着嘴说：“大家都在啊，我来晚了。”

“你来干什么？这里不欢迎你，滚出去！”姜策恒一瘸一拐走了过来，拦在墨桀面前。

“我是来给伯母烧香的。”

“你们这是假慈悲，姜家被你们害得够惨了，你还想怎样？”姜策恒瞪着眼说。

“要不是我心地善良，放你们一马，你们能活到现在吗？”

“墨桀，你不要欺人太甚了！”义姁站了起来说，“你做事不要太过分了，带着你的人赶紧走吧。”

墨桀笑着说：“我真的是来给伯母烧香的。”

“那就赶紧上香，然后滚蛋。”义姁把三根香递了过去，姜策恒想去阻拦，义姁伸手拦住了他。

墨桀举起三根香插在棺材前的香炉中，然后鞠了一躬。

“看来你没有诚意，如果有诚意就下跪磕头，赎罪。”义姁冷冷地说。

墨桀望了义姁一眼，在众目睽睽之下，他犹豫了一会儿，在灵前跪了下来，磕了三个头，然后他站了起来，掏出一块金饼说：“一份薄礼，请笑纳！”

“姜家再缺钱，就算饿死，也不会要墨家的钱。”姜策恒怒气冲冲地说，“你们滚吧!”

墨桀尴尬地笑了笑："好，我马上走，不过我有几句话想跟义姁当面谈谈。"

墨桀来到义姁面前说："借一步说话。"

义姁跟着墨桀来到院子外的大树下："什么事？快说。"

墨桀小声说："其实我这次来，是想看你的。听说你回来了，我立即带人来看你了。等你把你舅母的事料理完后，我请你到县城最好的饭馆吃饭，到时一定赏脸哦。"

义姁虽然讨厌墨桀，但她也知道墨桀是个不好惹的角色，直接拒绝怕他又做出什么出格的事，一切等舅母下葬后再说。她笑着说："你们先回吧，等处理完后事，如果有时间我去找你。"

"一定啊！"墨桀笑着说，"有什么需要我帮忙的，尽管吩咐，要人有人，要钱有钱。"

"谢谢了。"

墨桀手一挥，带着他的手下得意扬扬地走了。

老人快速走到义姁身边小声说："刚才你们说了什么？"

义姁打量了老人一眼："你的拐杖呢？你的腿挺敏捷的，你到底是谁？"

老人四周看了看，把义姁拉到没人的地方小声说："姐姐，我是义纵。"

义姁吃惊地张大嘴："没想到你的易容手段这么高，差点把姐姐都骗过去了。你最近还好吗？"

"我很好，我们已重新建了山头，官逼民反，我们这也是被逼无奈啊。你想想，舅父想上告，结果官官互相包庇，反而丢了性命。张次公正在招兵买马，等时机成熟，我们想攻打蒲反县，活捉苟县令，消灭墨家。"义纵说。

"你要多加小心！"义姁一时不知该说什么好，凭他们这点人如何跟官府相抗？

"刚才墨疤子跟你说了一些啥？"

"他想请我吃饭。"

"好啊，你可以答应他，到时我们寻找机会杀了他。"

"不行，这样太危险了，"义姁说，"何况我又没答应他，蒲反县现在是他的地盘，一举一动他都知道，等以后有机会，把他引到安邑再动手吧。"

姜媛月在里面喊义姁，葱青柏也在不停地朝门口张望，义姁说："来了，来了，我们先进去吧。"

"我先告辞了。我还有其他事，这里估计有不少眼线，我怕万一被认出来，还是早点离开吧。"义纵说。

"好吧，多保重！干啥事不要冲动，要多想想。"义姁望着已长高长大的弟弟，心里五味杂陈，“有啥事，可以去安邑乐仁堂找我。”

义纵点了点头，走了。他的背影在夕阳下拉得很长，倒影在坑洼不平的土路上，土路两边草丛里开满了鲜花。义姁永远记得这个黄昏，她唯一的亲人在她默默地注视下走向那片树林，最后消失在远处。

姜媛月见义姁进来了，问道：“那个墨疤子走了吧？”

“走了。”

“又开席了，那就再吃点东西吧。”

“不用了，没有胃口。”

散席后，又是吹吹打打，入殓、接祭品、孝子围着棺材随着阴阳先生转圈，一直忙到后半夜。天亮后，喇叭开始吹起，亲属跪地磕头大哭，接着出殡和下葬。

安葬完毕后，义姁长松一口气，墨桀没有派人在出殡和下葬时来捣乱。

姜策恒和姜媛月垂头丧气，无精打采，这几天他们也太累了。义姁把大家召集在一起，想商量下一步怎么办，她急于回安邑，又怕墨桀会来纠缠。

义姁开门见山地说：“舅父和舅母都走了，姜家现在就靠策恒哥了，我希望策恒哥能振作起来，重新把德济堂开起来……”

姜策恒哈欠连天地说：“说得轻巧！过一天算一天，今天有酒就喝个酩酊大醉，明日有忧虑就等明天再愁……”

义姁生气地说：“你现在怎么变成这样了，你还是我认识的姜策恒吗？”

姜策恒指了指自己的腿说：“我现在怎么跟苟县令和墨家斗，我现在能活着就算是万幸了，你有本事，你去跟他们斗！”

义姁气得蹬了一下脚，转身就走。姜媛月和蒲玉梅追了出来，蒲玉梅抹了抹泪说：“自他父亲死后，姜家败落，姜策恒就变成这样了，你不要见外。”

义姁点了点头说：“你们回去吧。”刚好葱青柏赶着马车走了过来，义姁跳上马车跟他们挥手告别。

一路上，义姁闷闷不乐，不想说话。马车进入山谷茂密的树林，义姁抬头看了看，高大的树木遮天蔽日。这是一条偏僻安静的道路，她不由得又想起卫青。当时她在这里遭到墨桀的手下伏击，是卫青救了他，要不是卫青，她不敢想后果。马车来到了当时被劫持的地方，她让葱青柏停下来，她要歇一下。义姁下车后，望着那些参天大树，四周很安静，鸟儿在树枝上跳来跳去，草丛里有野花。她靠在树上，闭上眼睛，那个英俊高大的卫青在她眼前浮现，她感觉卫青就在自己的身边，她似乎闻到了卫青身上男人那种味道，卫青在慢慢靠近她，拥她入怀。她用右手轻轻摸着自己的脸，她把它想成是卫青的手，她左手按在了右手上，她感觉是自己握住了卫青的手。她明明知道这不是真的，她宁愿当成是真的，她陶醉其中，感觉又像是梦，希望这个梦永远不要醒来……迷迷糊糊中她睡着了。

此刻的葱青柏心里也忐忑不安，寂静的四周没人，他鼓起勇气说："义姁，我喜欢你！"他见义姁没有答应，他不好意思地看了义姁一眼，义姁闭着双眼，发出轻微的鼾声。葱青柏轻轻叹了一口气，望着义姁傻笑。这段时间她太累了，他不想打扰她，只希望她能好好地休息一下。

"醒醒——"葱青柏听到了急促的马蹄声，他摇醒了义姁。

"干吗？你打碎了我的好梦。"义姁正沉浸在美梦中，在梦中她遇见了卫青，卫青牵着她的手正漫步在鲜花盛开的林荫小道上。

"此地不宜久留，我们还是走吧。"葱青柏说。

"好吧。"义姁站了起来伸了伸腰、揉了揉眼睛说。

"慢着！我们老大有请！"几匹马冲了过来，围住了义姁。

义姁一看又是金大、金二、金三和金四，她气愤地指着他们说："怎么又是你们？"

"你们想干啥？"葱青柏大声喊道。

"我们老大想与你一会，老大交代了，必须要把你请到。"金大讨好地说。

"我没时间。"义姁说。

金二鼻子一哼："我们老大还说了，就是绑也要把你绑到酒楼。"

"你们别欺人太甚了，哪有这样请人的。"葱青柏拦在了义姁面前。

金二扬起手中的马鞭抽打在葱青柏的身上："这里没你的事，滚远点。"

"你们怎么打人？你们这样蛮横无理，我还真就不去了。我担心我要是去了，还能不能回来？你们请回吧！"义姁说。

金大训斥了金二一顿，然后低三下四地说："我给你赔罪！我们老大这次是真心请你吃饭，姑奶奶你就跟我们走吧。老大说了，请不到你，我们就不用回了，你就可怜我们一下吧。"

"你们干了多少伤天害理的事，你们还可怜？"义姁说。

金大变了脸，手一挥："敬酒不吃吃罚酒，别怪我们不客气了。"

"快上来！"葱青柏坐在马车上喊道。义姁飞快地跳上马车，随着一声"驾"，马车飞奔起来。

金大、金二、金三和金四跳上马，追了上去，他们很快跑在前面拦住去路，举起手中的刀，大声喊道："停下来！否则别怪我们不客气了。"

义姁说："冲过去。"

葱青柏狠狠抽打了马一下，马叫了一声，如闪电一样朝前冲。站在路中间的金二吓得脸色变了，就在这时，树林里突然飞出一支箭深深插在金二的脖子上，金二滚下马死了。马车从金二的身上碾过。金大吓得脸色大变，又一支箭飞了出来，他头上的帽子被射飞了。他跳下马，钻进树林里跑了。金三和金四见情况不妙，吓得屁滚尿流，慌慌张张地跑了。

义姁心里在琢磨，怎么这么巧啊，在这树林里又遭到袭击，难道是卫青？也许这会他正躲在某棵树上注视着他们？她四周看了看，很快否定了，卫青怎么会在这里呢？她想到了义纵，只有义纵才有这么好的箭法。

"是义纵吗？"义姁大声喊了几句，没有应答。树林里很寂静，阳光穿过树枝的缝隙像锋利的宝剑闪着寒光，这寒光变换着五颜六色的光芒。

"看来，他不想见我们，我们走吧。"葱青柏说。

义姁长长叹了一口气，依依不舍地望了树林一眼，说："走吧！"

马车在寂静的林间马道上奔驰着，卷起了地上的落叶，落叶在空中飘荡着，漫天飞舞……

第四节 思念

义姁和葱青柏回到安邑的第二天，雨就开始下个不停，一下就是几天。江河水位暴涨，街道成河，街上顿时也空荡荡的。乐仁堂也关门了，义姁就待在屋里研究《扁鹊内经》和《扁鹊外经》，虽然她以前看过，如今结合实践再看，她收获不少。葱岭巍对扁鹊的著作评价很高，也鼓励她多多向扁鹊学习，这可是难得的两本著作，在外面几乎找不到。

义姁在屋里待了四天，认认真真看了几天书，晚上看累了就躺在床上，听雨打在瓦片和屋檐下滴水的声音。这种声音在静静的夜里听上去非常美妙，她从小就喜欢听雨打瓦片的声音。躺在床上，脑子里开始胡思乱想，她又想到了那片茂密的树林，想到了卫青。她跟卫青只有一面之缘，却让她刻骨铭心，怎么会这样呢？她说不清，也解释不清。遇见了，就心动了，没有理由，一见钟情就这么简单。

义姁在雨夜里胡思乱想，伴随着雨声，她进入了梦乡。在梦中，她遇见了卫青。他们行走在鲜花盛开的山谷中，蝴蝶和蜜蜂在花朵上翩翩飞舞着，那些蝴蝶在阳光下显得更加美丽。他们走了几步，山谷里全是五颜六色的蝴蝶，那些红蝴蝶包围着他们，红色的光芒映红了她的脸，如盛开的桃花。卫青抓住她的手，她感到一阵酥麻，少女的心在膨胀在飞扬。卫青直勾勾地看着她的眼睛说："我喜欢你！死生契阔，与子成说；执子之手，与子偕老。"义姁欣喜如狂，她低着头说："我也喜欢你。"她扑进了他的怀里，卫青捧起了她的脸，她幸福地闭上了眼睛。卫青的嘴唇在她脸上滑动，从额头眉毛眼睛脸颊然后滑到她的嘴唇上，她幸福地抱紧了卫青……醒来后，天也亮了，雨也小了，淅淅沥沥的。回味梦中的情景，她的脸红了，心里在想这要是真的该多好啊！

吃完早饭，雨还是淅淅沥沥地下着。葱青雅又回房间睡觉去了，也不知道她一天瞌睡为啥这么多，没事就睡觉。乐仁堂门前依然没人，葱青柏在看守，葱岭巍也不知道去哪里了。义姁望了望窗外的小雨，一丝寂寞爬上她的心头。她窝在屋里好几天了，感觉身体都发霉了，她想出去走走。她虽然来安邑一年多了，好多地方她还没有去过。安邑对她来说依然是陌生的。

义姁打着油布花伞，走在青石板街道上。街上的商铺大多关着门，行人寥寥，坐在门口聊天的几个女人见了义姁纷纷打招呼，义姁向她们微微一笑。她进入一条小巷，小巷没有人。小巷悠长，她打着油布花伞，踩在青石板上，成了小巷里一道亮丽的风景。可惜没人欣赏，就算有人欣赏，她也无暇顾及。她心事重重，望着眼前的细雨心里有种说不出的惆怅。安邑城分前后两城，城里的达官贵人大多住在内城，她听说水太守也住在内城里，而外城住的大多是平民百姓，乐仁堂就在外城。

穿过小巷，又走过几条街道，来到一处豪华的庭院前。门前的大石狮子很威武，门口站着几个全副武装的武士，红彤彤的大门上挂着红灯笼，门上写着“水府”两个大字，义姁明白了这就是水太守的家。离水府不远处就是鱼府。鱼府同样豪华气派，鱼府的鱼公子义姁跟他打过交道，那次鱼公子在酒里下药，想占她和青雅便宜，那色眯眯的眼神让她对他很反感。鱼公子的父亲叫什么鱼思淼，生意做得很大，听说是安邑的首富。

雨停了，太阳出来了，义姁收起了油布花伞，她步入了外城。街道上的人越来越多了，商铺也陆陆续续开门了，各种招牌旗子迎风飘飘，城外做小买卖的人推着车也成群结队地涌进城，城里的街道慢慢变得拥挤了。

一家店门前围了很多人，义姁好奇地挤了过去。她看见鱼公子手下的打手在打一个人，鱼公子站在一边得意扬扬地看着。那个人义姁认识，人们都喊他唐老板，做布匹生意，他内人在乐仁堂看过病。义姁问身边的人是怎么回事，那人说是鱼公子放高利贷给唐老板，到期了没还所以被打。关于鱼公子放高利贷的事她也听说过一些，利滚利，一年半载下来，偿还价钱翻了几倍几十倍，到期不还钱，他们就使用威胁、恐吓、滋扰、纠缠、哄闹、聚众造势等方式催债。

唐老板跪在鱼公子面前说：“再给我宽限几天，我进货钱被人骗了，今天实在拿不出钱来。”鱼公子仰着头，望着天，咧着嘴。打手一脚踹倒唐老板，其他几人拳打脚踢。鱼公子说：“让他长点记性，把他手指砍一个。”几个人按住唐老板，把他的手按在地上，一个打手掏出随身携带的刀子举了起来。

“慢着——”义姁冲了过去，“都是街坊邻居，唐老板也有他的难处，何况他也跑不了，要不再宽限他几天？”

“呦呵，原来是义姁姑娘。”鱼公子色眯眯地说。

“唐老板又跑不了，要不再宽限他几天。你把他弄死了，一文钱也要不到，何必呢！”义姁说。

鱼公子哈哈一笑："说得好！看在义姁的面子上，我再给你三天时间，到时凑不够，我就把你脚筋挑了，或者把你活埋了。"

唐老板跪在鱼公子面前磕头："谢谢！谢谢！"

"要谢就要谢这位姑娘。"鱼公子指了指义姁说，"要不是看在她的面子上，恐怕你这会手指早已掉在地上了。"

唐老板移动膝盖到义姁面前，磕了一个头，义姁说："要不得，快起来吧。"鱼公子踢了唐老板一脚："快滚!"唐老板爬起来走了，鱼公子的打手让围观的人都散了。

鱼公子走到义姁面前说："那天我喝醉了，我糊涂，我向你和葱青雅赔罪。"义姁鼻子哼了一声，转身欲走。

鱼公子说："改天我到乐仁堂请你给我号脉，我听说你那小手柔软，男人们都排队来请你看病，我也想请你看看。"

"你能有什么病？"义姁不满地说。

"我得了相思病。"鱼公子嬉皮笑脸地说。

"滚!"义姁生气地大声说。

鱼公子没生气，笑哈哈地走了。

义姁离开人群，走进一条偏僻的小巷，绕道城墙下，顺着城墙来到了南门，然后独自来到了护城河，她在一棵树下的石头上坐了下来。远处的庄稼和村庄清晰可见，经过几天雨水的浇灌，那些庄稼枝叶饱满，叶子在阳光下闪着光，鸟儿在树上鸣叫，草丛里的水珠璀璨夺目。义姁的目光落到了河面上，有鱼儿在跳跃，平静的水面荡起了涟漪，一圈又一圈地扩散开去。义姁的目光开始呆滞，她又想到了卫青，相遇的那一刻又在脑海里出现，她记不清出现了多少次了。每个细节每个场景，她都记得清清楚楚，每个笑容每句话，都让她心潮澎湃，此刻她多么想卫青能出现在她的眼前。她心里有很多的话想对他说，如果他愿意带她走，她会毫不犹豫跟他走。虽然他们只有一面之缘，但她的心已经随他而去了。

义姁一坐就是半天，一直坐到太阳西斜，她才站了起来，心事重重地回乐仁堂，路上遇见几个熟人跟她打招呼，她也没看见没听见。葱青柏看她回来了，问道："你去哪里了？还没吃饭吧，我去给你端来。"义姁说："我不饿。"葱青柏说："不吃饭怎么行呢，你看你越来越瘦了。"

葱青柏把鸡汤端了上来，说："这是我亲手做的鸡汤，你尝尝。"义姁尝了一口说："怎么做的跟煎熬药汤一样，苦涩。"葱青柏摸了摸头，不好意思地说："第一次学着做，可能人参、枸杞、红枣、山药、当归、茯苓、白术、炙甘草、川芎、熟地、白芍、黄芪等等没搭配好。我以为跟熬药一样，我熬了两个多时辰，这可是大补。”

“说着玩的，其实还挺好喝的。”义姁心里有一丝感动，笑着说，“你把我当病人了？”

葱青柏笑了笑，随即摆了摆手说：“没有，没有，我只是看你最近身体比较虚弱。”

义姁问：“青雅呢？”

“心都不在这个家了，符虎在外一喊叫，跟着人家就跑了。”葱青柏笑着说。

义姁一边喝汤，一边左右看了看说：“师父还没回来？”

“还没，我舅父孩子成亲，十有八九喝醉了。我父亲平常不喝酒，可在酒席上经不住人家劝。他性子直，喝酒也直，十有八九喝醉了，估计今日不回来了。”

“师娘跟着的，有啥担心的。”义姁没见师娘，她猜一定是一块去了。

“我才不担心呢，他不回来我怪高兴的，感觉一下子自由了。”

天色暗了下来，街道上也冷清了，慢慢地门前街道上也没有人了，乐仁堂也关上了门。屋里顿时安静了许多，他们对望了一下。义姁感觉孤男寡女有点不方便，她站了起来说：“我先回房睡觉去了。”

“哪有睡这么早的，陪我说说话嘛！”

“好啊。”义姁也不好拒绝，她没话找话地说，“青雅姐怎么还不回来？”

“没事的，你不用操心，有人陪她。”葱青柏小声说，“你还是多关心关心我吧。”

“你说什么？”义姁问。

“没说什么。”葱青柏想从义姁感兴趣的话题上套近乎，“《难经》里共讨论了八十一个问题，这些问题你基本都清楚了吧？”

“差不多吧。”

“你太厉害了，”葱青柏竖起大拇指说，“我还有好多问题没弄明白，先别说经络、脏腑、疾病、腧穴、针法，一至二十二难里的脉学，有些问题我都一知半解。”

“说来听听。”

“比如十二难吧，曰：经言五藏脉已绝于内，用针者反实其外。五藏脉已绝于外，用针者反实其内。内外之绝，何以别之？然。五藏脉已绝于内者，肾肝气已绝于内也，而医反补其心肺。五藏脉已绝于外者，其心肺脉已绝于外也，而医反补其肾肝。阳绝补阴，阴绝补阳，是谓实实虚虚，损不足益有余。如此死者，医杀之耳。”

义姁一边翻着《难经》一边耐心地解释。房间的灯光很暗，为了看清字，两张脸越凑越近。葱青柏已闻到了她身上的清香，感受到了义姁嘴里吐出的热气。吐出的气如兰花般好闻，他不停地吸动鼻子，心开始乱了，此时是告白的最佳机会。他心里一直在鼓动自己。义姁也感觉到了异常，她问道："你身体不舒服？"葱青柏连连摇头说："没有没有。"义姁又问："我给你讲了这么久了，你听懂没有？"葱青柏早分神了，义姁讲什么他也听得云里雾里，但他还是点了点头说："听懂了。"

葱青柏见义姁有想走的意思，他把手放在桌子上说："微茫指下最难知，条绪寻来悟治丝。你给我好好讲讲脉学吧，先从浮脉开始。把脉歌诀老是记不住，什么'体象歌''主病歌''兼脉歌'我总是搞混淆。"

义姁说："浮在皮毛，如水漂木；举之有余，按之不足。浮脉为阳，其病在表。寸浮伤风，头疼鼻塞；左关浮者，风在中焦；右关浮者，风痰在膈；尺脉得之，下焦风客，小便不利，大便秘涩。"

义姁正说着，葱青柏的眼里放光，特别是义姁有时微微一笑，那清纯的笑太好看了，他感觉他的魂被她勾走了。还有她的眼睛，黑白分明，没有一丝杂质，像山间清泉，他真想扑上去喝一口。他突然抓住她的手说："你无意间一笑，惹了我一场心动。明人不说暗话，我喜欢你。"

义姁想推开他的手，把手抽出来。但他握得太紧了，没有抽出来。她板着脸说："把手松开，你想干啥？"

"我喜欢你！你能不能告诉我，我在你心里到底有没有位置？"

"我感觉我们不合适。"

"怎么不合适？反正我喜欢你，我想娶你。"葱青柏手一拉，突然抱住了义姁，他抱得太紧了，义姁的挣扎是徒劳的。他的嘴唇贴着她的额头，想吻她。她头一偏，眼里满是怒火，他的鼻子靠近了她的头发，闻到了淡淡的清香，是山谷中那种好闻的花香，香味从他鼻孔慢慢流入身体的每个毛孔，他的五脏六腑也特别舒服。他陶醉地闭上眼睛，感觉自己身体在膨胀，像一只风筝飘了起来，飞在了开满鲜花的草地上……

葱青雅推门进来了，惊讶地张大嘴。义姁看见了她，拼命挣扎道："放开我，来人了。"

葱青柏依然抱得紧紧的，他没有听见，嘴里还在不停地说："春有百花秋有月，夏有凉风冬有雪，而我只想早晚都有你。我会用毕生的时间与你长相厮守，至死不渝，让你忘记孤独和寂寞的滋味。"义姁挣脱不开，她的脸本来就红了，这次红得发紫发绿。

"好感人哦，我眼泪都要掉了下来。"葱青雅望着他们，呵呵笑了，"你们继续，你们继续。我回房睡觉去了。"

葱青柏仿佛忘了周围的世界，他紧紧抱着义妁。义妁又急又气，推不开，气得直跺脚，几脚踩在了葱青柏的脚上。刚开始他咧嘴忍着，后来他忍不住了，疼得叫了一声，手终于松开了。义妁趁机跑回自己的房间，插上房门呜呜哭了起来。她一直把葱青柏当哥哥，至于爱人，她想都没想。跟他在一起没有那种心跳脸红的美妙感觉，而跟卫青在一起就有这种感觉。她又想到了卫青，这个卫青现在在哪里啊？思念让她的心飞了起来，她甚至有了想去长安城找卫青的念头。晚上她又做梦了，梦中她又遇见了卫青，卫青高大魁梧的身子紧紧抱住她，她像只小鸟一样紧紧偎依在他怀里，双目对视着，在彼此的眼眸里寻找着自己。卫青双目含情地说："我想和你，始于初见，止于终老。"义妁说："我贪恋的人间烟火，不偏不倚，恰好是你。"两人再次拥抱在一起，说不完的情话。

义妁醒来后是第二天早晨。她回味梦中的情景，开始脸红心跳。在梦中卫青还亲了她，她心里在想这梦要是真的该多好啊！每一个细节她都在回想，是真是假已不重要了，她已强迫自己相信这些都是真的。卫青已亲了她，她已是卫青的人了，今生非卫青不嫁。陷于相思中的义妁像个傻子，胡思乱想。她想的那些问题，若干年后她再回想，她自己都感觉到幼稚好笑。人总是要学着慢慢长大的。

葱岭巍和夫人还没回来，估计吃了中午饭才能回来。义妁坐在静静的院子里正在发呆时，葱青柏悄悄来到她的跟前说："我向你赔礼道歉，我错了。我昨天很爱你，今天不想爱了，可是一觉醒来，发现我最爱的还是你。希望你能原谅我，给我一次机会……"

"没想到你变得油腔滑调的，跟谁学的？"义妁说，"我告诉你，我不喜欢你，你还是趁早另作打算吧。"

"我这是发自内心，自己琢磨出来的。我也告诉你，我可以等，我会让你慢慢喜欢上我的！"葱青柏信誓旦旦地说。

义妁不屑地说："随便，那是你的事，跟我没关系。"

葱青柏张开嘴想要说什么，又停住了，脸上堆满笑，冲着门外说："父亲，你怎么回来了？"葱岭巍一怔，反问道："我不该回来吗？"葱青柏说："我不是这个意思。"

义妁笑着迎了上去。

第五节 失踪

义姁和葱青柏相好的消息，葱夫人和葱岭巍很快也知道了。这一切都是葱青雅告诉他们的。葱青雅亲眼看见了他们搂抱在一起说着让人骨头都要酥软的情话。有时眼见不一定是真实的，葱青雅只看见了他们搂搂抱抱，但她却无法看到义姁内心的想法。

葱夫人对义姁的态度发生了很大的变化。她心里暗喜，看义姁的眼神也不一样了。义姁要是能做她的儿媳，葱青柏这辈子算是烧高香了，义姁是打着灯笼都难找的好女孩。她开始在吃的上面关心义姁了，每天都做好吃的给义姁，而且不重样。葱青雅心里开始不服气了，说母亲偏心眼儿。母亲说你也不小了，该出嫁了。按照规矩，从大到小来，他们已对葱青剑失望了，想先把葱青雅嫁出后，然后好解决葱青柏的婚事。葱青雅就开始讲她喜欢符虎。这个符虎葱夫人见过，小伙子人长得还不错，就是家里穷点，既然女儿喜欢，她也不好说什么。按照当地的规矩，葱青雅再不出嫁就是老姑娘了。葱夫人说，你明天把符虎带过来，让你父亲见见。

第二天，符虎真的就上门来了，葱岭巍见了也很喜欢。接着，双方父母见了面，商量好婚事。符家怕夜长梦多，葱家也算是有钱人家，生怕错过了这桩婚姻。第三天，符家派人送了聘礼，报了生辰八字，这门婚事就这么定了下来，连成亲的日子都定了下来，下月初八。葱家这么爽快答应，是因为葱青雅早就该出嫁了，再不出嫁别人的闲言碎语又会铺天盖地。当年葱夫人给女儿物色了人家，葱青雅寻死觅活，差点跳了河，让多少人看笑话。葱夫人打算把葱青雅嫁出后好计划葱青柏的婚事。

葱青雅要嫁给符虎的消息，很快全城的人都知道了。鱼公子自然也知道了。符虎能打，鱼公子本来一直想把符虎发展成自己的手下，符虎却没把鱼公子放在眼里，还说了一些牢骚话，说鱼公子狗仗人势，雪仗风势，有啥了不起的，他不愿意与邪恶同流合污。这些牢骚话传到鱼公子的耳朵里，鱼公子就把仇记下了。上次鱼公子想侮辱葱青雅，就是冲着符虎来的，他知道葱青雅是符虎的女人。如今他知道符虎要跟葱青雅成亲了，心里五味杂陈，萌发了想要收拾符虎的打算。

符虎和葱青雅每天忙于筹备婚礼，日子仿佛像蜜汁浸透一样，充满着甜美。他们盼望着婚礼早点来到。这天两人依依不舍地告别后，相约第二天下午见面。

第二天下午符虎没来。葱青雅等了半天，心里来气了，发誓等他来了要收拾他一顿。结果等到天黑，都没见他来。她就去找符虎，在街上遇见了小黑子，小黑子说："你在找符虎吧？"葱青雅说："你怎么知道？"小黑子嘿嘿一笑说："我看见符虎去了青楼，搂着一个女人走了。我看啊，估计是带着女人私奔了。"葱青雅说："闭嘴，你再胡说八道，我撕了你的嘴。"小黑子说："不信，你去青楼问问。"葱青雅不相信符虎去找妓女，但她还是跑到青楼去打听了一下。老鸨说："是啊，符虎给她赎身了，谁知道他们去了哪里。"葱青雅还是不信，但她已预感到了情况不妙，跑到符家一问，符虎的父亲说他一早就出门了，还没见回来。葱青雅说等他回来让他立即来找我。符虎的父亲点了点头。

第二天第三天，符虎都没出现。葱青雅急了，后天就是大喜的日子。她又跑到符家一问，还是没回来。葱青雅心急如焚，难道符虎真带着那个妓女跑了？打死她都不相信，但符虎不见了却是事实。

双方的父母陷入了尴尬的境地，婚礼到底办不办？没有新郎的婚礼还叫婚礼吗？但请帖都已发了出去，双方父母一商量，一个大活人不会说没就没的，认为符虎会出现的，一切按照原计划来。同时双方都派人去寻找符虎，该找的地方都找了，还是没见符虎的踪影。

直到成亲这天，女方头天办酒席，男方是第二天办酒席。葱岭巍见宾客都来了，他非常尴尬，派人去男方家询问，符虎还是没有回来。看来符虎是回不来了，葱岭巍的心里对符家充满了埋怨，不想成亲就退婚嘛，这让他的老脸朝哪里搁啊？但他心里还是抱着一丝希望，新郎会来迎亲的。这个夜晚对双方和葱青雅来说都是一个不眠之夜，明天新郎会出现吗？葱岭巍已派人在符家蹲守，只要符虎一出现，就来向他报告。

葱青雅已急疯了，义姁越是安慰她，她越是脾气暴躁，义姁干脆不说话了，默默陪着她。葱青雅反复无常，指着义姁说："你们都出去，我想静静。"义姁关上门出去了。这件事她也感到蹊跷，猜想符虎可能出事了。

午时已过，迎亲的时间已过，无奈之下葱岭巍只好宣布，解除婚约，退回礼金。人们都在私下议论，符虎带着一个女人跑了。葱岭巍气得不停地咳嗽，几次差点晕倒，他感觉这次把脸丢完了，无脸见人，借故身体不舒服，回房休息去了。

葱青雅哭成了泪人。

哭够了，葱青雅心里在想，这事不能就这样罢休，她要一个说法，要一个合理的解释，要一个真相。她把自己的想法告诉了义姁，让义姁帮她分析一下，义姁说："按道理说，符虎不会这么傻，傻到跟一个女人私奔，这可能是造谣的。"葱青雅说："我也是这么想的。"义姁说："我们可以找人去打听，那个女人叫什么名字？几天前是不是被一个男人赎身了？"葱青雅说："我已让青柏找人去询问了，有个叫小凤的女人确实被人赎身了，离开了安邑，不知道去了哪里。"义姁说："他没问那个女人是不是跟着符虎跑了？"葱青雅说："问了，他不知道那个男人叫什么名字，但他们说的那个男人的长相跟符虎一模一样。"

义姁想了想说："如果能找到妓女小凤，什么都清楚了。"

葱青雅说："可是现在到哪去找啊？"

"是啊，也许根本找不到了。"义姁说，"青楼幕后老板是鱼思淼，也就是鱼公子的父亲。老鸨的话不可信，说不定是他们串通好了的，故意演了这出戏。"

葱青雅说："他们干吗这样做？"

义姁没有回答这个问题，反问道："是谁告诉你符虎跟人私奔了？"

"是小黑子告诉我的。"

"小黑子是谁？"

"鱼公子的手下。"

义姁拍了一下巴掌说："对上了，这一切可能都是鱼公子捣的鬼。他跟符虎两人关系好像很不好，听说他们两人有过节，符虎的失踪十有八九跟鱼公子有关。"

"我也曾这样想过，担心他被人害了。那天我们分别后，约定第二天见面，结果他就再也没出现过。"葱青雅说，"我们去报官吧！"

"水太守跟鱼家关系非常好，报官无异于打草惊蛇，你去报官怎么说，说符虎失踪了，说他被人害了？官府问你要证据怎么办？"义姁说。

"也是啊。"

义姁说："我陪你去调查，等有了眉目，我们再去报官也不迟。"

经过调查，他们得知符虎失踪的那天，鱼公子跟符虎见过面，应该是符虎见的最后一个人。据符家一个亲戚说，他有个好友的儿子跟鱼公子一个手下是哥们儿，无意酒后听到鱼公子一个手下说，最后一个与符虎在一起的人是鱼公子。那天早上，鱼公子在街上遇见了符虎，强行要请符虎喝酒赔罪。符虎说不去，转身要走，鱼公子几个手下扯住他衣襟不让走。鱼公子挑衅地说："我是真心给你赔罪，听说你很能喝酒，敢不敢跟我单挑。你要把我灌倒在桌子底下，我就叫你爷。从今以后，你就是我的大哥。在安邑甚至整个河东郡，没人敢动你半根毫毛。”鱼公子一激将，符虎真就答应了。他们前呼后拥来到青楼旁的一家酒楼，这家酒楼也是鱼公子家开的。他们到酒楼后就开始拼酒，从早上一直喝到下午，期间鱼公子的几个手下先走了，后来发生了什么他也不知道了。

义姁经过分析，认为符虎可能被害了。他们灌醉了符虎后，估计把他沉河或者活埋了。而私奔的说法，分明是造谣，用谣言来掩盖被害真相，转移人们的注意力。

义姁认为符虎被害有如下疑点：

符虎与鱼公子闹过矛盾，两人还动过手。符虎为人耿直，眼里容不下沙子，看不惯欺负老百姓的人。符虎说鱼家狐假虎威，仗着水太守给撑腰，胡作非为，把他逼急了他就要告发鱼家做的那些见不得人的勾当。鱼公子多次收买符虎都没成功。符虎不愿意跟他们同流合污，鱼公子伤了面子，对他来说男人的面子是头等大事，他对符虎更加恨之入骨。鱼公子也曾多次扬言说：“符虎不是个东西，要搞死他。”符家亲戚的一个朋友亲自听到他说过此话。

当鱼公子得知符虎要跟葱青雅成亲，他的心里突然不平衡了，有种酸酸的感觉。葱家也算是有钱的大户人家，符虎算是攀上高枝了。鱼公子的心里一下失衡了，他不希望符虎过上幸福甜蜜的生活。他不仅要报复符虎，还要打击葱家。在安邑城，除了水太守，鱼家必须要坐第一把交椅。

在符虎失踪的这一天，鱼公子跟符虎在一起喝酒。喝完酒以后，符虎就不见了，所以，鱼公子有重大嫌疑。而那些谣言肯定也是鱼公子编造的。

葱青雅觉得义姁分析得很有道理，符虎的失踪肯定跟鱼公子有关系，葱青雅说：“符虎曾跟我说过，鱼家生意之所以越做越大，并且为非作歹称霸一方，其中关键一环就是与当地的官员称兄道弟、狼狈为奸。通过行贿把他们拖下水，供己驱使。”义姁叹了一口气说：“天下乌鸦一般黑。在蒲反县，墨家也是这样，特别是那个墨桀为非作歹。我舅父就是被墨家害得家破人亡的，等有机会我一定要为他们报仇。”

两人便去府衙，找水太守报官。看门的拦住她们不让进，最后她们好说歹说，放葱青雅一人进去了，她见了水太守就开始哭哭啼啼地诉说，水太守要不是看在她父亲葱岭巍的面子上，才懒得搭理这个黄毛丫头。

水太守听了葱青雅的诉说后说：“你的事我都听说了，你的心情我很理解，听说他跟别的女人跑了，这件事搁在谁的身上都难受。”

葱青雅激动地说：“这些都是谣言，我猜测符虎可能被人杀害了，想请大人派人调查一下……”

水太守打断葱青雅的话说："活要见人，死要见尸，没有证据，一切都是猜测。符虎或是离家出走，他家人要负主要责任，你可以去找他的父亲啊。"

"你们可以先把鱼公子抓起来，一审问，不就什么都清楚了吗？"

水太守摇了摇头，冷笑着说："你没有符虎被害的证据，也不排除他离家出走的可能，怎么去抓人？"

"你们怎么能这样呢？"

"我看这件事就算了吧，说不定一年半载后，他突然想通了就回来了。"水太守笑了笑说，"没有证据，不要在外面乱说，鱼家不是一般的人家，你惹不起。不过，只要找到符虎的尸体，我们就一定要严查。"

"王子犯法与庶民同罪！鱼公子有啥了不起的？"葱青雅气呼呼地走了。

水太守摇了摇头，苦笑了一下。

葱青雅十分落魄地走了出来。在门外等候的义姁迎了上去问什么情况，葱青雅勉强挤出一丝笑说："水太守说没有尸体就没有证据，还让不要乱说。"葱青雅说完就出城，沿着河边走。义姁跟在后面，问她干啥，她也不说话，义姁只好默默跟着。

葱青雅走累了，目光呆滞地望着河面。

义姁说："你到底想干啥？"

"我担心符虎被他们灌醉后，扔到河里，我在寻找尸体。"葱青雅哭着说。

"我们回吧，如果河边有尸体，下游的人早就发现了。"

葱青雅扑进义姁的怀里，哭得更加厉害了。葱青雅哭够了，义姁牵着她的手朝回走。平时那么坚强的葱青雅像个沮丧的孩子默默地跟在后面，她的步子有点凌乱，像踩在棉花上一样仿佛随时都会瘫软在地。

经历这件事后，葱府整天都被悲伤的气氛笼罩着，葱夫人更是大病了一场。葱岭巍每天都阴着脸，这次他感觉自己的脸丢完了，因为整个安邑城都知道了这件事，闹得满城风雨，今后葱青雅怎么嫁人啊？葱青雅整日以泪洗面，派去下游寻尸的人一直没有打听到消息。倒是找到了几具尸体，但都是女人和老人的尸体。

雨又开始下起来，一下就是几天。江河暴涨，要想寻找尸体更加难了，几乎没有一点希望了。就算符虎真的死在河里，尸体也早已流进黄河，流到大海不知所踪了。

安邑城里每天都有新鲜事情发生，慢慢地人们便淡忘了符虎失踪这件事。好多人都还说说不定哪天，符虎抱着孩子领着一个女人就回来了。

第六节 由爱生恨

葱岭巍每天都郁郁寡欢。为了散心，他去中条山拜访一位老朋友，顺便在山上采摘点草药。葱岭巍认为义姁和葱青柏的医术已经学得差不多了，只要再锻炼锻炼，就可以出师了。特别是义姁，应用砭刺、针灸、按摩、汤液、热熨等法治疗疾病，已经炉火纯青，大有青出于蓝而胜于蓝之势。

这天，义姁坐诊，没有病人，她就坐在那里翻阅古籍。外边吵吵闹闹，几个人抬着一个病人匆匆忙忙走了进来，从穿衣打扮来看，像是山里人。一个小伙子焦急地说："葱郎中在没？快请他出来救救我父亲。"

"葱郎中不在。"义姁打量了病人一番，病人挺着大肚子，比要临产的孕妇肚子还大。脐眼凸出，身躯瘦得皮包骨头，气息奄奄，不停地呻吟。要是不看病人的脸，还真以为是个孕妇。

小伙子急得在屋里团团转，焦急地说："这如何是好？我父亲病得越来越厉害了，肚子越来越大了，感觉都要撑破了。"

另几个人说："别等了，赶紧去城东找白郎中吧。"

"大哥，白郎中上次把人都治死了，要不是使了钱把病人家属嘴堵住了，早就进大牢了。"小伙子说。

"那你说怎么办？"

他们几兄弟开始争吵起来，从这件事扯到另一件事，都是些鸡毛蒜皮的事，最后开始推搡起来。

"好了，你们不要争吵了，都安静下来，你们要是信得过我，我可以试试。"义姁真诚的目光从他们脸上一一扫过，"如果看不好，我分文不收，如何？"

那个被称为大哥的人说："只能这样了，死马当活马医。"

义姁开始检查病人身体，摸了摸病人的大肚子，询问病情，然后开始号脉。义姁说："他是不是有恶心、呕吐、腹痛、便秘、发热和食欲欠佳等症状？"

小伙子连连点头说："是是是。"

义姁说："你们不用担心，腹胀是一种常见的症状，而非一种疾病。病人腹腔内积气或积水过多，到底是气鼓和水鼓，等我再检查一下。"

义姁又摸了病人肚子一下，又对病人仔细诊断了一遍，取出几枚银针拿在手上。那个被称作大哥的人大声说："你想干啥？"

葱青柏进来说："你们别在这里嚷嚷了，影响义姁给他看病，你们都先出去吧。"

义姁说："随他们便。你来得正好，我开了药方，你赶紧按照我的配方去熬制汤药。"

葱青柏接过药方去熬制汤药了。

他们几个安静了下来，但依然不肯出去。他们还是不放心，要亲眼看看才放心。他们紧紧盯着义姁的一举一动。

义姁拿起银针在病人下腹部和大腿部扎了几针，然后拿出一包自制的药粉撒在病人的肚脐上，说："问题不大了，病人先留在这里观察一下，我去给他熬制汤药。"

过了一阵，义姁把熬好的汤药让病人喝了下去，对他们说："你们留下一个人照顾就行了，其他人可以先回去，三天后来接他就是。"

小伙子说："哥，你们先回吧，我留下来就是。"

其他几个人望了义姁一眼，其中一人说："三天后我们来接人，如果我父亲有什么三长两短，就别怪我们不客气了。"

"你想怎样？"义姁故意说。

那人摸了摸头，想了想说："我看你长得不错，你就给我当老婆吧。"

义姁呵呵笑了，胸有成竹地说："恐怕你要失望了。"

当天晚上，病人肚子小了点。第二天，义姁又检查了病人身体，亲自给老人喂汤药，老人的肚子在慢慢地变小。

三天后，老人腹胀开始消退，呼吸变得均匀，能下地行走了。老人的几个儿子来了，他们望着站立起来的肚子平平的父亲，诧异极了，感觉自己像在做梦，甚至怀疑他是不是自己的父亲。直到老人说："多亏了这位女郎中，我久治不愈的腹胀病竟然让她看好了，她就是女扁鹊啊！"几个儿子这才反应过来，哈哈笑了。他们想下跪感谢，义姁制止了他们，说："回去休养几天就没事了，另外以后饮食也要多注意一下，控制食物的摄入，均衡饮食。"

他们频频点头，陪着老人兴高采烈地走了。

自此以后，义姁的医名便在安邑城传开了。越传越广，越传越神，说她是女扁鹊，没有她看不好的病。很快方圆几百里都知道了安邑城里有位女扁鹊。好多病人都来找义妁看病，乐仁堂门前每天看病的人都排起了长队。

葱岭巍的脸上慢慢有了笑容，忙碌让他忘记了那些不愉快。随着时间流逝，符虎失踪这件事慢慢被大家淡忘了，而葱青柏个人的事也摆上了桌面，最初是葱夫人直接把这事挑明了，她对义妁说："青柏不小了，你也不小了，也该到了谈婚论嫁的年纪了，我看你们两人挺般配的。"义妁的脸红了，没有表态，她又想到了卫青。葱夫人以为义妁害羞，笑着说："没事，不急于答复，你慢慢考虑一下。"

义妁每天愁眉不展，她左右为难，不答应吧感觉又不好给师娘交差。晚上她辗转反侧，脑子里全是卫青的身影。那一幕幕又在眼前出现，梦里也全是卫青。有好几次梦见卫青，她紧紧抓住他的手说："带我走吧！"卫青总是推开她的手说："对不起，好男儿志在远方，我要仗剑走天涯，不能连累你。"卫青骑着白马，衣裙飘飘，消失在天涯的尽头。还有几次，她梦见卫青带着别的女人。她看不清那个女人的脸，卫青抱着那个女人在旋转，他们笑得很开心，最后他们骑着一匹马消失在天涯尽头。每次醒来，义妁的心里都倍感失落。卫青让她又爱又恨，她的心里只有卫青，甚至眼前也是卫青。有时她甚至出现了幻觉，感觉卫青就在眼前，她扑了过去，镇定了一下情绪，结果眼前什么也没有。她开始消瘦，茶饭不思，卫青两个字充满她心，有几次没有忍住，差点在众人面前大声喊出卫青的名字。

义妁每天失魂落魄的样子，葱岭巍看在眼里，他关心地问："最近你太累了，要不要休息几天？"

"没事，"义妁不好意思地说，"可能晚上没有休息好的缘故吧。"

葱岭巍左右看了看，有点为难地说："这话我怎么都开不了口，都是你师娘逼我的……"

义妁没有吱声，她心里在揣摩可能又是催婚的事。

葱岭巍吞吞吐吐地说："青柏不小了，你也不小了，也到了谈婚论嫁的年纪了，我看你们两人挺般配的。"义妁的脸又红了，跟上次葱夫人说得一模一样。葱岭巍接着说："不过我觉得青柏配不上你，我们没有强迫你的意思，你慢慢考虑一下，我们绝不为难你。"

师父都开口了，义妁感觉有点为难了，不答应吧感觉对不起师父，答应吧又对不起自己的良心。她曾强迫自己爱上葱青柏，可她又做不到。她承认葱青柏是个不错的人，是个可以过日子的人，但她一直把他当哥哥，男女之情上总是欠缺那么一点点。

葱岭巍给她放了几天假，让她好好休息，其实也是让她好好考虑一下。义妁叫上葱青雅，准备一块逛街。葱青雅也慢慢从符虎失踪的阴影中走了出来，脸上慢慢有了笑容。更重要的是她母亲的娘家人重新给她说媒了，离安邑城不远的闻喜县城里的一户人家，小伙子他也见过，一表人才。符虎的失踪让她的心死了。她想开了，反正女人迟早都是要嫁人的，嫁谁还不是一嫁，认命吧。

两人来到了一条小吃街，街上摆满了各种好吃的，各种风味的都有。两人来到了城墙下一个亭子里。这个亭子很安静，周围没见人。阳光穿过树叶的缝隙洒下斑斑点点的阳光，风慢悠悠地飘荡着，吹在身上很舒服。

这是一个安静的午后。

葱青雅叹了一口气说："其实我弟弟葱青柏这个人很不错的……"

义姁打断她的话说："我知道你想说什么，你还是说说你自己吧！"

葱青雅叹了一口气，"我一直渴望能自由选择自己的伴侣，但老天和我开了这么大一个玩笑，我心已死，也想开了，反正女人迟早都是要嫁人的，嫁谁还不是嫁，认命吧。"葱青雅说完已是泪流满面。她的名声已很不好了，有人愿意娶她就已烧高香了。

义姁也长长叹了一口气。

葱青雅说："我弟弟葱青柏这个人真的很不错的。你嫁给了他，今后吃穿什么都不用愁了，这可是好多女人的梦想，说不定今后你还有机会掌管乐仁堂。"

"是师娘让你来说服我的？"

"我哪有这闲工夫，我自己的事都焦头烂额了，哪有心情操心别人的事。"

"我可不是'别人'，我们也算是一家人，对吧？"义姁说。

"肥水不流外人田，"葱青雅打趣地说，"你这么优秀的人，嫁给外人就太可惜了。"

义姁说："葱青柏是不错，但我总觉得他少了那么一点男人的阳刚之气……"

葱青雅咯咯笑了："原来你不喜欢那种文质彬彬的男人，而是喜欢那种高大魁梧、狂野又有男人味的男人。"

"男人男人的多难听。"义姁说。她的眼前又出现了卫青的身影。关于卫青她一直深藏在心底，没有跟任何人讲过。她以前也想告诉给葱青雅，但一直开不了口。她觉得这件事蛮丢人的，显然如今已不适合讲卫青的故事了。如果葱青雅知道了，那么葱家的人就会全知道。

"好了，好了，我不说了。在这也没意思，我们回吧。"葱青雅抬头望了望天空说，"变天了，你看天上乌云滚滚，我们赶紧回吧，说不定一场大雨就要来了。"

"两位小姐，请留步！"两人站了起来正要行走，鱼公子突然从身后冒了出来。

葱青雅眼睛一瞪说："你怎么像只苍蝇，走到哪都有你？你想干啥？"

鱼公子哈哈一笑说："两位姐姐貌似天仙，白璧无瑕，美不胜收。上次是我不对，我赔礼道歉，我想真诚邀请你们吃饭！"

"我们不吃你那一套了，我问你，是不是你把符虎害死了？"葱青雅盯着鱼公子的眼睛说。葱青雅突然变得泼辣了，她知道对付这种欺软怕硬的人只能强硬，在气势上必须先要镇住他。

"这种话可别乱讲，我跟他无冤无仇，害他干吗？"鱼公子脸色一变，随即哈哈笑了起来，"走吧，我请你们吃饭。"

"我怕你在酒里下毒，我才不去呢。"葱青雅说完，抓住义姁的手就往回走。

鱼公子在后面说道："义姁小姐，改天我到乐仁堂来看病。"

葱青雅回过头说："好啊，我给你开服毒药，你自己来拿吧。顺便用银针给你放放血，扎死你！"

两人回去后，葱青柏开始问寒问暖，给义姁端茶递水，又跑到厨房端来饭菜。义姁没心思吃饭，见葱青雅吃得香，她就象征性地吃了点。

葱青柏问："你最近茶饭不思，是不是病了？"

义姁不敢看葱青柏的目光，头偏向一边说："没有啊。"

葱青柏递给义姁一个水果，小声说："给你的。"

义姁当着葱青雅的面有点不好意思。她站了起来，没有搭理葱青柏，径直回到了自己的房间，躺在了床上，眼睛直直望着屋顶发呆。窗户外慢慢变黑了，风刮着树枝在疯狂地摇摆，一会儿雨点啪啪打在屋顶的瓦上，叮叮咚咚，响声越来越急越密，像千军万马奔腾，接着雷声轰隆隆响了起来，就像在头上爆炸一样，给人天崩地裂的感觉。她从床上起来，站在窗前，一道闪电划亮夜空，借着这些亮光，她看见天井里都是水，屋檐下的雨水连成了一道道小瀑布，落在地上啪啪地响。

义姁的脑子里又冒出了卫青的身影……她心里有千言万语想对他说。此刻她多么想卫青能出现在她的面前。她呆呆地站在窗前，没点亮油灯，也不知道站了多久，直到雨声静了，雷声停了，才回到自己的床上。躺在床上，她没有一点睡意，不由自主地把自己十几年的经历又重新梳理了一下，想想自己的身世，想想在蒲反县的遭遇。她渴望拥有一个家，而这个充满憧憬的家，她寄托在卫青身上。她突然觉得自己很傻，喜欢卫青，但不知道卫青是不是喜欢自己，甚至不知道卫青是不是已经成家了。她也听说卫青如今在皇宫里当侍卫，他的姐姐还嫁给了当今的皇上，他的前途无量，将来一定会当大官，而她只是一个小小的大夫，怎么配得上她？葱青雅说的不无道理，女人要面对现实，一切认命吧，反正女人迟早都是要嫁人的，遇到喜欢自己的就不要错过，嫁汉嫁汉穿衣吃饭，嫁谁还不是一嫁。葱青柏是个憨厚过日子的老实人，她心里清楚葱青柏非常喜欢她，对她的照顾也是无微不至。葱家也算是一个大户人家，嫁过去后，今后的日子衣食无忧，这也是好多女人眼红和羡慕的事。何况她还有手艺，可以把乐仁堂发扬光大，但她又不甘心，难道这就是自己一辈子的生活吗？

日子久了，义姁甚至有点怨恨卫青，由爱生恨，她也渐渐想明白了，她跟卫青是两条路上的人。她每天都在告诫自己，不要去想他了，不要去想他了。感情没有开花结果是一种遗憾，但你喜欢的人并不一定是合适你的人。她慢慢发现，葱青柏也是一个不错的选择，葱青柏一直在努力地表现自己，他想感动她。其实义姁心里也犹豫不决，她也不知道该怎么办才好。她很苦恼，连个说心里话的人都没有。

几天后，葱岭巍笑呵呵地问义姁想好了没有。面对葱岭巍真诚期盼的目光，义姁的心里更加慌乱。她对葱岭巍充满了感恩，他毫无保留地传授自己医术，而她却没有什么可以报答的。她不想看到师父失望的眼神，左右为难，鬼使神差地点了点头。葱岭巍高兴地说："太好了，就等你表态。既然你同意了，你们就先订婚吧，到时把你家人都请来吧。"

义姁脸红了，她想反悔，话到嘴边怎么也说不出来，她又木然地点了点头。

"这事就这么定了。我找人去提亲，你们先订婚，等我把青雅嫁出去后，就安排你们的婚事。"葱岭巍喜笑颜开，手舞足蹈，像个孩子一样。

义姁低下头，不知道说什么好了。

葱岭巍把这一好消息告诉给了夫人。他们商量后，找了媒人去蒲反县提亲。婚期很快定了下来。义姁从小在姜家长大，如今姜家虽然败落了，但哥嫂还在，一切照老规矩来。这天早晨天还没亮，葱岭巍就派了三辆马车去蒲反县接义姁哥嫂。姜策恒、蒲玉梅、姜媛月和麦芷都来了，姜媛月和麦芷已成亲了。义姁见了他们非常高兴，说长说短，姜媛月抓住义姁的手羡慕不已。义姁微微一笑，她有满肚子的苦水却没人可以诉说。她把话题扯到义纵身上，姜媛月说他们也一直没有义纵的消息，苟县令一直在通缉他们，父亲死得太冤了，有机会一定要报仇。

义姁点了点头说："君子报仇，十年不晚。那个墨桀没有再为难你们吧？"

姜策恒说："暂时没有，听说墨桀很忙，开妓院、赌场，又放高利贷等，也许顾不上了。"

姜媛月插话说："把墨桀抓起来，一定要碎尸万段。"

义姁望了姜策恒的腿一眼说："你可以把德济堂重新建起来，需要资金你说一声就是，我来想办法。”

蒲玉梅说：“我们也想过把德济堂开在县城，又怕墨桀来骚扰。”

“要不你们先考虑一下，可不可以把德济堂开到安邑城来。刚好麦芷也懂医术，你们可以联手啊！”义姁说。

“这建议不错，我们回去商量一下。”姜媛月说。

葱岭巍请的客人和亲戚纷纷来了。葱青柏过来招呼大家入席，义姁的娘家人被安排在上席。葱岭巍和夫人特意穿上了新衣，葱岭巍说了一些感谢的话，然后葱青柏把定情信物交给了义姁。大家纷纷鼓掌叫好，然后把酒言欢，这门婚事就这样匆匆定了下来。

义姁面带微笑接受大家的祝福，其实她一点都不高兴，她笑得很勉强，内心越来越难过，她跑到屋里，眼泪哗哗滚落下来……

第七节 确认真相

义姁订婚的消息，很快传遍安邑城。有人羡慕，有人嫉妒。

鱼公子知道这个消息后，心里很不舒服。义姁是他看上的姑娘，她的美貌深深吸引着他，他没有得到的女人怎么能便宜了别人？有一天，鱼公子打听到葱岭巍和葱青柏被人请到乡下出诊，义姁一个人在乐仁堂坐诊，他喝了一点酒带着几个手下来到了乐仁堂。义姁正在给病人看病，鱼公子的手下小黑子拔出刀大喊一声："滚滚滚，我们鱼公子是来看病的。"

病人们心里害怕，纷纷往外走。

"你们想干什么？"义姁大喊一声。

"义姁小姐，别怕，我是来看病的。"鱼公子呵呵一笑，转身对小黑子说，"你带几个人站在门外，没我吩咐谁也不准进来。"

小黑子带人站在了门外。

"你放心，就是请你给我看看病，诊金随你开！"鱼公子得意扬扬地说。

义姁知道他是来寻事的，决定将计就计。她笑着说："你的身体壮如牛，能有什么病？"

"最近身体不舒服，可能为你得了相思病，你给我开点药。"鱼公子嬉皮笑脸地说。

鱼公子说这话，让义姁想到了让她恨之入骨的墨桀。这两人还是亲戚关系，真是一丘之貉，她决定给他点颜色看看。她不漏声色地说："好啊，坐下，我给你看看。"

鱼公子把手伸了过去，义姁开始号脉，鱼公子色眯眯地看着义姁说："听说你订婚了，那个葱青柏有啥好的，是个懦弱之人……"

义姁打断他的话，说："闭嘴，让我静心号脉。"

鱼公子立即闭上了嘴。义姁白嫩的小手按在鱼公子的手腕上，他很享受地闭上眼，希望义姁的手指永远按在他的手腕上。

义姁的手指松开了，一言不发，脸上露出沉重之色。

鱼公子一惊，忙问：“怎么了？”

“你的病不轻啊，如果不及时医治恐怕……”义姁故弄玄虚地说。

鱼公子拍了拍自己的胸脯说：“我身体这么好，能有什么病，你开玩笑的吧？”

义姁严肃地说：“讳疾忌医的故事你听说过吧？”

鱼公子说：“忌什么医？我没听说过。”

义姁就把扁鹊给蔡桓公看病的故事讲了一遍，鱼公子听完后脸色变了。义姁说：“你现在的病还在皮肤的纹理之间，若不赶快医治，病情将会加重，慢慢会发展到肌肉里，再到肠胃里。若等到骨髓里，那就是司命所掌管的事了，我也没有办法了。”

鱼公子吓出一身冷汗，忙说：“多亏我今天来了，你快给我开一服药。”

义姁说：“算了吧，你还是另找郎中吧。”

鱼公子掏出一块金饼说：“求求你了，就给我开一服药。”

“你的这种病非常罕见，我还是第一次见到。”义姁说，“你身体里毒素太多了，要排毒。我怕你到时责怪我，还是算了吧。”

“你现在是大名鼎鼎的女扁鹊，我相信你。”

“这事不能张扬，不要告诉任何人。要是人们知道你得了怪病，对你影响不好。”

“是是是，你想得真周到，这件事我肯定保密。”鱼公子笑着说。

义姁把开好的药递给鱼公子，笑着说：“回去就偷偷煎吧，不要让外人知道。”

“多谢！”鱼公子接过药高兴地走了。

一直待在里屋的葱青雅见鱼公子走了，好奇地问：“鱼公子得了什么病？”

义姁四周看了看，小声说：“他就是坏了心肠，我给他开的药是甘遂、巴豆、大黄、番泻叶、芦荟等，帮他排排毒。”

葱青雅知道义姁开了泻药，笑着说：“这药开得好，让他也知道知道我们的厉害，我们也不是好欺负的。”

鱼公子回去后偷偷摸摸地煎了药，喝下去之后就开始拉肚子，最后身子都虚脱了，躺在床上动不了了。小黑子说：“这个义姁是故意整你的吗？”鱼公子一琢磨，觉得小黑子说得对。身体恢复后，他气势汹汹地去找义姁，指着她的鼻子说：“你是不是想害我？”义姁微微一笑说：“我要害你，早就毒死你了。你这是讳疾忌医。我有言在先，你需要排毒，良医治病，病在表皮时就应及时医治。这是为了在刚显露苗头时及时处理。事情的祸福也有开端，所以圣人总是尽可能早地予以处理。”

鱼公子半信半疑：“真的吗？”

“你坐下，我再给你号脉。”义姁说，“你不要讳疾忌医，到时后悔都来不及了。”

鱼公子规规矩矩地坐了下来把手伸了过去。义姁装模作样地号脉，过了一阵，她说："恭喜你啊，你体内的毒已排除一些。你只要再坚持服两服药，你的病基本就好了。"

鱼公子皱着眉头说："这药一喝下去就拉肚子，我都虚脱了……"

"这就对了，这是在排毒。"义姁严肃地说，"三个疗程后，你可能消瘦不少，但体内的毒全部排泄完毕，你的病就慢慢好了。"

"鱼公子，今天怎么有空来乐仁堂？"葱青雅从里屋走了出来，她看见了鱼公子，故意问道。

"路过，路过。"鱼公子不好意思地说。

鱼公子见葱青雅走到门外去了，匆匆对义姁说："多谢了。"然后提着药高兴地走了。鱼公子的父亲在城东还有一处大宅子，一直空着，鱼公子为了方便和进出自由就搬了过去住，这里也成了他的手下汇集的地方。

鱼公子喝完两服药后，瘦成了皮包骨，躺在床上连说话的力气都没有了。他一直坚信自己有病，没有想到是义姁在整他。

鱼公子的手下小黑子见鱼公子这样作践自己，就偷偷告诉了鱼思淼。其实小黑子是鱼思淼安排在儿子身边的，他对这个儿子一直不放心，怕他惹出什么祸来，安排个人也好有个照应，这样鱼公子的一举一动他都能清楚。鱼思淼带着屠郎中来了，鱼公子大声说："我没病，你们都回去。"

"混账东西！"鱼思淼大喝一声。

小黑子在给鱼公子熬制汤药时，把这些药材一样弄了点保留下来。他把药材交给了屠郎中，屠郎中看了看，闻了闻，他把鱼思淼拉到一边说："鱼老板，你看这些药分别是甘遂、巴豆、大黄、番泻叶、芦荟等，全是泻药，毒性很大，怪不得少爷身子虚脱，他们这是想置少爷于死地。特别是气虚阴伤、脾胃衰弱之人喝了这种毒汤，将大伤元气。"屠郎中故意煽风点火，他对乐仁堂的葱岭巍也颇多不满。

鱼思淼生气地说："走，去乐仁堂，我要找他们算账。"

"这跟乐仁堂没关系，这药是我自己配制的，我想排排毒。"鱼公子阻拦说，他依然相信义姁的话，自己体内毒太多了。

"臭小子，你还在替他们说话。"鱼思淼生气地说。

"这事回头再说，你先不要去找他们的麻烦。"鱼公子说。

"好，只要你好好养身体，我答应你。"鱼思淼说。

鱼思淼气愤地走了，他对乐仁堂满肚子怨言。刚好路过乐仁堂，看见乐仁堂前看病的人排起了长队。鱼思淼是个生意人，心生嫉妒，他什么生意都做，也做药材生意。他心里在琢磨，何不趁机把药材价格抬高，有些药材只有他才有。蒲反县的墨寒收购的药材就是卖给他的，整个河东地区的药材收购都是鱼思淼说了算，他把收购的药材又卖到外地。其他不说，光是药材收购销售这一块，他就赚得金钵满盆。鱼思淼一路走一路想，有时忍不住笑了，不知不觉回到自己的府上。

刚到门口便有下人禀报："蒲反县的墨寒来拜见。"

鱼思淼和墨寒不仅是亲戚关系，还是生意上的合作伙伴，所以他俩的关系非常好。这两家也非常相似，不仅是当地首富，还都有一个不争气的儿子。墨寒一直想在安邑城里开一家百药堂分号，安邑城毕竟是河东郡郡治所在，管辖蒲反、闻喜、猗氏等二十县，蒲反县自然无法跟安邑城相提并论，南来北往的人到河东郡来第一站往往就是安邑。安邑不仅城大，人多，也是那些做大生意的人的首选地方。他心里在想，墨寒这次肯定是为开百药堂分号而来的。

来到客厅，就听到了墨寒的声音："鱼兄，你终于回来了，见你一面不容易啊!"

鱼思淼呵呵一笑，也拱了拱手说："哪里哪里，你能来我非常高兴。上次你来找我时，我刚好去长安城办事去了。"

两人寒暄几句后，然后开门见山直奔主题。墨寒把自己的想法告诉给了鱼思淼，两人一拍即合，生意就这样谈成了。鱼思淼在安邑城里有不少房子和商铺，店面都是现成的，经过简单装修，百药堂分号就开始营业了。鱼思淼还在长安城里请了一位老郎中来坐诊，他们都喊他黎太医，据说他曾在皇宫里当过御医。开张这天，彩旗飘飘，锣鼓喧天，墨寒把安邑城里有头有脸的人全请了来，葱岭巍也受到了邀请。鱼公子带着他的手下在维持秩序，还有好多官兵在巡逻。市民哪见过这种阵式，纷纷拥挤着来看热闹。

葱岭巍问身边的老郎中黎太医："听说你在皇宫里当过御医，认不认识一个叫薄楚生的太医？"

黎太医打量了葱岭巍一眼说："他靠他姐姐薄皇后当了太医令丞，后来汉景帝废黜薄氏的皇后之位，重新封王美人王娡为皇后。薄皇后死了，薄楚生的太医令丞也被撤了，当了一个普通太医。后来他的侄女成了当今皇上的妃子，再加上薄楚生能说会道，又会见风使舵，靠这层关系，又当上了太医令丞。"

"你认不认识一个叫义函的太医？"

"你认识义函？他是你什么人？"

"不认识，随便问问。"

黎太医小声说："义函担任药丞一职，为人耿直，遭到薄楚生的排挤，满门抄斩，太可惜太冤了。听说义函有一对儿女幸存了下来，也不知道是真是假，这事到此为止不要再提了。"

葱岭巍点了点头，微微一笑："皇宫俸禄高，你怎么舍得离开皇宫？"

"一言难尽啊。薄楚生拉帮结派，医术高明的太医如果不是他的人，就处处被排挤。我看不惯薄楚生的所作所为，就离开了皇宫。"

"你怎么到了这里？"

"还不是为了一口饭吃，墨寒出高价请我。我本来不想来的，可家里儿子女儿日子过得不好，他们需要钱啊。加上水太守在中间撮合，我只好给水太守一个面子……"

过了一会儿，葱岭巍借故身体不舒服就离开了。同行是冤家，墨寒的所作所为他也听说了一些。墨寒把百药堂分号开到安邑城，显然是来分一杯羹的。如今他乐仁堂的生意红火，好多人都眼红，说不定墨寒今后还会做出什么见不得人的勾当。

葱岭巍回到了乐仁堂，义姁见了问道："师父，怎么这么快就回来了？"

"我哪有心思吃他们的饭。墨寒的关系很硬，水太守、苟县令都来捧场，还请来了长安城里的御医和几位大官。"

"墨寒这人阴险奸诈，心狠手辣，姜家就是被他整垮的，以后要提防着他。"义姁说。

葱岭巍叹了一口气说："我听说鱼思淼也参与了。两人是亲戚关系，两人强强联手，再加上他们背后的关系网，我担心他们以后会使出卑鄙的手段。"

"我们救死扶伤，靠本事吃饭，老百姓的眼睛是雪亮的，不怕他们。"义姁说。

"是啊，说的对，"葱岭巍说，"你生父是义函吧？"

"是的，你怎么知道的，这事我对外人一直没有讲过。"

"当然是听你舅父说的。"葱岭巍说，"墨寒请的那个老郎中黎太医，曾在皇宫跟你父亲一块供职过，他也是遭到排挤才离开的。听他说你父亲担任药丞一职，为人耿直，遭到薄楚生的陷害，满门抄斩，而那个薄楚生现在在皇宫里又当上了太医令丞。"

义姁一怔，生父在她头脑里是模糊的，甚至不知道父亲长什么样子。但生父的故事她听舅父说过，说是被薄楚生栽赃陷害的。她一想到满门抄斩，想到父母被腰斩的场景，她的心就在滴血。如今那个黎太医的说法也证实了舅父说的一点儿都没错，父亲就是被薄楚生害死的。自舅父告诉她真相后，薄楚生这三个字就深深印在了义姁的脑海中，今后有机会一定要报仇。

“你怎么了？没事吧？”葱岭巍看见义姁在发呆。

“没事。”义姁回过神，不好意思地一笑。她心里还有一个最恨的人就是墨桀，“这次墨桀来没？”

“没看到他。”

“街上锣鼓喧天，这么热闹，”刚好葱青雅走了出来，抓住义姁的手说，“走，跟我到街上逛逛。”

义姁望了葱岭巍一眼，葱岭巍没说话，葱青柏接话说：“这会儿反正也没啥事，你们去吧。”

葱青雅撒娇地拍了拍葱青柏说：“还是我弟弟好，通情达理。”说完拉着义姁的手就走了。

街上的锣鼓声是百药堂开业请的班子，响声此起彼伏，引来了好多人围观。葱青雅朝里挤，结果跟义姁挤散了。义姁见人太多了，她就朝外退。她对这些不感兴趣，她很想拜见黎太医，想亲耳听他说说有关父亲生前的故事，听听父亲是如何被薄楚生害死的。好不容易挤了出来，一个男子抓住她的手就朝偏僻的小巷里拖，男子比她高一个头，背对着她的，她认出了是鱼公子，大声喊道：“你想干吗？”

“我想干什么？”鱼公子把义姁推靠在墙上，说道：“我是个粗人，但我一直很敬佩你尊重你。你有教养懂礼仪又懂医术，我问你，你是不是故意给我下泻药整我？”

“你别听他们胡说，他们是嫉妒，我的医术你是知道的。”义姁笑着说。

“这这……就算你故意整我，我也毫无怨言，心甘情愿。”鱼公子不知道说什么好，他犹豫了一下说，“我告诉你，我喜欢你，你知道吗？”

义姁推开鱼公子的手，鼻孔里发出不屑的声音。

“我是认真的，葱青柏有啥好的？”鱼公子伸出手指说，“我警告你，你赶紧退婚，否则就别怪我不客气了。”

“笑话，我凭啥要听你的？你是我什么人？”

“在安邑城，只要我鱼袁野跺下脚，整个城都要晃三晃。你知道得罪本少爷的后果吗？”

“癞蛤蟆打哈欠——好大的口气！”

“你不信？只要你开口，在安邑城没有我办不成的事。”

“真的？”

“真的！”

“你现在就去把黎太医给我请来。”

“你请他干吗？他这会儿正忙着的呢！”

“他是大夫，我也是大夫，自然是有医术上的问题请教。”

“也是啊！”鱼公子摸了摸头说。

“你不是说你本事大吗，这么一件小事都办不成！你要有本事，把他请来，我就在这里等你。”义姁故意激将鱼公子。

鱼公子想了想说：“我可以把他请来，给你半个时辰谈话够不够？”

“够了。”

鱼公子左右看了看说：“你去前面的茶楼等着，一会儿我就把人给你请来。他要是敢说半个不字，我就把他绑来。”

义姁跟着小黑子来到了茶楼，这家茶楼也是鱼思淼开的。小黑子熟门熟路地把义姁带到雅间，吩咐小二把水果端进来。义姁刚坐下，鱼公子就带着黎太医进来了，黎太医也不知道是怎么了，身子在颤抖。

义姁支走了鱼公子和小黑子，望着黎太医说：“黎伯父你别怕，请你来，只是想跟你聊聊天。”

“姑娘，你是？”黎太医望着义姁说。

“葱岭巍是我的师父，我叫义姁。”

黎太医惊讶地张大嘴说：“你就是那个用银针看好腹胀病人的女扁鹊？”

“过奖了，我哪能跟扁鹊相提并论，我只学了点皮毛。”义姁谦虚地说。

“你找我来，到底有什么事？”

“黎伯父在皇宫当过太医，一定认识一个叫义函的人吧？”

黎太医点了点头。

“实不相瞒，我是义函的女儿。我只想打听一下，我的父母家人到底是怎么死的？”义姁擦了擦泪水说。

黎太医吃惊地说：“当时我也曾听人说义函有对儿女漏网了，这对儿女被人悄悄送出长安城不知所踪。时间好快啊，转眼你都长成大姑娘了。”

“我父亲是不是被薄楚生栽赃陷害的？”

“应该是，有些事我也是听说的，我把我知道的情况都告诉你吧。七国之乱，曾当过吴国丞相的袁盎向景帝献策诛杀晁错，满足叛军‘清君侧’的要求以换取他们退兵，景帝采纳了袁盎之计，丞相陶青、中尉陈嘉、廷尉张欧联名上书，弹劾晁错，提议将晁错满门抄斩。景帝批准了这道奏章，腰斩晁错于东市。太医薄楚生靠他姐姐薄皇后当上了太医令丞，这个薄楚生当了太医令丞后收了不少黑心钱。药丞义函旁敲侧击提醒他要收敛点，薄楚生本来就嫉妒义函医术比他高，怕他自己的位子被义函代替了，他心里就更加恨义函了。他找到姐姐薄皇后，编造了义函十大罪状，说义函跟吴王刘濞、赵王刘遂暗中勾结，还要用药毒死太子，甚至薄太后的死跟义函下药过量有关等等。薄皇后把这些话告诉给了汉景帝宠爱的程姬，让她转告给汉景帝。汉景帝听完非常生气，下令晚上子时抓捕义函，并满门抄斩。”

黎太医喝了一口水，接着说：“执行这次任务的是中尉陈嘉，晁错一家满门抄斩就是他做的。陈嘉手下有个叫荀祝的跟义函有交情，悄悄派人告诉给了义函。义函得知消息后，他想用自己的性命来换回妻子和儿女的生命。他让妻子带着儿女赶紧逃跑，妻子不走，要跟他一起死。也许只有他们死了，才能换来儿女的平安。义函和妻子商量后，当夜便让徒弟和丫鬟两人带上孩子离开了长安城。义函一家二十余口人就这样悄悄地被杀害了。我还听说，义函被斩时，薄楚生买通了陈嘉，让刽子手从腰部朝下沿砍作两截。义函身子被砍作两截时，上半身还在动，眼睛一直睁着，嘴里不停地骂薄楚生，惨不忍睹，最后义函慢慢在痛苦中死去。”

义姁没有说话，默默地抹眼泪，她心里恨死了薄楚生，恨得咬牙切齿，恨不得立即把薄楚生碎尸万段。

“后来我也听说，薄楚生一直想斩草除根，但因种种原因这事就不了了之。加上当年护送他们离开长安城的那个徒弟和丫鬟也相继去世，慢慢地人们就淡忘了这件事。其实我跟薄楚生也一直不和，我离开皇宫也是因为他的排挤。听说他现在官复原职，又是太医令丞了。我知道的就是这些。”

义姁擦干泪水说：“谢谢了。”

黎太医站起来起身告辞。

鱼公子推门进来，说：“你交代的事我给你办了，你是不是该答应我了，跟葱青柏解除婚约……”

义姁心情很不好，想到父亲的死，她拿起桌子上的水杯狠狠地砸在地上，咣当一声，义姁望了鱼公子一眼，鱼公子立即闭上了嘴。她冷笑一声，望了望地上的碎片，转身走了。

鱼公子站在那里发呆，一动不动。

第八节 神秘人物

阳春三月，春暖花开，葱青雅要出嫁了，嫁到离安邑城不远的闻喜县城里的一户人家。这家虽是一般人家，但小伙子长得一表人才，葱青雅也非常满意。人家也不在乎葱青雅的名声不好，葱岭巍感觉有点亏欠人家，在陪嫁上出手阔绰，还给了一笔钱让他们做生意。

葱青雅出嫁后，葱青柏和义姁的婚事便提上了日程。葱夫人也提前开始准备了，婚房要重新收拾和布置，新被子也要缝制，被面还要绣上鸳鸯戏水和喜字图案。葱夫人抱孙子的心情非常迫切，又到道观请道子先生给葱青柏和义姁算了一卦。道子先生把两人的生辰八字在手指上掐来掐去，最后睁开眼说他们两人命好，是天设地造的一对。葱夫人听了很高兴，又请道子先生给看看适合成亲的日子，道子先生又掐来掐去，说五月初八是个好日子，宜嫁娶。葱夫人喜笑颜开，赏了道子先生很多钱。

义姁要成亲的消息，很快全城的人都知道了，而义姁心里充满了恐慌，她没有一丝喜悦，只是盼望每天日子过得慢点，最好这一天永远不要来到。

鱼公子每天派人在乐仁堂周围徘徊，监视着葱家动向，他想等葱岭巍不在时他要找义姁面谈。鱼公子虽然在外很凶，但他还是有点惧怕葱岭巍这个老头，为什么怕，他也说不清楚。鱼公子小时候生病葱岭巍给他扎过银针，当时他紧张怕痛，肌肉收缩，银针半天扎不进去，银针扎进肌肉里的痛，至今还留在他的记忆里。

一天，黎太医突然来到乐仁堂，葱岭巍正在给病人看病，他抬起头微微一笑，示意他先坐下。过了一会儿，葱岭巍走了过来说："你今天怎么有空到我这里来了？"黎太医说："你是我敬佩的人，我是来跟你告别的。"葱岭巍一惊："你要离开安邑城？为啥？"黎太医欲言又止，葱岭巍明白了他有话要说，把黎太医请到了没有人的客厅，给他泡上了茶。

黎太医说："我在百药堂坐诊的消息不知怎么被薄楚生知道了，他通过丞相给水太守施压，让我离开安邑城。薄楚生曾对人说过要封杀我，他这是要把我逼入绝路，让我无法生存。皇宫里也有派系，钩心斗角很复杂，水太守没有办法，也不敢得罪丞相，只好让墨寒辞退我。”

“这个薄楚生管得也太宽了吧。”

“我是来提醒你的，你可要当心墨寒和鱼思淼这两人，百药堂是他俩合伙开的。百药堂虽然营业了，但人们还是信任乐仁堂，所以百药堂的生意很冷淡。我曾无意听到他们谈话，他们正在想办法对付你们呢。”

“谢谢你提醒。不过我不怕他们，我凭手艺吃饭，他们能把我杀了不成？”

“小心驶得万年船。”黎太医站起来说，“我走了。”

“你要去哪里？”

“回乡下老家。”

“吃了饭再走吧！”

“算了，我也不想连累你。”黎太医说，“还有义姁的父亲是义函这件事，千万不要让外人知道。我没有告诉过任何人，万一这事传到薄楚生的耳朵里可就麻烦了。一个丧心病狂的人什么事情都干得出来。”

葱岭巍点头，心里非常感激黎太医。两人有点相见恨晚，人生难得一知己，葱岭巍想挽留，黎太医执意要走。葱岭巍拿出一些钱给他做盘缠，黎太医不要，两人推来推去，最后葱岭巍生气了，黎太医才收下。

葱岭巍让葱青柏和义姁送送黎太医。他们把黎太医送到城门外才挥手告别。义姁本来有很多话想对黎太医说，却不知道怎么开口，她默默望着黎太医。黎太医突然转身，笑着说：“我相信你！你父亲在九泉之下一定会瞑目的！”义姁明白了黎太医话中的意思，她的泪水流了出来。

“你哭什么？”葱青柏问。

义姁没有搭理他，转身就走。葱青柏追了上去问：“你最近怎么了，老是对我板着脸？你心里有啥话就说出来，不要憋着。”义姁还是没有回话，她不想跟他说话。

两人走到一条偏僻的小巷时，突然窜出一伙蒙面人围住了葱青柏。葱青柏指着他们说：“你们想干吗？”他们也不说话，挥拳就朝葱青柏打去，其他几个人也对他拳打脚踢，葱青柏倒在地上，他们还不罢休。义姁冲了过去，推开他们说：“住手！你们想干吗？”其中一个人说：“他要是不退婚，我们就打断他的腿。”义姁明白了，他们是鱼公子的人，她从一个人腰上拔出刀大声说：“你们再不滚，就不要怪我不客气了。”义姁拿刀挥舞了几下，他们纷纷后退，义姁又前进了几步，他们纷纷跑了。

“你没事吧？”义姁扶起鼻青脸肿的葱青柏。

“他们为啥逼我退婚？”葱青柏推开义姁，说，“他们是不是你找的人？你整天对我板着脸，不想成亲就明说嘛。”

义姁生气地站了起来说：“不可理喻！我怎么会找人打你？你是个猪脑子！”

义姁说完气呼呼地走了。

葱青柏阴着脸回到乐仁堂。葱岭巍看着葱青柏的脸和胳膊，吃惊地问：“怎么了？”葱青柏说：“不小心摔了一跤。”葱岭巍仔细看了一下说：“谁打的？”葱青柏说：“我自己摔了一跤，你怎么不信呢？”葱岭巍说：“抹点药吧。”葱青柏径直回自己的房里去了，葱岭巍拿着药追了上去。

义姁坐在乐仁堂里心情很不好，她在生自己的气，也在生葱青柏的气。这时一个衙役走了进来，气喘吁吁地说：“你就是义姁小姐吧？”义姁见那人有点面熟，客气地说：“请问你是？”那人说：“我是苟县令派来通知你的，你的弟弟义纵和强盗张次公等人突袭县衙，刺杀苟县令，结果被早已埋伏好的官兵活捉了。他们犯下了谋反、杀人、强盗罪等，水太守已派人去确认了，明日午时三刻将执行死刑。特来通知你，明天去领尸。”

义姁愣了半天，说：“你是开玩笑的吧？”

“我说的都是真的。”那人说，“我还听说小霸王墨桀竟然争着要当刽子手，他要亲手砍下他们的头。”

“我怎么感觉像在做梦，是真的吗？”义姁还是有点不相信，她怀疑是鱼公子使的阴谋诡计，哄骗她出城，然后半路劫持她。但她看这人很面熟，口音是蒲反县的腔调，看来真是从蒲反县来的。

“苟县令的口谕我已传到了，去不去是你的事了，告辞。”那人骑上马走了。

义姁的泪水滚了出来，她只有这么一个弟弟，最近一直没有他的消息，好不容易有了他的消息，却是被抓的消息。她感觉天崩地裂，茫然无措，嘤嘤哭了起来。

“义姁小姐，你哭什么呢？”

义姁抬起头，她以为出现了幻觉，站在自己面前的就是朝思暮想的卫青。她又惊又喜，惊慌地擦干泪水，她恨不得立即扑入他的怀里，心里不停地告诉自己要矜持要矜持：“你是卫青吗？你怎么来安邑城了？”

卫青没有回答她的问题，着急地说：“我朋友在客栈生病了，带上你的药箱，跟我走。这是你的药箱吗？”

义姁点了点头。

卫青一把抓过药箱提在手上，另一只手拽着义姁就想朝外跑。

“站住！这位公子是给谁看病呢，我看你比较陌生。”葱岭巍从里屋走了出来拦住了他们，他对这个陌生人有点不放心。

“是这样的，我们是从长安城来的，我家老板突然生病，病倒在客栈。我们在长安城就听闻了义姁小姐的大名，她一枚银针就看好了大肚子病人。人们都说她是女中扁鹊，我家老板点名要请义姁小姐看病呢。”

“是吗！”葱岭巍呵呵笑了，挥了挥手示意他们快走。

义姁跟着卫青一路小跑，来到了东门客栈。东门客栈是安邑城里最好的客栈。这里交通便利，客栈干净卫生，店小二也服务周到和热情。

义姁跟着卫青来到客栈，站在门边的一个男人热情地给义姁打招呼。她一看是公孙敖，微微一笑算是打招呼，进到里屋看见一个年轻的男子躺在床上，被子盖在身上。这是一张英俊的脸，但很苍白，头上大汗淋漓。他看见了义姁，眼睛一亮：“你就是义姁？没想到这么年轻漂亮。”卫青立即给义姁介绍说：“这就是我家刘老板，忽冷忽热还出汗。”义姁脸一红：“你怎么知道我的名字？”刘老板说：“你现在名声在外，长安城里都在传说你的故事呢。”义姁不好意思地说：“是吗？”然后掀开被子检查了一下刘老板的身体。刘老板脸上手心都是汗，衣服湿透，义姁说：“你是不是先为四肢末端发凉，迅觉背部、全身发冷，四肢无力，全身肌肉关节酸痛。进而全身发抖，持续一会儿，寒战自然停止，体温迅速上升。有剧烈头痛、顽固呕吐症状？”刘老板有气无力地说：“是的，非常对。”义姁然后给他号脉，过了一阵，说道：“问题不大，这是疟疾，也就是人们所说的打摆子。我给你开几服中药。”

公孙敖插话说：“这是什么原因造成的呢？”

义姁说：“疟疾病因复杂，且有其特殊性。疟疾因外感疟邪、疫瘴湿毒之气或风、寒、暑、湿之气，内则正气损伤而发病。如《疟论》云：‘夫痎疟，皆生于风’，内经《生气通天论》言：‘夏伤于暑，秋必痎疟。’疟疾发病，往往有几种病因相合，如《疟论》谓：‘夏伤于大暑，其汗大出，腠理开发，因遇夏气凄怆水寒，藏于腠理皮肤之中，秋伤于风，则病成矣’，即暑、寒、湿、风几种病因相加，从夏持至秋乃发病。疟邪为疟疾主因，《内经》称为疟气……”

“你说这些，我们听不懂，你赶紧开药方吧。”卫青说。

义姁叹了一口气说：“药方都已在我心里了，柴胡两钱、黄芩三钱、党参三钱、常山两钱、槟榔两钱、半夏两钱、乌梅两钱、桃仁两钱、生姜一钱、大枣五枚、甘草一钱。水煎服，每日两剂。”

“我看你心事重重，眉头一直紧皱，是不是有什么心事？”刘老板说。

义姁叹了一口气说：“我的弟弟义纵和他的朋友张次公明日午时三刻将执行死刑，

蒲反县的苟县令通知我明天去给他们收尸呢。我弟弟他们武功高强，行侠仗义，打抱不平，他们是冤枉的。”

“岂有此理！”刘老板说，“执行死刑的人都要上报，朝廷批准了才能行刑，我怎么不知道？”

“山高皇上远，下面的苟县令就是土皇上。”

“只要你看好了我们刘老板，我保你弟弟明天平安无事。”卫青头一偏望着刘老板说，“刘老板，你说呢？”

“一定要刀下留人。”刘老板边咳嗽边说。

义姁半信半疑地说：“真的吗？”

“放心吧，我保证你弟弟明天平安无事。”卫青拍着胸脯说。

义姁高兴地回乐仁堂煎药去了。

葱岭巍见义姁回来了，问那人得了什么病，义姁说是打摆子，立即挑选草药煎药。在煎药的空隙，义姁就把弟弟义纵的事说了出来。葱岭巍着急地说，还煎啥药啊，赶紧带上钱去找苟县令，让他手下留情。义姁说：“卫青说只要我看好了刘老板的病，他保证我弟弟明天平安。”葱岭巍说：“卫青是谁？”义姁说：“他上次救过我，我只知道他在皇宫里当差。”葱岭巍说：“奇怪，他们怎么来到安邑城？等下药煎好后，我陪你一块去看看，顺便再给他确诊一下，再探探他们的口气，看他们如何救你弟弟。实在不行，我们好另想办法，直接去找水太守。”

“谢谢师父。”义姁感激地说。

汤药熬好后，义姁提着热热的汤药跟着葱岭巍一块去东门客栈。站在门口的公孙敖腰上挂着剑，他拦住葱岭巍说：“请问这位是？”义姁说：“他就是我的师父，为了万无一失，我请师父来确诊一下。”公孙敖做了一个请的手势：“请进吧。”

卫青见了义姁和葱岭巍热情地请他们入座，义姁和葱岭巍径直走到刘老板床边。义姁指着葱岭巍给刘老板介绍说：“这位就是我的师父——河东第一名医葱岭巍。”刘老板点头微笑。药汤还是烫的，葱岭巍趁着间隙检查了一下刘老板的身体，然后号脉，“皮肤起鸡皮疙瘩，口唇、指甲发绀，唇鼻有疱疹，颜面苍白，结膜充血，皮肤灼热干燥，病得不轻啊。不过有老夫和小女在，你放心吧，我们会尽力尽快让你康复的。”

义姁摸了摸药罐温度下降了不少，将汤药倒在碗里。刘老板要起身，卫青扶他坐起来靠在床上，义姁说：“别动，我来喂你。”义姁端起碗，用勺子舀了一勺汤药，放在嘴前吹了一下，然后把勺子伸到刘老板嘴边，刘老板张开嘴一口喝了。刘老板一边喝药，一边望着义妁，弄得义妁都不敢看刘老板炙热的目光。

坐在外屋客厅的葱岭巍在套卫青的话："听说你们是从长安城里来的？"卫青说："是啊。"葱岭巍又问："你们到安邑城来是游玩的？"卫青说："算是吧，一边玩一边做生意。"葱岭巍接着问："你们老板是做什么生意的？"卫青笑着说："我们老板能力大得很，什么生意都做。"葱岭巍见套不出什么来，直接说道："义妁的弟弟义纵和他的朋友张次公明日午时三刻将被问斩，你们老板有办法保证他们明天平安无事，你开个价吧！"卫青笑着说："开什么价，明天我让他们平安回来见你就是，但我们也是有条件的，必须要尽快看好我们老板的病，我们有急事要回长安城呢。如果看不好我们老板的病，我就砸了乐仁堂的牌子，你们乐仁堂从此就关门大吉。"

葱岭巍一惊，从卫青的话中，他觉得他们来头不小。这个刘老板看上去不像生意人，难道是从长安城里来的一位大官，微服私访的？或者跟长安城里的大官关系不错？看刘老板这么年轻，难道是哪位大官的公子？……葱岭巍觉得他们很神秘，人命关天的大事，他不敢有半点马虎，禁不住又问："你们真的能救他们？"卫青严肃地说："你不相信我们的能力？你赶紧想办法看好我们刘老板的病吧。万一出现闪失，别说救他们，连你自己的命都要搭进去。"

义妁给刘老板喂完药，从里屋走了出来，说："刘老板身体虚弱，让他安静地睡一会儿，等晚上我再给他送汤药来。"

葱岭巍说："你们还没吃饭吧，不如由我做东，如何？"

"多谢，现在我们实在都没有心情吃饭，改天吧。"卫青说。

"你们要让刘老板多喝水，饮食要清淡，有事随时来通知我们。"葱岭巍说。

卫青点了点头。

葱岭巍和义妁离开客栈，走在街道上，义妁问："师父，你套出什么话没？这个刘老板到底是什么来头？"葱岭巍说："他们嘴很紧，看不出一丝破绽。从卫青的口气中，他们好像来头不小。我想既然卫青在皇宫里当侍卫，那么伺候的一定是位大官。你可以直接问卫青啊？"义妁说："我悄悄问了，他死活不肯说，只是笑。不管他是谁了，先医好刘老板的病再说。"

两人说着话不知不觉回到了乐仁堂。葱岭巍问了义妁所开的处方，他听了后又增加了黄花蒿、青麻叶、艾蒿根等几味中药，亲自挑选搭配上等好药材，交给义妁去煎熬汤药。

义妁在熬制汤药的空隙，跑到街上买了些黄狗肉。她知道一个治疟疾的偏方，她想试试：黄狗肉、黑豆、生姜、陈皮、红枣，用水煮熟连渣吃。

汤药和狗肉熬好后，夕阳也快要落山了，天边布满了五彩缤纷的晚霞，安邑城在晚霞的映衬下就像披了一层神秘的红纱。义姁踩在被晚霞映红的街道上，一手提着药罐，一手提着狗肉汤朝东门客栈走去。

“好香啊！”公孙敖笑着说，“义姁小姐，你来了。”

“刘老板现在如何了？”

“热已退了，刘老板刚睡着。”

义姁把药罐和狗肉汤放下说：“等下他醒了，你让他把药喝了，顺便让他把狗肉汤也喝了，这是我专门给他熬制的，顺便也补补身子。回头我再弄点黄河鳖，给他好好补补。”

“我代刘老板谢谢你了。”公孙敖拱手道。

义姁左右看了看，问道：“卫青呢？”

“去蒲反县了。”

“他一个人？”义姁心里暗暗高兴，他知道卫青是为义纵的事而去的。

“是的。”

义姁小声说：“这个刘老板是个什么人？我怎么看他都不像一个做生意的人？”

公孙敖微微一笑说：“你说他是什么人就是什么人。”

义姁见问不出什么，只好说：“等刘老板醒后，一定要让他把药喝了，明天一早我再给他送汤药来。”

晚上，义姁失眠了，她为弟弟义纵担心，也为卫青担心。义纵和张次公他们那么多人攻打县衙都没成功，而卫青只身一人去蒲反县解救他们，就算他武功高强，一双手怎么去解救？苟县令怎么会乖乖把他们放了？……她胡思乱想，在迷迷糊糊中睡着了。她做了一个噩梦，梦见弟弟被砍头了，她惊出一身冷汗，此时公鸡叫声也响了起来，睡不着了，她干脆起来煎药，打算天亮后给刘老板送去，顺便打听一下消息。

义姁来到药房，看见葱青柏在帮她煎药，葱青柏说：“你弟弟的事我已知道了，我看你这几天太累了，我帮你煎药，你去多睡一会儿吧。”

“谢谢!”义姁心里突然有一丝感动，“你的伤好些了吧？”

“一点皮外伤，没事。”葱青柏说。

“你去睡吧，还是我来吧。”义姁说。

两人推辞了一番，葱青柏执意要她休息，义姁只好回到房间睡了个回笼觉。一觉醒来，天已大亮，义姁匆匆起床，来到药房，药已煎熬好。义姁提着药对葱青柏说：“我送药去了，如果有我弟弟的消息，第一时间来通知我。”

“没问题。”

义姁来到东门客栈，刘老板的气色好多了，她又把汤药给刘老板亲自喂了下去。刘老板喝完汤药后，感觉精神好了些，他笑着说：“你炖的狗肉汤真香，我连渣都吃了。”

“本来就是要连渣吃的，好吃我明天再给你炖。”义姁微微一笑。

“你笑起来像一朵花，用什么花来比喻你最恰当，让我想想。”刘老板呵呵一笑，“应该是一朵盛开的白芍花，高洁而美丽，安静而坚韧，以后我就叫你白芍花姑娘。”

“你都病成这样了，还有心思开玩笑。”义姁说，“我问你，卫青什么时候能回来？”

“也许他们正在回来的路上，应该午时就能回来。”刘老板笑着说。

“你到底是什么人？”

“我当然是好人。”刘老板笑着说，“如果我说我是大汉皇上，你信吗？”

义姁咯咯笑了：“你才十六七岁吧，乳臭未干，怎么可能是皇上？如果你是皇上，我还是皇太后呢！”

刘老板有点尴尬，不好意思地笑了笑：“也是哦，哪有这么年轻英俊潇洒的皇上。”

义姁哼了一声，不屑地说：“哪有自己夸自己的。”嘴里在小声嘀咕，“你的脸皮比城墙拐子还厚。”

“你说什么？”

“没说什么。”

刘老板摸了摸自己的脸，苦笑了一下，“我的脸皮真比城墙拐子还厚吗？”

义姁抿嘴笑了，起身准备走。

“你不等等你弟弟，一会儿你就可以见到他们了。”

义姁说：“想啊，但我还要回去给你准备药材，熬制汤药。”

“好吧，你不仅会看病，厨艺也不错，再给我准备一碗狗肉汤。”刘老板挥了挥手说。

义姁拐到街市，买了些狗肉和红枣，回家就开始煎熬，熬好后已是午时了。她急急送了过去，是想知道弟弟的消息。她忐忑不安地看着刘老板把这些汤药喝完，不停地朝门外张望：“卫青怎么还不回来？”

“别急，应该快了。”公孙敖安慰说。

“你的医术这么好，想不想到皇宫里当御医？”刘老板笑着说。

“我现在哪有心情考虑这些事，你别取笑我了。”义姁心里慌慌的。午时三刻已过，午时三刻是行刑时间，义纵该不会……她不敢想，头要炸裂了似的。她在屋里转来转去。

卫青终于出现了，满头大汗，义姁跑了过去急急地问：“怎么样？我弟弟呢？”

卫青端起桌子上的水咕咕喝了一大口，抹了抹嘴说：“去晚了一步，他们提前行刑了。”

义姁惊叫了一声，眼前一黑，站立不稳，卫青一把扶住她，哈哈笑着说：“骗你的，我把你弟弟和张次公带回来了。不过他们在牢房里遭受了折磨，身上到处都是伤，这会他们正在乐仁堂接受治疗呢。”

“真的？”义姁激动地说。

“真的。”卫青认真地说。

义姁伸出拳头在卫青身上捶了几下：“你这个大骗子！”说完她就跑了。

义姁气喘吁吁回到乐仁堂，果然看见躺在床上的弟弟和张次公。葱岭巍正在给他们检查伤口和抹药，义姁扑在弟弟身上哇哇哭了。

义纵说：“姐，我没事，都是皮外伤，不用担心，休息几天就好了。”

义姁看了看说：“谁下手这么重，是苟县令打的？”

“是墨桀这个王八蛋，我后悔当初没杀了他！”义纵说。

旁边的张次公说：“他一个小混混儿有啥资格跑到牢房里打我们，这衙门是他家开的似的。怪我们内部出了奸细，我们攻打县衙的计划被苟县令知道了，县尉在县衙埋下重兵，墨桀带了一帮人也帮他们。结果我们近百弟兄冲进县衙就被乱箭射死多半，剩下的跟他们拼命，也大多战死。我和义纵受伤也被活捉了。后来我们才得知，出卖我们的人是墨桀的手下。墨桀用苦肉计让他手下加入我们队伍，获得我们信任后然后出卖我们。”

葱岭巍说：“能活着回来就算万幸了。他们的伤无大碍，吃几服药，再休息一段时间就没事了。”

“那就好。”义姁问，“你们是怎么出来的？”

“苟县令亲自打开牢门放我们出去的。你不知道苟县令和县尉见了卫青又是磕头又是作揖又是打自己耳光，毕恭毕敬像条狗跟在后面不停地摇尾巴。”义纵说。

“他们到底是什么人？”义姁又问。

“我们也不知道，我们答应了卫青，他救了我们的命，我们今后跟着他干。具体干什么，我们也不知道。”张次公说。

“刘老板真会做生意，你们怎么这么糊涂，把卖身契约都签了。我都不知道说你们什么好了。”义姁生气地说。

义纵说：“姐，我们也是没办法啊，要么掉头，要么跟着他活命。你说我们该选谁？再说卫青这人真不错，是条汉子，他刚毅、果断、有血性、有理想、有抱负，跟着他错不了。”

义姁无话可说，有点尴尬。乐仁堂里飘荡着药材香味，葱青柏在药房里煎药。她的鼻子抽动了几下，突然想起来还要给刘老板煎药，不管怎么说弟弟能平安回来，她已很满足很高兴了。

葱岭巍把义姁拉到一边说：“那个刘老板怎么样了？”

“精神好多了，出汗也少了，再吃几服药就该好了。”

“没想到他本事挺大的，也不知道什么来路？”

“救了我弟弟，管他什么来路。”义姁小声说，“我看来路不一般，他开玩笑说自己是皇上，哄鬼去吧，皇上能独自跑到这里来？起码也是前呼后拥，也没见水太守去拍马屁。”

葱岭巍说：“也是啊!估计他父亲是朝廷高官。”

两人正说着话，卫青来了，开门见山地说：“你弟弟我们已救了出来，现在是你兑现承诺的时候，要医好我们刘老板的病，否则我们就砸了乐仁堂的牌子。”

义姁听卫青这样说，心里很不高兴，想要顶撞几句，又想到人家毕竟救了自己的弟弟，她笑了笑说：“放心吧，我们一定会医好刘老板的病。一个小小的疟疾，算得了什么？”

“我们刘老板发话了，带上药材和工具在客栈里煎药，要整天待在客栈，随叫随到，直到我们刘老板病愈。”卫青握着剑柄严肃地说。

葱岭巍说：“这恐怕不合适吧？”

“没事，没事，我答应你。”义姁说，“我现在就去准备。”

卫青来到病房，问候了义纵和张次公。他们见了卫青非常客气，聊得也很开心，走时卫青跟他们一一击掌，笑着说：“别忘了我们的约定!”义纵和张次公说：“男子汉大丈夫，说到做到。”

义姁跟着卫青提着大包小包来到了东门客栈。东门客栈已被刘老板包下了，任何外人不准进入。义姁在后厨熬药，厨师也帮她炖狗肉汤。

义姁煎好药后，把药端到刘老板房间。刘老板见了义姁非常开心：“你终于来了，一日不见如隔三秋。”

“你再这样贫嘴，我就走了。”

“好了，好了，我不说了。”刘老板说，“我忽冷忽热，浑身都疼，你给我检查一下。”

义娴坐在他的身边开始给他检查，看了看他的眼睛舌头，拿起他的手也看了看，然后给他号脉，她说：“奇怪啊，目前一切正常，怎么会这样呢？”

刘老板不说话，目光直勾勾地望着她。

义娴思索了半天也不明白，她端起药说：“你先把药喝了，我再给你检查一下。”

“我的手也酸疼，好像麻木了。”刘老板说。

义娴只好用小勺子一勺一勺喂他，刘老板面带微笑一副享受的样子。

不一会儿，卫青端着狗肉汤进来了，他放下后退了出去。

喝完汤药后，刘老板说：“我想喝汤。”

义娴只好又端起狗肉汤一勺一勺地喂他，喂完汤后，义娴说：“你先睡会儿吧，我又该去煎药了。”

义娴退了出来，关上门，看见站在门口的卫青说：“你怎么站在这里？”

卫青呵呵一笑，没有回答这个问题，接着说：“你的房间就在刘老板隔壁，你可以去你的房间休息，但不能离开客栈。”

“你们这是软禁我吗？”义娴质问道。

“你误会了，我们只是希望刘老板的病快点好，我们好尽快离开这里。”

义娴指着卫青说：“你嘴里有句实话吗？你告诉我，你们到底是什么人？”

“是什么人不重要，重要的是我们老板尽快康复，你还是一心一意看病吧，到时你自然就知道了。”

义娴气呼呼地回到他们安排好的房间，房间干净整洁。她随意躺在床上，打算闭目养神，也许是因为这段时间她太劳心劳神，竟然一下子睡了过去。醒来时，太阳都快下山了，她吓了一跳，匆匆去厨房熬制汤药。熬制了好久，天早已黑了，她端着汤药进了刘老板的房间。她忐忑不安，以为刘老板会责怪她，没想到他一点都没有生气。他躺在床上说：“你终于来了。我看你睡得香，就没打扰你。”

义娴一惊，想说你们竟敢偷窥我，话到嘴边忍住了，只是说：“刚熬好的药，趁热先喝了吧。”

刘老板端起药就喝了。

“现在感觉怎么样？”

“还是忽冷忽热，浑身都疼，你给我检查一下。”

义姁又开始一一检查，最后给他号脉，脉象正常，脉象不浮不沉，不快不慢，从容和缓，柔和有力，节律一致：“奇怪啊，你的身体有点虚弱而已，按说你的病快好了啊？”

“是不是你的药用错了，治标不治本。”

“绝对不会啊。”

刘老板说：“我们可是说好了的，我救你弟，你治我病，我的任务完成了，你的任务还没完成。你知道该怎么办了吧？所以今晚你就要待在我的房间里，陪我说话，随时观察我身体的变化……”

“你想得美，我只负责给你治病。”

“你误会了，你待在我房间可以陪我聊聊天，好及时给我彻底医治，我想后天回长安城。”

“实在不行，明天我给你扎银针试试。”义姁说。

外边突然飘起了小雨，院子里的树在风中摇摆着，发出沙沙的声音。风从窗户飘了进来，房间里顿时凉快了不少。

刘老板没话找话地说：“你家里父母都还好吧？”

“我没父母，我从小双亲就去世了。”

刘老板有点尴尬，转移话题：“你想找个什么样的夫君？”

“不知道，看脸吧！”义姁随口一说。

“你觉得我的脸怎么样？”刘老板得意地说。

“你有脸吗？你脸在哪里？”

刘老板尴尬地一笑：“假如我是皇上，你愿意到皇宫当皇后，还是愿意当女御医？”

“我愿意当皇太后。”

刘老板呵呵一笑，顿时无语，聊天无法继续下去了。他干脆躺倒床上睡了，义姁见刘老板睡了，她也哈欠连天，悄悄回到自己房间睡了。

第二天早上，义姁路过刘老板的房间，听见屋里有说话声和嬉笑声。刘老板说：“其实我感觉自己病已好了，不发冷发热的了，我不想回长安城，是想跟这位义姁姑娘多待一会儿。”卫青说：“长安城里有急事催我们回去，我看要不明天一早就回吧。”公孙敖说：“此地不宜久留，我看客栈外边已有可疑人员在窥探。”刘老板说：“好吧，偷偷跑出来，还是逃不出她的手掌心。”义姁屏住呼吸轻手轻脚下楼，来到了厨房。她心里在想，好你个刘老板，伤病好了还故意装病，看我怎么收拾你。

义姁继续熬药，刘老板的病虽然好得差不多了，但还要继续吃药巩固。刘老板虽然吊儿郎当，但人不坏，毕竟他们救了她的弟弟，还没感谢他们呢，明天他们就要走了，总得表示一下吧。厨师是本地人，义姁掏出钱说：“帮我去买一只黄河鳖，炖成汤。”厨师说：“没问题。这个大老板做什么生意的？出手阔绰，把整个客栈都包了。”义姁说：“我也不知道，不该问的不要问，不该打听的不要打听。”厨师说：“我只是随便问问而已。”

义姁熬好药后端到了刘老板的房间，让他继续喝药。喝完药后，义姁问：“感觉怎么样？”刘老板故意做出痛苦的样子说：“还是忽冷忽热，浑身酸痛无力。”

“既然这样，我只能拿出我的绝活了——给你扎银针。”义姁打开银针包，故意吓唬他说：“看到没，这里面有三百多根银针。你看，有尖的，圆头的，带钩子的，三角的，方形的都有，因为我是学的秘传手法嘛，也就是说可以救人命，万一失手也能要人命的，懂不懂？”

刘老板望着熠熠生辉的银针，打了一个冷战：“还是算了吧，我怕痛！”

义姁把刘老板按在床上开始脱他的衣服，刘老板一边挣扎一边喊叫，眼看上衣就要被扒了下来，卫青冲了进来，随即捂上眼睛说：“我什么都没看见。”转身就要出去。义姁说：“快帮我按住，我要给他扎银针，在他身上穴位扎满银针。他说吃药没见效果，我只好出绝招了。”卫青站住没动，他一时也不知道该怎么办才好。刘老板吓出一身冷汗，急急地说：“我实话实说吧，我病好了，不用扎银针了。”

“真的好了？”义姁问。

“基本好了，晚上再喝一次药估计就痊愈了。”刘老板说。

义姁松开手：“既然好了，你为啥说还是忽冷忽热，浑身酸痛？”

“还不是想跟你多待一会儿嘛！”刘老板嘻嘻一笑。

卫青退了出去，义姁跟着也退了出去。义姁来到厨房，把下午要煎熬的汤药跟厨师作了交代，然后让厨师端着鳖汤和饭菜送到刘老板的房间。义姁跟在厨师身后来到房间说：“这是我请这位大厨去买的黄河鳖，特意炖了一锅汤，给三位补身子的。特别是刘老板应该多喝点，对虚热盗汗、体质虚弱者很有好处。”刘老板笑着说：“太感谢了，又是狗肉汤，又是鳖汤，谢谢了。”义姁笑着说：“既然老板的病基本好了，那我就回家一趟，我想看看弟弟他们的伤好些没。”刘老板深情地望了义姁一眼，挥了挥手说：“你回吧！等等，为了感谢你的鳖汤，我可以满足你一个愿望。”义姁不屑地说：“我要星星要月亮，你能给我摘下来吗？”刘老板说：“这些我可能不能帮你实现，说点实际点的愿望。”义姁想了想，实在想不出什么，脑子里不知怎么突然冒出了墨桀，她说："蒲反县有个小霸王叫墨桀，他非法拘禁、开设赌场、聚众赌博、霸占人妻、强奸民女、寻衅滋事、收保护费、敲诈勒索、杀人放火……这种人砍头一百次都不多，没人敢去砍。我不希望一百次，我只希望他头被砍一次。"刘老板挥了挥手说："我记住了，如果情况属实，十天内我让他人头落地。"义妁只是随口一说，也没放在心上。

义妁回到乐仁堂，见弟弟和张次公的伤已经好转，她的心终于平静了下来。葱岭巍简单问了一下刘老板的病，义妁说基本好了。葱岭巍松了一口气，卫青曾扬言，看不好病就要砸乐仁堂的牌子。葱青柏更是问长问短，生怕义妁吃亏。义妁又陪弟弟和张次公聊天，聊到很晚才睡。

第二天早晨，义妁醒来又想到了卫青，他们可能今天会离开客栈，她匆匆赶到东门客栈。店小二拿出两块金饼说："义妁小姐，你要找的人天没亮就走了。他们留下两块金饼，让转交给你，说是看病的费用。"义妁接过金饼发了一下呆，他跟卫青有好多话还没来得及说，他就走了，也许今后再也没有机会了。

义妁失魂落魄地走在街道上，眼角挂着一丝泪。

第九节 蹊跷死亡

几天后，安邑城里都在流传，朝廷派人来调查墨桀一事，墨桀已被抓了起来关进大牢。又是几天后，义姁听说墨桀被砍头了，负责监刑的是水太守。亲眼看见这场斩首的人说，墨桀被押上刑场时头上戴着头套，刑场上人山人海，人们喜笑颜看，老天爷终于开眼了，人们争相目睹这个罪恶滔天混账的报应。水太守把写有“斩”的竹牌扔在地上，几个刽子手按住墨桀，另一个刽子手手起刀落，墨桀的头掉在地上，血流如注，喷了刽子手一脸。墨家人把墨桀的尸首装在棺材里草草掩埋了。

义姁听到这个消息后心里一惊，刘老板让她许愿，她只是随口一说希望墨桀被砍头，没想到墨桀真被砍头了。这个刘老板到底是什么人？难道真是当今皇上？她心里又开始责备卫青了，责怪卫青没有告诉她刘老板的真实身份，看来显然把她当外人了。义姁把墨桀被砍头的消息告诉给义纵和张次公，他们说我们也知道了消息，自作孽不可活，应该把墨寒和苟县令也抓起来，先斩后奏一点也不冤。义姁说，天网恢恢，疏而不漏。天道公平，作恶就要受到惩罚，时候没到，时候到了自然会受到惩罚的。义纵上茅房去了，义姁检查了一下张次公的伤口，张次公直勾勾地望着义姁，说：“听说你下月就要成亲了，恭喜啊！”

义姁叹了一口气说：“谢谢。你的伤基本快好了，你有啥打算？”

张次公叹了一口气说：“我们答应了卫青，等伤好后去长安城找他，他说他带我们干大事。”

“这个卫青到底是什么人？”

“他说他在皇宫当差，其他情况我们也不知道，到时我们去了就知道了。”

“这个卫青嘴真严，什么都不肯说。”

张次公望着义姁，目光也开始变得炙热，他张了张嘴，好像有话要说。他见义纵来了，微微一笑，什么都没说。

三天后的早晨，义纵和张次公牵着马跟葱岭巍和义姁告别。义姁早已把干粮和盘缠给他们准备好了，义姁把他们送出城，来到郊外的树林，义纵说：“姐，你回吧。”

张次公对义纵说："你在前面等我，我有几句话跟你姐说。"义妁从张次公的目光里明白了什么，她心里有点慌乱，张次公羞涩地说："有些话堵在心里难受，我怕以后没机会说了，你知道吗，为了给姜家报仇，我连命都不要了，其实我是为了你。我喜欢你！"义妁的心里很复杂，一个女孩子被人说喜欢，其实她的心里还是高兴的，但她又不能给他承诺什么，何况她马上就要嫁人了，一时低头无语。张次公心里明白，跨上马"驾"的一声走了，马蹄卷起了尘土。义妁望着他的背影心里有一丝感动，泪水不知怎么就滚了出来。她不能给他爱，但还是对他充满了感激。

义妁转身朝回走，走入树林小路时，突然窜出几个人围住了她。她一看是鱼公子的人，大喊一声："你们想干吗？"

"哈哈，别怕，找你问件事。"鱼公子闪了出来。其实鱼公子一直派人暗中监视着义妁，义妁几次去东门客栈，他派人想去东门客栈打听，看这三位客人来头不小，又不知道什么来头一直不敢动。墨桀被砍头，他收敛了很多，如今义纵和张次公又走了，他一下又张狂起来。

"什么事，快说，我还忙着呢。"义妁板着脸说。

"东门客栈那三个人什么来头，是不是朝廷派来的人微服私访的？"

"我只负责给他们看病，哪知道他们什么来头？何况他们早已走了，打听这干吗？"

"据我了解，救你弟弟那个人，曾住在东门客栈。你说没关系，我来告诉你，他们走后没多久，我表哥墨桀就被抓了，是你告的状，对不对？"

"胡说八道。"

"他们怎么知道墨桀做的那些见不得人的事？这事怎么这么巧啊？"鱼公子说，"你以为我们是傻子啊？！下一步是不是该对荀县令、墨寒和我动手了？"

"天作孽，犹可违；自作孽，不可活。"义妁推开鱼公子，前面几个人拦住了她。

鱼公子哈哈一笑，伸手想摸义妁的脸，义妁手一挥把他的手打开了。鱼公子没有生气，嬉皮笑脸地说："实话告诉你吧，我喜欢你，你现在退婚还来得及，否则到时你哭都来不及了，我会让你的家人和葱家家破人亡。"

"怎么跟墨桀一个德行，你在威胁我？我想嫁给谁，关你屁事？"义妁说了一句脏话。

"把她带到树林里，扒光她的衣服，老子先享受一下。"鱼公子满脸淫笑。

义妁抬起腿一脚踢在鱼公子胯下，鱼公子蹲在地上痛得嗷嗷叫。她撒腿就跑，边跑边喊道："救命啊，救命啊！"小路上有马蹄和人说话声，他们追了一会儿就停止了追击。

义姁一口气跑回乐仁堂，心还在突突地跳。

葱青柏正在熬药，他见义姁满头大汗，气喘吁吁的，问道："怎么了，让狗撵了。"

义姁没有搭理。葱府正在翻修老宅子，下月她就要成亲了，她心里烦透了，心里充满了成亲的恐惧。她现在怎么看葱青柏都不顺眼了，回到房间躺在床上生闷气。

葱青柏跟了上去，敲了敲门说："义姁，明天去山上采药，我们一块去。"

"不去，要去你自己一人去。"义姁心情不好，不假思索直接拒绝了。

最近这段时间，药材全部涨价了。整个河东郡的药材都被鱼思淼垄断了，需要药材只能从他手里购买，无形之中增加了乐仁堂的成本。葱岭巍看病只好提高药费，病人满肚子意见开始抱怨。为了扭转这种局面，有些药材葱岭巍就让葱青柏去山上采。

这天早晨天刚亮，葱青柏背着竹篓就去山上采药去了。

太阳快落山了，葱青柏还没回来。葱岭巍不时朝外张望，问："这个青柏怎么还没回来，该不会出什么事吧？"义姁说："他又不是小孩，怎么会出事呢。"

太阳落山，夜幕慢慢降临了，葱青柏还是没回来。葱夫人站在门口开始唠叨，责怪葱岭巍不该让他一个人去。义姁听出了葱夫人话里的意思，是在责怪她。义姁眼皮也在不停地跳，她有种不好的预感，再想想昨天鱼公子对她说的话，她不寒而栗，这个鱼公子跟墨桀一样什么事都干得出来。

"要不我们去找找他。"义姁说。

"再等等看。"葱岭巍说。

一个时辰后，葱青柏还是没有回来。葱夫人带着哭腔说："山上有狼，该不会遇到狼了吧？"葱岭巍说："乌鸦嘴！不会有事的。"葱岭巍表面很平静，其实他的心里也非常着急。他叫了十几个年轻的小伙子带着火把进山寻找葱青柏，葱岭巍和义姁也去了。葱岭巍以前经常带儿子上山采药，他知道儿子行走的路线。他们默默地行走，东张西望，这是葱青柏回来的必经路线，直到走到山脚下都没有遇见葱青柏。

山路崎岖，大家点燃了火把。他们不走大路，专门走草丛。义姁扶着葱岭巍，小伙子们拿着柴刀走在前面一路披荆斩棘，用竹棍在草丛里搜索。以前葱岭巍带葱青柏进山采药就是这样走的，草药一般都在少有人走的地方。他们一路走，一路呼喊着葱青柏的名字。

一弯月牙挂在天上，山峰黑黝黝的像鬼魅，不时有狼的嚎叫声。夜已深了，山上很冷，有人胆怯了，想回去。葱岭巍说："晚上下山，万一一脚踩空，就会掉下悬崖，我可负责不起。山上有户人家，以前常去他那儿歇脚喝水，成了好朋友，我领大家去他那将就住一晚上。”

义姁说：“是啊，我们不能再出现闪失。”

他们翻过一个山头，看见一户茅草人家，狗叫了起来，接着屋里的灯也亮了。

葱岭巍大声喊道：“丙老汉，我是葱岭巍。”

“来了，来了。”丙老汉打开门惊讶地说，“这么晚了，你们怎么来了？”

“我来找我儿子的，他今天上山采药，你看见他没有？”葱岭巍问。

“看见了，他还在我这里找水喝呢。”丙老汉说，“下来时我也没留意，也没看到他。这山上悬崖峭壁，路很不好走。要不先在我这里将就一下，明天天亮再去找吧。”丙老汉吩咐老伴儿起来烧水给他们做饭，葱岭巍连忙推辞。

义姁说：“今天采药的人除了葱青柏以外，还有没有别的采药人？”

丙老汉想了想说：“采药的人我大多都认识，我还看见几个陌生人，从他们穿着打扮上看感觉不像采药人。”

葱岭巍没有睡意，一直坐到天亮。义姁也没睡好，她有种不好的预感，她不敢去想。天一亮，葱岭巍就上山，上山的路越来越不好走了。在悬崖边的草丛里葱岭巍发现了葱青柏的竹篓、柴刀、铲子，义姁在不远处的草丛里发现一个布袋子，袋子里装的是干粮。义姁感觉情况不妙，她朝下一望，下面是深不见底的万丈深渊。

葱岭巍的身子一歪，眼看要倒下，义姁赶紧扶住了：“师父，你没事吧？”

“没事。”葱岭巍指了指几个年轻人说，“你们绕道下去看看。”

几个年轻人从后山绕道下去后，发现了一具尸体。虽然尸体摔得面目全非，通过衣服他们还是辨认出了是葱青柏。他们认为葱青柏是在采草药中不慎落下悬崖摔死的。

葱青柏的尸体运了回来，摆在院子里，亲朋好友都来吊唁。在入殓时，义姁伤心地哭了。虽然平时她对葱青柏态度不太好，但一个大活人转眼就没了，她心里非常悲伤，何况这人很快就要成为她的夫君，她今后怎么嫁人？她越哭越厉害，她拉起他的手，他的手握得紧紧的，她使劲地扳开，是一块玉佩。她仔细一看是块生肖狗玉佩，这个玉佩不是葱青柏的。她联想到丙老汉所说的几个陌生人，她猜测，葱青柏在跌下悬崖前跟人发生了打斗，他抓住了凶手的玉佩掉下了悬崖。还有一种可能，他被人打晕后，然后扔下了悬崖。谁会这么干呢，她首先想到的就是鱼公子，鱼公子曾对她说过他会让葱家家破人亡。

义姁把葱岭巍和葱夫人拉到一边说：“葱青柏死得蹊跷，不能入殓，我们报官吧。”

葱岭巍说：“你有证据？”

“我是在猜测，具体情况我回头给你细说。”义姁说。

“当时你为啥不跟他一块去，现在出事了，没有证据，凭猜测？”葱夫人冷笑一声，“我还猜测是你害死了青柏。人死为大，入土为安。”葱夫人对义姁满肚子意见，义姁生气地走到一边去了。

葱岭巍劝夫人说：“你能不能少说几句，不能冤枉义姁啊。”

葱青柏就这样草草安葬了，安葬在城外的山坡上。

葱青柏死后，悲伤之气一直密布在葱府，葱府上下都沉浸在悲痛中。葱夫人的态度也一下来了一百八十度的转变，以前她一直把义姁当儿媳对待，如今儿子不在了，义姁迟早都会嫁人的，都会离开葱家的，与其这样，还不如让她早早离开葱家。葱夫人开始不给义姁好脸色，最后开始胡搅蛮缠，说义姁害死了她的儿子，让她滚。义姁委屈的泪水滚了下来，她收拾行李打算离开葱家。当她挎着行囊来到城门时，葱岭巍追了上来，死死抓住义姁的手说：“我一直把你当我的女儿，按说你可以出师了，但师父现在需要人手，离不开你，你就帮帮师父吧！”义姁见师父这样说，只好点点头，当初她无家可归时是师父收留了她，还毫无保留地把他的手艺传授给她，她觉得自己欠师父的太多了。

义姁回去后，把生肖狗玉佩拿出来给葱岭巍看，她说：“葱青柏掉下悬崖时手里还紧紧握着这块玉佩，说明他是跟人打斗掉下悬崖的，现在我们只要找到这块玉佩的主人就可以找到凶手。”

“安邑城这么大，怎么找？”

“其实不难，我首先怀疑的是鱼公子，鱼公子的父亲和墨桀的父亲是亲戚。如今墨寒把他的百药堂开到安邑城，你们成了竞争对手，他一直想打败你。但他的儿子墨桀突然被抓被杀，他怀疑是我们告的状，于是鱼家和墨家两家联手对付我们，开始了报复……”

“这该怎么办？”葱岭巍一门心思放在医术上，在人情世故上他就显得笨拙了，不善交际，江湖的险恶让他有点不适应。

“别怕，墨桀不是照样被砍头了吗。只要我们找到证据，他们一个都跑不掉。”义姁充满信心地说，“戴生肖狗玉佩，说明这个人属狗，我们可以暗中从鱼公子和他手下人开始排查。”

“这事不能急，得慢慢来，更不能打草惊蛇。”葱岭巍说。

“我知道。”

“我家有个亲戚在郡府任职，掌管户籍，我可以找找他，让他提供帮助。”

“太好了。”

刚好这天在郡府任职的这位亲戚来看病，葱岭巍把他叫到里屋说了这事，他满口答应。几天后，他把统计数字报了上来，安邑城里属狗的共有三千多人，排除女性、老人和小孩，还剩下三百多人。义姁说，麻烦你再排查一下，鱼公子和他的那些手下有没有属狗的。他有点为难了，义姁塞给他一些钱说是辛苦费。他笑着说好吧，这事我得慢慢查。

半个月后，他终于查清了，鱼公子不属狗，属猪，而他的那些手下没有一个属狗的。线索就这样断了，义姁一下茫然了，她不知道该从何查起了。

天气越来越热，青石板街道被毒辣的太阳晒得烫脚，街上的行人也越来越少了。城外的庄稼已发蔫，卷着发黄的叶子，仿佛一把火就可以点燃。树叶也蜷缩着身子，一动不动，无精打采。只有知了在疯狂地鸣叫着，声音听上去也是嘶哑的。

人们期盼着雨水。

暴雨终于来了，乌云滚滚，电闪雷鸣，城里街道积水如河，城外的江河暴涨。雨下了一天一夜，终于停了，城外小河里的河水也开始消退了。天气凉快，好多人都跑到河边戏水玩耍。有人在河边沙滩里发现了被河水冲出来的半截尸骨，腿骨露在外边，上半截还在沙土里。有人报了官，水太守派贼捕掾(缉拿追捕犯人的官署)查看现场，贼捕掾远远看了看现场，认为是从上游落水而亡卷到这里恰好被泥沙掩埋了。贼捕掾下令把露在外面的尸骨用泥土盖住了。尸骨又在原地掩埋了，案子就这样草草了结了。

义姁得知消息后也赶了去，只是等她赶到时，尸骨已被掩埋了。有人说这人双手是被反绑在背上的，如果真是这样，这人肯定是被人绑架活埋或者打死后挖坑掩埋在这里的。义姁想到了失踪的符虎，难道死者就是他？就在符虎准备迎娶葱青雅时，就莫名其妙地失踪了。再想到自己，眼看就要成亲时，葱青柏也莫名其妙地死了。难道这一切都是巧合吗？她不信，她把这一切的罪过都归结于鱼公子，一定是鱼公子策划了这一切。她想报官，让官府把鱼公子抓起来一审问，不就什么都清楚了。她为自己幼稚的想法笑了，官府不是随随便便就可以抓人的，要有证据，没有证据抓了也是白抓，何况水太守跟鱼思淼和墨寒的关系好得就像一家人一样。

义姁一时也找不到更好的办法，加上鱼公子时不时来骚扰，她有时几乎要崩溃了。直到葱青剑回来后，鱼公子一下收敛了很多。葱青剑打架在河东郡都是出名的，没人敢惹。鱼公子几次都想把他招募到自己手下，葱青剑一口就回绝了。他有更大的理想和抱负，鱼公子在他眼里就是地痞流氓，只会欺压老百姓，他瞧不起这种人。

葱青剑回来后，葱夫人对义姁的态度又来了个一百八十度的转变，既然葱青柏死了，葱青剑也还没有成家，肥水不落外人田，她想让葱青剑娶义姁。她为自己的想法而高兴，把自己的想法告诉给了葱岭巍，葱岭巍说这事不能急，心急吃不了热豆腐，得慢慢来。

义姁见葱青剑回来了，本想把葱青柏蹊跷死亡的事告诉给葱青剑，但想想他的暴脾气，怕他去找鱼公子拼命，就没敢告诉给他，问他在长安城里见没见到义纵和张次公。葱青剑岔开话题不愿提及，义姁紧紧追问，葱青剑说："我早已离开了长安城。"义姁说："你不是投靠卫青了吗，怎么又要离开他？"葱青剑尴尬地笑了笑，"淮南王刘安广招门客，我就投靠了他，这个淮南王是我敬佩之人，连当今的皇上对他都非常尊重。淮南王好读书鼓琴，辩博善为文辞，不喜欢嬉游打猎，很注意抚慰百姓，流誉天下。曾招致宾客方术之士数千人，淮南王对我非常器重。你要知道淮南王手下门客能人太多了，像苏飞、李尚、左吴、陈由、雷被、毛周、伍被、晋昌及大山、小山等等，淮南王召集他们在编写什么《鸿烈》。"

义姁笑着说："恭喜了，没想到你也在编写《鸿烈》。"

葱青剑脸红了："我大字不认识几个，你就别取笑我了，我是靠手中的刀吃饭，而不是笔。现在江湖这么乱，淮南王身边还不得需要几个贴身侍卫。"

两人开始东扯一句西扯一句，义姁不知怎么聊到了被砍头的墨桀。葱青剑说："是不是蒲反县的那个小霸王？"义姁笑着说："是啊，他脸上两个'×'就是义纵用刀划的，你们认识？"葱青剑说："见过一面，那时他脸上还没有伤疤。十天前我在寿春街上看见一个人，从背影看我以为是墨桀，就喊了一声，他回头望了我一眼，很惊慌。我看见他脸上的伤疤，我就跟他说对不起，认错人了。他说没事，我看见他头上直冒冷汗。如今听你这么一说，我敢确定那人就是墨桀。我想起来了，墨桀有个亲戚就在寿春。"

义姁一惊："你确定那人就是墨桀？墨桀已被砍头小半年了。"

"如果他不是墨桀，我喊他他干吗要回头呢？干吗见了我那么慌张？我认得他那双眼睛，一个大，一个小。我现在可以肯定那人就是墨桀。"

"这么说，墨桀没死。"义姁说，"看来墨桀砍头那天被人掉了包，被押上刑场戴着头套的那人根本不是墨桀，而是牢房里的替死鬼。墨家大张旗鼓为墨桀办葬礼，是想告诉人们墨桀已死了，其实躺在棺材里的根本不是墨桀。我也曾怀疑过墨桀的头能被这么轻易砍下来吗，如今想想苟县令和墨桀的父亲是亲家，负责监刑的是水太守，朝廷他们也有后台，他们完全可以调包。”

葱青剑说：“他们胆子也太大了，连死刑犯也敢调包。”

义姁心里在琢磨，如果抓住了墨桀，顺着这个线索，就可以把苟县令、水太守、墨寒、鱼公子、鱼思淼等等一网打尽，说不定符虎失踪之谜、葱青柏死亡之谜都能迎刃而解，真相也将大白于天下。义姁让葱青剑先保密，不要对外人讲墨桀还活着这事，也不要打草惊蛇。

葱青剑说：“你放心吧，只要他还在淮南王地盘，就逃不出我的手掌心。只要他落在我手里，我就直接把他押送到长安城里，交给卫青或义纵，让他们再交给皇上去处理。”

义姁笑着说：“好，谢谢了。”

葱青剑知道这件事的重要性，交给官府，只会打草惊蛇，他决定亲自去追查墨桀。他没敢在家久留，到城外坡上去看了看葱青柏。他在坟头作了个揖说：“弟弟你安息吧，我会还你一个公道的。”

一轮红红的太阳从山峦深处羞涩地探出头来，山风习习。葱青剑跨上马，迎着太阳飞奔起来，马蹄卷起了漫天尘土，在山路上空盘旋着，慢慢消失……

第十节 查案

葱青剑一路风雨兼程，几天后他来到了寿春。他向淮南王刘安报到后，便找好友雷被、苏飞、李尚三人喝酒。他们三人与左吴、田由、伍被、毛被、晋昌五人是淮南王最器重的人，他们合称为“淮南八公”。

葱青剑边喝酒边唉声叹气，雷被问：“葱兄怎么了？”

“我弟弟死了，我怀疑是被人暗算的。有个脸上有疤子的人叫墨桀，可能就在寿春，只有找到他才能找到害死我弟弟的凶手。”

苏飞说：“我明白你的意思，你是让我们帮你找这个疤子。”

雷被说：“这还不简单，明天我安排人守在四个城门口，只要脸上有疤的全部先抓起来，再一一审问。”

葱青剑说：“这恐怕会打草惊蛇，我们要悄悄进行，不能大张旗鼓。墨桀有个亲戚在寿春，男方姓张，我们先要找到这户人家，说不定就能找到墨桀。”

苏飞说：“这很好办，明天我去户部查查，再说他亲戚是外地口音，应该很容易找到这户人家。”

葱青剑说：“谢谢了。”

第二天，苏飞很快查到了这户人家，住在马道巷。当天下午，葱青剑带着雷被、苏飞、李尚三人来到了这户人家。一个女人用蒲反县的口音问：“你们找谁？”

葱青剑说：“墨桀在没？”

女人一惊，随即镇定地说：“我不知道你们说什么？我不认识。”

雷被、苏飞、李尚冲到屋里一搜，没有发现墨桀。

葱青剑吓唬说：“你要不说，我们就把你抓起来，关进大牢，大刑伺候，让你生不如死。到时想说都没有机会了，带走。”

女人脸色一下变了，说：“他已走了两个时辰，行李都拿走了，具体去哪里了，我们真不知道。”

葱青剑退了出来，派了两个兵卒在这监视，然后他们四人骑上马直奔凤台县。他们推测墨桀可能去了凤台县。四人你追我赶，很快来到了凤台县。

一路奔波有点累了，他们来到一家饭馆点了几个菜，准备吃完饭后去找县令，让县令派人去客栈查住宿的人里有没有脸上有疤子的。葱青剑吃饭时无意朝街道一瞥，看见一个人的背影有点像墨桀。他飞快地跑了出去，在那人肩膀拍了一下，那人一回头，果然是墨桀。墨桀脸色一下变了，紧紧抓住身上的布袋子，撒腿就跑，葱青剑在后面追赶。墨桀跑进一条巷子，累得气喘吁吁，葱青剑紧紧跟在后面。墨桀累得跑不动了，蹲在地上大口大口喘气，葱青剑追上来踢了他一脚："我让你跑！"

墨桀躺在地上说："只要你放了我，我给你十块金饼。"

"谁稀罕你的金饼。"葱青剑说，"我问你，你跑啥？"

墨桀支支吾吾说不清。

雷被、苏飞、李尚也追了上来，墨桀见情况不妙，趁葱青剑不注意，朝他裆下踢了一脚，转身就跑。葱青剑蹲在地上呻吟，雷被健步如飞，握着手中的剑直奔墨桀。雷被本为江湖游侠，剑艺精湛，人称"淮南第一剑客"。他追上墨桀，用剑挑落他的腰带，随即一个鹞子翻身站在他的前面，剑刃离墨桀咽喉只有一分，墨桀吓出一身冷汗，站在那里一动不动。

葱青剑追了上来，朝墨桀脸上抽了几个耳光："墨桀，你知道我们为啥找你吗？"

"不知道。"墨桀吞吞吐吐，腿不停地发抖，"我现在不叫墨桀，改名叫墨贵了。"

葱青剑冷笑一声说："你怎么不改名叫王八蛋？"

雷被说："别跟他废话，押回寿春，关进大牢，好好审问一下。"

"求求你们放了我，我可以给你们很多钱，够你们花一辈子的。"墨桀可怜兮兮地说。

雷被打开布袋子，里面全是钱和黄金。他哈哈笑了："听说你们父子祸害百姓，弄了不少钱，这点钱不够给我们塞牙缝。"

"我可以让我父亲给你们更多的钱，我家里不缺钱。"墨桀哭着说。

"我知道墨家是蒲反县的首富，不缺钱，但缺德、缺良心，你们的良心都被狗吃了。"葱青剑呵斥道。

墨桀手脚被捆上，扔在了马上返回寿春。

回到寿春后，他们把墨桀关进了大牢，按照惯例对墨桀进行了审问。刚开始墨桀什么都没说，经不住葱青剑和雷被的轮番恐吓，没想到他是个软骨头，还没有给他动刑，就什么都招了。把自己所做的坏事统统招了出来，还说了父亲串通荀县令和水太守如何调包助他外逃的事，同时他把所知道鱼公子和鱼思淼的事也说了出来，他还曾听鱼公子酒后跟他炫耀，他把谁给活埋了……

葱青剑又问："我弟弟是不是被你们害死的？"

"这个事我真不知道，你可以去问鱼公子。"墨桀哭丧着脸说，"鱼公子曾跟我说过想要搞垮葱家，要不是忌惮你，他早就动手了。"

雷被、苏飞、李尚本以为帮葱青剑抓个毛贼而已，这点小事就没有汇报给淮南王，没想到墨桀的交代让他们吓了一跳。这可是皇上钦点的罪犯被掉了包，一旦被皇上知道，肯定要严查此事，那么一大批人就要被牵扯进来，甚至包括长安城里的高官。只有他们官官相护，相互勾结，调包才能成功。看似简单的调包案，深查下去可能是案中案，一环套一环，环环相扣……他们感觉到了问题的严重，向淮南王作了汇报。

淮南王听了汇报，心里美滋滋的，这可是一个立功的好机会。他按照程序办了押送墨桀的有关手续，让雷被和葱青剑带着一些兵卒和认罪书及审问笔录等连夜押送到长安城。

行走到秦岭山脚下，雷被望了望山谷两边陡峭的悬崖，说："大家要提高警惕。"他们来到了峡谷中，突然"嗖"一声飞出一支箭直奔墨桀。雷被不愧是"淮南第一剑客"，他快速拔出剑，一剑把箭打落，箭深深插在地上。看来有人要杀人灭口，他们活捉墨桀的消息已泄露了。葱青剑拔出剑大声喊道："保护好墨桀。"墨桀吓得浑身发抖，喊道："我可不想死。"雷被大声对山坡上喊道："有种的给老子出来，一群卑鄙小人。"树林里冒出几十个人，穿着老百姓的衣服。为首的是个魁梧大汉，他仰天长笑："把东西留下来，赶快滚蛋。"雷被哈哈大笑："不知天高地厚的家伙，得问爷爷手中的剑答不答应。报上名来，老子不杀无名之辈，我看你们不像强盗，是谁派你们来的？"那个魁梧大汉说："你们死期到了，别这么多废话。"雷被示意葱青剑保护好墨桀，他准备杀出一条血路。他双腿一夹，拍马冲了上去。他左右飞舞着剑，就像切西瓜一样，强盗倒下一片。葱青剑跟在后面指挥着兵卒押着墨桀冲了上去，有几个强盗直奔墨桀。葱青剑冲了上去，左右劈砍，那几个强盗倒在地上死了。葱青剑在后面掩护，兵卒押着墨桀快速通过峡谷。

雷被也冲了回来，和葱青剑一边抵抗，一边后退。峡谷里躺着不少强盗的尸体，然后他们双腿一夹，马快速地奔跑起来，后面的强盗追了一会儿，慢慢停止了追击，不见了踪影。雷被和葱青剑没有停下来，让大家继续行走，直到一处安全的地方，才让大家休息一下。雷被统计了一下人数，兵卒死了三个伤了两个。

葱青剑指着墨桀说："他们是奔你而来的，我们可救了你一条狗命。"

“他们为啥要杀我？”墨桀声音嘶哑地说，“我们快走吧，我怕他们追了上来。”

“想要活命，就要乖乖听我们话。”雷被说。

“我知道了。”墨桀频频点头。

他们穿过秦岭，来到关中大地，长安城已隐隐可见。他们快马加鞭，终于来到了长安城，交接了手续，把墨桀交给了廷尉。看着墨桀关进了大牢，葱青剑和雷被终于松了一口气。葱青剑决定去拜访卫青，卫青现在已是建章监和侍中，跟随皇上左右。当初义姁问他为何离开卫青，他不好意思开口。其实葱青剑在皇宫跟一个宫女勾勾搭搭，这位宫女怀孕了无脸见人就上吊自杀了。皇上知道后要治葱青剑罪，还是卫青说情才免了葱青剑死罪，推荐他投奔了淮南王刘安，所以卫青也算是葱青剑的恩人。

葱青剑来到了未央宫，好多侍卫他都熟悉。他遇到了未央宫卫尉李广，两人闲聊了一会儿，李广领着葱青剑和雷被见到了卫青。他把雷被介绍给了卫青，卫青见了雷被，高兴地说：“久闻大名，人们都称呼你为‘淮南第一剑客’，有机会切磋一下。”雷被拱了拱手说：“我听葱青剑多次提起你，没想到你这么年轻，我这点三脚猫的功夫怎敢跟你比呢，你才是真正的高手。”两人哈哈笑了，卫青伸出手，雷被也伸出手，两只手握在一起都在使劲，试探对方的功力。两人僵持着，谈笑风生，慢慢地雷被脸上的表情发生了变化，眼睛在眨巴，嘴唇也在动，而卫青面不改色，胜负明眼人一眼就看出来了。卫青恰到好处松开手，伸了伸手做了一个请的动作。

三人坐下喝茶，卫青问他们怎么有时间来长安，葱青剑就把押送墨桀和审问笔录的事说了出来。卫青一听，感觉这事非同一般，他也知道墨桀被皇上亲自下令砍头了，而墨桀却活着。这时义纵、张次公和公孙敖来找卫青，卫青就把义纵、张次公和公孙敖介绍给了他们。葱青剑笑着说：“我们认识，见过一面。”义纵就询问葱青剑姐姐义姁的事，葱青剑一一诉说，还说是义姁让他帮忙捉拿墨桀的。义纵一听急了：“墨桀不是被抓起来砍头了吗？”卫青说：“你们先陪雷兄和葱兄聊聊，我去向皇上禀报。”

雷被、葱青剑、义纵、张次公和公孙敖五个年轻人就坐在一起聊天，他们相谈甚欢，不知不觉聊了很久。卫青终于来了，他说：“皇上知道此事后非常生气，已下令侍御史张汤严查。”葱青剑又说了路上遇袭的事，他们好像是冲着墨桀来的，是想杀人灭口。墨桀知道的事太多了，我担心有人在牢房里下手。卫青说我也是这么想的，我找侍御史张汤把墨桀单独关起来，派自己的人去看守。

雷被和葱青剑见卫青还有事，立即站起来告辞。卫青客气了一番，把他们送到门口，然后去找侍御史张汤。这个张汤从小在父亲的支持下，把《论语》《道德经》丢到一边，专心攻读法学。成年后，他到县衙当了名小文吏，一干就是多年，始终默默无闻。但幸运的是，张汤在这里遇到了他生命中的第一个大贵人——田胜。田胜有个姐姐叫王娡，有个胞兄叫田蚡，还有个外甥叫刘彻，这等身份，张汤怎么高攀得上？原来，在王娡当上皇后之前，田胜和田蚡还都只是芝麻小官。有一次，田胜被关进长安狱，蒙张汤仗义相救，两人成了莫逆之交。汉武帝刘彻即位，封小舅田胜为周阳侯。张汤时来运转，不仅被调入京城任职，而且通过田胜结识了许多权贵，其中包括武安侯田蚡。张汤一直把郅都当成自己学习的榜样，希望有一天自己能成为郅都那样的人。郅都在汉文帝时任郎官，为文帝侍从。景帝时代，郅都当了中郎将，敢于向朝廷直言进谏，在朝堂上当面指出大臣的过失。汉景帝任命郅都为济南太守后，济南郡路不拾遗。郅都调升中尉之官，首先施行严酷的刑法，执法不畏避权贵和皇亲，连列侯和皇族之人见到他都侧目而视，称呼他为“苍鹰”。匈奴人听说郅都守卫边境，便领兵离开汉朝边境，直到郅都死去都没敢靠近雁门。数年后田蚡担任丞相，立即提拔张汤，并力荐给刘彻。刘彻任命张汤为侍御史，负责查办案件。在这个领域，张汤的才华确实无人可及。他为官清廉简朴，秉公执法，铁面无私，甚至连皇亲国戚都敢得罪，人们都叫他酷吏，曾助皇上推行盐铁专卖、算缗告缗，打击富商，剪除豪强，颇受皇上宠信。

卫青向张汤说了墨桀被袭击的事，张汤听后说：“这可是一件棘手的事，严查下去将会牵扯出更多的官员。你来得正好，陪我一块去见一下犯人墨桀。”

卫青带着义纵跟着张汤来到了牢房。牢房阴暗潮湿，散发出难闻的气味。一间牢房里一群犯人正在殴打一个人，那个人满脸是血，躺在地上一动不动，那些犯人还在用脚踢，旁边的狱卒装作没看见。义纵认出了躺在地上那人就是墨桀，他心里暗喜。他跟墨桀你死我活斗了这么多年，如今墨桀成为阶下囚，他忍不住喊了一声：“打得好！朝死打！”

张汤看了义纵一眼没有说话，卫青狠狠盯了义纵一眼问：“他是谁？”

“他就是墨桀。”义纵不屑地说。

“住手！”卫青喊了一声，他们没有理，继续殴打。卫青一把抓过狱卒，“把牢门打开。”狱卒磨磨唧唧地打开门，卫青冲了进去，推开他们，其他狱卒手拿木棒也赶了过来，那些犯人蹲在墙角一动不动。

张汤蹲了下来，用手指在那人鼻子上试探了一下说：“还有呼吸，传狱医。”

狱医匆匆跑来了，检查了一番后说，没有伤到骨头，没大碍。墨桀见张汤身着官服，估计官不小，他大声喊道：“他们要杀人灭口，放我出去。”

张汤说："我们要是来晚一步，你就会被活活打死。只要你肯配合我们，我们可以满足你的要求，给你请最好的大夫来给你看病，还保你性命。"

"我配合，我一定配合。"贪生怕死的墨桀哪受过这等窝囊气，他只想离开这个臭气熏天的牢房。

张汤说："你跟我们走吧。"

狱卒拦住不让走，张汤说："我是侍御史张汤，让你们狱史来见我。"

狱卒说："我们狱史说过，没有廷尉的命令，谁也不能把犯人带走。"

卫青抓住狱卒的衣服说："我们是奉皇上命令来带人的，你再啰唆把你一块抓走。"

狱卒不语了，其他狱卒懒洋洋地装作没听见。

一会儿狱史来了，张汤说："快去把墨桀的有关证据和供词拿来。"

"这些证据都被廷尉拿走了。"狱史说。

"他为什么要拿走？"

"大人，我怎么知道？"

"我们现在要把墨桀带走，有关文书回头给你补办。"卫青气势汹汹地说。

狱史知道卫青是皇上身边的人，他也不好说什么，赔上笑脸："没问题，没问题。"

张汤把墨桀带到另一处地牢，这里的狱卒、狱史都是他的人。这是一处临时关押朝廷里犯罪的官员的地方，修有高大的院墙，外人一般不知道，也不让外人靠近半步。

张汤亲自审问了墨桀，卫青说："要想活命，就把你做的和知道的全部说出来，也许我们能给你一条活路。"墨桀什么都招了，然后在审问笔录上按手印，签字画押。

第二天，张汤拿着皇上的手谕和令牌带着几个人悄悄去了蒲反县。张汤到达蒲反县后将苟县令、县尉和置丞召集起来，当场宣布皇上的手谕。苟县令、县尉和置丞跪了下来，宣读完毕，两个侍卫当场抓住了苟县令，摘掉了他的官帽，押进了大牢。县令一职暂由县尉代理。县尉和置丞为了自保，分别交代了苟县令种种罪行。同时让县尉带人去墨府抓捕墨寒，查抄墨家。

张汤连夜审讯，不久，犯人就开口了。墨寒交代了为了救儿子，给苟县令、水太守及朝廷官员行贿的事；交代了开赌场、妓院和苟县令分红的事。苟县令交代了自己贪污挪用朝廷救灾款的事，谎报灾情骗取朝廷钱财；利用职务之便为亲属和特定关系人经商谋利提供帮助；贪污受贿，行贿水太守，滥用职权等罪。

搜集完口供和证据后，张汤立即赶到了安邑城里的郡府，没想到水太守已听到风声跑了。扈都尉说：“昨天晚上我还看见了水太守，估计一早就跑了。”张汤拿出皇上令牌说：“我命令你在整个河东郡地盘搜查水太守，估计他没跑多远。”扈都尉说：“大人，我这就去安排。”扈都尉走后，张汤又向监御史了解了一些情况，监御史事无巨细，把整个河东郡的情况一一告知。中午时分，扈都尉大汗淋淋赶了回来说：“在水太守的姘头那里抓到了他，他们正要逃跑。”张汤笑着说：“有劳了，我现在就去审问他。”扈都尉笑着说：“已经是午时了，吃完饭后再审不迟。”

扈都尉和监御史把张汤请到酒楼，弄了一桌子丰盛的菜。张汤生气地说：“这是铺张浪费，我下来办案，一碗面就行了。”说完，张汤拂袖而去，监御史尴尬地站在那里不知该怎么办好。扈都尉连忙追了上去说：“御史大人，我等知错，这就带你去见水太守。”

扈都尉领着水太守来到了牢房，水太守故意装疯卖傻，答非所问，什么都不交代。张汤见问不出什么，对扈都尉说：“让我的人继续审问，先饿他几天，不让他睡觉，不让他有片刻的休息，我就不信他不招。”

扈都尉点头哈腰地说：“大人，请放心，我一定好好审。”扈都尉跟水太守一直面和心不和，他早就想代替水太守，现在机会来了。

张汤开始在郡府办公，他坐在水太守的位子上，分别找太守属吏问话，从中寻找有价值的线索。他分别找了别驾(太守的助手)、主簿功曹(郡府主管)、舍人(太守秘书)、议曹(掌讲议郡政)、贼曹掾(主刑罚)、决曹掾(掌决狱)、贼捕掾(缉拿追捕犯人的官署)、五官掾(掌盗贼)、门下掾(掌太守仪卫)、门下督(掌副门下掾)、郡掾祭酒(掌学术)、郡文学史(郡文学的属吏)、史(记录官)、从史(史的副手)、太守卒史(太守的低级从事官)、直符史(掌虎符、竹使符)、都吏(奉命出使诸县)、郡少府(郡掌财之府、以供太守)、守属(太守府洒扫诸事)、郡司空(掌本郡土木工程和官府工匠)等，从他们口中得知水太守利欲熏心，贪得无厌，贪图享乐，生活糜烂……另外他们还说水太守有个外甥，本来是个地痞流氓，他让他外甥当了闻喜县的县令，闻喜县被他搞得乌烟瘴气，百姓敢怒不敢言。听完这些，张汤又派人去闻喜县暗访。

忙完这些，张汤穿上便装，独自一人去了乐仁堂，皇上和卫青特意给他交代过，一定要找义姁了解情况。张汤来到乐仁堂，葱岭巍正在给病人看病，葱岭巍看见了他以为是来看病的就微微一笑，示意他稍等片刻。张汤非常客气地说：“请问义姁在吗？”葱岭巍说：“你是？”张汤说：“我找她有点事。”葱岭巍让学徒去喊义姁出来，义姁在后院煎药。不一会儿，义姁出来了，她望着这位陌生的客人微微一笑说：“我就是义妁，请问你是？”张汤哈哈一笑：“我在长安城里就知道你的大名，没想到是位貌美如花的小姑娘。”义妁不好意思地说：“过奖了。”张汤左右看了看，小声说：“能否借一步说话？”

义妁领着张汤来到里屋，张汤开门见山地说：“我是朝廷派来的侍御史张汤，皇上和卫青特意交代我来见见你，了解墨桀被调包的事……”义妁心里在琢磨，上次那个自称是刘老板的人一定就是皇上，她激动地说：“大人你见到卫青和义纵了？”张汤说：“见到他们了，听说义纵是你弟弟，他在皇宫里当侍卫，小伙子聪明伶俐，看上去很不错，前途无量。”义妁笑着说：“我这个弟弟不懂事，你们以后多关照一下。”

张汤哈哈一笑：“我们还是谈正事吧，墨家已被抄家，我最看不惯的就是唯利是图的富商，欺负老百姓的豪强，把你知道有关墨桀的事给我们说说。”义妁就把小霸王墨桀干的各种坏事说了出来，最后又说到他的表弟大霸王鱼公子鱼袁野仗着他父亲的关系和水太守的关照，在安邑城胡作非为，杀人越货。说到最后，义妁把符虎失踪的事和葱青柏蹊跷死亡的事也说了出来，她说这事一定跟鱼公子有关系。张汤一边认真地听着，一边记着。

义妁讲述完毕，张汤站了起来说：“我先告辞了，有了这些线索，我回去就查办。”

义妁想送下张汤，张汤摆了摆手说：“不用了，怕引起人注意，我是便装出行的。”

张汤来到了街道上，他感觉有人跟踪他，加快了脚步，突然街上几个混混儿模样的人拦住了张汤，二话不说朝张汤脸上打了一拳。张汤捂住脸说：“你们为何打我？”其中一个混混儿蛮横地说：“你欠我们的钱，啥时还？”张汤说：“你们认错人了吧？”街上的人一下围了上来看热闹。那人说：“大家都散了吧，这家伙欠了我们钱不还，我要把他带回去。”人群一下散了。几个混混儿把张汤押到一个偏僻没人的小巷，突然又冒出一个人来，是个独眼龙，他右手上拿着一把匕首，张汤看了他一眼。独眼龙左手拍了拍张汤的脸说：“看够了没有，记住老子的模样，老子今天要送你上西天！”张汤说：“你们是谁啊？要死也要让我死个明白！”独眼龙哈哈一笑说：“御史大人，你不该来安邑城，你的手伸得太长了，我先把你的手剁了！”两个人按住张汤的手，另一个捂住他的嘴。张汤拼命地挣扎着，捂他的嘴那人手指滑到了张汤的嘴，张汤狠狠咬了一口不松，那人痛得大声嚎叫。张汤的手动来动去，独眼龙大声骂道：“按好，老子要动手了。”说完他举起了刀。

眼看刀就要落下，张汤闭上了眼睛。在这关键时刻，一支箭飞了过来，插在独眼龙头上，他身子晃了几下就倒下了。一群兵卒举着刀喊杀着冲了过来，冲在前面的是扈都尉和张汤的护卫。那伙人撒腿就跑，一个跑得慢的被活捉了。原来，张汤的护卫发现张汤不见了，心里很着急，找到扈都尉要求全城寻找张汤。扈都尉带着几百兵卒全城寻找，刚好找到这里听到喊叫声就冲了过来。扈都尉见有人要对张汤动手，于是快速用弓箭射倒了那人。

扈都尉说："御史大人，你没事吧？射箭那一刻我好担心，生怕伤到你，没想到一箭就射死了他。"

"好箭法！谢谢你了。"张汤说，"其实我早就做好了死的准备，好多人都想要我的命。对了，你认识这人吗？"

扈都尉仔细看了看独眼龙说："不认识。"

张汤大声说："把抓的那个活口押回去好好审审，光天化日之下竟敢殴打本官，还要本官的命，这分明是在向朝廷挑衅。"

活口押回去后，一顿大刑，很快就招了。他是受鱼公子指使的，本来是想给御史一点教训，让他滚出安邑城。独眼龙有个姐夫也被御史抓了，于是临时决定要杀了张汤。

张汤本来就在琢磨如何去抓鱼公子和鱼思淼，没想到他们提前动手了。于是他命令扈都尉带上兵卒半夜包围了水府，捉拿鱼公子和鱼思淼。

鱼公子和鱼思淼被缉拿归案后，连夜突击审讯。别看鱼思淼在外张牙舞爪耀武扬威的，走路都是横着走，一顿皮鞭下去，还没等用大刑，就什么都招了。他交代了行贿水太守等事。鱼公子却什么都不肯说，张汤亲自审问，开始给他动大刑，鱼公子被吊了起来。张汤说："我们这里简陋，刑具不全，只给你先准备了四套刑具，希望你能一一品尝一下。我先给你介绍一下：一是坠石炙烤，就是将你倒挂在横梁上，在头发上坠一块石头，然后在头下面生一盆火，就像在野外烧烤兔子一样，你可以品尝一下生不如死到底是什么滋味；二是钉椅，这个简单，扒光你的衣服捆绑在钉椅上，尖锐的东西慢慢地刺进皮肤里，血一点一点流出来，那感觉你就自己体会吧；三是二龙吐须，这种刑法是将面条作为刑具。我们会先让你饿肚子，然后逼你吃两大碗指头粗细的半生不熟的面条，然后再将你倒挂在架子上，不一会儿你百脉颠倒，刚吃的两碗面条一根根从嘴、鼻孔流出来，难受至极；四是宫刑，就是阉割，首先要拿绳子把你那东西绑起来让血液不流通，自然坏死后，拿刀子割掉。割掉了以后拿香灰一盖，止血，还得拿根鹅毛插在尿道里。等过了几天把鹅毛拿掉，如果尿得出来，阉割就算成功了；要是尿不出来，那你这个人就算废了，想当宦官也当不成了。如果你挺过了这四关，恭喜你了，后面给你准备了更加精彩的内容，挑脚筋、割鼻、梳洗、剥皮……”

鱼公子精神彻底崩溃了，他骂道：“老东西，够了，别说了，我招我招。”

张汤没有生气，哈哈一笑说：“算你还是个聪明人。”

鱼公子被放了下来，开始给他作口供，他把他所做的坏事一一供了出来。他承认了活埋符虎、谋杀葱青柏的事。张汤问他是如何杀害葱青柏的，他说他派手下小黑子等人尾随葱青柏，一直跟到山上悬崖绝壁处，打晕了他，然后把他扔到悬崖下。

张汤又让扈都尉立即带人去抓捕小黑子等人，除漏网一人外，其他人全部抓获。

张汤又带着鱼公子去指认活埋符虎的地方，鱼公子戴着脚镣手铐来到了城外的河边，就是上次贼捕掾带人查看现场的地方，符虎的尸骨被挖了出来。鱼公子被抓人们都来看热闹，个个拍手称快，围观的人群人山人海。

符家人也来收尸了，符虎的老父亲跪在张汤面前痛哭流涕，感谢恩人让他的儿子沉冤得雪，可以安葬在符家祖坟了。张汤扶起老人，说一定会给死者一个公道的。

现场指认完毕，张汤回到了郡府，好多老百姓自发来到了郡府给张汤送来新鲜的蔬菜和鸡蛋等物，张汤说啥也不收。百姓说没有啥可表示的，这些东西不值钱，希望他能养好身体，多抓一些贪官污吏，让老百姓过上好日子。张汤见他们这样说，只好收下了。

派去闻喜县暗访的人也回来了，他们说当地老百姓对这位游县令恨之入骨，闻喜县被他搞得乌烟瘴气。张汤命令部下和扈都尉一起带人去闻喜县秘密抓捕这位游县令。

第二天，游县令被抓了回来。这个游县令已听到了水太守被抓的消息，他本打算第二天逃跑。扈都尉如果晚去一天，游县令就带着搜刮的民脂民膏逃跑了。游县令被关进大牢，面对各种刑具一下就瘫软了，什么都招了。

有了各种证据，张汤开始审讯水太守。张汤说：“苟县令、墨寒、游县令、鱼思淼、鱼公子等人我们都已抓捕，他们都已招供，我再给你一次机会，如果你再不说，便只有死路一条。”张汤见水太守没答话，大喊一声，“上大刑。”

“我招。”水太守知道再反抗下去已经没有必要了，反正是死路一条，没必要再受大刑。水太守交代了调包墨桀的过程，“苟县令和墨寒是亲家，墨寒跟鱼思淼也是亲戚，墨寒托鱼思淼找我，我说这案子是皇上钦点的，是要掉脑袋的事。鱼思淼就把几箱黄金珠宝送给我，让我想办法，其中一箱是给我的。看到这些钱财我动心了，于是买通了朝廷的廷尉。廷尉背后的靠山是太尉，派下去监刑的官吏也是太尉身边的人，于是顺利地调了包。”张汤听到太尉两个字，他大吃一惊。太尉仅次于丞相，是汉朝的最高武职。他感到了肩上的担子越来越重了，继续深挖下去，可能会牵扯出朝廷更多的官员。既然皇上让他放开手脚，不管牵扯到谁都绝不姑息，只有严查到底了。张汤又把水太守这次行贿廷尉和太尉具体的钱财数目一一作了登记，同时把水太守逢年过节行贿廷尉和太尉的数目也作了登记。

水太守还交代，河东郡下面管辖的二十个县令和县衙的官吏任命都是他一个人说了算。每个职位都明码标价，想当官想升迁就找他的一个小妾交钱，这个小妾是个中间人。张汤让负责记录的手下把行贿的官吏也一一作了登记。

案子变得错综复杂，一案又牵扯出一案，牵扯进来的人越来越多了。张汤和手下天天晚上忙到半夜。这天，张汤悄悄回到了长安城，向皇上禀报了情况，还提到了廷尉和太尉。皇上还是那句话，让他放开手脚去查，不管牵扯到谁，绝不姑息，人手不够，他可以挑选人员去协查。皇上这么一说，张汤感觉像吃了定心丸，他挑选了一批得力干将，御史中丞李文、丞相长史朱买臣等人跟他一起去安邑城。

一个月后，案子基本整理完毕，张汤终于松了一口气，带人立即回长安。他已初步定水太守、鱼公子、墨桀、墨寒、苟县令、游县令斩刑，一批官吏被判刑，一批官吏被撤职。他把案情呈报皇上，就等皇上下旨了。张汤提了关于廷尉和太尉的事，皇上说他征求了一下丞相许昌的意见。许昌说这事非同一般，要谨慎，这事不能急，要慢慢来。皇上觉得许昌说得有理，先把这些事处理完再说吧。张汤说，这事要趁热打铁，人证物证都在，这正是您树立威信的最好时机。只有整治这些贪官污吏，大汉才能更加富强。皇上犹豫了一下，同意了张汤的建议。

皇上下令让卫青和李广带人深夜抓捕了廷尉和太尉，抄了他们的家。刚开始廷尉和太尉很嚣张，没有把审讯的官员放在眼里。当拿出他们贪污受贿的证据时，他们顿时无话可说，承认了贪污受贿的事实，同时还交代了其他犯罪事情。廷尉和太尉关进死牢，等候处置。

最后，皇上下旨，水太守、鱼公子、墨桀、墨寒、苟县令、游县令秋后问斩。

转眼到了秋季，张汤亲自去监刑，水太守、鱼公子、墨桀、墨寒、苟县令、游县令被砍头。这天刑场上人山人海，人们拍手欢呼，像过重大喜庆的节日一样。

第三章 长安城

第一节 进宫

突如其来的一场大雪，在半夜时分覆盖了整个长安城。

住在长乐宫的太后王娡突然病倒了，宦官急急传令太医令丞薄楚生来给太后医治。这位太后是一个神奇的人物，她从一个生过孩子女人进入皇宫，成为母仪天下的皇后，这样的经历恐怕任何一个女人都会羡慕。

太后王娡是槐里人，她的母亲叫臧儿。臧儿是从前项羽所封的燕王臧荼的孙女。臧儿先嫁给槐里的王仲为妻，生的儿子叫王信，还生了两个女儿，大女儿王娡和小女儿王儿姁。王仲死了以后，臧儿就改嫁给长陵的一个姓田的人家，生的两个儿子分别叫田蚡、田胜。臧儿的大女儿王娡嫁给金王孙做媳妇，还生了一个女孩叫金俗。有一次臧儿给自己的两个女儿算命，算命先生说他的两个女儿将来都会大富大贵。臧儿就把两个女儿视为奇货，而且把已经嫁给金家的大女儿夺了回来。金家十分生气，坚决不肯，但是正好碰上皇上给太子选妃，臧儿不管金家是否同意，要手段把王娡送进宫了。王娡在太子宫里做了美人。王娡与众不同的气质韵味深深吸引着太子，太子刘启果然宠爱王娡，她一连生了三个女儿，当她怀上那个男孩时——就是后来名留青史的汉武帝刘彻，曾梦见太阳落到了她的肚里。她把这事告诉了太子，太子说："这是要生贵人的征兆。"还没等她把孩子生下来，汉文帝刘恒就死了，太子刘启即位，王娡也在这时生下了儿子刘彻。太皇太后一直不喜欢王娡，所以在刘启还是太子的时候，她就从薄氏家族中选了一位女子做太子妃。等到景帝刘启继位以后，就立这位妃子做了薄皇后。

汉景帝的大儿子叫刘荣，他的母亲是栗姬，栗姬是齐国人，景帝立了刘荣做太子。当时长公主刘嫖有个女儿，刘嫖希望自己的女儿将来能当上皇后，就想把女儿许配给太子刘荣做妃子，因为太子迟早要继承皇位的。没想到刘荣的母亲栗姬是个嫉妒心很强的人，她看到景帝身边那些美人都依靠刘嫖的引荐，得到了景帝的特别宠幸，而且都超过了自己，就整天埋怨发火。当刘嫖想把女儿嫁给她儿子时，栗姬一口拒绝了刘嫖，怎么也不肯答应，长公主大为愤怒。刘嫖可不是一般的人物，她是汉文帝与皇后窦漪房的嫡女，汉景帝的同胞姐姐。王娡是一个很坚强很有野心的人，她主动跟刘嫖套近乎，两人后来很投缘。刘嫖主动向王娡求亲，把自己的女儿陈阿娇许配给王娡的儿子刘彻。王娡求之不得，满口答应，她接近刘嫖的目的就是想求亲跟刘嫖结盟。有了刘嫖这块后盾，她开始周旋于后宫之中的各种势力之间，在刘嫖的共同配合下，汉景帝前元七年（公元前150年）太子刘荣被废，封为临江王，刘彻成了太子，栗姬抑郁而死。薄皇后因为没生儿子，慢慢失了宠，景帝就把薄皇后给废了，立王娡为皇后。刘彻虽然成了太子，但是一天不当皇上，刘荣就是威胁。生怕父皇又恢复刘荣为太子，王娡就让郅都暗中查刘荣，刚好刘荣侵占宗庙地修建宫室，被传到中尉府受审。郅都责讯甚严，刘荣恐惧，在中尉府自杀。窦太后闻讯大怒，王娡就把责任推给了郅都，在窦太后的干预下郅都被杀。除掉了心头大患，在刘嫖的帮助下，后来王娡的儿子刘彻终于成了皇上。

“禀报太后，皇上驾到！”宦官在门外喊道。

太后王娡躺在床上呻吟，站在床边的几个宫女只能干着急，她们见皇上来了，心里忐忑不安，匆匆跪下：“吾皇万岁，万万岁！”

年轻的皇上刘彻扫了她们一眼：“起来吧！”刘彻来到母亲的床头跪下说：“儿臣给母后请安了。”太后苍白的脸上露出一丝笑：“快快起来吧。”刘彻站了起来，望着母亲苍白的脸说：“我刚好在母后宫外，听说母后身体欠佳，就过来看看，母后没事吧？”

太后勉强地笑了笑说：“昨晚梦见你父皇，还梦见了薄皇后和栗姬，薄皇后和栗姬披头散发、面无表情像鬼一样向我发起了进攻。我吓得转身就跑，一不小心掉进了冰窟窿里，感觉浑身发冷，浑身颤抖，然后就晕倒了。醒来后就感觉浑身发冷，被子掉在了地上。”

刘彻开始责备宫女们是怎么伺候的，宫女们吓得连连磕头：“皇上，奴婢罪该万死，请皇上恕罪。”

太后说：“不怪她们，怪我自己。”

“怎么没请太医来？”刘彻生气地说。

“回皇上，已请了。”宦官说。

正说着，宦官在门外喊道：“禀报太后，太医令丞薄楚生求见。”太医令丞薄楚生来了，他满头白发，看上去苍老了许多。薄楚生寒寒战战地说：“太后、皇上，小人来迟了，请恕罪。”

“别废话了，快点给我母后看看。”

薄楚生看了看太后的脸，开始号脉。过了一会儿，他说："太后受了风寒，并无大碍，吃点药就没事了，我现在就去安排煎药。"

"下去吧。"刘彻挥了挥手。

"谢皇上。"薄楚生倒退下去了。

太后喝了药汤后，身体不见好，依然浑身无力，头昏脑涨，恶心，四肢酸痛。薄楚生有点急了，召集太医会诊，挑选了几个医术高超的人来给太后看病，太后吃了他们的药后，依然不见好。刘彻把薄楚生狠狠骂了一顿，问他想不想当太医令丞，不想当就滚蛋。薄楚生吓出一身冷汗："别的太医也给看了，还是没能治好，太后这病可能属于疑难杂症，我们得好好会诊，找出病因。就算你把我们杀光了，太后的病也不一定能治好，我们尽力而为。"

刘彻只好作罢。

刘彻想到了女扁鹊义姁，上次他在安邑城病倒，是她救了自己。他一直自称自己是刘老板，没有告诉她真实身份，经历这些事后，他想她一定知道自己是皇上了。义姁的清纯美丽可爱勤学深深地吸引了他，他发自内心地喜欢上了她。他非常希望义姁能进皇宫来，成为自己的爱妃。

刘彻又去拜访太后。

刘彻本想给母后提想请义姁进宫看病的事，没想到太后主动提到了这件事。太后说："我听说安邑城里有位女扁鹊，她凭几根银针就治好了一位大肚子病人。他们还说她医术高超，精于内、外、妇、儿、五官等科，应用砭刺、针灸、按摩、汤液、热熨等法治疗疾病，没有她看不好的病人。要不派人下去暗访一下，如果属实，把她请到皇宫里来。"

刘彻微微一笑，说："这个女扁鹊医术确实高超，儿臣曾在安邑城病倒了，就是她治好了儿臣的病。"

"太好了，要不你派人去请她。"太后说。

"我亲自去吧，这次我要大张旗鼓地去。上次治理了河东郡的贪官污吏、富商豪强，这次倒要看看河东郡现在情况如何。"刘彻这次有点炫耀的意思，他想要让义姁看看一个皇上的威风。

两人正说着话，宦官在门外喊道："太皇太后驾到！"

"她怎么也来看我了？"太后说，"我兄弟王信、田蚡、田胜，妹妹王儿姁，女儿金俗、平阳公主、南宫公主、隆虑公主，连长公主刘嫖和她女儿陈阿娇都来看我了，如今连太皇太后都来看我了，你实话告诉我，我是不是病入膏肓，时日不多了？"

“母后想多了。”

太皇太后被宫女扶着走了进来，刘彻下跪给祖母请安，躺在床上的太后也想起身，被太皇太后制止了：“免礼！”

太后说：“太皇太后，外面下雪，天冷，你眼睛又不太好，怎么来了？”

太皇太后名叫窦漪房，她是一个孤儿，在刘邦与项羽争夺天下的乱世，再加上连年的天灾，窦家生活的困顿已经达到了极限，一家人吃了上顿没下顿，有时候一连两天没有任何东西吃。刘邦打下了江山，饱暖思淫欲，反正闲着也是闲着，于是广招天下美女，美其名曰充实后宫，以显示大汉江山的繁荣富庶。朝廷到清河招募宫女，窦漪房应召入宫。吕雉见所有招募的宫女中，她的姿色最为上乘，便将其留在了自己的宫中。剩下些姿色平平之辈送给了刘邦，刘邦自是看不上的，也就少了争宠的麻烦。接下来的日子，窦漪房一心一意做侍女，她也听闻了吕雉的厉害之处，不敢有半点差池。她的心灵手巧、善解人意、细致周到，相处久了，吕雉也慢慢地喜欢上了这个丫头。后来，吕雉把她给代王刘恒做了代王姬，再到皇后、太后，直至太皇太后，似乎世界上所有的好运气都被她撞上了，甚至连宫廷里最难得的爱情也拥有了。

窦漪房信奉黄老之学。汉景帝和窦姓宗族不得不读《老子》，并推尊其学说。汉景帝时她曾召博士辕固生问他《老子》是怎样的一部书，辕固生不识时务，猝然答道：“这不过是部平常人家读的书，没什么道理。”窦太后大怒道：“难道一定要司空城旦书吗？”话中讥讽儒教苛刻，比诸司空狱官，城旦刑法。辕固生一听想转身就走，不料被太后喝住，要他到猪圈里去与猪搏斗。当时还是太子的刘彻见辕固生是一文弱书生，恐不敌猪，就投进一把匕首，才让辕固生把猪刺死。因此景帝在位十六年，始终未用儒生。刘彻即位后，太皇太后闻他好儒，大为不然，常出面干预朝政。刘彻也不便违忤祖母，所有朝廷政事，都随时向她请示。当时御史大夫赵绾和郎中令王臧，迎鲁耆儒申公来朝，并建议仿古制，设明堂辟雍，改历易服，行巡狩封禅等礼仪，还建议今后政事“可不必事事请命东宫”。太皇太后听罢，怒不可遏，命刘彻下令革去赵绾、王臧官职。

太皇太后说：“听说太后病了，我是来看看你的。”

刘彻心里慌慌的，不敢看太皇太后的眼睛，抓捕廷尉和太尉的事他没有征求她的意见，怕她责备和质问，客气地说：“祖母，我还有事，我先走了。”

“慢着，”太皇太后说，“我还有事问你，你怎么处置廷尉和太尉，是革职，还是杀头？”

“自然是按照大汉的律法来，等我召集文武大臣商讨好了再跟您禀报。”

“那个太尉能否从轻查办？”

“有人找你说情了？”

“我只是随便问问。”太皇太后说，“你整治河东郡做得很好，老百姓对你评价很高，可喜可贺。”

“我准备明天去河东郡视察，顺便请位郎中给母后看病，到时让她也给祖母看看眼睛。”

太皇太后笑了，说：“还是我的孙子好。”随即她就指责宫里的太医，说白养了这些人，他们不钻研医术，只晓得钩心斗角，医术能好吗。

刘彻点头附和，好不容易找了一个借口走了。

第二天清晨，锣鼓奏乐响起，城门洞开，骑在马上的三十六名武士全副武装，个个武功高强，张次公和义纵就在这列队中，他们穿着盔甲戴着头盔，有的手上举着旗子，旗子上写着大大的“汉”字。他们在前面开道，紧跟着的是战车、单辕双轮。车厢为横长方形，车门在车厢的后面，车上有圆形的铜伞，伞下站着御官及护卫，御官双手驭车，前驾四匹马。跟在后面的也是前驾四匹马马车，也是单辕双轮，这是皇上刘彻坐的马车。车厢为前后两室，二者之间有窗，皇上坐在前室，侍卫卫青、公孙敖坐在后面。上车的门在后面，上有椭圆形车盖。车体上绘有彩色纹样，车马均有大量金银装饰。马车后面跟着大队人马，也是全副武装，有的举着旗子，旗子在风中呼呼地响。

车队出了东门，不久进入开阔的大道，马开始飞奔起来。这条大道是秦始皇当年修建的，直通潼关，他一方面为了出巡便利，二来作为运兵通道，潼关一直以来是兵家必争之地。

河东郡的新太守已提前接到皇上要来视察的消息，早就派人在潼关迎接。刘彻到了潼关，顺便检查了驻军布防情况，稍做休息，吃了便饭就出发了。新太守在城门外等候，城内的老百姓也自发到城门口迎接，他们是发自内心的喜悦。自水太守被问罪后，安邑城里发生了翻天覆地的变化，老百姓安居乐业，一派欣欣向荣的景象。

新太守见皇上的车队来了，锣鼓奏乐响起，他站在前面面带微笑，双手作揖放在前面。皇上的马车停了下来，卫青下来掀起帘子，刘彻慢慢走了出来，卫青和公孙敖手按住剑柄双眼警惕地望着四周。

新太守和迎接的官吏见了刘彻纷纷跪下，“吾皇万岁，万万岁！”

刘彻笑着说：“平身。”

新太守领着刘彻进城，街道两边的老百姓皆高呼：“吾皇万岁万万岁。”刘彻看着欢迎的人群，心里很高兴。新太守领着皇上来到了郡府，将河东郡的情况细细说给他听。

刘彻了解完情况后，拒绝了新太守的宴请，他要独自在城里走走，亲身感受一下。刘彻带着卫青、公孙敖、张次公和义纵来到了乐仁堂。葱岭巍和义姁也知道皇上来安邑城，但他们忙于给病人看病，没有去看热闹。刘彻走在前面，他走进乐仁堂，葱岭巍和义姁在给病人看病没有注意到他，义纵喊了一声“姐姐”，义姁抬起头见是义纵，高兴地说：“你终于回来了，你在那里还好吗？”义纵没有回答，指了指刘彻，正要介绍，义姁看了刘彻一眼说：“这不就是上次我给看病的那个刘老板吗？病症又犯了？怎么今天又来了？”她心里猜测这个“刘老板”就是皇上，故意这样说。

义纵急急地说：“姐姐，慎言，他是当今的皇上。”

“在我这里不管你是皇上，还是百姓，在我眼里都是病人。”义姁毫不客气地说。其实她的内心里还是非常感激刘彻的，荀县令、墨寒和墨桀被抓被杀，百药堂自然也关门了，总算给舅父姜朗坤报了仇，墨家霸占的德济堂也归还了姜家，姜策恒和姜媛月、麦芷重新把德济堂又开张了，生意非常好。

“好吧，你来给我诊治一下。”刘彻坐了下来。

葱岭巍知道了这个年轻人是皇上，他吓了一跳，连忙跪下来说：“小人叩见皇上。”

“起来，起来，使不得。”刘彻说。

葱岭巍毕恭毕敬地站在旁边说：“没想到皇上这么年轻有为，河东郡现在推行盐铁专卖、算缗告缗，打击富商，剪除豪强，现在河东郡发生了天翻地覆的变化，这一切都要归功于皇上的英明。”

刘彻哈哈笑了。

“恭喜皇上身体一切正常。”义姁站起来说，“如果皇上没有别的事情，请回吧。”

刘彻犹豫了一下说：“其实我来安邑城还有一件重要事，母后生病了，宫里的太医无能为力，我想请你跟我一块回长安，为我母后医治。”

“我只学了点皮毛，连宫里的太医都无法看好的病，我怎敢尝试，请回吧！”义姁认真地说。

义姁开始不理刘彻，扫了卫青一眼，她张嘴想打声招呼，忍住了，开始跟义纵闲聊。刘彻无趣，只好走了。

刘彻不罢休，他让新太守去给葱岭巍做工作，毕竟葱岭巍是义姁的师父，师父说的话不免要听。葱岭巍也有点为难，他的乐仁堂也缺人，但皇上求他，这点面子还是要给的。他就不停地劝说义姁去长安城，长点见识，顺便可以跟太医们切磋一下，这对提高医术很有帮助。义姁听了也左右为难，犹豫不决，不知道该怎么办。想到死去的父亲义函，她的心里更加纠结了，害死她父亲的那个太医令丞薄楚生如今还在皇宫里。如果他知道了她就是义函的女儿，他会放过她吗？

刘彻又来了，他依然诚恳邀请义姁去长安城，并且答应她的一切条件。站在旁边的葱岭巍不停地劝说："你就去吧！皇上请你，这是光宗耀祖的事。"

义姁说："师父，你这里也缺人，再说你年纪也大了……"

刘彻手一挥，几个人抬着一块匾进来了，匾上写着"乐仁堂"几个大字。刘彻笑着说："这是我亲笔题写的，让太守连夜派人给你制作出来了。你把这块匾挂上，从今以后没人敢来找你们麻烦的。今后有任何困难，直接找太守，他要敢说半个不字，就是欺君之罪。"

葱岭巍拱了拱手说："多谢皇上。"然后对义姁说，"你就放心去吧！"

义姁叹了一口气，咬了咬牙说："好吧。"

刘彻笑着说："你们先准备一下，明天一早我来接你去长安城。"

第二天一早，皇上的车队停在了乐仁堂门前，好多人都来看热闹，他们用羡慕的目光望着义姁走上了皇上的马车。

锣鼓奏乐响起，新太守带着官兵护送，车队如一条长龙从城门钻了出来，蜿蜒数里，最后慢慢消失在天边。雪地上留下了一长串车轮痕迹、马蹄印和脚印，一直伸向远方。

第二节 出宫游玩忆往昔

阳光灿烂的午后，马车在未央宫前停了下来。长安城里雪早已融化了，远处的秦岭上隐隐约约可以看到白白的积雪。义妁下车后看到了雄伟的宫殿，白玉铺造的台阶闪耀着温润的光芒，金黄的琉璃瓦在阳光下闪耀着耀眼的光芒。在湛蓝的天空下，皇宫那金黄色的琉璃瓦重檐殿顶，显得格外辉煌。那飞檐宛若两条金龙，金鳞金甲，活灵活现，似欲腾空飞去。

刘彻领着义妁进入大殿，殿内金碧辉煌，义妁目不暇接。她长这么大还是第一次见到这么雄伟的宫殿，但她又隐隐觉得似曾相识，在哪里见过，一时想不起来，好像是在梦里见过。其实在她三岁时，父亲义函曾带她来皇宫玩耍过，只是记忆模糊了，连父母的长相在她的记忆里都是模糊的。

义妁边走边看，不时看到宫殿两边站着全副武装的守卫。李广带着守卫在巡逻。出了未央宫，经过桂宫、北宫，这是后妃们居住的宫室，刘彻只字未提。各宫殿之间都架设飞阁和地面复道相连，彼此往来，外人不能看见，他们来到了长乐宫。

长乐宫的四周，古树参天，绿树成荫，红墙黄瓦，金碧辉煌。宫里小桥流水，竹林翠绿，那华丽的楼阁被池水环绕，浮萍满地，碧绿而明净。

长乐宫卫尉窦甫见皇上来了，连忙相迎。他把刘彻送到太后的宫殿外，宦官通报皇上驾到，刘彻来到太后身边，问道："母后身体如何？"太后唉声叹气地说："我就等你回来呢，你说的女扁鹊不知请到没有？"刘彻忙把身后的义妁介绍给太后说："母后，她就是女扁鹊义妁。"义妁忙施了一礼，说："给太后请安。"太后笑着说："免礼。没想到女扁鹊竟是这么一个年轻貌美的女子，哀家非常喜欢。"太后招了招手，义妁慌忙走了过去，来到太后床边，她低着头，不敢直视太后的眼睛。

太后拉着义妁的手，义妁抬起头，大眼睛真像两汪清澈的山泉，清澈见底，没有一丝污染。太后笑着说："小手生的真好，白嫩白嫩的。看看你现在的样子，我就想起我当年进宫之时的模样，慌乱紧张，忐忑不安。你是土生土长的河东郡人吧？"

义妁点了点头，心里更加紧张了。她不知道太后问她这话还有没有别的意思，难道太后知道她是义函的女儿？

太后说："我只是随便问问，你不要紧张，请你来呢，是想请你给我瞧瞧病，我最近一直浑身无力、头昏脑涨，有时还忽冷忽热。宫里的太医看了，却没有丝毫起色。"

"岐黄之术本来就高深莫测，有些疑难杂症并不是人人都能掌握的，每个医者都有自己的专长。"义妁轻言细语地说。

"没想到你还为这帮太医说话。"太后笑着说，"小小年纪，心胸宽广，就会为别人考虑，不错嘛。"

义妁的脸一下红了，她对宫里情况一概不知，对太后也不了解。她不知道太后的话是表扬还是讽刺，心中不由得忐忑起来。站在旁边的刘彻连忙说道："母后，还是先请女扁鹊给你看看？"

得到太后的应允，义妁开始给太后号脉，房间里顿时静悄悄的。过了好一阵，义妁才松开手说："初步诊断，是因胃气虚弱，痰浊内阻所致胃脘痞闷胀满、频频嗳气，甚或呕吐、呃逆等症。痰涎内生，胃失和降，痰气上逆之故。而胃虚当补、痰浊当化、气逆当降，所以拟化痰降逆，益气补虚之法。方中旋覆花性温而能下气消痰，降逆止嗳，是为君药。代赭石质重而沉降，善镇冲逆，但味苦气寒，故用量稍小为臣药；生姜于本方用量独重，寓意有三:一为和胃降逆以增止呕之效，二为宣散水气以助祛痰之功，三可制约代赭石的寒凉之性，使其镇降气逆而不伐胃；半夏辛温，祛痰散结，降逆和胃，并为臣药。人参、炙甘草、大枣益脾胃，补气虚，扶助已伤之中气，为佐使之用。"

太后听得似懂非懂，赞不绝口地说："不愧是女扁鹊，说得头头是道。"

义妁说："我给太后开个方子，让太医立即给你熬制，旋覆代赭汤：旋覆花、半夏、甘草各九钱，人参、代赭石各六钱，生姜十五钱，大枣四枚。以水一斗，煮取六升，去渣再煎，取三升，温服一升，日三服。"义妁把写好的方子交给了刘彻，刘彻又交给了宦官，让他立即交给太医。

义妁接着说："等太后服药后，看看效果，扁鹊看病讲究'望闻问切'，我得在太后身边待几天，以便随时了解太后病情，好对症下药。如果效果不佳，还需调整方子。"

"甚好甚好，正好可以陪我说说话。"太后笑着说，"有劳了。"

义妁忙说："太后还需注意休息，清淡饮食，少量多餐。另外太后要注意保暖，防止受凉引起颈部疼痛，保持心情舒畅。"

太后点了点头，然后望着刘彻说："你今天也辛苦了，快回吧，免得陈皇后等不及了，又要责怪我了。"

刘彻只得起身告退。

天快黑时，太医端着药来了，太医令丞薄楚生也来了。他听说皇上请了一位高人，他顺便来讨教的。宫女珠儿接过汤药，开始喂太后。义姁打量着薄楚生，这是一个面容和蔼满头白发的老人，双目炯炯有神，目光如鹰。这就是害死自己父亲的薄楚生？她无法把眼前这个老人看成是陷害自己父亲的凶手。薄楚生也在打量着义姁，不屑地说："没想到传说中的女扁鹊是位貌美如花的小姑娘，请问你的师父是谁啊？"义姁客气地说："我有两个师父，一个是德济堂的姜朗坤，一个是乐仁堂的葱岭巍。"薄楚生盯着义姁的眼睛，突然问道："你可听说过义函？"义姁镇定地说："不曾听说过，他也是河东郡的人吗？"薄楚生哈哈笑了。

太后喝完药，擦了擦嘴，说："你们两个在说什么？"

薄楚生微微一笑："回太后话，我们随便聊聊。太后，微臣重新给您开了一服药，就是二陈汤，太后不妨一试。它由半夏、橘红、白茯苓、生姜、乌梅、甘草组成，主治湿痰证，咳嗽痰多，色白易咯，恶心呕吐，胸膈痞闷，肢体困重，或头眩心悸，舌苔白滑或腻，脉滑。"

义姁明白薄楚在考验她，便不慌不忙地说："太医令丞这药确实可以对咳嗽痰多、恶心呕吐、胸膈痞闷有好处，但这个方子性燥，故燥痰者慎用，吐血、消渴、阴虚、血虚者忌用，而太后的身子恰好就是消渴、阴虚、血虚。"

太后显然不高兴了，冷冷地说："薄太医，等我喝了旋覆代赭汤再说吧。若无它事，请回吧。"

薄楚生闷闷不乐地走了，他心里恨死了义姁，他一个堂堂的太医令丞在太后心里还不如一个乡下来的黄毛丫头。

太后喝完药后有点发困，她让宫女珠儿给义姁收拾出一间房间，把她的行李也送了过来，还端来了饭菜。珠儿说："你房间还没来得及生炉火，先将就一下，明天给你生吧。"吃完饭后，义姁躺在床上翻来覆去睡不着。她又想到了卫青，这个卫青对她不冷不热，她不知道卫青的心里有没有她？她又想到了蒙冤而死的父母，薄楚生的面孔在她眼前跳跃，一会儿面容和蔼，一会儿面目狰狞，她不知道哪一个面孔才是薄楚生的脸？她又想到了姜朗坤、葱岭巍……最后迷迷糊糊地睡着了。

醒来时天已大亮，阳光穿过窗户照射在床头，她又在床上躺了一阵，暖和的被窝让她留恋不想起来。直到宫女珠儿来敲门，喊她起来吃饭，她才匆匆起床，洗漱完毕来到太后的宫里。

太后见了义姁，高兴地说："昨天和今天早晨喝了药后，感觉好多了。来来，我们一块吃饭。"能跟太后在一起吃饭是很大的殊荣。站在旁边的宫女们嫉妒之情溢于言表。

义姁望着桌上丰盛的饭菜，起身说道："太后，您贵体尚未痊愈，要清淡饮食为宜，这些大鱼大肉，还是不食为好。"

太后哈哈笑了："这些都是给你准备的，我第一眼见到你就非常喜欢，快吃吧。"

义姁不好意思地坐下吃饭，太后只吃了一点点，义姁也不好意思吃了。太后说："别客气，我在你这样大时，特别能吃，你看你太瘦了。"义姁只好又吃了一些。

吃完后，义姁给太后号脉，发现已有好转迹象。太后摸着肩膀和后颈说："我肩颈酸痛，这么多年来，一直都这样，吃了不少药，一直不见好。"

义姁说："我来看看。"她在太后的肩膀和后背开始按摩，用手指或手掌在皮肤或穴位上有节奏地使用按、摩、推、拿、揉、搓、掐、点、叩、滚、捏、擦等手法，太后哼哼唧唧的，旁边的宫女问太后没事吧，太后说舒服，没事，还不停地夸赞义姁手法好。不久之后，竟慢慢地睡着了。

张次公和义纵一直在太后寝宫外徘徊。他们今天刚好休息，想找义姁出去玩玩。义姁见太后睡着了，示意宫女不要打扰，悄悄走出屋外，刚好看见了在门口徘徊的义纵和张次公。她连忙跑过去问："你们怎么来了？"

张次公笑着说："刚好今天没事，想带你出去逛逛。我们其实就待在皇宫里，负责皇宫的安全。你可能还不知道，皇宫里宫殿很多，有建章宫、未央宫、长乐宫、桂宫、北宫、明光宫等等。皇上处理国家大事一般都在未央宫，太皇太后和太后住在长乐宫，皇后和妃子住在桂宫、北宫……"

义姁说："这些我知道，你们真了不起，比你们在山上当强盗好多了吧？"

张次公小声说："要说自由，还真不如我在山上当个山大王快活，可以大碗喝酒大口吃肉。在这里处处都要小心谨慎，不该问的别问，不该说的别说，还要察言观色，我早就不想干了。"

义纵笑着说："好男儿志在四方，卫青大哥说了，这只是暂时的。现在匈奴经常骚扰大汉的边境，时机成熟他就带我们去打仗。我早就盼望着这一天了。"

张次公笑着说："别说这些不高兴的事，走吧，晚上我们还要巡夜呢。"

他们经过武库，穿过直城门，朝右一拐，进入了长安城西北角的西市和东市。西市和东市紧挨着，中间只隔一条街。汉朝实行抑商政策，所以长安的东、西两市不设在城中心，而设在西北角，并用墙围起来，便于官府控制和管理。

市场上布棚林立，摊贩如云，各种锦旗招牌在风中招展。南来北往的商人在这里聚集，他们穿着不同的衣服，说着不同的方言。张次公东张西望，对面一个人也在东张西望，两人身子撞在了一起。张次公正要发火，一看是熟人灌夫，随即哈哈笑了起来，笑完之后，才对义姁说："这位就是朝廷的太仆灌夫，性格豪爽，尚游侠，跟我们谈得来，是我们的大哥。"

灌夫望了义姁一眼，说："见笑了，我这太仆不过就是掌管皇上的舆马和马政。"

义纵说："大人说笑了，三公九卿，太仆也是位列九卿之一，职位可不低呢。"

张次公说："是啊，我来介绍一下，这位灌夫是颍川郡颍阴人，本姓张，因父亲张孟曾为颍阴侯灌婴家臣，赐姓灌。吴楚七国之乱时，灌夫率领一千人跟随父亲灌孟从军，立下军功被封为中郎将。后来，汉景帝任命灌夫为代国宰相。汉武帝即位，认为淮阳是天下军事要地，故改命为淮阳太守。建元元年，入京，担任太仆。"

灌夫拱了拱手说："见笑了。"

义纵说："我们一块出城到渭河边去玩吧？"

灌夫说："算了吧，我跟长乐宫卫尉窦甫关系一直不好，窦甫又是太皇太后的兄弟，我怕他知道我们走得近，排挤你们。"

"没事，我们行得正，不惧他们。"

出了东市、西市，穿过雍门就到了渭河。河上有船，渭河两边绿树成荫，聚满了小商小贩。河边风很大，天又阴沉沉的，很冷，大家沿着河边走了一会儿，在一处亭子里坐了下来。

灌夫说："改天我把窦婴叫上，一块出来喝酒。"

义纵说："别改天了，就今日吧。我也很想认识一下这位大名鼎鼎的大将军，几次在皇宫里遇见他，一直没有说话的机会。"

灌夫说："他现在真的很忙，改天吧。"

义姁好奇地说："你就给我讲讲他们的故事吧。"

灌夫望着义姁说："皇宫里水很深，你以后小心就是，像你这种刚进宫的小姑娘，少说话，多干事，不然你连死都不知道是怎么死的。"

义姁听得一头雾水，点点头，又摇摇头。

灌夫叹了一口气，开始滔滔不绝地说："我和窦婴属于忘年之交，脾气合得来。我们性格都耿直、率性、重义，说话直来直去，得罪了不少人，所以在这个尔虞我诈的圈子里，我们显得格格不入。窦婴是太皇太后堂兄的儿子，他的父辈以上世世代代是观津人，他喜欢宾客。文帝时，窦婴任吴国国相，因病免职。景帝刚刚即位时，他任詹事。梁孝王刘武是汉景帝的弟弟，他的母亲窦太后很疼爱他。有一次梁王入朝，景帝以兄弟的身份与他一起宴饮，这时景帝还没有立太子。酒兴正浓时，景帝随口说：'我死之后把帝位传给梁王。'窦太后听了非常高兴。这时窦婴端起一杯酒献给景帝，说：'天下是高祖打下的天下，帝位应当父子相传，这是汉朝立下的制度规定，陛下怎能擅自传位给梁王？'窦太后因此憎恨窦婴。窦婴也嫌詹事的官职太小，就借口生病辞官。窦太后于是除去了窦婴进出宫门的名籍，每逢节日也不准许他进宫朝见。景帝三年，吴、楚等七国反叛，景帝知道皇族成员和窦姓诸人没有像窦婴那样的贤能了，于是就召见窦婴。窦婴入宫拜见，坚决推辞，借口有病，不能胜任。窦太后至此也感到惭愧。景帝说：'天下正有急难，你怎么可以推辞呢？'于是便任命窦婴为大将军，赏赐给他黄金千斤。这时袁盎、栾布诸名将贤士都退职闲居在家，窦婴就向景帝推荐起用他们。窦婴将景帝所赏赐的黄金，都摆列在走廊穿堂里，属下的将士们经过时，就让他们酌量取用，而他一点儿也没有拿回家。窦婴驻守荥阳时，监督齐国和赵国两路兵马，等到七国的叛乱全部被平定之后，景帝就赐封窦婴为魏其侯。这时那些游士宾客都争相归附魏其侯。景帝时每次朝廷讨论军政大事，所有列侯都不敢与条侯周亚夫、魏其侯窦婴平起平坐。"

义纵和张次公都竖起了大拇指，赞不绝口。

灌夫接着说："说到周亚夫，我不由得为他惋惜。周亚夫为人个性耿直，不善阿谀权贵。文帝誉其为'真将军也'。我认为周亚夫一生最大的功绩在于平定'七王之乱'同吴王刘濞的作战中，沉着冷静，取得了以少胜多的胜利。后在景帝时期任丞相，但因功高盖主和个性耿直得罪了不少人而被景帝处死。"

义姁叹了一口气，义纵和张次公也跟着叹了一口气。

灌夫接着说："扯远了，还是说说我大哥窦婴。建元元年，丞相卫绾因病免职，汉武帝任命窦婴当丞相，田蚡当太尉。虽然窦婴与田蚡都是皇亲国戚，但两人是截然不同的人，田蚡是一个阿谀奉承、奢靡滥权的人。两人唯一相同的就是爱好儒家学说，推荐赵绾当了御史大夫，王臧担任郎中令。把鲁国人申培迎到长安来，准备设立明堂，命令列侯们回到自己的封地上，废除关禁，按照礼法来规定吉凶的服饰和制度，以此来表明太平的气象。同时检举谴责窦氏家族和皇族成员中品德不好的人，开除他们的族籍。这时诸外戚中的列侯，大多娶公主为妻，都不想回到各自的封地中去。因为这个缘故，毁谤魏其侯等人的言语每天都传到太皇太后的耳中。太皇太后喜欢黄老学说，而窦婴、田蚡、赵绾、王臧等人则努力推崇儒家学说，贬低道家的学说，因此更加不喜欢窦婴等人。御史大夫赵绾请武帝不要把政事禀奏给窦太后。窦太后大怒，便罢免并驱逐了赵绾、王臧等人，还解除了丞相和太尉的职务，任命柏至侯许昌当了丞相，武强侯庄青翟当了御史大夫。窦婴、田蚡从此以列侯的身份闲居家中。田蚡虽然不担任官职，但因为王太后的缘故，仍然受到武帝的宠信，多次议论政事，建议大多见效。天下趋炎附势的官吏和士人，都离开了窦婴而归附了田蚡，田蚡日益骄横起来。”

“太皇太后为何要力阻推行儒学？”义姁问。

“其实太皇太后阻挠儒学，并不是没有缘故的。儒生这个群体在这一时期是一个很受鄙视的群体，很多儒生不得不脱下儒服，假托它门以求生存。这时期的儒学思想也都杂糅了很多乱七八糟的东西，将那些江湖道术之类的东西全部囊括其中，人们在儒生与方士之间很难区分。文帝时的著名方士新垣平将汉文帝哄得团团转，但最后却证明新垣平不过是个骗子而已。这一桩事使太皇太后认为儒生不过是一群逐利小人，他们哗众取宠，神神道道，妄图凭借红口白牙混饭吃混功名。因此在面对赵绾、王臧请来的所谓儒学宗师申公时，老太后当头一棒就是‘此欲复为新垣平也！’可见太皇太后对儒学的成见之深。”

“我还听说，太皇太后原本想让文帝将皇位传给幼子梁王刘武，弄得母子关系很不融洽，成了仇人？”义纵问。

“是的，太皇太后对幼子梁王刘武有种说不出的喜欢，便千方百计想让文帝将皇位传给梁王。为了此事，母子关系很不融洽。太皇太后前后两次向文帝施压，但最终还是那位在上林苑替她讲话的袁盎出面将其中利害说明，太皇太后才最终打消了传位次子的想法。可惜的是暴脾气的梁王居然派刺客将袁盎等十多位大臣刺杀了。如此血腥的场面摆在太皇太后面前，她当然明白何去何从。喜欢小儿子，但并不等于太皇太后不明白大道理，她深知治国之道，而梁王刘武沉不住气粗鲁暴躁的脾气如何担得起一国之君的重任呢？因此，从那以后她再也不提梁王之事了。这个梁王太高调了，建造方圆三百多里的东苑，扩展睢阳城至七十里。大兴土木，建造宫殿，修筑架空通道，从宫殿连接到平台长达三十多里。有天子赏赐的旌旗，外出随从千乘万骑。到处驰马狩猎，排场之壮盛拟似天子。出入宫殿，清道禁绝行人，言警称跸。梁王揽四方豪杰，自崤山以东的游说之士，像齐人羊胜、公孙诡、邹阳等人，莫不尽归梁国。公孙诡多有奇特怪诞之计，初次拜见刘武，刘武赐他千金，官职做到中尉，梁国称他‘公孙将军’。梁国铸造了许多兵器，弓箭、戈矛之类就有数十万件，府库的金钱近万亿，珠玉、宝器等比京师还多。”

“这个太皇太后不简单啊！”义姁说。

“是啊，太皇太后原本是吕后的侍女。当年吕后毒死赵王如意，害死戚夫人，对其他刘氏诸王，亦加残害，有功大臣，亦加杀害。太皇太后跟着吕雉一定学了不少害人的招数。”灌夫笑着说：“皇宫里的女人都厉害，不仅太皇太后厉害，她的女儿长公主刘嫖也非常厉害。还有王太后也非常厉害，她的女儿平阳公主也很厉害，陈皇后、卫子夫等等也不是善茬儿。皇上新宠了卫子夫，长公主刘嫖为了给卫子夫一个下马威，抓了卫青要杀掉，还是公孙敖拼命救了卫青。皇上亲自出面处理这件事，后来就重用了卫青，刘嫖再也不敢为难卫子夫和卫青姐弟俩了。我跟你们说这么多，就是希望你们以后在宫里注意点。你们还年轻，路还长，不像我一大把年纪了。”

义纵和张次公笑着说：“我们只有两个大哥，一个是卫青，一个就是你。”

灌夫哈哈大笑起来，说：“走，喝酒去！”

第三节 后宫矛盾

义姁回到长乐宫时天已黑了。义纵、张次公和灌夫三人喝多了，三人把义姁送到长乐宫门口正要离开时，卫尉窦甫拦住了义姁。长乐宫的每个宫女和宦官窦甫都认识，他见义姁长得漂亮，没话找话地说："你是谁啊？以前怎么没有见过你。"

"我是太后请来的大夫。"义姁说。

"皇宫里有的是太医，怎么会请一个乡下来的小姑娘，你骗谁呢？我要搜身。"窦甫故意刁难，他想趁机占点便宜。

"我真的是太后请来的大夫。"

"我们这是为太后负责。"窦甫说着就要动手动脚。

义纵还没走远，他听见了跑过来推了窦甫一下说："你想干啥？找死！"

"我这是例行检查。"窦甫不屑地说，"这里没你的事，滚远点。"

灌夫仗着酒劲一把抓住窦甫说："我知道你有太皇太后撑腰，可我灌夫不怕你。想当年我灌夫披上铠甲，手拿戈戟，带人冲入吴军中，杀敌无数，所带去的人全都战死了。我身上受重创十多处，只有我一人回来。我告诉你，我是从死人堆里爬出来的，把我惹急了，你信不信我现在就打你一顿？"

窦甫伸着脖子说："有本事你就打啊！你一个给皇上喂马的，我还怕你不成？"

灌夫气得扬起拳头就要打，张次公一把抓住灌夫的胳膊说："都是自己人，何必呢？灌夫兄喝了酒，多谅解，就让这位小姑娘进去吧。她真的是太后请来的，耽误了给太后看病，太后怪罪下来，对你我都不好，窦卫尉你说是吧？"

窦甫摆了摆手："进去吧。"

义姁匆匆进去了。

灌夫身子东倒西歪，他站定了，盯着窦甫想大骂，又想呕吐，他紧紧闭上嘴，义纵和张次公赶紧扶着他走了。

义姁来到太后的大殿里。太后坐在躺椅上，宫女珠儿正在给太后捶腿。太后慢腾腾地说："你回来了。"义姁小声说："回太后话，我出去玩了一会儿，请太后原谅。"

义姁看见太后身边还有一个女人，好像在哭泣。她看见了义姁，擦干泪水笑了笑。太后说："这是我的大女儿平阳公主。"义姁也听说过平阳公主刘娉，她是当今皇上的姐姐，被封为阳信公主，因嫁于开国功臣曹参曾孙平阳侯曹寿，故又称平阳公主。卫青曾在平阳侯家当家奴，他姐姐卫子夫也在平阳侯家当过讴者（歌女）。刘彻出游霸上（长安东郊），顺便到了平阳公主家。平阳公主设宴款待，讴者献歌，皇上唯独喜爱卫子夫，平阳公主就把卫子夫送给了刘彻，卫青跟着也被重用，还封了官。义姁向平阳公主行礼问好："久闻公主大名，没想到公主这么年轻漂亮。"平阳公主笑了，"谢谢夸奖。"平阳公主跟太后又说了几句，就先去休息。义姁从他们的谈话中听出了平阳公主跟丈夫曹寿好像发生了矛盾，夫妻吵架了。平阳公主离开后，太后笑着对义姁说："喝了你开的药好多了。"义姁说："我再给您把把脉。"义姁开始给太后号脉，又重新开了药方，这次是补药。

第二天，平阳公主被曹寿接走了。义姁重新给太后开了药方，连吃了几天药后，太后不头昏脑涨、恶心、四肢酸痛了，身体慢慢康复了，唯一就是颈部还有点酸痛。义姁又采用艾灸和针法，再配合草药，几天之后，太后的病彻底被治好了。

太后心情很好，想感谢义姁。太后说："你有兄弟可当官的吗？"

太后的意思已很明显，我可以帮你，只要你开口提出来，我帮你完成。这可是多少人梦寐以求的事，多少人削尖脑袋都想当官啊，善良单纯的义姁没想那么多。她如实地说："我弟弟义纵，还是少年时，曾经和张次公一起抢劫，结伙为强盗。上次袭击县衙，刺杀县令，差一点就被砍头了。我这个弟弟没有品行，不可以当官。"

"你不喜欢你弟弟？"太后一惊，好多人千方百计地讨好巴结她，目的就是托她在皇上面前多美言几句，有个好官职好前途，而这个当姐姐的居然把自己弟弟说得一无是处。

"我特别喜欢我弟弟，我父母死得早，他是我唯一的亲人，我跟我弟弟关系特别好，感情也特别深。"义姁说，"只是我弟弟性子太野了，脾气暴躁，缺少宽容气度，所以不适合当官。"

太后微微一笑，心里更加喜欢义姁了。

太后身体完全康复后，太医们觉得不可思议，皇宫里更是轰动了，人们都来拜访太后。皇后陈阿娇和卫子夫也来了，她们都想请义姁到她们住的宫里一叙，义姁有点为难了，太后说你去吧。

义姁已听说了陈阿娇住在椒房宫，如今好像失宠了。关于金屋藏娇的故事她也听说过，刘彻和陈阿娇是青梅竹马，陈阿娇为西汉开国功臣堂邑侯陈婴之裔，堂邑夷侯陈午与大长公主刘嫖之女。当时陈午的妻子刘嫖想把自己的女儿陈阿娇嫁给太子刘荣，好让阿娇以后能当上皇后。不过太子的母亲栗姬并不愿意，这使得长公主颜面扫地。刘嫖何曾受过这般侮辱，于是她就把目标放在了刘彻身上。有一天，刘嫖问当时的刘彻愿不愿意娶阿娇做妻子，刘彻原本就很喜欢阿娇，便一口答应了，还说："若能娶到阿娇做妻子，就打造一个金屋子给她。"刘嫖告诉景帝之后，便同意了这门亲事。

后来刘彻做了皇上并且娶了陈阿娇，实现了当时的诺言。在这美丽的誓言背后，却有相当浓郁的政治气味。这个婚约使得长公主开始全力支持刘彻，她想尽各种办法使栗姬失宠，太子刘荣被废，最终让朝局发生了很大的转变。刘彻最终取代了他的哥哥刘荣，被立为太子。中国自古以来帝位的传承，都是"立长不立幼，传嫡不传庶"的，而刘彻是妃嫔所生，排行第十。因此，刘彻在这场皇位竞争中本是没有任何优势的，后来通过这条婚约的纽带，靠着陈家的势力才得以脱颖而出，这其中刘嫖的作用不可谓不大。陈阿娇娇生惯养，骄横尊贵，加上大小姐脾气，还比刘彻大几岁又没有生孩子，慢慢两人就疏远了，后来刘彻新宠了卫子夫。刘嫖听闻女儿失宠，她更是按捺不住，指责武帝忘恩负义，对自己的女儿薄情寡义，并且还绑架了卫子夫的弟弟卫青。刘嫖由于心疼女儿而做出的这一行为无疑是帮了倒忙，母女两人毫无收敛的骄横与无理一点一点地将汉武帝的耐心消磨殆尽，使得陈阿娇和刘彻两人的关系进一步恶化，甚至降到冰点，但刘彻依旧念及旧情，念及亲情，尚未废后。

义姁小心翼翼来到未央宫。皇后住的宫殿叫椒房宫，果然非同一般。陈阿娇盛情款待，拉着义姁相谈甚欢，一会儿送义姁首饰，一会儿送她胭脂，义姁有点受宠若惊，婉言谢绝。陈阿娇说："你必须收下，你是不是瞧不起本宫？"义姁摆摆手说："皇后，不是不是，小女哪敢啊？！"义姁只好收下，心里在想无功不受禄，无德不受宠，皇后一定有事求她。

果然，陈阿娇有事求她，她支走了宫女说："本宫嫁给皇上一直没有身孕，我身体好好的，奇怪一直没有怀上。而那个卫子夫已生了两个孩子了，听说又怀上了，而我肚子不争气，找了不少大夫和江湖游医，亦没能治愈。"陈阿娇说着说着就哭了。

"皇后，我明白你的意思，你是想让我帮你看看，开开方子，吃吃药，怀上龙子，只是……"

陈阿娇激动地说："只要能让本宫怀上，本宫可以满足你的一切要求，赏你金银珠宝无数。"

义姁说："以前我开过不少保胎药，但能让人怀孕的药，我还没开过，说实话，我没有把握。”

“本宫相信你，成不成都不怪你。”

“好吧，我可以给你开药方，”义姁说，“不过在吃了药后如果要准备怀孕的话，最少也得停药一个月，等药性完全消失了再怀孕这样会好些。”

两人又谈了一会儿，陈阿娇又准备了饭菜宴请义姁。义姁有点受宠若惊，又有点不好意思，毕竟对方是皇后，有点放不开。人们都说陈阿娇脾气古怪，不好相处，她觉得陈阿娇是一个心地善良的女人，跟传说中的不一样。

参加完陈阿娇的宴会，卫子夫也宴请义姁姐弟俩，说是为义纵办庆功酒。上次太后问义姁家里有兄弟可当官的吗，义姁拒绝了，说弟弟这也不行那也不行。太后觉得亏欠她，就在皇上面前说了这事。皇上就封义纵为中郎，担任皇上的侍卫和随从。义纵突然升了官，欣喜若狂，他不知道他能升官是姐姐的功劳，第一时间告诉给了姐姐，义姁听后什么也没说。

卫子夫住在桂宫，义姁姐弟俩准时赴宴。这是小规模的宴会，卫青、公孙敖、张次公也参加了。本来李广也要来的，恰好今天轮到他当值，来不了。

卫子夫能歌善舞，长得又漂亮，温柔又贤惠，怪不得皇上喜欢她。她拉着义姁的手说：“卫青多次提起你，说你如何如何好，今日一见果然所言非虚。”

义姁笑着说：“我也久闻娘娘大名，说你长得貌美如花，我看比仙女都漂亮。”

卫青笑着说：“那是，你看我英俊潇洒，一表人才，我姐姐肯定是个大美人。”

“哪有这样夸自己的。”卫子夫咯咯笑了。

卫青不好意思地笑了。

卫子夫接着说：“对了，我给你们介绍两位尊贵的客人。这位是翁主刘陵，是淮南王刘安最宠爱之女，她十分聪明而且口才很好。”

刘陵向大家点头微笑问好，张次公眼睛一亮。

卫子夫开始介绍第二位，“这位是司马相如的夫人卓文君。当年司马相如一曲《凤求凰》让美人神魂颠倒，于是深夜就私奔到了成都。后来司马相如的《子虚赋》《上林赋》被皇上大加赞赏，被皇上封为郎官。”

“都是过去的事了，别提了。”卓文君脸一下红了。

“‘愿得一心人，白首不相离’，你们的爱情故事让多少痴男怨女感动啊，在下斗胆请姐姐弹奏一曲《凤求凰》，让我等也饱饱耳福。”卫青拱手笑道。

卫子夫责备地说：“你怎么哪壶不开提哪壶，没有一点规矩。”

卓文君微微一笑，“不妨，卫青的性格甚是直爽，我答应便是。”

卫子夫和刘陵也精通音律，善弹琴，这是难得的切磋机会。她们非常高兴，吩咐宫女把琴拿了上来。卓文君坐在琴前抚琴，弹奏了一曲《凤求凰》：

凤兮凤兮归故乡，遨游四海求其凰。
时未遇兮无所将，何悟今兮升斯堂！
有艳淑女在闺房，室迩人遐毒我肠。
何缘交颈为鸳鸯，胡颉颃兮共翱翔！
凰兮凰兮从我栖，得托孳尾永为妃。
交情通意心和谐，中夜相从知者谁？
双翼俱起翻高飞，无感我思使余悲。

义姁静静地听着，没有说话。虽然她对琴不懂，但美好的音律让她心里很难平静。关于卓文君和司马相如的故事她也听说过。她的目光不时地落在卫青的脸上，卫青装作没有看见。

卓文君弹完后，大家纷纷叫好，只有刘陵嘤嘤地哭了。

卫子夫问道："翁主，你怎么哭了？"

刘陵擦了擦眼泪说："太感人了，可惜我这辈子没能遇到这样的良人。"

张次公开玩笑说："看来翁主什么都不缺，缺的便是一个心上人。"

刘陵没有生气，笑着说："你可敢与我私奔？"

张次公一愣，随即哈哈大笑："翁主真会开玩笑，借我一百个胆我也不敢，你父亲是淮南王，丈夫又位列三公九卿，把我抓到还不剥了我的皮。再说我一无所有，你怎么会跟我私奔呢？"

刘陵笑着说："我可知道你，你父亲叫张隆，是轻车兵中的武射吏，因善射得到景帝信赖，后来被封为将军驻守边关。"

公孙敖打趣地说："翁主，你知道我吗？"

刘陵笑着说："朝廷里的文武大臣我都知道，公孙敖可是位大名人啊。当年长公主刘嫖要杀卫青，还是你率领壮士赶去救下卫青。武帝从此重用你，你因而显贵。别说你，卫青手下的李广、苏建、韩说、郭昌、荀彘、张骞我都知道。"

卓文君开玩笑说："翁主可是有大才之人，朝廷里的文武大臣没有她不认识的。"

刘陵笑着转移话题说："听说匈奴年年骚扰大汉边境，侵占了大汉不少疆土，还扬言要打到长安来，不知皇上有何打算？"

"听皇上说，他早就想消灭狂傲的单于左贤王。皇上也在准备这事，一旦时机成熟，就会调派兵力去消灭匈奴。"卫青说。

卫子夫说："大家不要谈论国事了，我准备了薄酒，大家放开畅饮吧。我有孕在身就不陪你们了。"

"恭喜啊！"卓文君和刘陵纷纷祝贺。

义妁说："我不会喝酒。"

刘陵端起酒杯说："我来陪大家喝吧。"

卫子夫来到义妁旁边说："你给我看看，我肚子里的是男孩还是女孩？"

"这个不好看。"义妁不好意思地说。

"没事，就算错了，我也不会责怪你。"

义妁开始给卫子夫号脉："好像是个男孩。"

"太好了。"卫子夫已生了两个女儿，一直想生一个男孩。

刘陵听到了卫子夫怀的是男孩，过来祝贺。她问义妁："我听说皇后宴请你了，她是不是请你去给她看病，这么多年她的肚子一直都是瘪的。"说完她自己就咯咯笑了。

义妁点了点头。

刘陵小声说："皇后不能生育，花了很多钱治疗亦终究没能治愈，落下了笑柄。她虽然长得漂亮，但为人骄横霸道，又太爱嫉妒，加上她的母亲长公主刘嫖倚仗当时帮助皇上登基，动不动就要挟皇上。你可要当心皇后。"

卫子夫笑了笑没有说话。

刘陵接着对卫子夫说："我听宫里的宫女说，皇后背后说了你不少坏话，说你一人得道鸡犬升天，说你被皇上宠爱后，你的兄弟卫长君、卫青、卫广、卫步，姐姐卫孺、卫少儿都跟着沾光。特别是卫青作为皇上的亲随担任侍中等内朝加官和太中大夫，俸禄千石，参与朝政的参议听闻，掌管议论，前途无量啊。"

卫子夫脸色变了，她心里非常生气，摸了摸肚子说："她现在仗着太皇太后给她撑腰，我不怕她。她最好一辈子都生不出孩子。她没有孩子，有什么资格跟我斗。"

"是啊，我也是这么想的。"刘陵附和道。

义妁很尴尬，心里很不是滋味，她感觉刘陵是在故意挑起她们之间的矛盾，看热闹的不怕事大。她已给皇后开了药方和食谱，而这边卫子夫却不希望皇后怀上孩子。虽没有明说，她已明白了卫子夫的意思。

卫子夫笑着说："最近我腰怎么有点痛，你给我开一服保胎药，我让太医照着你的方子来抓药。"

义妁说："没问题。"义妁用笔在白布上写下了处方，写完后她说："我开的这服药叫保胎散，主要是清热安胎，药材有归身、川芎、茯苓、玉竹、续断、杜仲、黄芩、白术、甘草。我想这些药材御医坊里应该都有吧。”

“御医坊里啥药材都有，各种珍贵药材都有。”

刘陵说：“没想到妹妹的医术如此好，回头我请你到我府上，也给我瞧瞧。”

义姁只得答应。

她们正说着话，听到有人喊道：“皇上驾到！”

众人立即起身，准备下跪迎接，刘彻微微一笑，摆了摆手说：“免礼！今日这么热闹，怎么没有邀请我呢？”

卫子夫行礼说：“皇上公务繁忙，臣妾不敢打扰。”

刘彻望了义姁、卓文君和刘陵一眼，说：“三位美人都来了。”

她们点头微笑，纷纷告辞。卫青、义纵、张次公、公孙敖也告退。

刘彻说：“卫侍中，你留下，我有事与你相商。”

卫子夫准备回避，刘彻说：“不必了。你们都坐下吧。”

卫青心里非常忐忑不安，小心翼翼地坐了下来。

卫子夫让所有的宫女都退了下去。

刘彻说：“朕得到密报，左贤王虽已占领了河朔、河套等地方，但他知道凭靠武力一时半会儿也讨不到便宜，为了得到大汉江山，几年前从汉人中挑选了十个姿色上等的女子，教她们歌舞琴棋和剑术，目的是把她们送到宫中，一是打探情报，二是寻找机会刺杀皇上。一旦刺杀成功，左贤王就会率领大军南下乘着混乱打到长安来。据悉，目前她们就在宫中。”

“既然几年前他们就已经开始实施这个计划，皇上怎么才知道？是哪个密报的？”卫青问。

“是个匈奴人，他一直想投降大汉，朕让他暂时留在那里打探消息，等时机成熟他再过来，朕许他高官厚禄。他说这是项绝密计划，也是最近才无意得知的。”

“这如何是好？”卫子夫着急地说。

刘彻说：“既已知道此事，定会注意防范。我已通知镇守边关的将军时刻保持警惕，注意左贤王动向。朕想让卫青秘密调查此事，不能大张旗鼓，更不能打草惊蛇。如果此事办成了，朕就封你为车骑将军，掌管整个长安城的兵卫和宫卫。”

“遵命！谢皇上！”卫青拱了拱手说。车骑将军授予黄金印章和系印的紫色绶带，位次于大将军及骠骑将军，但又在前、后、左、右将军之上，位次上卿，或比三公，这对卫青来说简直是一步登天。

“朕给你十天时间，十天内必须要抓到刺客。如果抓不到，你就提着人头来见朕了。”

“遵命！”卫青又拱手说道。

第四节 捉拿刺客

卫青离开了桂宫，无意中发现远处庭院里的小溪边的柳树发芽了，春天已悄悄地来到了。他感觉肩上的担子很沉重，但又充满了好奇和兴奋。如果这件事办成了，他将被提拔为车骑将军，这将是光宗耀祖的一件事。

卫青召集公孙敖、张次公、义纵、李广等商量捉拿女刺客的事，叮嘱大家要保密，一切都要秘密调查。

李广说："要从后宫的宫女里开始排查，一个人也不能放过。"

义纵说："后宫宫女起码有好几千人，如何去查？"

"去年八月进了一批宫女，找来登记宫女的簿册——宫人簿，一一排查就是。"李广说。

卫青说："咱们想到一块儿去了。"接下来，卫青作了分工：未央宫卫尉李广负责皇上的安全，密切注意跟皇上接触的宫女；公孙敖去户部，拿到宫人簿。张次公、义纵带人以巡逻的名义暗中监视着北宫、桂宫，这两宫为大多数宫女之住所。

公孙敖到户部拿到了宫人簿，卫青和公孙敖连夜翻阅。宫人簿对每个宫女都有备案，上面写着年龄、出身、家庭情况、容貌等信息。他们首先把大臣之女排除，剩下的都是庶民之女，但要一一去调查，时间不容许，刘彻只给了他十天时间，卫青不由得唉声叹气。

公孙敖说："大哥，要不我们到外边散散步，让脑子清醒一下。"

卫青点头称是。

一弯月牙儿挂在天上，皇宫里很安静。

突然传来狗的叫声和好听的琴声，公孙敖望着一个庭院说："这是皇宫里的狗在叫，负责养狗的那人叫李延年。听说擅长音律，因犯法而受到腐刑，现在负责饲养宫中的狗。"

"走，进去看看。"卫青敲了敲门。

开门的是一个英俊的男子，一群狗见了他们叫得更欢了。这名男子吼了一声，狗停止了叫唤。公孙敖捂着鼻子说："请问你就是李延年吗？"

"我就是，不知两位大人怎么有雅兴到狗屋里来？"李延年拱了拱手说。

"听到狗的叫声，我们好奇就赶了过来。"

"对不起，打扰到你们了。我在训练狗，每年三月皇上要狩猎，到时这些狗就派上了用场。"

公孙敖看到院子里的蕉叶式古琴，好奇地问道："你就用琴声来训练它们？"

"它们是我的听众，为了打发寂寞时光我常弹琴给它们听，它们也慢慢习惯了。比如我让它们坐下。"李延年笑了笑，用手拨动了几下琴弦，几十条狗乖乖坐了下来。李延年又滑动了几下，狗乖乖站了起来，列好队，它们好像兵卒等待着将军训话。

卫青突然想到，这些女"刺客"受过专业的舞蹈琴棋训练，何不以给皇上挑选妃嫔和女护卫的名义在宫女中进行比赛，从而挑选出受过训练的宫女，然后再进行排查。想到此处，卫青哈哈笑了："听说你能歌善舞，擅长音律和作词，让你当狗官真是可惜了。我想请你帮忙，给皇上挑选一些能歌善舞又懂剑术的女护卫，不知你是否愿意？"

"我一个狗官，又受了腐刑，怎么能有资格给皇上挑选护卫？"

"我自会找皇上说明情况，你只需从音律的角度去挑选即可，定要帮我挑选出曾经受过专业训练、基本功好的宫女。"卫青说，"这对你来说是一个机会，明白我的意思吧？"

李延年点了点头说："谨遵卫大人之命！"

卫青立即告退，把自己的想法告诉给了皇上。皇上自然没有异议，让他放开手脚去办。然后又让宦官发出通知，去年八月入宫的宫女都必须要参加为皇上挑选妃嫔和女护卫的活动，日期就定在后天。

这一天，一百名宫女都来参加了，现场美女如云。卫青又从乐府里请了两位乐师，与李延年共同挑选。宫女纷纷上台展示歌舞，三位评委从中淘汰了一半。然后就是展示武术，宫女可以根据自己的优势展示，卫青亲自担任评委。其中几位宫女的剑术让他大吃一惊，没有几年的苦练是达不到的。卫青记住了她们的名字，木兰、楚乔、紫瑟、花蕊、麦叡等。最后宦官宣布择日公布结果，请大家回去等候消息。

卫青想到了太后王娡当年进宫的情况。当时王娡的母亲臧儿给相工姚翁塞了一笔钱请他为自己的女儿相面时，姚翁告诉臧儿："王娡是大贵之人，会生下天子。"臧儿于是托了很多的关系花了不少钱财才把王娡送进了太子宫。王娡得宠之后，又向太子刘启夸赞妹妹王儿姁的美艳，不久王儿姁也进入了太子府。每年征招"良家女"，宦官和相工都会发一笔横财，好多有钱人家希望自己的女儿能被皇上选中，这是一件光宗耀祖的事。于是，卫青把宦官和相工叫到了屋里。卫青很严肃也不说话，宦官和相工姚翁心里就非常忐忑。

“卫大人，你有事就直说吧，别让我们在这干等啊。”相工姚翁说。

卫青故意吓唬他们说：“当年太后是如何进宫的，我也就不说了。姚相工是位老相工，在宫里威望也好，能掐会算，这些年为宫里选了不少美人，黑钱也捞了不少吧？”

“你这话啥意思？”姚翁说，“你有啥事找太后说去。”

卫青掏出皇上的令牌放在桌子上说：“皇上让我过问这事的，你如果坦白交代，皇上就会饶恕你们，否则，我只能把你们送到刑部的大牢里了。廷尉和太尉都被抓被抄家，何况你们一个小宦官小相工——毫不起眼的‘花鸟使’，能不能出的来，你们自己心里有数。你们好好掂量一下，自己看着办吧。”

宦官扑通一声跪了下去：“我错了，我交代。”

姚翁见宦官跪了下去，他浑身冒冷汗，双腿颤抖，慢慢也跪了下去：“我交代。”

宦官和姚翁就把这些年收取宫女家人的钱财一一交代了，他们相互配合，长得漂亮的“良家女”不给他们“进贡”，就没有机会进宫。谁给的钱多，他们就会在皇上面前多美言几句，特别是相工会看面相，所以他的话很有分量，谁面相好姿色端丽可以当妃子，谁合法相可以“旺夫”，谁温柔贤惠可当夫人……

卫青找了一个助理文官，把这些都记录下来了。卫青认真地翻阅着宫人簿，他说：“木兰、楚乔、紫瑟、花蕊、麦叡等宫女是怎么回事？”

姚翁说：“是城里一个叫阿六的人找到我，塞了几块金饼让我一定要把这十位宫女送到皇上身边，让我在皇上面前多美言几句，说她们面相如何如何好。但因皇上最近一直很忙，我还没有机会禀报。”

卫青把宫人簿递给姚翁，让他和宦官把这十个宫女一一标记出来。卫青指着宫人簿说：“今天选美挑选的这批宫女，这十位都被选中了吗？”

“都选上了。”姚翁说。

“她们身份你们都确认没有？”

“当时她们说家庭情况是什么样的，我们就登记是什么样的。”宦官说。

卫青指着木兰的名字说：“这位木兰姑娘家住河东平阳，跟我是老乡啊。”

姚翁说：“我们没有确认。”

“也就是说这十个宫女身份都没被确认。宫女是为皇上挑选的，一旦出了事，你们负得起责任吗？”卫青生气地说。

“小人以后再不敢了，还请大人高抬贵手。”姚翁和宦官跪了下来连连磕头。

“这事到此为止，不要告诉外人，我也不上报这事了。”卫青说，“关于选美这事一切听我安排，你们也随叫随到，怎么样？”

“没问题。”姚翁和宦官感激地说。

“如果有宫女问你们结果，你们知道该怎么回答了吧？”

“知道了。”

“好了。”卫青说，“你们今天辛苦了一天了，请回吧！”

姚翁和宦官走后，卫青把张次公、义纵、公孙敖、李广分别叫了过来，让他们别按照宫人簿上登记的地址去核实这些宫女的身份。此事十万火急，要速去速回。他们连夜出发，奔向不同的地方。

第二天下午，义纵大汗淋淋地回来了。他给卫青禀报说：“我找到平阳县令问了，说平阳根本没有木兰姑娘，何况去年进宫的几个女子都被淘汰了。我又走访了乡间百姓，他们跟县令说的一样。”天黑时分，张次公也回来了，他的情况跟义纵差不多，查无楚乔这个人。

第三天，公孙敖和李广也回来了，也是查无此人。李广倒是查到了一个叫麦叡的女子，说是在长安城里当丫鬟，也许是同名同姓。

卫青感觉到了问题的严重，这些宫女的身份最值得怀疑。她们的出身好像都是编造的，按说刺杀皇上的计划都很周密，不会犯这种低级错误？只能说明她们对这次行动充满了自信，认为女人的美貌可以击垮男人的一切。

卫青决定会会这个阿六，是阿六介绍这些可疑女人进宫的。阿六是街面上的混混儿，喜欢赌博。卫青带着义纵和张次公出了宫，来到了西市。西市人头攒动，吆喝声一片。西市的旁边是老百姓的居住区，这里的房子破旧，街道也很凌乱。卫青来到一处赌场，推门而入。

“我们刚交了赋税的，怎么又来收赋税了？”老板笑脸迎了上来。

“我不是来查你们的，我是来找人的，那个阿六在不？”

老板努了努嘴没说话，示意在里面。

卫青刚踏进大厅，有人喊道：“阿六，官府的人找你。”

一个人突然撞开身边的人，推开窗户，身手敏捷地跳了下去，朝相家巷跑去。

“追！”卫青喊了一声，跟着也跳了下去，义纵和张次公也追了上去。

街上人很多，阿六熟练地在人群里钻来钻去。卫青示意义纵和张次公去追，他却跑入另一条小巷，想从前面去拦截。义纵和张次公在人群里钻来钻去，好几次差点都撞到了行人。有人想骂他们，一看穿着官服，身上佩有宝剑，立即闭上了嘴。阿六跑进一条小巷，以为甩掉了他们，心里非常得意。就在他大口大口喘气时，他感觉剑刃已抵在脖子上，他举起手，慢慢转过身，露出笑容说："原来是卫青大人，我可没做什么违法的事。"

"你怕啥？"

"我见了官府的人就想跑。"阿六嬉皮笑脸地说。

"严肃点。"卫青板着脸说。

义纵和张次公也追了上来，举起拳头就想打阿六，阿六举起手臂欲阻挡。

"好了，把他押回去审问一下。"卫青说。

"别别别，我可不想去那大牢，有啥事你就直接问吧，只要我知道的全说。"阿六满脸堆笑地说。

"我问你，那十个宫女是怎么回事？"卫青严肃地说。

"我也是受人之托。"

"受谁之托？"

"一个做丝绸布匹生意的老板，他让我找姚翁，让他想办法把这些女子送进宫。事成后他给了姚翁十块金饼，给了我两块，我全花完了。"

"他叫什么名字？"

"我也不知道他叫什么名字，他的脸上有条伤疤，人们都叫他刀哥，不是本地人，听说是匈奴人或者鲜卑人，我也搞不清楚。"

"你知道他住在哪里吗？"

"好像是城东北高庙街。"

"你要敢说一句假话，我就割了你的舌头。"义纵拔出刀子说。

"官爷，我说的句句都是真的。"阿六举起手说，"我若说谎，定不得好死……"

"行了，我们今天的谈话内容谁都不能说，知道吗？"

"小人知道，小人没见过大人。"

卫青摆了摆手说："你走吧。"

阿六一愣，有点不相信。他以前干了不少偷鸡摸狗的事，他以为卫青是为这些事来抓他的。

"是不是想让我们把你请到官府去？"

阿六赔上笑脸，爬起来跑得比兔子还快。

卫青带着义纵和张次公直奔城东北高庙街。高庙街是一条繁华的街道，这里聚集了不少做生意的人，而做丝绸布匹生意的只有一家，很好找。卫青来到了店面，一个伙计说："客官，需要什么布料，请进来挑选。"

卫青看了看布料，示意他们守住门口，然后问道："你们老板在吗？"

"你找我们老板有何事？"

"当然是官府想订购一批丝绸布匹，我们需要量很大，自然要找老板谈。"

伙计打量了卫青一眼说："跟我来吧，老板在二楼。"

卫青跟着伙计来到二楼，看见一个长相凶狠、脸上有刀伤的人。他猜此人可能就是刀哥，拱了拱手说："在下卫青，请跟我到官府去一趟，我想给宫里的丫鬟制作衣裳。"

刀哥哈哈笑了。

伙计在卫青的身后用匕首抵着卫青的腰说："老实交代，你们想干啥？否则我就杀了你。"

"我真的是来订购衣裳的。"卫青说。

刀哥拔出卫青的剑说："卫青大人，久闻大名，我早就想杀你，没想到你自己送上门来了。"

"你为什么要杀我？"

"是你阻碍了我的计划，要不是你和你手下整天跟在皇上屁股后面，我们早就得手了。"刀哥生气地说。

店里突然冒出了十几个人，他们手拿刀子围住了卫青。楼下同样突然冒出十几个人，围住了义纵和张次公。

卫青举起手说："好说好商量，我们可以合作，我可以答应你们的任何条件。"卫青心里在想，看来这些宫女跟他真有关联，他们背后一定有更大的阴谋。卫青用余光看了看。突然一个转身，一把夺下一个人手中的剑，顺势将剑一挥一推一拉，三个人倒在地上死了。其他人一愣，就在这个瞬间，卫青手中的剑如游龙般朝他们扑去，剑光闪闪，又倒下几个人。刀哥一怔，大声喊道："杀了他，重重有赏。"那伙人扑了上来，虽然个个凶狠，但卫青的剑舞得虎虎生风，不见人影，他们近不了身。

楼下的人听见上面乒乒乓乓打成一片，他们也急了，不停伸长脖子张望。义纵和张次公趁机操起地上的凳子，拍倒两个人，夺下他们手中的刀，然后朝他们砍去。这伙人虽然五大三粗，身体魁梧，但面对锋利的刀刃，一会儿就倒下了几个，地上到处都是血。义纵和张次公杀红了眼，脸上都是血。

楼上的刀哥跟卫青过了几招后，知道不是对手，便虚晃一枪，纵身跳下楼。卫青立刻追了上去。刀哥身上有血，手上又拿着刀，人们吓得四处躲闪，卫青紧紧地跟在后面。恰好遇见弟弟卫广带着人在巡逻，卫青喊道："抓住他！"待刀哥跑进一条无人的小巷，卫广拔出弓箭射了出去。箭射在刀哥的腿上，他惨叫一声倒在地上。卫青说："快去丝绸布匹店，帮义纵和张次公，记得抓几个活口回来。"

卫青追上刀哥，看见他躺在地上一动不动，地上流了很多血。卫青用剑指着他，防止他使诈，半天没见动静，用脚踢了一下，没见动，旋开他的身子，看见脖子上有血，他已自杀了。

卫青来到布匹店，战斗已结束。跑了一个，其余全部击毙或自杀。

"可惜没抓到一个活口。"卫青叹了一口气说。

"受伤的人就自杀了，他们压根儿就没想当俘虏。"义纵说。

卫青让卫广处理现场，他要立即回宫，抓捕那些可疑的宫女，一旦她们得知这些消息，可能会狗急跳墙。卫青感觉到问题严重，让宦官通知木兰、楚乔、紫瑟、花蕊、麦叡等人到未央宫接受皇上的挑选。李广、义纵、张次公、公孙敖带领全副武装的武士埋伏在大殿里。

木兰、楚乔、紫瑟、花蕊、麦叡等人依次进入皇宫，埋伏的武士手拿刀剑包围了她们。卫青说："刀哥已经伏法，你们老实交代，或可留条性命。"

木兰掏出藏在身上的匕首说："姐妹们，拼了。"

武士们冲了上去，她们虽然功夫不错，毕竟寡不敌众，当场被活捉了。有几个想自杀，匕首被夺了下来，被按在地上，捆绑了起来。

她们被押到大牢，刘彻亲自审问，她们非但不交代，还不停地骂，后悔没能杀了狗皇上。刘彻笑着说："我差点被你们迷惑了，左贤王也不知道给你们灌了什么迷魂汤，死到临头还执迷不悟。"

楚乔说："我父母被狗皇上刘启杀了，我是个孤儿，是左贤王从小收留、培养了我，没能报仇是我终生遗憾。"

紫瑟说："春秋时期的豫让、专诸，战国时期的聂政、荆轲，他们都凭借刺杀而青史留名，我们虽然没有成功，但一样也会青史留名。"

木兰说："别废话了，我们早就不想活了。大汉迟早会亡国的，匈奴人很快就会杀过来的。"

刘彻气得咬牙切齿，狠狠地说："好，朕成全你们。"说完拂袖而去。

这十个宫女被秘密处死了。

第五节 卫家家宴

太后的病痊愈了，太皇太后的眼睛也被义姁医好了。刘彻心里大喜，举办仪式，正式册封义姁为大汉第一位“女御医”，同时也是有文字记载以来的第一位被皇上册封的女国医。

这天，太医们都参加了这场盛典，丞相窦婴亲自主持。武安侯田蚡心不在焉。窦婴和田蚡一直面和心不和。窦婴是太皇太后的侄儿，吴、楚七国之乱时，他被景帝封为大将军，七国破，封魏其侯。而田蚡是太后同母弟，田蚡相貌丑陋，巧于文辞，窦婴掌权时，田蚡还是个郎官，往来于窦婴家，陪窦婴饮酒，时跪时起，对窦婴的恭敬有加。刘彻登基，在太后的关照下，田蚡被封为太尉，后迁为丞相。受到赵绾、王臧的牵连，在太皇太后的干涉下，田蚡被免职。田蚡虽被免职，但他可以参与朝政的参议听闻，掌管议论。窦婴和田蚡两人就像是太皇太后和太后的棋子，互相博弈对垒。太皇太后和太后都想掌握大权。而太医令丞薄楚生很有眼色，他在观望中，站在窦婴和田蚡中间，谁也不得罪。如今皇上又册封义姁为大汉第一位女御医，薄楚生心里很不是滋味。他一直阴着脸，很不高兴。

窦婴对义姁高度赞扬一番，说她医好了太皇太后和太后的病，是大汉之福。然后，皇上亲自将刻有“御医”的腰牌交到义姁手上。有了这块腰牌，义姁可以自由在皇宫出入。义姁接过腰牌，磕头谢恩，学着别人说了一句：“吾皇万岁，万万岁。”文武大臣也跪了下来，山呼万岁。

一日，刘彻借口身体不适，让宦官传令义姁到宫里给他看病。

义姁来到未央宫，刘彻躺在床上，他支走了宫女。房间里飘荡着好闻的檀香，灯烛也散发出暧昧的光线。

刘彻伸出手说：“御医，给朕看看。”

义姁给刘彻号过脉后说：“皇上龙体一切安康，没有什么异样啊！”

刘彻一把抓住义姁的手呵呵一笑：“朕没病，只是试探你一下，看来你的医术果然精湛。”

义姁想把手抽出来，刘彻握得很紧，她没有抽出来，脸一下红了。

“朕喜欢你，你就做朕的妃子吧！专门给朕一人看病！”刘彻望着义姁的眼睛深情地说。这是宫里好多女人梦寐以求的事，宫女们争来争去，还不是希望能得到皇上的恩宠，享受荣华富贵，家人也跟着沾光。

义姁把手抽了出来，她的脑子里突然闪出卫青的身影，卫青才是她喜欢的人。虽然好多女人都想嫁给皇上，但义姁一点儿也不想。后宫有那么多女人，为了争宠钩心斗角，这不是她想要的生活。再说女人都有年老色衰的一天，她想要的是从一而终，向往的是“执子之手，与子偕老”“愿得一心人，白首不相离”的爱情生活。

“只要你愿意，朕可以封你为皇后！”刘彻急急地抱住了义姁。

“多谢皇上。”义姁挣扎着说，“小女只想行医，请皇上体谅！”

“朕从不强迫人，你可以慢慢考虑，想好了，就来找朕。”刘彻慢慢松开了手。

义姁低着头，行过礼后，转身就走。

刘彻长长叹了一口气。

义姁心里一直怦怦跳，她暗自庆幸陈皇后和卫子夫没有来，如果撞见了，她跳进黄河都洗不清了。

经历这件事后，太皇太后和太后没事时就给义姁张罗对象，都是些文武大臣或名门高官的儿子，她总是以各种理由推辞了。太皇太后和太后逼得太紧，她就说自己有心上人了，她们渐渐便不再提此事了。

太皇太后和太后身体康复了，义姁待在皇宫里没有别的事了，没有病人，她心里就闲得慌。太皇太后和太后就让她给她们调配健脾养颜的“四神汤”或者气血双补的十全大补汤。十全大补汤的原方组成包括人参、肉桂、川芎、地黄、茯苓、白术、炙甘草、黄芪、当归、白芍药等十味中药，其中包括了补气名方四君子汤（茯苓、人参、白术、甘草），还有补血名方四物汤（地黄、白芍、当归、川芎）。除此之外，黄芪配当归是补血的重要药对，而肉桂配人参更是大补气血的组合。该汤剂主治气血两虚、面色萎黄、倦怠食少、头晕目眩、神疲气短、心悸怔忡、自汗盗汗、四肢不温、舌淡、脉细弱，以及妇女崩漏、月经不调、疮疡不敛等症。十全大补汤在制作时常加入鸡、鸭、鹅、肚、排骨、肘子、墨鱼等一同熬汤，再加以佐料调味，算得上是药食同补，既不失菜肴的美味，又有药物的功效。很快，宫里的女人们都开始喝“四神汤”或气血双补的十全大补汤，卫子夫和皇后也不例外。

皇后还单独把义姁请到椒房殿，她说自己月事不规律，义姁给她号脉后说：“女人有三易：一是易血虚，二是易血瘀，三是易月事不调。这三个病因常常互为因果，血虚会引起血瘀，血瘀也会导致血虚，血虚、血瘀会导致月经不调。同样，月经不调也是血虚、血瘀的常见病因。”

“那怎么办？”皇后着急地说。

“喝‘美人汤’，‘美人汤’也叫‘四物汤’，这汤正是针对女人‘三易’的生理特点，具有非常好的补血、活血、调经的作用。配方很简单，它由熟地黄、白芍、当归及川芎组成。‘四物汤’配方非常合理，以熟地黄、白芍这两味阴柔补血之品（血中血药）与辛香的当归、川芎（血中气药）相配，动静结合，补血而不滞血，活血而不伤血。”

皇后说：“太好了。”

“此外，还可将四种药材洗净后装入细布袋中，与鸡腿一起放入锅中，先以大火烧至水滚，后改用小火慢炖，煮至鸡肉熟透后起锅。也可以按自己的喜好加入排骨或鱼肉，这样炖出来的汤味道很美味，又不会有很重的草药味。”

“你考虑很周到，谢谢你了。”

“皇后，我这就回御医坊给你熬制。”

“不用了，我让御厨按照你的配方熬制就行了。”

“也好，御医坊里没有鸡腿、排骨和鱼肉。”义妁笑着说，“那我就先告辞了。”

义妁走出椒房殿，宫里的各种花都已开放。她正在欣赏花时，看见卫青朝自己走来。最近两人遇见几次，因人太多，只是相互望了一眼，都没说话。她从卫青的眼睛里看出了他也喜欢自己。今日机会难得，四周没有人，正是难得示爱的机会。她一直等待着卫青向她告白，可迟迟没见动静。人一辈子，有些人错过了，也许就会遗憾一辈子。她决定放下自己的尊严，学学卓文君，大胆地去爱一次，为爱，她也可以去私奔。

她看见卫青离自己越来越近了，她的心跳得更加厉害了，原本想好的话却怎么也开不了口，她的脸红得更加厉害了。

卫青在一株桃树下站住了，问：“义妁小姐，今日怎么有如此雅兴？”

“太皇太后和太后都去三官庙参加庙会了，我是不信这些的，所以我不去了。”义妁低着头说。

卫青说：“你以后在太皇太后面前说话注意点，一旦得罪了她们，可不好收场。”

“谢谢提醒。”义妁心里暗暗高兴，看来他还是关心自己的，“你觉得我这人怎么样？”

卫青笑着说：“不错，非常不错。”

义姁鼓起勇气说："我心里有你，你知道吗？"

卫青说："其实我的心里也有你，你是一个好女孩，又长得漂亮，谁要是能娶到你，真是三生有幸……"

义姁一直觉得卫青心里有她，如今他亲口说了出来，义姁心花怒放，幸福溢满心间。

"姐姐，你怎么也在这里？"义纵跑了过来。

卫青话说了一半，见义纵来了，立即闭上嘴。义姁有点不好意思，脸一下红了，没有回话。义纵说："大哥，皇上找你。"

卫青望着义姁说："我有事先走了。"

义姁跟义纵简单说了几句话，也告辞了。

后来，义姁又去找了卫青几次，两人感情进展迅速，无话不说，彼此心心相印。卫青又讲到自己的身世，几次都要落泪。他父亲郑季私通平阳侯曹寿的小妾卫媪才生了他。曹寿为了报复他，让他从小就成了平阳侯府的仆人。他受够了折磨，就偷偷回到生父郑季家里，父亲让他牧羊。他的哥哥们都把他当作奴仆来对待，骂他是杂种。后来在卫媪和平阳公主的求情下，他又回到了平阳侯府，成了平阳侯府的仆人。谈起这段经历，他心里非常自卑，义姁心里充满了同情，安慰他不要想这些不高兴的事。后来，不知何故，义姁再去找卫青时，卫青总是很忙，以各种理由推脱了，或者手下人说他不在。义姁找义纵问了几次，义纵说卫青最近确实忙，但她感觉卫青是在故意躲她。

直到一天，卫青主动来找义姁。义姁满心欢喜，故意问道："大忙人，今日怎么有空来找我？"

卫青左右看了看，见没人，小声说："想你了嘛！"

"去去去，宫里有那么多美人，你哪有闲情想我。"义姁嘴上虽这样说，心里还是蛮高兴的。

卫青说："今日来，是想求你一件事。我听平阳公主说我母亲生病了，卧床不起。曹寿一直对当年我母亲跟父亲相好一事耿耿于怀，他不让府中的大夫给她看病，他这是想让我母亲病死啊。"

"我明白你的意思，你是想请我去给她看病。"

"是的。"

"那就走赶紧走吧。"

卫青笑了："我知道你会答应的，车马我都已准备好了。"

平阳侯曹寿在长安的府邸在城北。卫青和义姁坐在马车上穿街走巷，一会儿就到了。卫青小时候受尽了曹寿的折磨，如今今非昔比，卫青已是车骑将军。他大声对门卫说：“快去通知曹寿，让他来见我。”

曹寿匆匆跑了出来，拱手说道：“不知将军驾到，有失远迎，请进吧！”

卫青来到大厅，平阳公主走了出来，卫青客气地行礼。当年卫青在平阳侯府的时候，平阳公主对他和姐姐卫子夫都还不错。行礼完毕，卫青直接质问曹寿：“听说我母亲病了，你竟然没有给她请大夫，你这是何意？”

曹寿镇定地说：“有这事吗？我刚从平阳侯府来到长安，我正准备接她回去呢。”

卫青没有反驳他，给他留了一点面子：“我带了一位御医，特来给我母亲看病。”

曹寿打量了义姁一眼，说：“请吧！”

卫青来到卫媪房间，喊了一声母亲，卫媪的泪水哗哗流了下来。

义姁询问卫媪病情，然后开始号脉。义姁说：“身子虚弱，整天郁郁寡欢，又产生了其他病症。不过没事，我给她开服药，休息几天，应该就能痊愈。”

曹寿立即吩咐丫鬟去熬药，对卫青说：“将军难得来一次，我让平阳公主准备家宴欢迎你们，今天我们要好好喝点酒。”

卫青摆了摆手说：“不用了，等下我还要回宫里，让义姁留下来给我母亲看病，直到她病愈。”

曹寿笑着说：“我知道你是个大忙人，你放心，我一定把她的病看好。等她病好后，我准备接她回平阳侯府。长安城虽好，但我觉得还是平阳侯府好，啥都不缺，更加自由。”

卫青不屑地说：“山中无老虎，猴子称霸王。”

曹寿尴尬地笑了笑说：“以前我对你不好，还请多多见谅。”

卫青笑着说：“如果我母亲有个三长两短，我不会放过你的。”

过了一阵，丫鬟端着汤药进来了，卫青接过汤药说：“你们都下去吧，我来喂。”

平阳公主望了卫青一眼，凭女人的直觉，义姁从平阳公主的目光中捕捉到她跟卫青之间一定有故事。义姁顿时心生醋意，恨不得立即就离开，犹豫了一下，跟着平阳公主一块下去了。

卫青坐在卫媪的床边开始给她喂药，她的眼里含着泪花。

卫青说：“母亲，这些年来我也没来看你，孩儿不孝。”

“听说你当了大将军，母亲为你高兴。”

“没想到当年给我看相的那人说准了。”卫青笑了笑。

“对了，郑季他还好吗？”

“不知道，我恨他，从小他对我就很不好，让我去放羊。郑家的儿子也没把我看成兄弟，当成奴仆畜生一样虐待我。他就知道整天喝酒，也不管我，甚至还打骂我。”

卫媪叹了一口气说：“听说他身体也不如从前了，人老了，有时间抽空去看看他，毕竟他是你的亲生父亲。”

卫青说：“我才不去看他呢。”

卫媪心里很难过，她想起了自己不堪回首的往事。她从小就被卖到了平阳侯府，给老太太当丫鬟。她长得貌美如花，曹家大公子曹寿在酒后强暴了她，老太太干脆让卫媪伺候曹寿，成了曹寿的妾，希望她能给曹家生儿子，希望曹家人丁兴旺。结果卫媪一直没见怀孕，曹寿慢慢就冷落了她。一天，曹寿跟自己卫侍卫喝酒，话题扯到女人身上，曹寿就把卫媪送给了卫侍卫当老婆，没想到卫媪生了三女一男。后来卫媪遇到来平阳侯府办事的县吏郑季，两人一见钟情，后来就生了卫青。不久，卫侍卫死了，卫媪无依无靠带着孩子，为了生存只好投靠曹寿，又成了曹寿的妾和丫鬟。曹寿没把卫媪当人看，经常折磨她，甚至让她去陪自己的好友。为了孩子，她默默地忍受这一切。后来，她又生了两个儿子，她都不知道这两个孩子的父亲是谁。为了维护曹家血脉的正统，曹寿干脆把她生的孩子全都改为卫姓。直到平阳公主嫁给曹寿，生了儿子曹襄后，在平阳公主的调教下，曹寿脾气收敛了很多，见了平阳公主毕恭毕敬，唯唯诺诺。他心里自然清楚，平阳公主可是太后的女儿、汉武帝刘彻的姐姐，得罪不起。

“你几个姐姐都还好吧？”卫媪擦了擦泪水，尽量不去想那些伤痛的往事。

“她们都很好，你不用操心她们了。大姐卫君孺嫁九卿之一的太仆公孙贺，二姐卫少儿嫁给西汉开国功臣、曲逆侯陈平之后陈掌。特别是儿子霍去病非常聪明，将来一定是干大事的人。三姐卫子夫就不用说了，皇上很喜欢她。大哥和两个弟弟都在长安城里供职，他们也都很好。”

“我感觉自己日子不多了，本来我来长安是想看你们，也许水土不服，刚到长安就病倒了。”

“要不明天我把他们都叫来？”

“不用了，你们都忙。”卫媪喝完药后说。想到自己的儿女个个都有所成就，心里充满了自豪。她是好多女人羡慕的对象，天下能有几个母亲的儿女能像她的儿女一样呢。她已预感到小女会成为皇后，儿子会成为大将军。

“等你病好后，我派人来接你。”卫青把碗放在桌子上，跟母亲告别，来到客厅，对义姁交代了几句，让她想办法必须要看好卫媪的病。义姁满口答应，说这是小病难不倒她。

卫青走后，义姁跟平阳公主说起话来，感觉平阳公主通情达理，是个善良贤惠之人。平阳公主问起卫媪病情，义姁说："卫夫人表面是风寒感冒，吃点药很快就好。但治标不治本，她肠胃有问题，而且已很严重了，就算从速医治，也很难看好了。"平阳公主说："卫媪平常病恹恹的，以前经常看到她病痛的样子，原来是肠胃的问题。她的病情告诉给了卫青没有？"义姁说："除了你，我谁也没说。"平阳公主说："怪不得她突然要来长安，她好像知道自己的日子不多了，想来长安看看儿女们。"

第二天下午，卫青又来了。卫青问母亲的病情，义姁说吃了药后，热已退了，再服一服药，明日基本就可康复。卫青说了一声谢谢。平阳公主把卫青叫到一边，说了卫媪的病情。卫青回去后把母亲的病情告诉给了三个姐姐和大哥，他们一商量，准备把母亲接到大姐卫君孺家吃个团圆饭。

这天，卫青架着马车来到曹寿府邸接卫媪，卫青邀请平阳公主也去，平阳公主说你们家宴我就不凑热闹了，卫青只好作罢。义姁扶着卫媪上了马车，直奔太仆公孙贺府上。刘彻立为太子时，公孙贺被选为太子舍人，是刘彻的老师。刘彻即位后，他就升迁为太仆，位列九卿之一，掌管皇上的舆马和马政，所以他深得刘彻的信任。

三姐妹早早就在门口等候。马车到了府前，卫君孺、卫少儿、卫子夫迎了上去，问候母亲。义姁扶着卫媪下了马车，义姁向她们笑了笑，说："我先回去了。"卫青附在义姁耳边说："都走到这里来了，到屋一块吃过饭吧？你不是外人，你也是我的家人。"义姁脸一下红了，看了卫青一眼说："不合适吧，算了。"卫子夫笑着说："别客气了，等下我们一块回。"卫青也说："等下我送你们一块回。"卫媪也非常喜欢义姁，她从义姁的目光中也看得出来义姁喜欢自己的儿子，她笑着说："都不是外人，不要见怪。"义姁不好再推辞，只好跟着她们进去了。

公孙府设计独特，亭台楼阁，小桥流水，应有尽有。公孙贺和陈掌、卫长君正在客厅谈论国家大事，看见卫媪来了，都起身迎接问好行礼。

公孙贺和陈掌笑着说："岳母，身体可安好？"

"托你们的福，都好了。"卫媪四周望了望，七个儿女就差两人了，"卫步和卫广呢？"

"他们一会儿就来了。"卫青说。

卫少儿一点也不客气，把这里当成了自己的家，她哈哈笑着说："大家都坐吧！"关于卫少儿的故事，义姁也听说过，她们说有其母必有其女。卫少儿原在平阳侯府做侍者。当时平阳人霍仲孺以县吏的身份在平阳侯家供事，同卫少儿私通生下霍去病。霍仲孺差事完成后回到家中又娶妻生子，与卫少儿断了关系不通音信。卫少儿后来又与陈平曾孙陈掌私通，但陈掌也没打算娶她。不久，刘彻到姐姐平阳公主家做客，认识了卫子夫，卫子夫很快得宠于刘彻。刘彻知道此事后，便招来陈掌，说可以使他显贵，前提必须要娶卫少儿，陈掌不敢得罪皇上，只好答应了。卫少儿性格大大咧咧，人缘好，性格有点像淮南王女儿刘陵。若论起美貌和口才，刘陵在卫少儿之上。

卫少儿刚说完，卫步和卫广也来了。大家依次坐下，每个人的面前都摆满了水果。七兄妹终于聚齐了，卫媪心里说不出的高兴。她左右看了看说："孙子们呢？"卫君孺说："都在后院玩耍，我去叫他们过来。"

一会儿，卫君孺领着一群孩子来了。卫君孺一一给母亲介绍，"这是犬子公孙敬声，这是詹事陈掌的儿子陈飞、养子霍去病，这是小妹的长女卫长公主，这是卫长君的儿子卫礼……"介绍完毕，然后让孩子们一一给卫媪磕头。

磕头完毕，孩子们坐不住，一边嬉闹去了。

儿孙满堂，卫媪心里说不出的喜悦。她的目光在卫青、卫步和卫广的脸上扫来扫去，他们知道母亲要说什么，都低着头。卫媪说："我老了，身体不如从前了，也许活不了几天了。在我死之前，你们需让我抱上孙子才好。"

三人没说话。

"母亲长命百岁，皇宫里有的是太医，明天我让他们给你会诊一下。"卫子夫说。

"不用麻烦大家了，自己的身体，我知道啥情况。"卫媪说，"我现在最大的希望就是早日能抱上孙子。"

"二弟应该快了。"卫少儿的目光在义姁和卫青的脸上扫来扫去，"我发觉你们两人很有夫妻相。"

人们哄堂大笑，义姁的脸一下子红了，连耳朵都是红的，低着头一脸羞涩。家人的哄笑，让义姁心里感觉到了一丝欣慰，这说明他的家人已接纳她承认她，要不了多久她就是卫家的媳妇了。此处一想，她的心开始突突跳了起来，胸脯起伏，呼吸也急促了。

"别取笑我了，三位姐姐，赶紧给卫步和卫广找个合适的姑娘吧。"卫青笑着说。

卫少儿拍着胸脯说："包在三位姐姐身上。卫家今非昔比了，好多姑娘都想嫁到卫家来呢，不愁找不到好女子。"

卫子夫摸着肚子说："放低调点。"

卫君孺笑着说："是啊，卫家能翻身，我们七兄妹能从河东混到长安城里，还不是靠妹夫关照的缘故。我家的公孙贺、二妹家的陈掌，还希望以后能得到皇上的提拔呢。”

卫少儿说：“大姐说的也是，以后还请小妹多关照了。小妹将来是要做皇后的，这是迟早的事。陈皇后这么多年没有生育，而小妹只要生个皇子，自然就会代替陈皇后。”

“我看怀的好像是个男孩。”卫君孺笑着说。

卫子夫笑着说：“太医和义姁妹妹都看过了，他们都说是男孩。”

“恭喜妹妹了！”卫君孺和卫少儿异口同声地说。

卫子夫笑着说：“先别高兴早了，等太子生出来后再庆祝一下。最近感觉身体有点异样，要不请义姁妹妹再给我看看？”

义姁说好啊，开始给卫子夫号脉，她感觉到了脉象虚弱，气血不足，过了一会儿说：“上次我给你开的保胎药，吃了吗？”

“我一直照你开的方子吃的。”

义姁感觉到很奇怪，但她没有说出来，她怕卫子夫担心，说：“我重新把方子调整一下，照新方子来煎药，给你调理一下。”

“好啊！”卫子夫让丫鬟递上白布和笔。

义姁把开好的方子递给了卫子夫，卫子夫又交给了丫鬟保管。

卫青见三个姐姐谈论的都是女人话题，他不感兴趣，几个男人聚在一起开始谈论天下大事。

卫君孺招呼大家吃饭，一人一案，席地而坐。卫媪作为长辈，坐南朝北，东边依次是公孙贺、陈掌、卫长君、卫青、卫广、卫步，西边依次是卫君孺、卫少儿、卫子夫、义姁，北边留有通道，便于丫鬟们上菜。每人菜肴都是一样的，很丰盛。公孙贺端起琉璃酒杯说：“今天难得大家聚在一起，大家端起酒杯干一杯吧！”卫子夫和义姁以茶代酒，其他人喝的都是酒。

几杯酒下肚后，音乐响了起来，舞女开始翩翩起舞，他们一边喝酒吃菜，一边欣赏舞女跳舞。

家宴结束后，卫青有点喝多了，走路飘飘然。义姁扶着卫青上了马车，她心里有种说不出的高兴。她挥手告别时，天边布满了五彩的晚霞，天空中的色彩快速变幻，时而红，时而淡蓝中夹杂着紫色，时而又在红色中有着蓝金两色。太阳已经完全下沉，可天空中的余晖仍未散去，整个长安城也变得神秘莫测。

第六节 御医坊

义姁回到长乐宫时，宫里灯火通明。宫女珠儿扶着太后散步，后面还跟着几个宫女。太后在亭子里坐了下来，两个宫女站在旁边。太后眼尖发现了义姁，差人喊了一声。义姁低着头只顾走路，她沉浸在喜悦中，卫青的家人基本已接受和认可她了。她见太后唤他，赶紧小跑过去拜见太后。

“今天参加卫家的家宴了？”太后笑呵呵地说。自义姁医好了太后的病后，太后就特别喜欢她了。

“回太后，是的。”义姁心里一惊，看来宫里什么事都瞒不过她老人家。

“卫媪的病如何？”

义姁就如实地把卫媪的病情说了出来，太后听完后叹了一口气，什么也没说。义姁心里有个请求，一直没有说，太皇太后和太后的病都已好了，她在宫里也没什么事了，她想去御医坊。她知道御医坊里有各种医药宝典和各种药材，里面一定藏了不少高手，正好可以跟他们切磋一下。义姁就把自己的想法告诉了太后。太后想了想说：“好吧，你明日就去御医坊。不过，一旦哀家有事，你要随叫随到。”义姁下跪磕头说：“遵命，谢谢太后！请问，这事需要通报皇上吗？”太后呵呵一笑说：“这点小事还要报给皇上？这事我给你做主了，明日我让宦官带你去就是。那个太医令丞薄楚生连哀家的小病都看不好，我怀疑他是故意的。要不是看在太皇太后的面子上，我早就让皇上治他得罪了。”义姁再次下跪磕头，然后告辞。

第二天一早，宦官领着义姁去御医坊。御医坊在丞相府后面，又在未央宫和长乐宫、北宫之间，便于太医们看病和送药。御医坊里飘荡着好闻的草药味，这是她熟悉的味道，她深吸了几口，不由得想起了姜朗坤、姜策恒、葱岭巍、葱青柏等人。

宦官把义姁交给了太医令丞薄楚生。薄楚生满脸欢喜，说御医坊正缺人。宦官前脚一走，薄楚生立即变了脸，上上下下把义姁打量了半天，给她一个下马威说：“我不管你给谁治好过病，既然你是御医，到了这里就得按照我的规矩来。”义姁说：“我知道。”

薄楚生把张药丞、刘方丞叫了过来，说："这是新来的，你们给她讲讲规矩。"薄楚生说完就走了。

张药丞和刘方丞五十出头。张药丞面善和蔼，刘方丞肥头大耳，两人领着义妁在御医坊转悠。张药丞边走边介绍说："御医坊里共有二百余人，他们分为御医、吏目、医士、医生等几个级别。只有最高级别的御医方可有资格给皇上和皇亲看病，就算你医术再高，级别不够，也没资格给皇上和皇亲看病。"义妁心里在想，怪不得总感觉皇宫里没有真正的大夫，那些有本事的太医都没有机会去给皇上和皇亲看病。

刘方丞补充说："御医坊里有御医十三人，为七品；有吏目十三人，分别位列八品或九品；有医士共二十人，给从九品冠带；其余都是医生，无品。"

义妁说："那么，我能做什么？"

刘方丞说："你一个女人为何要来御医坊？太医令丞交代了，让你先从尝药开始。如果不愿意，你可以回去，他绝不为难你。"

"从最基本的开始学习，没事。"义妁心里明白，薄楚生这是故意刁难她，让她知难而退。既然来了，先留下来看看。

刘方丞把尚药监、中宫药长和尝药太官三人叫了过来，他们主要从事药物的修和调试，刘方丞皮笑肉不笑地说："来了一位新人，把她交给你们了。"

三人拱了拱手，说："喏！"

煎药坊里的工作也不算辛苦，主要负责煎药和尝药。一旦宫里某位夫人或皇亲生病了，御医就把方子交给太医令丞。太医令丞再交给药丞和方丞，确认无误后再交给尚药监，煎药房照配好的草药煎熬就是。草药煎熬好后，中宫药长和尝药太官就要安排人品尝了。"神农尝百草，一日而遇七十毒"。首先要保证煎熬出的汤药无毒无害，再看效果和疗效。只有每道汤药确保无事安全后才能送到宫里。如果是皇上生病了，为防止有人做手脚，尝药太官和尚药监要亲自品尝，皇上身边的近臣、中常侍、小黄门皆先尝药，他们无事后，皇上最后才喝。

义妁每天熬完汤药后，就去药典房里查阅各种医书。这里的医书很齐全，还有不少孤本。她整天泡在药典房里，查阅各种资料，研究各种医术上的问题。好在张药丞和中宫药长对她很好，薄楚生一旦没在御医坊里，他们就睁一只眼闭一只眼。有时，义妁还跟他们一块探讨医术方面的问题。虽然薄楚生不喜欢她，但大家还是对她非常尊敬的，毕竟她是皇上亲自册封的御医。

这天，薄楚生把义妁叫到自己的房间，关心地问："这几天还习惯吗？"义妁说还好，薄楚生说："每个人到这里都是从最下面做起的，请多多理解。不知你今后有何打算？”义姁说：“没啥打算，走一步看一步，我还是想回到乡下。”薄楚生说：“要不我给你介绍一户皇亲国戚的人家，就在长安城里安家算了。”义姁说：“谢谢了，个人婚姻大事就不用太医令丞操心了。”薄楚生笑着说：“我这里有本秘籍送给你，这是一本快要失传的宝典，可以说是仅存的唯一一部，里面东西太深奥了，人老了，杂事又多，我也静不下心来研究，你回去好好研究，这对提高你的医术很有帮助。”义姁说：“这东西太珍贵了，我承受不起。”薄楚生笑着说：“别客气了，我知道你肯钻研医术，这宝贝送给你，才能发挥它的价值。”义姁说了声谢谢，她心里波涛起伏。眼前这个人就是害死自己父母的人，她却无能为力，还要故意装出一副高兴的样子。她之所以到御医坊来，就是想核实这件事，然后寻找机会为父母报仇。她心里明白，薄楚生这是在收买她，想让她为他所用。加上太皇太后和太后都喜欢她，皇上也信任她，说不定以后还能帮上他的忙。

义姁自被皇上封为御医后，薄楚生心里就不踏实了，他越来越觉得她像当年药丞义函的女儿。他派人下去调查，当年好多人都已病逝，派下去的人也不得力，没找到关键人物，调查结果模棱两可，薄楚生也吃不准义姁到底是不是义函的女儿。他决定再次试探，“听说义函是你父亲？”义姁镇定地说：“上次你也问过这个事，我真不知道义函是谁，你好像对义函很感兴趣？”薄楚生摆了摆手说：“不不不，随便问问。说说心里话，你在皇宫待了这么久，你觉得窦婴和田蚡这两人怎么样？”

义姁说：“我跟丞相窦婴和太尉田蚡仅见过几次面，连话都没说过几句，不敢妄加评论。”

“田蚡现在已不是太尉了，被太皇太后罢免了，看来你对朝廷里的事还不了解。”薄楚生说，“我现在也为难，夹在中间，日子不好过，窦婴和田蚡面和心不和，窦婴是太皇太后的侄儿，而田蚡是太后同母弟。”

“他们不和，你有啥为难的？”义姁故意装糊涂说。

“有些事，你不懂！”

义姁不好意思地笑了笑，她心里跟明镜似的。薄楚生的为人她也听说了不少，他医术还算可以，皇宫里的皇亲宫女等他几乎都给看过病，是一位经验丰富的老太医了，但他的为人就不敢恭维了。他善于察言观色，见风使舵，所以这么多年一直稳坐太医令丞之位。

薄楚生微笑着说：“我没把你当外人，才说这番心里话的，你可千万不要告诉外人。今后有啥难处，直接找我就是。”

义姁点了点头，躬身告退。从这以后，义姁可以在御医坊自由出入，医学典籍可以随便查阅，药材可以随便使用。在这里她见到了好多以前只听到名字却从没见过的药材，可以说是大开眼界，受益匪浅。

这天，尚药监让义姁用冷水泡草药。按照惯例，给谁熬药都有谁的牌子，这次没有。义姁好奇地问："这次是给谁熬药？"尚药监说："不该问的，别问。"

义姁把冷水泡好的归尾、西红花、丹皮、附子、大黄、桃仁、官桂、莪术等放进了大瓦罐，然后把井水倒进瓦罐，水漫过药物半寸左右她停止了倒水，然后点燃柴火开始煎熬。她一边煎熬一边在想，这是给谁的呢。从配置的草药来看，像是堕胎药，孕妇一旦喝了对胎儿很不利，会造成流产，宫里一般很少有人煎熬这种药。义姁悄悄问一位医生："这是给谁配的药汤？"医生说："我也不知道，上面怎么安排我们照着做就是。"

汤药煎熬好后，按照惯例，尝药太官安排人品尝了一下。义姁看他们表情很痛苦，皱着眉头，她也尝了一口，苦涩，难以下咽。

张药丞吩咐尚药监把汤药送到桂宫，交到宦官手上。尚药监立即安排人朝宫里送。

义姁心里在琢磨，皇后住在未央宫里的椒房殿，太皇太后和太后住在长乐宫，其他夫人和宫女住在北宫，卫子夫暂时住在桂宫，而这汤药是送往桂宫，恰好卫子夫又有身孕，如果这汤药是给卫子夫煎熬的，一旦她喝下就有流产的可能。谁这么大胆竟敢给皇上的宠妃下堕胎药呢？宫里都在传言卫子夫怀的是太子，给太子下药这可是要掉脑袋的事啊。义姁想来想去，还是皇后嫌疑最大，只有她才有可能，动机也对得上：皇后一直没能怀孕，而卫子夫怀的是男孩。一旦卫子夫真生了个男孩了，那么她皇后的位子就不保了，就会被卫子夫代替，还要搬出椒房殿，这样就很难有翻身的机会了。

义姁想到此处心里非常着急，想立刻出门。尚药监拦住道："你这是想去哪里？太医令丞交代了，今日没有他的吩咐，谁也不能离开御医坊，等下他还有事交代。"

义姁生气地说道："我问你，你们这是给卫夫人煎熬的堕胎药吧？！"

尚药监四周看了看小声说："胡说八道，小心掉脑袋！"

"我去报告夫人。"义姁猛地推开尚药监，尚药监一个趔趄，倒在地上。

尚药监大声喊道："快去拦住这个丫头！"两个医生追了上去，他们对尚药监早就有意见，假装慢腾腾地追了上去。

义姁飞快地跑到桂宫大门前，门卫守兵拦住不让进。义姁急急地说："我有重要事情要找卫夫人，快让我进去。"她一摸身上的腰牌，发现忘了挂在身上。抬头一看，发现桂宫的守卫换成了卫尉窦甫，笑着说："这不是长乐宫卫尉窦甫吗，你怎么从调到桂宫来了？"窦甫打量了义姁一眼说："我只是临时代管一下，我们只认宫牌和令牌，没有就请回吧!"义姁指着窦甫说："刚才是不是有太医把汤药送到桂宫里来了？"窦甫说："是啊，怎么了？"义姁说："快点拦住！否则宫里要出大事了，到时皇上怪罪下来，你可是要掉脑袋的。"

窦甫鼻子一哼："我告诉你，我们只负责不该进的人不能混入宫里，我们这也是为皇上着想啊。"

义姁想去找卫青和弟弟，可时间不容许，等跑到未央宫找到他们时，说不定卫子夫早就把汤药喝了下去。

强行朝里闯又被守卫拦住了，她开始大喊大叫。

御医坊的守卫追了上来，他们是薄楚生派来的，二话不说押着义姁就回御医坊，押到了薄楚生的房间。

薄楚生关上房门说："既然你什么都知道了，我也就不绕弯子了。我对你可不薄，你为何还要去通风报信？"薄楚生的语气听上去阴森森的。

"这么说，你们的汤药真是送给卫夫人的？"

"我想你是一个明白人，跟着我们，我是不会亏待你的。如果非要跟我们作对，只有死路一条。"

"你没有一点医德，不配当太医，更不配当太医令丞。"义姁生气地说。

"你还年轻，有些道理你还不懂，我可以原谅你，再给你一次机会，跟我们合作……"

"想得美！我怎么会跟你们合作呢？"

薄楚生哈哈笑了起来，喊了一声，进来两个身穿盔甲带刀的武士。薄楚生说："对不住了，今日就待在御医坊，哪里都不准去，好好反省。"

"你们这是要拘禁我吗？"义姁说。

"我们怎敢拘禁你呢？那里给你准备了可口的饭菜和医书。"薄楚生笑着说。

义姁被关进了地下室。这间房子阴暗潮湿，原是存放药材的库房，废弃不用了。墙角还放着几具死人的骨架，原本是研究人体骨骼所用，人们嫌其晦气，就扔在这间屋里。烛台发出微弱的光线，这些骨架也发着光。她刚开始吓了一跳，看清楚是骨架后，她的心才慢慢平静下来。好在她是学医的，不信鬼神，要是换作别的女人早就吓死了。她想拉开门，门被反锁了，门口还站着人。她喊了几声，"放我出去！"没人理她，喊累了，干脆不喊了。桌上有饭菜，她却没有一点胃口。她心里开始责备自己办事不力，这种事怎么能明目张胆的去桂宫找卫夫人呢？应该周旋智取，让卫青和弟弟他们去处理，或者答应薄楚生的一切要求，等找到证据和机会再反扑上去。如今事情闹到这一步，已没有商量的余地了。她现在最担心的是自己会成为他们的替罪羊。

义姁被关了两天，直到第三天，门被打开，侍御史张汤派人来抓捕她，她才知道问题的严重性。卫子夫喝了药后流产了，皇上让张汤严查此事，不管是谁绝不姑息。

张汤奉命来到御医坊调查此事，薄楚生把所有责任推到义姁身上。他们说是按照义姁的药方来熬药的，药也是她煎熬的。刘方丞、尚药监、中宫药长和尝药太官等人纷纷作证，把罪证都指向义姁。他们共同设计好了这个局，把义姁推进了火坑。

"你们凭啥抓我？"义姁还不知道自己被栽赃陷害。

御史中丞李文也亲自参加了这次行动，可见御史大夫非常重视这件事。李文推了义姁一下，"走吧！到时候有你说话的地方。"

李文把义姁带到另一处地牢，这是一处临时关押朝廷里犯罪的官员而修建的。这里修有高大的院墙，外人一般不能靠近半步。

"你们凭啥抓我？放我出去。"义姁喊道。她的眼睛慢慢适应了地牢里的光线。她看见坐在自己面前的一个人有点面熟，她仔细看了看，是御史大夫张汤，"没想到，我们又见面了。"

"是啊！我们又见面了。"张汤说。

"张大人，你一定要为小女做主，我都不清楚自己为何被抓了？"义姁哭泣地说。

"你真的不知道？卫夫人流产了，有人给她熬制了堕胎药。皇上一直希望能有一个皇子，有人偏偏要下毒，皇上能放过此人吗？"张汤一直盯着义姁的眼睛。

"我是被冤枉的。"义姁就把事情经过详细说了出来。她发现药有问题，去阻拦去上报，桂宫卫尉窦甫不让她进，她怀疑他们是串通好了的，把所有责任都推给她。

"仅凭你一面之词不好办，刘方丞、尚药监、中宫药长和尝药太官等人纷纷作证说是你煎熬的打胎药……"

"我要见卫夫人，我要见皇上！"义姁大声喊道。

"皇上和夫人都很伤心，他们正在气头上，这会儿见他们，不是去找死吗？"

"我不管，我就要见他们，当面把事情经过说出来。"

"人家有证据，你有吗？光凭嘴说怎么行，别胡闹了。"

"那我见卫青，见我弟弟义纵可以吗？"

张汤没有回答，站起来说："你放心吧，我不会放过一个坏人，也不会冤枉一个好人。这事我会重新调查的，你就安安心心待在这里吧。"

这时，狱史通报“皇上驾到”，张汤愣了一下，盯了义姁一眼，然后走了出去迎接，下跪请安。刘彻摆了摆手，他们全部退了下去。义姁急急地说：“皇上，我是冤枉的，请皇上为我做主！”

“证据都摆在那里，你让朕怎么给你做主？”刘彻说。

“我是冤枉的，我怎么会去害卫夫人？我害她干吗？”

“这件事说小可小，说大可大，朕不缺女人，孩子没了可以继续生。”刘彻冷冷一笑说，“朕可以救你，但你必须要答应朕的条件。”

“什么条件？”

“嫁给朕，做朕的女人。”

“你后宫有那么多女人，还不满足。你别以为你是皇上，就可以霸占天下的女人。我要做你唯一的女人，你能做到吗？显然不可能。虽然你是皇上，但我要的不是荣华富贵、金钱财宝……我要的是真爱，你能给我吗？求求你放过我。”

刘彻的脸色变了，他以为天下的女人都想嫁给她。他尴尬地一笑说：“朕从不强人所难，给你三天时间考虑……”

“不用了，我是不会答应你的。”义姁想到了卫青，坚决地说。

刘彻生气地走了。

皇上走了，张汤来到义姁的牢房，皇上都关注这件事，他知道这件事的重要性。张汤自然想知道他们谈了什么，便问道：“皇上跟你谈了什么？”

义姁想了想说：“皇上一直想要一个太子，这件事皇上非常生气。皇上说我是冤枉的，他相信你能秉公执法，找出幕后的凶手。”

“皇上怎么没有告诉我？”张汤半信半疑地说。

义姁一脸严肃地说：“有些事，皇上不便出面。幕后的主谋是谁，想必你心里也清楚，谁最不愿意卫夫人生个男孩？皇上相信你的能力，张大人可以亲自去问皇上啊。”

张汤陷入了沉思，他也感觉这件事的蹊跷。

御史中丞李文为了抢功，想带人去御医坊，把薄楚生、刘方丞、尚药监、中宫药长和尝药太官等人抓捕到牢房来审问，但又犹豫不决。

李文早就想当御史大夫，张汤也想当御史大夫，他心里早就对张汤不满了，巴不得张汤早点下台。他带着人慢腾腾地去御医坊，私下里他已派人去通知薄楚生了。薄楚生接到消息后立即让人把消息传递给了这件事的幕后主使皇后，皇后又去找太皇太后，太皇太后让丞相窦婴去处理这件事。

李文带人绕道东市，酒足饭饱之后，才打着饱嗝来到御医坊，灌夫带人已接管了御医坊。

“灌将军，没想到你又回到长安城了。”李文拱了拱手说。上次灌夫、卫青与长乐宫卫尉窦甫饮酒，灌夫早就看不惯窦甫，两人话不投机，灌夫把窦甫打了一顿。窦甫是太皇太后的兄弟，刘彻怕太后斩杀灌夫，让他去燕国当宰相。没想到灌夫犯法免官，于是以百姓身份在长安居住。灌夫尚游侠，家产数千万。闲居在家的灌夫虽然富有，但失去了权势，达官贵人及宾客逐渐减少。灌夫也想依靠窦婴去结交列侯和皇族以抬高自己的名声，本来两人关系就不错，窦婴就让他在丞相府里当了一个官。

“我对长安有感情。”灌夫哈哈一笑说，“你先回吧。回去告诉那个张汤，就说这事等我们调查清楚了，就会给他详细汇报的。”

“好啊，改天由我做东。”李文哈哈大笑。李文一直想巴结窦婴，只愁没人引荐，而灌夫就是最合适的人。

灌夫拍了拍李文的肩膀，笑了笑说：“没问题！听说你的酒量非同一般，我一定要见识一下。”

“将军的酒量才是海量，我怎能跟你比。”李文笑了笑。

义纵和张次公听说义姁遭到薄楚生陷害，带人包围了御医坊，说要活捉老东西薄楚生，剥了他的皮抽了他的筋。薄楚生吓得浑身颤抖，不敢出来。

灌夫拦住他们说：“兄弟们，不要做傻事！大家冷静，这事正在调查中。”

义纵一把抓住灌夫说：“灌大哥，她可是我姐姐啊！让开！我要见我姐姐！”

“你们这样闹下去，不但救不了你姐姐，你们还会害了她。何况你姐姐现在不在这里。”灌夫说。

张次公抓住义纵的手说：“灌大哥说得有道理，我们回吧。”

义纵不情愿地跟着张次公走了。

薄楚生感觉到了事情的棘手。这件事表面上是皇后和卫夫人之间的斗争，义姁不过是个替罪羊而已，但他两方面都不能得罪。皇后的母亲是大长公主刘嫖，这个刘嫖连皇上都有点惧怕她，而刘嫖的母亲就是太皇太后。卫夫人的背后有平阳公主和皇上撑腰，她弟弟卫青现在也不可小瞧，卫家七兄妹的势力也渐成气候。薄楚生之所以拿义姁开刀，是因为她初来乍到，没有靠山没有背景。如今义纵又牵扯了进来，他听说了这个义纵，天不怕地不怕，所以怕他做出出格的事来。这也是他最担心的，搞不好就会引火自焚。显然张汤已怀疑到他了。如果严查下去，得知他诬陷义姁、害卫夫人，这将是掉脑袋的事。他把刘方丞、尚药监、中宫药长和尝药太官等人找来商量，最后大家统一口径，把责任推到一个医生身上。说他在熬药时失误造成的，跟义姁没关系，是个误会。蹊跷的是这个医生莫名其妙地死了，他们说是畏罪自杀了。

在太皇太后的干涉下，这件事草草结案了。说这是一场误会，跟义姁没有任何关系。

义姁从牢房里走了出来，她心里非常清楚是怎么回事。虽然她躲过了这一劫，但薄楚生是不会放过她的，也许他已布好了陷阱等待着她往里钻……

第七节　田窦之争

太皇太后突然去世，在那个鲜花盛开的五月。此前没有一点征兆，头一天晚上她还吃正常进食，第二天早晨，宫女见太皇太后还没起床，以为她累了，未敢叨扰。直到中午时分，太皇太后还在睡。宫女喊她起床，见没有反应，掀开被子，被窝是冷的，再一摸身体已是僵硬冰冷。宫女吓得一屁股坐在地上大喊大叫，“来人啊！快来人啊！”

太医令丞薄楚生也赶来了。他把手指放在太皇太后鼻子下试探了一下，没有呼吸。他再号了脉搏，跪了下去磕头说：“太皇太后驾崩了。”

太皇太后与汉文帝合葬在霸陵。

太皇太后遗诏将自己所有的金钱财富都赐予自己唯一还在人世的女儿——大长公主刘嫖。太皇太后死了，太后心里可高兴了，但没有表露出来。如今太皇太后把她所有金钱财富送给刘嫖，太后心里就不高兴了。最近她和刘嫖的关系也闹僵了。刘嫖背后骂她：“没良心，没有我，刘彻当不了皇上，王娡也当不成太后。”这些话很快传到了太后的耳朵里。这话她以前也听到过，甚至当着儿子刘彻的面也多次提到过，如今通过别人嘴再传了过来，她的心里就更不舒服了，开始暗暗憎恨刘嫖，憎恨太皇太后和她娘家人。太皇太后在世时，太后心里就一直嫉妒。太皇太后从出身贫寒的赵国少女到吕雉的侍女，到代王妃，到皇后、太后，直至太皇太后，似乎世界上所有的好运气都被她撞上了，甚至连宫廷里最难得的爱情也被她遇到了。所以，太皇太后的葬礼在太后的示意下办得非常简单，就是她的心里充满了恨。太皇太后有兄弟二人，兄窦少君，弟窦广国。父母早逝，兄妹三人自幼失散，后在汉宫相聚。太皇太后重赏两个兄弟，把他们都安置在长安城居住。后来又请了有德行的长者与他们住在一起，对他们进行教育，因而窦长君、窦少君兄弟俩后来成为谦让有礼的君子，不敢以地位显贵而盛气凌人。文帝崩后，封窦氏一族侯：兄窦长君早死，其子窦彭祖封为南皮侯，其弟窦少君封为章武侯。如今太皇太后死了，在太后的干涉下，刘彻只好下令撤了南皮侯和章武侯，把他们的封地也没收了。

太后为了铲除太皇太后留下的后患，她又指责太皇太后的葬礼办得不周到，丞相窦婴和其他不少高官被免官，任用同母弟田蚡任丞相。另两个弟弟田胜、王信也被重用。不仅如此，田蚡的儿子田恬、田胜的儿子田祖也被重用。

魏其侯窦婴自从太皇太后去世后，也被汉武帝疏远不受重用。没有权势，天下的士人有郡守和诸侯王，都依附新丞相田蚡了，甚至对他懈怠傲慢，只有灌夫待他如故。窦婴闷闷不乐天天喝酒，灌夫就陪他天天喝酒。窦婴失去权势，想依靠灌夫去报复那些平日仰慕自己、失势后又抛弃了自己的人。灌夫也想依靠窦婴魏其侯的身份去结交列侯和皇族以抬高自己的名声。两人互相援引借重，彼此没有嫌忌，只恨相知太晚。

灌夫在服丧期内去拜访田蚡，田蚡也喜欢灌夫这个人。灌夫为人刚强直爽，虽然不喜欢文章经学，好发酒疯，不喜欢当面奉承人，但爱打抱不平，讲江湖义气，答应了别人的事，一定办到。加上灌夫家中积累的资产千万，每天的食客就有近百人，池塘田园遍布颍川，所以田蚡一直想把灌夫招募旗下为其所用。在田蚡的眼中，灌夫就是一介草莽，他虽然看不起灌夫，但他的身边需要这样的人。田蚡说："上次你打长乐宫卫尉窦甫，打得好。窦甫这人太嚣张了，张扬跋扈。当时我担心太皇太后要杀你，我就给皇上建议调派你担任燕国国相。没想到你秉性难改，又犯法丢官。"

灌夫拱了拱手，哈哈一笑："谢谢丞相！"

田蚡说："魏其侯身边的人都投靠本丞相了，丞相府还有一个位子，不知灌老弟有没有兴趣？"

"容我想想。"灌夫不好拒绝，只好委婉地说道。

"我知道你跟魏其侯关系好。"田蚡随口说，"我想和你一起去拜访魏其侯，恰值你现在服丧不便前往。"

灌夫说："丞相竟肯屈驾光临魏其侯府，我灌夫怎敢因为服丧而推辞呢？！请允许我告诉魏其侯设置帷帐，备办酒席，丞相您明天早点光临。"

田蚡点点头答应了。

灌夫回去后把情况详细地告诉了窦婴。窦婴特地安排人多买了肉和酒，连夜打扫房子，布置帷帐，准备酒宴，一直忙到天亮。天刚亮，就让府中管事的人在宅前伺候。等到中午，不见田蚡到来。窦婴对灌夫说："丞相难道忘记了这件事？"

灌夫很不高兴，说："我灌夫不嫌丧服在身而应他之约，他应该来。"于是便驾车亲自前往迎接田蚡。田蚡之前只不过开玩笑似的答应了灌夫，没有打算来赴宴的意思。等到灌夫来到门前，田蚡还在睡觉。灌夫进门去见他，说："丞相昨天幸蒙答应拜访魏其侯，魏其侯夫妇备办了酒食，从早晨到现在，没敢吃一点东西。”

田蚡装作惊讶地道歉说：“我昨天喝醉了，忘记了跟你说的话。”便驾车前往，但又走得很慢，灌夫更加生气。

田蚡来到窦婴府上，窦婴笑脸相迎：“丞相屈驾光临寒舍，真是蓬荜生辉！请！”

田蚡在会客厅坐下，侍女端来了上等好茶。两人没有谈天下形势，怕一不小心落下话柄。窦婴夸赞田蚡好儒术，设立五经博士这个官设得非常好，让博士成为专门传授儒家经学《易》《书》《诗》《礼》《春秋》的学官，每经只有一家，每经置一博士，各以家法教授。田蚡笑着说：“其实我早就有这想法。你也知道太皇太后喜欢黄帝、老子之言，要求皇上与诸窦子弟必须要读黄帝、老子之书，并尊其中道理，而那些诸位儒家博士皆不被重用。现在太皇太后走了，黄帝、老子之书皆可抛弃焚烧了，董仲舒等人也开始重用了。特别是董仲舒提出了天人感应、三纲五常等重要儒家理论。他‘推明孔氏、罢黜百家’的主张也为皇上所采纳。”

窦婴哈哈一笑，请田蚡入席，酒菜都已摆好了。田蚡坐正中，窦婴和灌夫坐在两侧。酒是灌夫的命，他不停敬酒和劝酒，主人没醉，灌夫自己就喝醉了。他站了起来，自告奋勇要表演舞蹈，他的舞蹈很一般，甚至丑态百出，田蚡几次都忍不住笑了。灌夫跳到田蚡面前，突然弯下腰，他要邀请田蚡跟他一块跳舞，田蚡竟不起身。灌夫讽刺他说：“你现在是丞相，你姐姐是太后，你现在得势了，瞧不起我们了。想当年魏其侯窦婴掌权时，你田蚡还是个郎官，往来于魏其侯家，陪魏其侯饮酒，时跪时起，对魏其侯的恭敬就好像是窦婴家的晚辈一样。”窦婴见田蚡的脸色变了，便制止灌夫：“别说了，你喝醉了，我扶你下去。”灌夫说：“我没有喝醉！”窦婴让家里的侍女扶灌夫离去。

灌夫被送走后，窦婴向田蚡表示了歉意。田蚡冷着脸说：“没事，我不跟他一般见识！”窦婴说：“丞相肚子能撑船，大人不记小人过！”

两人开始边聊边喝，还一边欣赏歌女舞女唱歌跳舞。两人一直喝到天黑才离去。

第二天，田蚡派籍福去索取魏其侯在城南的田地，他想在那里修建一处宅子。窦婴怨恨地说：“我虽然被废弃不用，丞相虽然显贵，怎么可以仗势硬夺我的田地呢？”窦婴坚决不答应，籍福只好无奈离去。

灌夫听说后，也很生气，大骂籍福。籍福不愿两人有隔阂，就向田蚡道歉说：“魏其侯年事已高，就快死了，还不能忍耐吗，姑且等待着吧！”不久，田蚡听说窦婴和灌夫实际是愤怒而不肯让给田地，也很生气地说：“魏其侯的儿子曾经杀人，我救了他的命。我服侍魏其侯没有不听从他的，为什么他竟舍不得这几顷田地？再说灌夫为什么要干预呢？我不敢再要这块田地了！”

田蚡从此十分怨恨窦婴和灌夫。

元光四年的春天，田蚡向皇上禀告说灌夫家住颍川，十分横行，百姓都受其苦，请求皇上查办。田蚡想除掉灌夫这块畔脚石，没有了灌夫帮忙，窦婴就成了孤家寡人。刘彻说：“这是丞相的职责，何必请示。”

田蚡就准备派人去调查灌夫。灌夫得知消息后，没有一点惧色，让籍福捎话过去：“兔子逼急了也会咬人！我抓住了田蚡的秘事，他用非法手段谋取利益，还接受了淮南王刘安的金钱并说了些不该说的话。”籍福从中调解，田蚡答应不派人下去调查，双方才停止互相攻击，彼此和解。

同年夏天，田蚡迎娶燕王的女儿做夫人，太后下了诏令，叫列侯和皇族都去祝贺。窦婴拜访灌夫，打算同他一起去。灌夫推辞说：“我多次因为酒醉失礼而得罪了丞相，丞相近来又和我有嫌隙，我就不去了。”

窦婴说：“没事，事情已经私下和解了。酒席没你，我喝酒都不快乐。”灌夫说：“田蚡这人不仅长得丑，还一肚子坏水，他是个睚眦必报的人，我担心他迟早还会报复我的。”

窦婴硬拉着灌夫不松手，连拖带拽，灌夫只好一道去。

田府门前人山人海，鼓乐齐鸣。太后下了诏令，列侯和皇族都不敢不来道贺。田蚡刚当上丞相又娶一房夫人，他这是双喜临门。这房夫人才十六岁，人们都在私下说笑丞相是老牛吃嫩草。

大家纷纷入席就座，把酒言欢。

酒喝到差不多时，田蚡起身敬酒祝贺，在座的宾客都离开席位，伏在地上，表示不敢当。过了一会儿，窦婴起身为大家敬酒祝贺，只有那些窦婴的老朋友离开了席位，其余半数的人照常坐在那里，只是稍微欠了欠上身。灌夫不高兴。他起身依次敬酒，敬到田蚡时，田蚡照常坐在那里，只稍欠了一下上身说：“不能喝满杯。”灌夫火了，便苦笑着说：“你是个贵人，今天是你大喜的日子，这杯就托付给你了!”灌夫故意省去丞相这个称呼。田蚡不肯答应，灌夫有点尴尬。他敬酒敬到临汝侯灌贤跟前，灌贤正在跟卫尉程不识附耳说话，又不离开席位。灌夫没有地方发泄怒气，便骂灌贤说：“平时诋毁程不识不值一钱，今天长辈给你敬酒，你却学女孩子一样在那儿同程不识咬耳说话!”

田蚡对灌夫说：“程将军和李将军都是东西两宫的卫尉，现在当众侮辱程将军，仲孺难道不给你所尊敬的李将军留有余地吗？”

灌夫说："今天杀我的头，穿我的胸，我都不在乎，还顾什么程将军、李将军？"

座客们便起身上厕所，渐渐离去。窦婴也离去，挥手示意让灌夫出去。田蚡感觉丢了面子，于是发火道："这是我宠惯灌夫的过错。"便命令骑士扣留灌夫。灌夫想出去又出不去。籍福起身替灌夫道了歉，并按着灌夫的脖子让他道歉。灌夫越发火了，不肯道歉。田蚡便指挥骑士们捆绑灌夫放在客房中，叫来长史说："今天请宗室宾客来参加宴会，是有太后诏令的。"弹劾灌夫，说他在宴席上辱骂宾客，侮辱诏令，犯了不敬之罪，把他囚禁在特别监狱里，追查他以前的事情，派遣差吏分头追捕所有灌氏的分支亲属，判决灌夫为杀头示众的罪名。

窦婴感到非常惭愧。出钱让宾客向田蚡求情，也不能使灌夫获释。田蚡的属吏都是他的耳目，所有灌氏的人都逃跑、躲藏起来了。灌夫被拘禁，无法告发田蚡的秘事。

窦婴挺身而出营救灌夫，他的夫人劝他说："灌将军得罪了丞相，和太后家的人作对，怎么能营救得了呢？"

窦婴说："侯爵是我挣来的，现在由我把它丢掉，没有什么可遗憾的。再说我总不能让灌夫自己去死，而我独自活着。"于是就瞒着家人，私自出来上书给皇上。皇上马上把他召进宫去，窦婴就把灌夫因为喝醉了而失言的情况详细地说了一遍，认为灌夫战功赫赫，不足以判处死刑。汉武帝认为他说得对，赏赐窦婴一同进餐，说道："到东宫去公开辩论这件事。"

窦婴到东宫，极力夸赞灌夫的长处，说他酗酒获罪，而田蚡却拿别的罪来诬陷灌夫。田蚡接着又竭力诋毁灌夫骄横放纵，犯了大逆不道的罪。窦婴思忖没有别的办法对付，便攻击田蚡的短处。田蚡说："天下幸而太平无事，我才得以做皇上的心腹，爱好音乐、狗马和田宅。我所喜欢的不过是歌伎艺人、巧匠这一些人，不像魏其侯和灌夫那样，招集天下的豪杰壮士，不分白天黑夜地商量讨论，腹诽心谤深怀对朝廷的不满。不是抬头观天象，就是低头在地上画，窥测于东、西两宫之间，希望天下发生变故，好让他们立功成事。我倒不明白魏其侯他们到底要做些什么？"

"他们两人的话谁的对呢？"刘彻向在朝的大臣问道。

御史大夫韩安国说："魏其侯说灌夫的父亲为国而死，灌夫手持戈戟冲入到强大的吴军中，身受创伤几十处，名声在全军数第一，这是天下的勇士。如果不是有特别大的罪恶，只是因为喝了酒而引起口舌之争，是不值得援引其他的罪状来判处死刑的。魏其侯的话是对的。丞相又说灌夫同大奸巨猾结交，欺压平民百姓，积累家产数万万，横行颍川，凌辱侵犯皇族，这是所谓'树枝比树干大，小腿比大腿粗'，其后果不是折断，就是分裂。丞相的话也不错。希望英明的主上自己裁决这件事吧。”

主爵都尉汲黯说：“我个人认为窦婴对。”

内史郑当时也认为窦婴对，但后来又不敢坚持自己的意见去回答皇上。其余的人都不敢回答。刘彻怒斥郑当时说：“你平日多次说到魏其侯、武安侯的长处和短处，今天当场辩论，畏首畏尾得像驾在车辕下的马驹，我将一并杀掉你们这些人。”于是起身罢朝，进入宫内侍奉太后进餐。

太后也已经派人在朝廷上探听消息，他们把廷辩的情况详细地报告了太后。太后发火了，不吃饭，说：“现在我还活着，别人竟敢都作践我的弟弟，假若我死了以后，都会像宰割鱼肉那样宰割他了。再说皇上怎么能像石头人一样自己不作主张呢！现在幸亏皇上还在，这些大臣就随声附和，假设皇上驾崩了以后，这些人还有可以信赖的吗？”

刘彻道歉说：“母后，都是皇室的外家，所以在朝廷上辩论他们的事。不然的话，只要一个狱吏就可以解决了。”

这时郎中令石建向刘彻分别陈述了窦婴、田蚡两个人的事情。刘彻派侍御史张汤按照文簿记载的灌夫的罪行进行追查，与窦婴所说的有很多不相符的地方，犯了欺君之罪行。窦婴被抓了起来，拘禁在名叫都司空的特别监狱里被弹劾。

窦婴曾接收过汉景帝临死时的诏书，那上面写道：“假如遇到对你有什么不方便的事情，你可以随机应变，把你的意见呈报给皇上。”等到自己被拘禁，灌夫定罪要灭族，情况一天比一天紧急，大臣们谁也不敢再向汉武帝说明这件事。窦婴便让侄子上书向皇上报告接受遗诏的事，希望再次得到汉武帝的召见。奏书呈送汉武帝，可是查对尚书保管的档案，却没有汉景帝临终的这份遗诏。这道诏书只封藏在窦婴家中，是由窦婴的家臣盖印加封的。于是便弹劾窦婴伪造先帝的诏书，应该判处斩首示众的罪。

元光五年的冬天，灌夫和他的家属全部被处决了。窦婴过了许久才听到这个消息，愤慨万分，患了中风病，饭也不吃了，打算死。有人听说汉武帝没有杀窦婴的意思，窦婴又开始吃饭了，开始医治疾病，讨论决定不处死刑了。

田蚡得知消息后，开始散播流言蜚语。田蚡制造了许多诽谤窦婴的话传到皇上的耳朵里。皇上听了非常气愤，因此就在当年十二月的最后一天将窦婴在渭城大街上斩首示众。

窦婴死后，刘彻也听到了一些关于田蚡不好消息，说他用非法手段谋取利益，还接受了淮南王刘安的金钱并说了些不该说的话。刘彻准备派侍御史张汤去密查，恰在这时田蚡病倒，病中喃喃口呼谢罪。家人请来能视阴阳鬼事之人，得知是魏其侯窦婴和灌夫两鬼守住田蚡，鞭笞索命。群医束手，只能眼睁睁看着田蚡不治。

田蚡死后，刘彻停止了密查，下令废除其子田恬的爵位。

第八节 媚道

义姁又回到了御医坊。

本来太后想把她留在身边当女御医，义姁还是想在御医坊学点本领，提高自己的医术，太后勉强答应了，条件还是随召随到。太后还把薄楚生叫到宫里骂了一顿，说以后再出现同类事情，他这个太医令丞就别当了，滚回老家去。薄楚生给义姁道了歉，承认自己办事鲁莽，冤枉了好人。所以薄楚生对义姁客客气气的，义姁也装作什么事都没发生一样。其实，经历这件事后，义姁一下变得成熟了，她已彻底看清了薄楚生的嘴脸。她之所以要回到御医坊，是想暗中搜集薄楚生的罪状，一旦证据确凿，她就准备反击，把薄楚生送进大牢，直到砍头。义姁曾私下拜访过卫子夫，她把自己蒙冤经过详细告诉给了卫子夫，说这打胎药绝对不是她配制的，是薄楚生配制的，薄楚生背后的主谋一定是皇后。卫子夫说，我知道你不会害我，我也知道这背后的主谋是皇后陈阿娇，现在关键问题是你有证据吗？没有证据，凭一张嘴，她们会反咬你一口的，到时你跳进黄河也洗不清，说不定还会定你死罪。义姁说，这怎么办？卫子夫说，继续留在御医坊，搜集他们的罪证。

皇后用堕胎药打掉了卫子夫肚子里的孩子，明眼人都清楚是怎么回事。刘彻也猜到了是什么原因，但他不好明说，只是心里更加讨厌皇后了，十天半月也不去看她，她天天喝的养生药也白喝了。皇后的父亲堂邑侯陈午突然生病了，皇后点名要薄楚生和义姁去给她父亲看病，其实皇后并没有加害义姁的意思，这一切都是老奸巨猾的薄楚生所为，他想把一切责任推给义姁，让义姁成为他的挡箭牌，成为他的替罪羊。

薄楚生和义姁分别乘坐不同的马车，来到了堂邑侯陈午在长安城的官邸，那些封侯的有钱人家大都在长安城里置有官邸。皇后吩咐的事薄楚生不敢怠慢，太皇太后虽然死了，但皇后的母亲刘嫖也是位举足轻重的人物，她是当今皇上的姑母，说话也是有分量的。刘嫖的丈夫陈午是开国功臣堂邑侯陈婴的后代，世袭侯爵，或许因为堂邑有铁官，经济情况稍好一些，汉文帝才把自己的长公主刘嫖嫁给了陈午这个一千八百户的小侯。这次陈午来长安城就是来看病的，太皇太后把她所有的财产给了她女儿刘嫖，没想到刘嫖的长子陈须、幼子陈蟜为了争夺这笔财产，兄弟俩大打出手，打得头破血流，陈午差点被两个儿子活活气死，留了半条命来到长安看病。刘嫖来长安还有另一个目的，上次她母亲太皇太后去世，她跟太后关系闹僵了，她这次来是弥补关系，增加感情的。她主动承认错误道歉，太后很快原谅了她。毕竟当年刘嫖帮刘彻当太子、当皇上立下了不少功劳。为了亲上加亲，刘嫖建议能否让自己的小儿子隆虑侯陈蟜娶太后的小女儿。太后满口答应，笑着说，你把你女儿嫁给哀家的儿子，哀家把女儿嫁给你儿子，这下扯平了。你的儿子是隆虑侯，哀家的女儿将变成隆虑公主了。两人哈哈大笑，儿女的婚姻大事就这样解决了。刘嫖心里非常高兴，但陈午的病情却加重了。

薄楚生和义姁来到了大厅，刘嫖出来迎接，她扫了义姁一眼，显然没有把义姁放在眼里。薄楚生满头白发，长须飘飘，有道家风范，一看就像个大夫，让人充满信任。刘嫖让义姁在这等候，她领着薄楚生来到卧室。陈午躺在床上一动不动，身上散发出难闻的味道，要不是有微弱的呼吸，还以为是具尸体。

薄楚生询问陈午的病因，家丑不可外扬，刘嫖吞吞吐吐也说不清。

薄楚生号脉后，叹了一口气说："小人无能为力，窦太主还是另请高明吧！"

"人们都叫你神医，连这一点小病都看不好，我看你当太医令丞也到头了。"刘嫖生气地说。

"不能怪太医令丞，我相信他的医术。"皇后捂住鼻子说。

皇后看见在门口张望的义姁，高兴地说："你来得正好！快点进来给我父看看。"

刘嫖冰冷的目光打量了义姁几下，义姁低下头，颤颤巍巍走了进来，蹲下开始给陈午号脉。陈午躺在床上一动不动，她的额头开始冒汗，呼吸急促。

刘嫖发现了义姁的变化，着急地问："什么情况？快说！"

"窦太主，我就直说了，千万不要生气。"义姁说，"堂邑侯不行了，还请早作打算……"

刘嫖推开义姁，扑在陈午身上。陈午微微睁开眼，张了张嘴想说什么，慢慢地闭上了眼睛，头一歪，好像死了。

刘嫖开始号啕大哭。

义姁开始掐陈午人中，半天没有反应。她掏出银针包开始给陈午扎针，过了许久，陈午突然醒了，咳嗽一声，坐了起来。

刘嫖大喜，用惊喜的眼光看着义姁，用哀求的语气说："求你帮忙开一服药。"

薄楚生被冷落了，脸色很难看。义姁为了给他面子，故意说："小女才疏学浅，开药太医令丞是大家，还是请他来吧。”

薄楚生呵呵一笑说：“义姁小姐这些年进步很快，还是请义姁小姐来开吧。”

义姁不好推辞，只好开了处方。薄楚生借故上茅房。他对陈午的病没有把握，如果出了事故，刘嫖岂能放过他，他干脆把责任全部推给了义姁。

陈午喝了义姁开的几服药后，竟然奇迹般好了，可以下床走动了。刘嫖要重谢义姁，被义姁拒绝了。陈午病好后，刘嫖陪着他回堂邑养身体，准备安度晚年。

父母走后，皇后发现刘彻对自己越来越冷淡了。当年金屋藏娇的誓言让她感动得泪水长流，她原本以为自己嫁给了爱情，现在才发现自己嫁给了寂寞。寂寞是没人陪，孤独是没人懂。如果一个女人连可以说话的对象也没有，那么这样的婚姻对她来说，就像被打入冷宫，慢慢等死。当年的誓言一去不还，她不知道到底是哪里出了问题，百思不得其解。她渴望改变，却有无力改变，不甘心就这样继续下去，也不甘心就这么结束。刚好翁主刘陵来拜访她，她就把心中的不愉快通通说了出来，让刘陵帮她分析，怎么才能抓住皇上的心。皇后叹了一口气说：“我就不明白，我比那个贱人长得漂亮，为何皇上要冷落我？”

刘陵笑着说：“作为过来人，我认为女人最吸引男人的其实不仅是美貌，还有四样珍贵的东西。”

“哪四样珍贵的东西？”

“一是心态要好，总是很乐观爱笑；二是善良但不会软弱；三是自信并且很独立；四是专情又不能没有主见。长得好看只是会让你多一些选择的机会，但是你要只有一张脸蛋，那么你对于男人来说，可能就只是一个花瓶而已。何况，女人都有人老珠黄的一天，每个人都无法抵抗岁月的风霜，美貌不能永驻。”

“我不想听这些大道理，说点实际的吧。”皇后不屑地说。

刘陵苦笑了一下说：“皇后现在最大的问题就是没有孩子，一旦有了儿子，皇上就会围着你转，你得想办法啊！对你威胁最大的是卫子夫，她想生男孩，结果一口气生了三个女儿，她现在也没有男孩，所以你还是有机会的。”

“那个女御医给开了几服药，吃了感觉不错，身体也保养得好好的，但就是皇上晚上不来我这里。”皇后垂头丧气地说。

刘陵说：“你要学会勾引他，只要漂亮女人一勾引，没有几个男人能控制住自己的。”

皇后笑着说：“翁主有经验，定勾引过不少男人吧？”

刘陵咯咯一笑说：“你猜！”

“我只是随口一说，你真勾引过不少男人？”皇后惊讶地说。

“男人在我眼里都不是什么好东西。”刘陵说，“男人可以三妻四妾，女人照样也可以娶几个男人。”

皇后笑了：“三从四德在你面前狗屁都不是，我只能羡慕你活得潇洒。”

“不说这些了，还是说你吧。”刘陵笑着说，“你先邀请皇上，编个无法让他拒绝的理由，只要皇上来了，就看你的本事了。”

皇后害羞地低下了头。

刘陵神秘地说：“你先试试，如果不行，你可以施展媚道，让皇上这辈子死心塌地只爱你一人，只宠爱你一人！”

皇后惊喜地说：“什么是媚道？”

“就是致爱术，利用超自然的神秘力量来获取爱情。”刘陵笑着说，“南山道观上有位女道士叫楚服，擅长媚道，你可以请她下山，为你施展媚道。”

“太好了，我可以考虑一下。”皇后笑着说。

刘陵笑呵呵地离开了。

皇后通过太后转达，让皇上今晚务必要去她那里一下，她有重要事情要告诉他。太后也没有问什么事，她猜想是小两口之间的悄悄话。太后如实转达，还责备了自己的儿子一番。她这是第二次责备儿子了，第一次责备时刘彻刚即位，陈阿娇以太子妃身份立为皇后。 因为在立刘彻为储君这件事上皇后的母亲窦太主刘嫖出了力气，皇后故此骄横尊贵。窦太主亦自恃有功于汉武帝，无穷止地向汉武帝索取财物，刘彻心中厌恶。皇后又生性骄横善妒，故而武帝对皇后的宠爱也慢慢衰退。太后对武帝说：“你刚即位不久，大臣们尚未归附于你，之前商议兴立明堂的事情已经惹怒太皇太后，如今又不顺从长公主，必定会受到重责。妇人的性情是很容易高兴的，你应该慎重思考该怎么做！”于是，刘彻对皇后母女俩稍加以恩礼相待，感情却慢慢淡漠了。这次太后虽又责备他，语气却平缓多了：“太皇太后虽然走了，窦太主毕竟还是你的岳母，你应该慎重思考该怎么做！”

这天晚上，刘彻来到了椒房殿。椒房殿之所以命名为椒房殿是因为宫殿的墙壁是使用花椒树的花朵所制成的粉末进行粉刷。颜色呈粉色，具有芳香的味道且可以保护木质结构的宫殿，有防蛀虫的效果。还有一说，是因为椒者多籽，取其“多子”之意，故曰“椒房殿”。椒房殿正殿坐北朝南，殿前设有双阙。宫殿之前置阙十分罕见，非一般宫殿所能为，显示出椒房殿建筑规格之高。

“皇上，你终于来了，想死我了。”皇后娇滴滴地说。皇后已沐浴完毕，身上熏了香。她穿着透明的丝绸睡衣，丰满的胸部若隐若现，房间里烛光摇曳，给人如梦如幻、虚无缥缈之感。

刘彻见到皇后第一眼，眼睛一亮，随后眼里的光芒慢慢淡了，问道："你找我有什么事？"

"想皇上了！"皇后声音依然娇滴滴。

刘彻有点不习惯，皇后以前可不是这样说话。她从小就被窦太主宠着，少了女人的温柔和矜持，多了骄横尊贵，从不把别的女人放在眼里，仿佛这个世界上只有她一个美女。刘彻转身欲走，她一把抓住他的胳膊："皇上，你就不能留下来吗？"她的眼里充满幽怨和期待，身上的薄纱已慢慢滑落，雪白的肌肤一览无余。刘彻的目光落到一边，他心中的气还没有消，心里非常讨厌和憎恨皇后，皇后的所作所为已伤透了他的心。

"朕今晚还要处理公务，改天再来陪你。"刘彻语气平缓，彬彬有礼。他埋藏着压抑着心中的怒火。

皇后望着刘彻的背影离去，她的心彻底凉了。两人越是客气越是彬彬有礼，说明两人的关系越疏远。她想把刘彻重新拽回到自己的身边，她虽然心寒了，还是想最后一搏，她不想认输。自己出身名门贵族，而卫子夫不过是平阳公主的奴婢，她有什么资格能得到天子大幸？想到平阳公主她心里就来气，心里也非常憎恨她。要不是平阳公主，她和刘彻也许恩爱如初。她决定施展媚道，让皇上这辈子死心塌地只爱她一人，只宠爱她一人！她非常相信媚道，她听母亲刘嫖说过，"媚道"在宫廷和上流社会中流行。宫妃们的竞争以"争宠"和"求子"最激烈。一位女子进宫后，当然希望得到皇上的宠爱，更希望得到皇上的专宠。另外就是期盼能自己给皇上生个儿子，进一步设法让自己的儿子成为太子。可是能受到皇上的宠幸已非易事，更何况是皇上的专宠。由于后宫宫女妃嫔太多，生儿子更非人力所能决定。于是为求皇上专宠，宫中女子便流行"媚道"之术。母亲还说，当年母亲想把她嫁给太子刘荣，刘荣的母亲栗姬很反对，刘嫖就和刘彻的母亲王娡联手，把太子刘荣赶下台，让刘彻坐上了太子的位置。据说当时王娡和栗姬都请了高人来施展"媚道"中的"相憎术"，让汉景帝讨厌对方。刘嫖抢先一步在父皇面前说栗姬的坏话，栗姬逐渐失宠，太子刘荣被废，栗姬郁郁而终。

皇后叫来心腹马宦官，让他悄悄安排人不惜一切代价把南山道观上的楚服请下山。

当天晚上，马宦官就领着楚服进宫了。皇后打量了楚服一眼，这是一个中年女人，一身白色长袍，头戴紫阳巾，身背木质桃花剑，手拿拂尘，长得很是邪魅。她的眉梢上扬，当嘴角随着眉梢邪魅一笑的时候，皇后感觉自己找对了人，心生欢喜。

“在下楚服，向皇后请安！”

“高人请起，免礼。”皇后说，“马宦官把该说的都给你说了吧？”

“说了。”楚服点了点头。

皇后挥了挥手，马宦官和众宫女都退了下去。

皇后忧心忡忡地说：“我有两个愿望，一是让皇上永远宠爱我，永远憎恨其他宫妃；二是我想给他生个儿子。你有什么要求尽管提就是。”

“马宦官只说了你第一个愿望，没说第二个啊。”楚服眉毛一挑。

“高人若有要求，但提无妨。”

“我可以帮你实现你的愿望，不过你一切都要听我的。只有你配合好了，才有可能实现你的愿望。”楚服一脸认真地说。

“没问题。”

“‘媚道’具体来说包括媚术与媚药两部分，我有死去活来之‘相爱术’和天崩地裂之‘相憎术’秘方……”

“什么是死去活来之‘相爱术’？”

“只要按我的要求来，皇后和皇上‘一日不见如三月’，爱得死去活来，可以白头偕老。”

皇后大喜：“快说来听听。”

“其实也很简单。”楚服得意地说，“我有两个秘方，秘方一就是：取鸳鸯心，阴干百日，系在皇上左臂，而皇后系在右臂，男左女右，勿令人知，即相爱。”

“这个时间不容许，鸳鸯心阴干百日，我等不及，再说如何系在皇上左臂上去？”

“那就采用第二个秘方：戊子日，取鹊巢屋下土，烧作屑，以酒共服，使终身欢喜相爱敬。”

“那天崩地裂之‘相憎术’呢？”皇后又问。

“也是两个秘方：秘方一，取马发、犬毛，放在你讨厌人的床中，即相憎。秘方二：以桃枝三寸，书其姓名埋四会道中，即相憎。相憎程度：他们双方互不理睬，继而怒目相视，从而你可以借以夺爱。”

“就这么简单？”皇后说，“我现在就安排人去办！”

“这只是第一步，还要建立神祠来祭祀诅咒，先弄一个小木人，刻上仇人的名字，天天要对‘小人’吐唾沫、口头诅咒，我还要念咒语，斩杀小人。诅咒七七四十九天后，你的愿望就会慢慢实现。”

当天晚上，楚服换上男人的服装说她是为了吸收男人阳刚之气，便于皇后采阳补阴，跟皇后同床共枕，一夜长谈。

第二天，屋里搭起了一个小台子，台子上放着几个小木人，小木人上刻着“卫子夫”等人的名字，楚服围着台子叽里呱啦念着听不清的咒语。皇后也朝小木人吐唾沫、诅咒辱骂。两人整天待在屋里，楚服又穿男子衣冠，与皇后同吃同住，俨然是一对夫妻。同时，皇后又吩咐宫女和马宦官照着楚服的秘方去做，他们想尽各种办法，买通了不少宦官和宫女，才分别把马发和犬毛放在卫子夫的床褥下，把卫子夫和刘彻的名字刻在桃枝上埋四会道中。马宦官费了一番周折，才把鹊巢屋下土烧作屑，放在酒里让皇上喝了。楚服不知用什么东西熬制了“媚药”，黑乎乎难以下咽，但皇后依然津津有味地喝了下去。

皇宫里人多嘴杂，使不开手脚，楚服建议在城外修建一座神祠来祭祀诅咒。皇后觉得也有道理，找来马宦官让他去城外修建一座神祠。马宦官说城南山脚下有座荒芜的神祠，可以翻修一下，再把客房也翻修一下，就可以入住了。楚服说，我知道这个地方，四周树木遮盖，溪声潺潺，是一个非常清静的地方，适合祭祀诅咒。皇后让马宦官去找工匠，十天内必须翻新完毕。马宦官领命而去。

十天后，神祠翻新完毕。皇后和楚服同乘一辆马车，带着几十人悄悄来到了城南的神祠。卫尉窦甫还提前安排了二十几个兵卒充当监工和护卫。神龛上摆着贡品，还有一个被斩断四肢的婴儿也摆在神龛上。神龛上还有血迹，显然婴儿是才死没多久的。

皇后吓了一跳，问：“这是怎么回事？”

“这是我吩咐让他们去做的。”楚服说，“皇后为了实现自己的愿望，必须照我的要求来做，死几个婴儿又如何？我们一共需要九个婴儿来当祭品。这是送给鬼神的祭品，便于我们施展神术，献祭而诅咒。只有这样，神仙才会赐你儿子，才会让你们白头偕老，永远幸福。”

皇后无语了，心里在诅咒卫子夫，甚至连刘彻也开始诅咒。她诅咒刘彻忘恩负义、移情别恋，是他让她在宫里抬不起头。

楚服开始祭祀诅咒，然后飞舞着木剑砍着小人，嘴里依然念着听不清的咒语，她在诅咒卫子夫等人。

为了寻找新鲜婴儿作为祭品，这些兵卒便穿上便衣四处寻找，甚至去抢去偷新生的婴儿。还差一个婴儿不好找，他们竟然绑架了一个孕妇，划开女人的肚皮，掏出血淋淋的婴儿放在祭台上。皇后刚开始还内疚，后来慢慢也想开了。楚服说得有道理，为了自己的幸福，死几个婴儿又如何？皇后已走火入魔，像个疯子一样每天都在诅咒，诅咒卫子夫、刘彻，诅咒所有她不喜欢的人。

一个多月的祭祀诅咒完毕后，皇后回到了皇宫。

有人偷偷举报了皇后，说她建立神祠祭祀诅咒。有人认为是卫子夫告的密，但卫子夫此时并无陷害她的动机。因为此时卫子夫只生了三个女儿，并没有生出儿子。此时卫子夫不能保证没了皇后，就不会有其他女人抢先为皇上生下儿子，也不能保证她会第一个生出儿子，更不能保证皇后会被废，她凭借三个女儿就能上位皇后吗，显然是不可能的。是谁告的密已不重要，刘彻命令御史大夫张欧严查此案，张欧又命令张汤去查。

“巫蛊之邪术”是被朝廷明文禁止和严加取缔的。媚道败露，张汤彻查后发现楚服是为皇后行事的女巫，具体施术行为是“祠祭诅咒”，即建立“神祠”对邪神祭祀，进而诅咒，便把她抓起来审问。楚服承认了为皇后施巫蛊之邪术，还交代了用新生婴儿做祭品的事。皇后也接受了调查，她拒不认罪，指着张汤的鼻子大骂。陈阿娇毕竟是皇后，张汤也不敢对她动刑，只好把她放了。张汤又从那些兵卒和宫女等人入手调查，只要参与祭祀的人全部抓起来一一审问。案子很快清楚了，证据也坐实了，女巫楚服为皇后行巫蛊事，建立神祠祭祀诅咒，定罪大逆不道。案子上报给皇上，皇上审阅后下令斩。最终女巫楚服被斩首于东市，与此案有牵连者且被诛杀者三百余人，马宦官和一些宫女也被杀了。

同年秋七月乙巳日，汉武帝命有司赐皇后一道策书：“皇后不守礼法，祈祷鬼神，降祸于他人，无法承受天命。应当交回皇后的玺绶，离开皇后之位，退居长门宫。”至此，居皇后之位十一年的陈阿娇被废黜。

陈阿娇被废后离开了椒房殿，居住在长门宫中，其母窦太主感到羞惭恐惧，来到长安向皇上叩头请罪。刘彻说：“皇后的行为不符合大义，不得不把她废黜。你应该相信道义而放宽心怀，不要轻信闲言而产生疑虑和恐惧。皇后虽然被废了，仍会按照法度受到优待，居住在长门宫与居住在椒房殿并无区别。”

窦太主心里有气，但皇上说得句句在理，她无话反驳。

窦太主闷闷不乐地回去了。堂邑侯陈午得知自己女儿被废后，感觉无脸见人，一下病倒了，不久就去世了。

第九节 谋杀皇上

卫子夫在陈阿娇被废半年后又怀胎在身。

御医坊派了一位药监管，专门负责监督给卫子夫熬保胎药，从药材到每一道工序他都要监督，怕有人在汤药上做手脚。皇上也发了话，如果出现跟上次一样的情况，统统都要掉脑袋。太医令丞薄楚生自然不敢马虎，如今皇后已被废黜，他没被牵连进去已是万福了。现在正是讨好卫子夫的绝佳时机。他尽职尽责，每道药材他都精心挑选。这次卫子夫只要生下男孩，就有可能当上皇后。

此后，太后生了一场病，又是义姁看好的，太后为了表示感谢，上次义纵被拜为中郎，这次在太后的要求下，义纵被派往上党郡任县令。意思已很明确，让他下去锻炼一下，回来后就会提拔升官。义姁虽然反对弟弟做官，怕他当不好，但是内心里还是非常感谢太后的。

义姁好久都没见到卫青了，但她已感觉到了皇宫里已密布了战争的味道。她听说匈奴已开始南下直指大汉的上谷，朝廷正在调兵遣将，估计这次卫青可能要北上抗击匈奴了。如果真是这样，她很想见卫青一面。她已感觉到了卫青在躲避她，而她对他的思念却越来越浓了。心里想着一个人，好美，好甜，心好小，只有拳头大小，空间真是太有限了。一旦爱上一个人，心里都是他的样子，他笑的模样，他的一举一动，把心占得满满的，心里每个角落都是他。义姁总是情不自禁地想起第一次和他偶遇的情景，一见钟情，一见如故，相见恨晚！

义姁想找张次公打听一下情况，而张次公最近也忙，也好久都没见到了，听说他已被任命为什么将军了。她听弟弟说，张次公跟淮南王刘安之女刘陵搞在一起去了，两人关系非同寻常。刘陵是有夫之人，年纪又比张次公大，张次公不知怎么走火入魔，两人偷偷好上了。弟弟已叮嘱她了，让她不要把这事告诉外人，她对谁也没说过。刘陵是个交际花，义姁想劝张次公离刘陵远点。她觉得刘陵是在利用他，但有些话她又说不出口。一旦说出来，对方不但听不进去，还会把关系弄僵。有些事还是不说的好。

义姁踌躇在宫前眺望，恰好卫青朝未央宫走来，她心中暗喜，假装路过偶遇。卫青目不斜视，好像没有发现她。她走到他跟前假装脚一崴，叫了一声，身子朝他倾斜，卫青一个健步冲上来扶住了她。他闻到了她发梢的香：“你没事吧？”

“我没事！谢谢你了！”义姁微微一笑。

“那就好，我先走了。”

“等等，我有话跟你说。”

卫青随着义姁来到一处偏僻的树下：“我还有事要面见皇上，有啥事情请快说。”

“最近你忙啥呢？是不是要攻打匈奴？”义姁问。

“是的，你怎么知道的？”

“我猜的。”

“明天我就要带兵离开长安，北上。”卫青犹豫了一下说，“你要多保重！”

义姁低下头，小声说：“思念一个人，好幸福，也好辛苦。爱一个人，其实就是把这个人放到心里了，我可能一放就是一辈子！我有个问题想问你，你干吗要躲避我？”

卫青吞吞吐吐地说：“我们不合适，从今以后我们最好不要见面，就当我们从不认识。”

“为什么？”义姁的眼里有泪。

“并不是所有的爱，都可以得到老天爷的眷顾。月有阴晴圆缺，人有悲欢离合！更何况是变化无常的心。偶然的遇见，一生的思念，不管你如何坚持，总有些感情，是没有答案。”

义姁哭着说：“心里放着一个人，所以别人就走不进来，因为没地方了。我等你，我愿意，等多久都行，哪怕是等一生！等一辈子！”

“有缘成为夫妻，那是最美的缘分！但是还有许许多多有缘但成不了夫妻。那是孽缘，那是错爱。”

“你是不是有什么难言之隐？你今天必须告诉我。”

“没有，真没有。”

“你的眼睛告诉我了，你有事瞒着我。”义姁紧紧抓住了卫青的手。

“你快松手，我告诉你就是。”卫青左右看了看，小声说，“皇上酒后告诉我说，他喜欢你。你是皇上喜欢的女人，我怎么敢跟皇上争抢女人呢？所以我主动退出来……”

“你是一个懦夫！我瞧不起你！”义姁又气又恨擦干泪水，跑了。

第二天，卫青一早率领士兵就走了。一走就没有了消息，义姁开始担心他的安危。她接触的人中也没人谈论士兵抗击匈奴的消息，她心里很着急。刘彻一定知道卫青的消息，但她又不能直接去问。她想到了卫青的姐姐卫子夫，她一定知道弟弟的消息。她打算去看看卫子夫，卫子夫有身孕，顺便可以给她检查一下身体，就在义姁心里这么想时，卫子夫的侍女过来说夫人找她有事，义姁立即随着她去卫子夫所住的桂宫。

卫子夫见了义姁非常高兴，摸着自己鼓起的肚子说："你给我看看，这次是不是男孩？"

义姁开始号脉，过了一会儿说："好像是个男孩。"

卫子夫皱着眉头说："前三次都是女孩，这次要是个男孩就好了。你知道吗，那个陈阿娇用百金重托卓文君的丈夫司马相如，请他写自己深居长门的闺怨，于是司马相如作了一篇《长门赋》，据说皇上看了很感动，两人又重归于好。所以我必须要生出男孩，才能把皇上拉回到自己的身边。"

"应该是个男孩。"义姁确定地说。

"太好了。"卫子夫高兴地说。

"上次造成你流产的事，真的不是我干的。"

"我相信你，这事都过去了，不要再提了。"卫子夫说，"不过，我不太喜欢太医令丞薄楚生这个人，皇后在位时，他讨好和巴结皇后，我看不惯他那张讨好卖乖的奴才嘴脸。"

"我也非常讨厌这个老奸巨猾、见风使舵、两面三刀的人。"义姁就把当年薄楚生害死自己父亲的事说了出来，说着说着就流泪了。

卫子夫吃惊地张大嘴："你已核实调查了吗？"

"舅父亲口告诉我的。"义姁说，"虽然当年好多人已去世，但我已找到一位原在御医坊的老御医，他也说我父亲是冤枉的。我还找到父亲当年的好朋友荀祝，他虽然早已离开朝廷，在乡下养老，他也承认有这回事。当年负责执行的中尉陈嘉，现在负责整个长安的卫戍，我一直没有见到他，听说他的儿子领兵驻扎在天水郡一带，他的儿媳就是刘陵。"

卫子夫说："你先别打草惊蛇，先收集他的罪证，到时我会呈报给皇上的。"

义姁高兴地说："太好了，谢谢夫人。"

卫子夫笑着说："你也不小了，可以寻婆家了。我弟弟卫青不错，要不我给你们撮合一下。"

义姁的脸一下红了，心扑通扑通直跳。她刚好借机询问卫青："有没有卫青的消息？"

"我只知道皇上分派四路出击，车骑将军卫青出上谷，骑将军公孙敖从代郡，轻车将军公孙贺从云中，骁骑将军李广从雁门出兵。四路将领各率一万骑兵迎击匈奴。其他消息我就不知道了。"

几个月后，卫青凯旋。他的首次出征是奇袭龙城，揭开汉匈战争汉朝反败为胜的序幕。卫青首征，果敢冷静，深入险境，直捣匈奴祭天圣地龙城，首虏七百人，取得胜利。另外三路，两路失败，一路无功而还。刘彻看到只有卫青凯旋，龙城之战是自汉初以来对战匈奴的首次胜利，大汉太需要一场胜利来鼓舞大家的信心，以便为下一步反击打下良好的人心基础。刘彻重金奖赏了卫青和他的部下，封卫青为关内侯。

在庆功会上，义姁站在远远的地方，默默观望着卫青。

好事连连，正好是春天，卫子夫生了，果然是个男孩。时龄二十九岁的刘彻喜得龙子，异常欣喜，诏令当时善为文者枚皋及东方朔作《皇太子生赋》及《立皇子禖祝》之赋。为感谢上苍赐予他的第一位皇子，刘彻又修建了婚育之神高禖（句芒）神之祠以祭拜之。举朝臣子亦为这位迟来的大汉皇长子的诞世而高兴，武帝为皇长子取名为刘据。

欢喜之暇，时为中大夫的主父偃上书皇上，请立卫子夫为皇后。刘彻欣然准奏，择三月甲子这一日册立卫子夫为皇后。诏曰："朕听说天地不变，施化不成；阴阳不变，物不畅茂。《易》说：'因势变通，人民的精神才会振作。'《诗》说：'通天地之变而不失道，择善而从。'朕欣赏唐虞而乐观殷周，愿汲取历史的经验教训以为借鉴。现在大赦天下，与民更始。有的犯了罪畏罪逃亡及久欠官物而被起诉，事出在孝景帝三年以前的，都免予处理。"至此，空闲一年八个月的未央中宫椒房殿再次有了新的主人。陈阿娇彻底失宠了，独居长门宫。而自卫子夫之后，大赦天下立皇后亦成为汉家制度。

卫子夫当上皇后后，搬进了椒房殿。因太子刘据晚上不停哭闹，卫子夫请义姁来到椒房殿，她想咨询孩子哭闹的问题。义姁就给她讲是什么原因以及如何预防，义姁说着说着就笑了："我还没成亲，竟然给已是四个孩子的母亲传授经验。"

卫子夫也笑了："我弟弟卫青一会儿就来了，等下你跟他探讨一下孩子的问题。"

义姁的脸一下红了，站起来，走也不是，留下也不是。就在这时卫青走了进来，两人对望了一眼，义姁的心开始不停地跳："恭喜你！"

"多谢！"

“你给我讲讲奇袭龙城的故事，好吗？”义姁小声地问。

“没啥好讲的。”卫青头一偏冷冷地说，“姐，你找我何事？”

义姁的心一下掉进了冰窟，她感觉到一丝丝的陌生，卫青离她越来越远了。人家现在功成名就，要什么有什么，而她却什么都没有。

“你也不小了，也该考虑终身大事了。”卫子夫说。

“姐，你不用担心，我外边女人多的是，都排着队争着抢着要嫁给我，你还担心你弟弟娶不到夫人？你找我来，如果就是为这事，我走了，我去教外甥霍去病剑术去，这小子将来一定是个了不起的人物。”卫青故意说给义姁听的，他一说完就走了，几乎是小跑。

义姁望着卫青的背影叹了一口气，她也借故走了。义姁心里闷闷不乐，非常生卫青的气，卫青刚才所说的话已伤了她的心。她刚走出宫殿，便遇见了卫青，显然是在等她，她心里一阵窃喜。卫青走了过来，装作偶遇的样子。他冰冷地说：“你想让我姐姐给我做工作吗？别做梦了，我告诉你，我们不合适。再说匈奴未灭，何以为家？我随时都要去抗击匈奴，能不能回来都很难说。我不想让你守寡，希望你能明白我的意思。”

义姁哭着说：“我可以等你。”

卫青生气地说：“我们不合适，何况我根本不喜欢你。”卫青说完转身就走了。

“你骗人的。”义姁追了几步，卫青跑了起来，转眼穿过宫殿就没影了。

义姁来到御医坊，煎药坊里飘荡着熟悉好闻的中药味。她走了进去，看见几个人在煎药，旁边还泡了不少药材。尝药太官看见了义姁，笑着说：“你来得正好，你来品尝一下这药。”义姁好奇地问：“你们这是给谁熬的药？”尝药太官说：“这是给皇上煎熬的‘长生不老药’。”义姁说：“我怎么不知道？”尝药太官说：“皇上晚上做了一个梦，梦见一个仙人给他指点迷津，说要长生不老，用人参、灵芝、雪莲、黄芪、当归、黄精、三七、肉苁蓉、何首乌、枸杞、红景天等等煎熬，连喝一年就可以长生不老。皇上醒来后一琢磨，当年秦始皇因为服用了大量自己炼制的丹药而暴毙，皇上就改变思路，采用延年益寿的药材来煎熬。皇上找到太医令丞，太医令丞双手赞成，责怪自己怎么没有想到。于是安排采药官下去让各地官吏把这些药品作为贡品定时送到宫里来，而我们则开始了每天要给皇上煎药的任务。”

这时，薄楚生走了进来，尝药太官立即闭上了嘴。薄楚生在检查每道工序，他品尝了一口药，笑着说：“不错。”他看见义姁，微微一笑说：“你怎么来了？”义姁说：“随便转转，皇上年纪轻轻，怎么就想到了长生不老？这世界上根本没有长生不老药。

秦始皇就是一个现成的例子，结果只活了四十九岁。”

薄楚生挤出一丝笑，说：“要不你亲自去劝阻皇上，让他不要服用长生不老药。我还听说，皇上在寻找合适的方士，也想东渡大海，寻找可以长生的药材。”

义姁说：“我一直反对道士、方士炼制丹药，反对巫师装神弄鬼，皇上糊涂啊！”

薄楚生阴阴一笑，附和道：“是啊，要不你去劝劝皇上，免得我们辛辛苦苦天天都要熬制汤药。”

义姁还是年轻，听薄楚生这么一说，真的去了椒房殿。她想先找卫子夫，说不定皇上在皇后的宫殿里呢。卫子夫正要休息，看见义姁进来了，连忙问道：“你怎么又回来了？”义姁开门见山地说：“听说皇上让御医坊里的太医给他熬制长生不老药？”卫子夫说：“是有这么回事。”义姁说：“这世界上根本没有长生不老药，你劝皇上不要迷信这些东西了，生老病死是每个人都要面对的。”卫子夫说：“皇上比较倔强，我旁敲侧击过，不起作用。有个大臣劝过，让他不要劳民伤财，还说秦始皇怎么怎么了，皇上一气之下下令杀了这个大臣，从此再没人敢劝了。我劝你还是算了吧？我猜是薄楚生鼓动你来的吧，他这是趁机要除掉你啊，你怎么这么傻。”

“我不是为我自己，就算掉了脑袋，我也不后悔。”义姁一怔，卫子夫说得没错，薄楚生这是借刀杀人，既然话已说出口，她也要硬着头皮去劝说皇上，万一皇上真的听了呢，她还抱着一丝侥幸，皇上不会杀她的。

义姁转身去未央宫，被守卫拦住，她掏出腰牌，守卫放她进去了。

刘彻正在宫殿里阅读奏折，义姁直接走了过去，也没下跪，她直接呼喊：“刘老板。”刘彻一怔，抬头一看是义姁，放下奏折，挥了挥手，宫女和护卫都退了下去。他没有生气，笑着说：“没想到，你会来见朕，朕也正想找你呢。”

“是吗？”

“好久没见你了，朕有点想你。”刘彻认真地说，“在朕的眼里，你就像一朵盛开的白芍花，高洁而美丽，安静而坚韧。你聪明勤学，善解人意，充满爱心，乐于助人。这是朕欣赏你的地方，我的后宫就缺少像你这样的人。做我的夫人，好吗？”

“皇上身边不缺女人，如今又娶了王夫人、尹婕好、刑夫人、钩弋夫人等，多我一个不多，少我一个不少。何必呢！后宫争风吃醋这么厉害，我一个单纯的女子，怎么跟她们斗。我怕自己也会被打入冷宫，还是算了吧。”义姁严肃地说。

“你放心，朕会宠你一辈子的。”

“男人的甜言蜜语不可信，你还记得金屋藏娇吗？”这句话像刀子一样插在刘彻的心上，他脸色变了，很难看。义姁接着说：“这世界上没有长生不老药，这个世界最公平的就是每个人都要面对死亡，不管你是天子皇上……”

刘彻板着脸说：“你到底想要说什么？”

“不要煎熬什么长生不老药，我知道每道药材都是下面地方官吏呈送的贡品。为了这些所谓的贡品，地方官吏不免要骚扰老百姓，下面怨言一定很多。我还听说皇上正在物色合适的人选，去东渡大海，寻找长生不老的药材。还听说皇上也打算学秦始皇封禅泰山刻辞。”

“不错，谁不想长生不老，谁不想成仙？”刘彻质问道。

“皇上年轻有为，没想到被那些道士、方士洗了脑。我是学医的，你要相信我，当年秦始皇……”

“放肆，你竟敢这样对朕说话！”刘彻拍了一下桌，打断她的话说，“要不是看在我母后的面子上，朕就下令把你拖出去斩了。从今以后，没有朕的允许，你不能踏进未央宫和椒房殿的半步，否则格杀勿论！”

义姁气愤地走了，嘴里还在小声嘀咕着：“你以为我稀罕，你请我，我也不来。”

御医坊每天熬制的药汤都要送进未央宫里，每次熬好的药汤尝药太官和尚药监要亲自品尝，就连皇上身边的近臣、中常侍、小黄门皆先尝药，他们无事后，皇上最后才喝。

御医坊里每天都飘荡着草药味，义姁也品尝过几次，汤药也没啥问题。义姁待在御医坊也没啥事，就算有事薄楚生也不通知她，她仿佛是个多余的人。她正好趁这空闲的时间一头扎进书房里研究那些医学书籍。

元朔元年秋，车骑将军卫青领三万骑兵出雁门抗击匈奴去了。义姁开始担心卫青，晚上她睡不着，天气也渐渐凉了，一股熟悉的草药味道飘了过来，这么晚了怎么还有人在煎药坊里煎药？她很好奇，悄悄地走了过去，看见尚药监在鬼鬼祟祟地煎药。她没敢吱声，悄悄藏了起来。尚药监煎完药后，端着汤药走了。义姁四周看了看没有人，轻手轻脚走了过去，捡起地上残留的草药借着月光辨认，并放到鼻子边闻了闻，确认这些草药是乌头、断肠草、马钱子等，旁边还有残留的一点砒石和水银。煎药时加入少量这些东西，就像慢性毒药，对人身体百害无一利。长期服用的话，就会头晕烦躁、全身发紧、神经肌肉麻痹、瞳孔缩小、胸部胀闷、呼吸不畅，最后慢慢死亡。义姁心里在琢磨，这是给谁煎熬的药呢？这哪是治病，而是想用慢性毒药来害人。

大门已锁上，义姁从窗口翻了出来。

第二天晚上，她又偷偷来到煎药坊，发现尚药监又在鬼鬼祟祟地煎药。等他走后，她通过残留物质判断出，还是乌头、断肠草、马钱子、砒石和水银等。煎药可以光明正大啊，怎么要半夜偷偷摸摸来煎熬。此后的几天，她跟踪了尚药监几次，发现这些汤药跟白天煎熬的汤药一块送到宫里去了。她大胆推测，“长生不老”汤药会接受各种检查和品尝，而有毒的汤药可能被皇上身边的人掉了包，最后把有毒的汤药送给皇上了，谁要害皇上呢？凭薄楚生这点能耐他是不敢害皇上的，他背后一定有人在指使他。她想到了窦太主刘嫖，但很快否定了。刘嫖已不是当年的刘嫖了，自丈夫陈午死后，她已威风不再。陈阿娇的位子被罢免，刘嫖也只能忍气吞声。这又会是谁呢？她想不到是谁会害皇上，看来这背后有更大的阴谋。义姁想告诉皇上，可皇上已下令不允许她踏进未央宫半步，就算她当面禀告皇上，皇上也是不会相信她的话。这该怎么办呢？卫青、张次公、义纵、公孙敖都不在长安城里，她心里非常着急，又不知道该怎么办。

义姁突然想到了卫君孺的丈夫太仆公孙贺。公孙贺曾是皇上的老师，通过他，也许皇上能听。义姁直奔公孙府。卫君孺热情地接待了她，说公孙贺一会儿就回来了，顺便让她给自己检查了一下身体。刚检查完毕，公孙贺就回来了。义姁就把自己的猜想告诉给了公孙贺，公孙贺沉思了半天说，没有证据，靠猜测可不行，皇上已坚信世上有长生不老药，谁要劝阻他就杀谁，大臣们都闭口不敢提这事，甚至连背后都不敢议论此事，所以等证据落实后再禀报不迟。

义姁想想公孙贺说的也有道理，只好告辞。她装作什么事都没发生一样，开始偷偷调查此事。晚上她悄悄躲在煎药坊，准备收集那些药材残渣。尚药监又在煎药，薄楚生也来了，她听出了是薄楚生的声音：“我已派人从下面弄了些乌头、断肠草、马钱子、砒石、水银，我相信皇上不久就会慢慢死去。这件事办成了，到时我让你接替我的位子。我早就不想当这个太医令丞，我要当丞相……”尚药监笑着说：“谢谢了，我不明白，太医令丞是怎么把汤药送到皇上身边的？”薄楚生说：“不该问的别问，干好你的事。不过我没把你当外人，告诉你也无妨。负责检查药的是我们的人，最后送到皇上身边的姜宦官也是我们的人。你知道吗，天下要变天了。”义姁吓了一跳。看来他们是想害死皇上，然后他们幕后的主子就趁机发动兵变，夺取大汉江山。义姁想到此处，吓出一身冷汗。就算皇上不相信她的话，她也要冒死去把这些消息告诉皇上或者皇后卫子夫，实在不行就告诉太后和平阳公主。就在她心里在琢磨该怎么办时，不小心弄出了一点响声。

“谁？”薄楚生大声喊道，操起家伙朝响声处慢慢走来。

义姁没有退路，只好猛地站了起来，嚎叫一声，披头散发，张牙舞爪。人吓人吓死人，薄楚生以为遇见鬼了，吓得一屁股坐在地上，爬起来就跑。尚药监也跟着跑了。义姁趁机推开窗户跑了。

薄楚生跑了几步，停了下来，镇定了一下自己的情绪，感觉情况不对。他叫了几个人，手拿刀棍追了上去。义姁朝未央宫跑去，她回头一看，薄楚生带人追了上来，她横冲直撞朝守卫兵卒跑去："救命啊，有人要杀我。"

夜晚的未央宫很安静，天上没有月亮，星星很浑浊。

守卫拦住尚药监他们，收缴了他们的刀棍。

尚药监说："你们抓错人了，义姁想要害皇上。"

义姁大声喊道："胡说八道，你们趁给皇上熬药的机会，在药里下乌头、断肠草、马钱子、砒石、水银，想让皇上慢慢中毒……"

"你才胡说八道，快把这个居心不良的女人抓起来。"尚药监也大声说。

大将军陈嘉的巡逻队突然出现了，把义姁和尚药监分别带走了。陈嘉现在率领几万禁卫军驻扎在长安城里和周边，负责整个长安城安全。陈嘉现在权力很大，甚至可以调查任何官员，他如果给你扣上"造反""大逆"的帽子，必死无疑。

义姁被带到了牢房，这是陈嘉为调查审查军官而修建的。陈嘉亲自审问道："你为何要害皇上，如实交代，本官可以饶恕你不死。"

义姁不屑地说："大将军管得太宽了吧，我要见侍御史张汤。"

"我负责皇上的安全，你谋害皇上，这事自然归我管。"陈嘉得意地说，"张汤算个屁，他本来是有资格当御史大夫的，还不是我一句话，就让张欧当上了御史大夫。"

"我要见皇上，或者皇后。"义姁紧紧盯着陈嘉，当年父亲的死就是陈嘉执行的，他一定亲眼看见了父亲死亡的全过程，她要记住陈嘉的模样，一辈子都要记着。当年晁错削藩得罪了不少人，就是他和当时的丞相陶青、廷尉张欧联名上书，弹劾晁错，提议将晁错满门抄斩的。晁错忠心耿耿为了大汉，结果自己被腰斩，还把家人的性命也搭进去了。义姁一直为晁错的死耿耿于怀，因为她看过晁错的著作，非常敬佩他。

"皇上是你想见就能见的吗？"陈嘉说，"快交代你的罪行吧，你为何要害皇上？"

"我是冤枉的。"

"看你长得貌美如花，我舍不得对你动大刑。"陈嘉眯着眼睛打量着义姁说，"你不交代没关系，御医坊里好多人都已指证你是谋害皇上的凶手，我已写好了证言，你签字画押就是。"

"我是冤枉的，我为什么要签字画押？你把薄楚生和尚药监等人抓起来一审问，整件事情就清楚了。”

“放肆，是你办案，还是我办案？”陈嘉手一挥，冲进来几个卒狱，按住义姁，抓住她的手在写好的认罪书上按手印。

天一亮，义姁被押往东市，准备执行死刑。陈嘉准备先斩后奏，就在刽子手举起刀时，有人高喊：“刀下留人！”一匹快马奔驰而来，从马上跳下一个传令兵，他把皇上刀下留人的手谕交给了陈嘉。

原来，义姁夜闯未央宫，卫子夫也知道了，她想义姁一定是来找她的。她打听到义姁被陈嘉带走了，一定凶多吉少，连夜就去找太后，太后又去找皇上，皇上答应母后不杀义姁。当义姁被押向东市的路上时，皇上就让传令兵十万火急地赶去。

陈嘉只好下令放了义姁。

义姁不能再待在御医坊了，太后年老多病，身边也缺一个女御医，义姁就回到了太后的身边，整天陪伴着她。义姁在等待合适的机会，她要把真相告诉给大家告诉给太后。她知道她现在说什么，大家都不会相信，还是不说的好。同时她也发现，长乐宫外有人在监视她。她心里也清楚，只要她一离开长乐宫，就会有生命危险。有人要杀她灭口。

第十节 淮南王谋反

太后的身体一天不如一天，终于病倒了。她的兄弟王信和田胜，女儿金俗、平阳公主、南宫公主、隆虑公主都到长乐宫来看她。金俗的女儿嫁给淮南王刘安的儿子刘迁，儿子修成子仲也仗着有太后撑腰横行京师。南宫公主先嫁给南宫侯张坐，后嫁给张侯耏申。隆虑公主嫁与刘嫖的儿子隆虑侯陈蟜。

太后面色苍白，说话有气无力，不把耳朵贴近，根本听不见，她感觉自己将要死去，开始交代后事。刘彻和皇后卫子夫闻讯后也赶来了。刘彻看了义姁一眼，义姁也看了他一眼，两人无语。义姁听说刘彻最近有了新欢，是李延年的妹妹。李延年原本因犯法而受到腐刑，负责饲养宫中的狗，后因擅长音律，颇得武帝赏识。一日李延年为武帝献歌："北方有佳人，绝世而独立。一顾倾人城，再顾倾人国。宁不知倾城与倾国，佳人难再得。"刘彻想见这位"佳人"，李延年就把自己妹妹推荐给刘彻，他妹妹由此得幸，封为李夫人。义姁暗自庆幸自己没有嫁给刘彻，容易得到的东西往往不懂得珍惜。

平阳公主抓住义姁的手说："拜托你了，你一定要医好我母后的病。"平阳公主的眼里充满着忧郁。她丈夫平阳侯曹寿已去世，她现在已改嫁汝阴侯夏侯颇。

义姁说："你放心吧，我一定尽力而为。我已让侍女在煎熬汤药，一会儿就好了。"

"怎么不传太医？"刘彻质问道。

"皇上，是太后不让传太医的。"义姁说，"我会尽力的。请大家退后一步或回避一下，我要给太后针灸。"

男人们纷纷走开了，太后的几个女儿没有走开，她们的目光都盯着义姁的一举一动。

义姁熟练地在太后身上扎银针，一会儿太后身上扎满了银针，几个女儿不敢直视。

针灸完毕，宫女端上了汤药，平阳公主接过来，她要亲自喂。

喝完药后，太后的脸上慢慢有了红晕，一会儿竟说："哀家饿了，想吃长寿面，快去给我弄碗长寿面来。"

大家一愣，高兴地说："喏！"

刘彻竖起大拇指对义姁说："真不愧是神医！"

义姁谦虚地说："过奖了，过奖了。"

刘彻见母后没事了，他匆匆离开了，留下几个姐姐陪伴。

窗外的阳光明媚，院子里开满了鲜花。义姁见平阳公主和卫子夫坐在亭子里聊天，她走了过去。平阳公主和卫子夫招呼她入座，义姁说："一位是皇后，一位是公主，我还是站着吧。"

"你多次医好我母后的病，你是我们的大恩人，是我们的座上宾，没有主仆之分。"平阳公主客气地说。

"是啊！"卫子夫也附和道。

"我正好找你们有事，这些话皇上不信，你们可能也不信，但我说得每句话都是真的。如果现在再不采取办法，皇上性命堪忧。"义姁忧心忡忡地说。

"说来听听。"卫子夫皱着眉头说。

义姁就把太医令丞薄楚生和尚药监他们害皇上的事说了出来。说他们以给皇上煎药的机会，晚上再煎熬一份有伤身体的慢性毒药给皇上。平阳公主和卫子夫听完后非常震惊，她们心里都在想这事该怎么办。直接告诉皇上，皇上不仅不信，还会发脾气。最近这段时间来，皇上的脾气很怪异，反复无常，是不是跟喝了药有关？

"你怎么不直接告诉给太后？"

"所有的证据都指向我，说我是谋害皇上的凶手。"义姁说，"我怕太后不信，反而落下不好的印象。清者自清，浊者自浊。你越解释的话，越描越黑，越说不清。"

平阳公主说："我虽然是皇上的姐姐，但姐姐说话有时也不好使。我还是告诉给母后，让母后去劝他吧。"

卫子夫说："到时我也旁敲侧击提醒一下皇上。"

太后的病很快好了，义姁每天陪着她在院子里散步和聊天，打发着寂寞的时光。在这期间义姁也听说卫青又取得了胜利，他领三万骑兵，长驱而进斩虏数千人。

一天，太后的心情很好，突然问起了御医坊里的事，看来平阳公主已把薄楚生在药里做手脚的事告诉给了她。义姁就把事情前后经过仔细地告诉给了太后。太后听完后说："你辛苦了，受了不少委屈。只要有我在，没人敢伤害你！"

当天晚上，太后见了皇上。在太后的劝说下，刘彻秘密召见了侍御史张汤，升任他为廷尉，让他暗中调查御医坊。尚药监、中宫药长和尝药太官被秘密抓捕。在严刑逼供下，他们招了，说是薄楚生让他们干的。张汤又暗中走访，搜集证据，他想知道薄楚生背后的主谋是谁。寻着这些线索，很快锁定皇上身边的姜宦官。

张汤决定对薄楚生和姜宦官实行抓捕时已晚了一步。薄楚生已听到了风声，正要准备逃跑时，两个黑衣人冲了进来。薄楚生说："你们是谁？"两个黑衣人也不说话，卡住薄楚生脖子直到断气，然后把他吊在房梁上，造成自杀的假象。

半夜时分，张汤带领兵卒冲进薄楚生的房间，他们发现薄楚生已上吊自杀了。他让人把薄楚生放下来，仔细检查了一下他身上的伤痕和四周的现场，凭他多年的办案经验，他知道这是有人要杀人灭口。他们立即去宫里寻找姜宦官，姜宦官早已不见踪影。后来有人在渭河里发现了姜宦官的尸体。

线索就这样断了，案子也就不了了之。

就在这一年，匈奴大举入侵上谷、渔阳。先攻破辽西，杀死辽西太守，又打败渔阳守将韩安国，劫掠百姓两千多人。匈奴明目张胆的挑衅，让刘彻非常生气。他派大行李息从代郡出击，卫青率大军进攻匈奴盘踞的河南地（黄河河套地区），采用"迂回侧击"的战术，西绕到匈奴军的后方，迅速攻占高阙（今内蒙古杭锦后旗），切断了驻守河南地的匈奴白羊王、楼烦王同单于王庭的联系。而后，卫青又率精骑，飞兵南下，进到陇县西，形成了对白羊王、楼烦王的包围。汉军活捉敌兵数千人，夺取牲畜数百万之多，控制了河套地区。因这一带水草肥美，形势险要，刘彻派人在此修筑朔方城，设朔方郡、五原郡，从内地迁徙数万人到那里定居，还修复了秦时蒙恬所筑的边塞和沿河的防御工事。解除了匈奴骑兵对长安的直接威胁，也建立起了进一步反击匈奴的前方基地。此仗汉军全甲兵而还，卫青立有大功，被封为长平侯，食邑三千八百户。苏建、张次公以校尉从卫将军有功，封平陵侯、岸头侯。

第二年，太后又生病了，这次病更加重了，卧床不起。看来她的日子不多了。

太后生病的日子里，匈奴军臣单于死，其弟左谷王伊稚斜自立为单于。军臣子于单降汉，将军赵信以匈奴相国的身份投降汉朝，当了翕侯。张骞归，张骞去时被匈奴扣留十余年，逃脱至大宛，经康居到大月氏。回时又被匈奴俘获，乘匈奴内乱逃归，前后共经十三年。

人谁都免不了一死，虽然义姁每天精心照顾着太后，但再好的医术也无力回天。六月庚午日，太后悄然驾崩，与汉景帝合葬阳陵。

太后死后，刘彻对朝廷官员作了调整，罢免丞相薛泽，封公孙弘为丞相，封平津侯。大将军陈嘉依然负责整个长安城的安全。义姁依然留在宫里，暂时接管御医坊，宫里需要她，后宫有那么多女人，也需要一位女御医。

陈嘉的儿媳刘陵委托张次公邀请卫青去陈府赴宴。陈嘉想给卫青开个庆功宴，卫青不想去，张次公鼓动卫青必须去。陈嘉负责整个长安城的安全，是个大将军，好多人都想巴结呢，说不定以后还有合作的机会。卫青犹豫了半天，最后带着张次公和公孙敖赴宴。

马车在陈府门前停了下来。陈府大门很普通，看来陈嘉为人很低调不张扬。陈嘉站在大门口迎接，他见了卫青拱了拱手说："能邀请到大汉功臣，我老脸都有光啊！请！"卫青拱了拱手说："大将军客气了！"卫青和张次公、公孙敖跟随着陈嘉来到了会大厅。会大厅收拾得很整齐，方桌上摆满了水果。刘陵打扮得花枝招展，招呼他们入座。

陈嘉、卫青坐向东，张次公南向坐，公孙敖北向坐，陈嘉的儿子西向侍，这五人一人一案。陈嘉举起青铜酒杯说："欢迎大英雄卫青将军来寒舍做客，让寒舍蓬荜生辉，大家共同举起酒杯吧！"

"我以茶代酒。"公孙敖举起茶杯说。卫青担心这是鸿门宴，交代他不要喝酒，防止陈嘉使诈。

"这怎么行呢，哪有男人不喝酒的？"陈嘉说。

"他真的不能喝，他最近身体不好，一直在吃药呢。"卫青找了个借口。

陈嘉叹了一口气说："那就不勉强了。大家都喝吧！"

音乐响了起来，一群舞女开始在大厅中央跳舞，歌声惟妙，舞姿优美。

陈嘉好酒量，不停劝大家喝酒。陈嘉笑盈盈地问卫青："卫将军，今后有何打算？"

卫青哈着酒气说："匈奴数万骑兵攻代郡，杀太守共友，掳掠千余人。接着匈奴又入雁门，杀掠千余人。他们太猖狂了，皇上可能命令我再次出征，彻底消灭他们。"

"卫将军年轻有为，每次都是凯旋，让老朽敬佩不已！"陈嘉手舞足蹈地说，"说句心里话，卫将军才是真正的常胜将军。那个山西太守程不识也被称为常胜将军，他不配。程不识为人谨慎，用兵也谨慎，出战时，总是处在人不解甲、马不卸鞍的戒备状态。他的军队以步兵为主，行军很慢，但很坚实。凡是他率军作战，前面一定有斥候，左右一定有掩护，一队一队互相呼应，互相照管，安营扎寨很有章法。行动起来，全军一起行动；扎下营来，敌人冲不动。他从未让匈奴人得逞，但也没有取得过重大的胜利。两军对垒，不胜也不败，程不识自然赢得好口碑和皇上的信赖。但老朽认为，他还不如李广。李广不是大胜，就是大败，就好比在赌场赌钱，不是大赢，就是大输。这才叫刺激。”

卫青哈哈一笑。

“别谈国事，喝酒！”陈嘉的儿子也端起酒杯，一一敬酒。

一圈敬酒完毕，打扮得花枝招展的刘陵突然冒了出来，她能说会道，声音又好似黄莺鸟一样好听：“卫将军，你是我心目中的大英雄，如果我再年轻十岁，我一定要嫁给你！所以我要跟卫将军单独喝一杯！”

卫青脸一红，他看见陈嘉和陈嘉的儿子都没有生气，都在笑呵呵望着他，卫青左右为难，说：“我已喝多了，不能再喝了。”

“卫将军瞧不起女人？！”刘陵咯咯笑着说，“卫将军怕被我灌倒，传出去让人笑话。”

卫青只好端起酒杯一口喝了，刘陵也一口喝了。

“好事成双，小女跟将军再喝一杯！”刘陵笑盈盈地给卫青斟满酒，然后举起酒杯，含情脉脉地望着卫青。

卫青无法拒绝，他举起酒杯，一仰头，全倒进了嘴里，然后趴在桌子上。

张次公看见刘陵对卫青眉来眼去，心里很不舒服。他跟刘陵已偷偷好上了，在张次公的心里，刘陵就是他的女人。他借故上茅房，刘陵跟了过去。

在走廊里，两人相遇了。刘陵眼里含泪说：“我不希望你死，希望你离开卫青。整天跟着卫青打打杀杀有什么意思，希望你能跟着我父王淮南王。今晚就留在陈府吧，我会求情给你一条活路的，甚至让你过上荣华富贵的生活。”

“莫名其妙！”张次公东倒西歪，没有听明白刘陵话中的意思。

“保重吧！”刘陵目光充满深情，她突然拥抱了张次公一下。

张次公心里也充满了感动，他紧紧抱住刘陵说：“怎么搞得像生死别离一样。”

刘陵推开他，擦了擦泪水，跑开了。

张次公一愣，东倒西歪回到了会大厅。陈嘉的儿子笑呵呵拉着张次公的手又要喝酒。张次公望着他，心中暗笑。张次公接过酒杯，端起来就喝了，喝完后他一下瘫软在地上。

天已黑了，飘起了小雨。

公孙敖望着东倒西歪的卫青和张次公，对陈嘉拱了拱手说：“大将军，感谢你的款待，我看他俩已喝醉了，我送他们回去吧！”

“不急，你也坐下来喝几杯吧！”陈嘉笑着说。

陈嘉挥了挥手，一个漂亮的舞女走了过来，直接坐在了公孙敖的身边，含情脉脉望着公孙敖一脸媚笑说："喝了三杯酒，我就是你的人了，你就可以带我走了。"

公孙敖有点不好意思，脸一下红了。

陈嘉呵呵一笑："她说的是真的！"

那女子捏着公孙敖的鼻子，公孙敖半推半就被连灌了三杯。

陈嘉拍着手说："好好好。你先把卫将军送回去，回头你到我府上来领美人就是。"

卫青和张次公被扶到马车上，公孙敖坐在身边，他头脑昏沉沉的，感觉这酒有问题，忍不住闭上了眼睛。

马车行驶在偏僻的小巷里，在静静的雨夜里马蹄声哒哒哒哒很响亮。

马车突然停了下来。公孙敖突然发现马夫已换了人，马车被带到一处院子里。马夫跳下车，吹了一声口哨。公孙敖感觉情况不妙，他努力站了起来，跳下马车，发现马车四周站满了黑衣人，他们手中的刀和剑寒光闪闪。

"你们想干啥？"公孙敖握着手中的刀柄说，"车里可是大汉的英雄卫青将军！"

"我们要的就是卫青的人头！"一个黑衣人挥着刀说。

公孙敖拔出刀，保护着马车说："想要杀卫青大哥，先从我尸体上踏过！"他挥舞着刀，砍向冲向马车的人。

刀剑相撞声惊醒了卫青和张次公，他们从马车上爬了出来，有人用长矛在刺马车，要不是躲闪得快，他们早就扎成了筛子。公孙敖左抵右挡，不让这群黑衣人靠近。雨越下越大，冷冷的雨水惊醒了他们。他们抹了抹脸上的雨水，捡起地上的宝剑刺向扑上来的黑衣人。

"快朝门外冲！"公孙敖喊道。

张次公掩护着卫青朝门口走，大门已被堵死；公孙敖吼叫一声，左右挥舞着大刀，砍倒两个人，一脚踢翻一个人，他拼命拉开门栓，一支箭射在了他的胳膊上，他咬了咬牙推开门。

张次公掩护着卫青朝街道上跑去，黑衣人在后面紧紧追着，不时有箭声从耳边呼啸而过。雨越下越大，街道很冷清，没见一个人影。张次公全身上下被雨水淋透，他酒全醒了，他想起了刘陵的话和那个拥抱，心里突然明白了，刘陵一直在利用他。陈嘉摆好了鸿门宴，设好了陷阱，目的是要杀了他们。但陈嘉为什么要杀他们呢？他想不明白。张次公大喊一声，像发了疯的老虎一样冲向扑上来的人群。

公孙敖掩护着卫青朝未央宫方向奔跑。张次公身上已中了几剑，血顺着雨水流淌，他依然挥舞着大刀左右挥砍，地上倒下了一片黑衣人。张次公已杀红了眼，他感觉是在边关跟匈奴激战，四周都是喊杀声……

就在这关键时刻，公孙贺带着全副武装的兵卒赶了过来。原来那个马夫被打晕扔在路边，他被雨水淋醒后爬起来跑回兵营报告，恰好遇见了执勤的公孙贺，公孙贺带了几路兵马分头寻找。

“卫将军，你没事吧？”公孙贺问。

“我没事，快去救张次公。”卫青说。

黑衣人见官兵来了，无心跟张次公恋战，开始分头逃跑，一会儿就跑得无影无踪。张次公见救兵来了，他微微一笑，倒在了地上。

张次公和公孙敖被送到了御医坊医治。

义姁给他们擦洗伤口，然后在伤口上敷上了药。张次公伤势比较重，还在昏迷。公孙敖无大碍，只是胳膊上受了伤。义姁忙完这一切，就开始给他们煎药。药煎好后，张次公醒了，义姁给他们喂完药后，问他们到底发生了什么事，公孙敖就把事情经过说了出来。义姁急急地问：“卫青没事吧？”

“卫将军没事，只是受了点皮外伤，擦点药就好了。”公孙敖说。

“他现在在哪里？我想见见他。”义姁说。

“我在这里。”卫青突然出现了，他是来看张次公和公孙敖的。

“听说你受了伤，我给你看看。”义姁说。

“我真的没事，谢谢你了。”卫青说完，走到张次公和公孙敖身边，他们三人你一句我一句，义姁根本插不上嘴，她心里就有点失落。

皇上也听说了卫青被刺杀的消息，让廷尉张汤暗中调查，张汤来到了御医坊了解情况，公孙敖又把事情经过说了一遍。张汤问卫青是这样吗？卫青说句句属实。张次公心里清楚是怎么回事，但他什么也没说。

因没有抓到刺客一个活口，张汤也怀疑到陈嘉，但没有证据，再说陈嘉和卫青无冤无仇为什么要刺杀他呢？这个案子就成了一个悬案，调查暂时停了下来。

就在这个时候，葱青剑因跟淮南王的儿子刘迁闹矛盾，他来投奔卫青，卫青欣然答应。葱青剑说了淮南王种种不是，还说淮南王有可能在策划谋反，卫青没有在意，人在气头上有些话不可信。卫青、张次公和公孙敖的伤好后，朝廷命令车骑将军卫青率领三万骑兵，从高阙出兵；命令卫尉苏建做游击将军，左内史李沮为强弩将军，太仆公孙贺为骑将军，代国之相李蔡为轻车将军，他们都隶属车骑将军卫青，一同从朔方出兵；朝廷又命令大行李息、岸头侯张次公为将军，从右北平出兵，去攻打匈奴。匈奴右贤王正对着卫青等人的大兵，以为汉朝军队不能到达这里，便喝起酒来。晚上，汉军包围了右贤王。右贤王大惊，连夜逃跑，带着他的一个爱妾和几百个精壮的骑兵，急驰突围，向北而去。轻骑校尉郭成等追赶了几百里，没有追上。汉军俘虏右贤王的小王十余人，男女民众一万五千余人，牲畜达千百万头。

汉武帝接到战报，派特使捧着印信，到军中拜卫青为大将军，加封食邑六千户（汉书八千七百户），所有将领归他指挥。汉武帝随后又封赏了随从卫青作战的公孙敖、韩说、公孙贺、李蔡、李朔、赵不虞、公孙戎奴、李沮、李息、豆如意、葱青剑等人。

第二年二月，以公孙敖为中将军、公孙贺为左将军、赵信为前将军、苏建为右将军、李广为后将军、李沮为强弩将军，分领六路大军，统归大将军卫青指挥，浩浩荡荡，从定襄出发，北进数百里。战后全军返回定襄休整，一个月后再次出塞，斩获匈奴军一万多人。张骞随从大将军出征，获封博望侯。卫青的外甥霍去病此战独自领八百骑出击，俘虏匈奴单于的叔父和国相，斩单于的祖父等两千零二十八人，封冠军侯。大将军赏千金不益封。

卫青凯旋，皇上亲自到城门迎接。街道上站满了老百姓，他们夹道欢迎，高呼着卫青的名字。

晚宴结束后，武士送卫青回府。卫青走到大门口，突然听到有人喊他名字，他回头四周看了看，没人。正要进去，又有人喊他的名字，他停了下来四周仔细看了看，发现一个乞丐蹲在角落里向他挥手。

“你是谁？”卫青走了过去问。

“卫将军，我是‘淮南八公’之一、‘淮南第一剑客’雷被，有人要杀我，没办法我才乔装成乞丐的。”

“快快请起，到我府上去。”卫青说。

雷被被带到府上，洗了澡，换上了干净衣服。卫青让下人端上了饭菜，雷被狼吞虎咽吃了起来，桌上的食物一扫而光。

“你怎么落到如此田地？”卫青说。

“都怪你。”

“怪我？”卫青指着自己说，“为何？”

“你是我这一生中最敬佩的大英雄，一直都想投靠你。”雷被说，“我被人称为‘淮南第一剑客’后，淮南王之子刘迁听闻后不服，非要跟我比剑法，我失手击中了刘迁，伤了刘迁的面子，从此刘迁怀恨在心，处处刁难我，逼得我在淮南国里待不下去了。淮南王为了让我立足，派我去刺杀卫将军你。我乔装成老百姓站在欢迎你凯旋的队伍中，我几次都有机会对你下手，但我下不去手，我不能对大汉的英雄下手。”

“淮南王为何要杀我？”

“我听说，淮南王要兵变要造反，首先就要铲除卫将军你这个障碍，只有杀了你，兵变造反才能成功。我还听说，淮南王一直暗中勾结匈奴人，他也想借匈奴人的手杀了卫将军，没想到卫将军每次都是大胜而归。”

“上次雨夜那群黑衣人刺杀我，你知道这事吗？”卫青问。

“我知道，是淮南王和大将军陈嘉共同策划的。原本让我去执行这次任务，我以身体不舒服为由推辞了。他们原本计划等你一死，就发动兵变，结果计划又推迟了。”

“陈嘉果然有问题。”

“淮南王早就预谋篡位，他之所以把女儿刘陵嫁到长安城里的高官人家来，还给予她不少金钱，其实是让她到长安当细作，结交汉武帝的左右大臣，随时给他传递情报。”

“没想到刘陵竟然是细作，她是个聪慧漂亮的女人，可惜了。”

“我在淮南待不下去了，于是向淮南王刘安请求跟随大将军卫青去打匈奴。没想到刘安听后，反倒认为我雷被起了叛心，将我免职。我索性逃出淮南王府。刘安得知我逃跑后，就派人追杀我，他们好像已追到长安城里来了。”

卫青说：“很好，今晚你就在我这里安安稳稳睡个觉，明天你大模大样在街上闲逛，我派人穿上老百姓的衣服暗中保护你，把那些想杀你的人一网打尽，顺便从他们嘴里弄点证据出来。”

雷被点了点头。

第二天，雷被大模大样走上街头，在街上闲逛。他在街边台阶上坐了下来，东张西望，突然两个人朝他走来，抱着手臂。雷被提高了警惕，站了起来，吹了一声口哨。

街上几个化装成老百姓的人推着车子围了上来，几个装作看热闹的人也围了上来，他们拔出剑包围了这两个人：“举起手来，饶你们不死。”

“原来是你们啊！”雷被手中的剑抵在一个人喉咙上，另一个人背后也抵了一把剑。雷被从他们身上搜出匕首，把这两个人押进了军营。

公孙敖对他们一顿皮鞭抽打，还扬言要一刀一刀割下他们的肉喂狗。那两人胆怯了，把自己知道的全说了。他们果然是淮南王派的追杀雷被的刺客。他们还交代，他们还参加了那天雨夜刺杀卫青的行动。公孙敖一听，气得对他们又是一顿猛揍。要不是卫青制止，差点把这两个人打死了。

卫青带着雷被去见皇上，雷被向皇上上书陈表淮南王刘安勾结大将军陈嘉要造反兵变的罪证。雷被还说，刘安招宾客方术之士数千人，以编写《鸿烈》之名，实际是在寻找机会篡位。淮南王铸造了许多兵器，弓箭、戈矛之类就有数十万件，府库的金钱近万亿，珠玉、宝器等比长安还多。

刘彻立即传令丞相公孙弘进宫。他跟卫青和公孙弘三人一商量，决定抓捕大将军陈嘉。考虑到陈嘉手上有兵权，刘彻传令大将军陈嘉到未央宫见皇上。未央宫里早就埋伏好了禁卫军。陈嘉接到命令穿着朝服去见皇上，他刚一踏进未央宫没见文武大臣，感觉情况不妙，正要转身，大门已关上，禁卫军冲了出来，活捉了陈嘉。接着禁卫军又去了陈府，抄了陈嘉的家，把刘陵也带走了。

就在这时，刘安的庶子刘不害，派其友人严正向汉武帝上书，说才能出众的刘建知道淮南王之子阴谋之事。刘不害年龄最大，不受刘安喜欢，王后荼不以其为子，刘迁不以其为兄。刘不害的儿子刘建，才高负气，常怨望太子轻视其父，又因其父不得封侯而心怀不满，结交外人，打算搞垮太子刘迁，以其父代之。刘迁得知，将刘建逮捕拷打。刘建心里越加怨恨。他了解到刘迁曾想谋杀汉中尉的情况之后，于是派其友人严正向汉武帝上书。

刘彻将此事交给廷尉张汤、河南郡处置。这时辟阳侯审食其之孙审卿插了一手。审卿怨恨淮南厉王刘长杀了其祖父审食其，便向其友好丞相公孙弘添油加醋地告发淮南王之事。

刘彻派廷尉张汤临趁前去拜见淮南国中尉的机会，逮捕太子。张汤来到淮南国，刘安得知后和刘迁谋划，打算召国相和二千石大臣前来，杀死他们就发兵。国相来了，内史因外出得以脱身。中尉说："臣在迎接陛下派来的使臣，不能前来见王。"刘安心想只杀死国相一人而内史、中尉不肯前来，没有什么益处，就罢手放走了国相。他再三犹豫，定不下行动的计策。刘迁想到自己所犯的是阴谋刺杀朝廷中尉的罪，而参与密谋的人已死，便以为活口都堵住断绝，就对父王说："群臣中可依靠的先前都拘捕了，现今已没有可以倚重举事的人。您在时机不成熟时发兵，恐怕不会成功，臣甘愿前往廷尉处受捕。"刘安心中也暗想罢手，就答应了刘迁的请求。于是刘迁刎颈自杀，却未能丧命。伍被独自往见执法官吏张汤，告发了自己参与淮南王谋反的事情，将谋反的详情全盘供了出来。

张汤率兵包围了王宫，将宫中参与谋反的刘安的宾客全部搜查抓捕起来，还搜出了谋反的器具，然后书奏呈报皇上。刘彻将此案交给公卿大臣审理，案中牵连出与刘安一同谋反的列侯、二千石、地方豪强有几千人，一律处以死刑。衡山王刘赐是刘安的弟弟，应被判同罪予以收捕，负责办案的官员请求逮捕刘赐。

汉武帝有点犹豫，对办案的官员说："本来朕想去吃淮南豆腐的，看来没有机会了。侯王各以自己的封国为立身之本，不应彼此牵连。你们与诸侯王、列侯一道去跟丞相会集商议吧。"赵王彭祖、列侯曹襄等四十三人商议后，都说："淮南王刘安极其大逆不道，谋反之罪明白无疑，应当诛杀不赦。"胶西王刘端发表意见说："淮南王刘安无视王法肆行邪恶之事，心怀欺诈，扰乱天下，迷惑百姓，背叛祖宗，妄生邪说。《春秋》曾说，'臣子不可率众作乱，率众作乱就应诛杀'。刘安的罪行比率众作乱更严重，其谋反态势已成定局。臣所见他伪造的文书、符节、印墨、舆图以及其他大逆不道的事实都有明摆着的证据，其罪极其大逆不道，理应依法处死。至于淮南国中官秩二百石以上和比二百石少的官吏，宗室的宠幸之臣中未触犯法律的人，他们不能尽责匡正阻止淮南王的谋反，也都应当免官削夺爵位贬为士兵，今后不许再当官为吏。那些并非官吏的其他罪犯，可用二斤八两黄金抵偿死罪。朝廷应公开揭露刘安的罪恶，好让天下人都清楚地懂得为臣之道，不敢再有邪恶的背叛皇上的野心。"丞相公孙弘、廷尉张汤等把大家的议论上奏，汉武帝便派宗正手持符节去审判刘安。宗正还未行至淮南国，刘安已自刎而死。王后荼、太子刘迁和所有共同谋反的人都被满门杀尽。汉武帝因为伍被劝阻淮南王刘安谋反时言词雅正，说了很多称美朝政的话，不想杀他。廷尉张汤说："伍被最先为淮南王策划反叛的计谋，他的罪不可赦免。"于是杀了伍被、陈嘉和刘陵等人，淮南国被废为九江郡。

岸头侯张次公也牵扯了进来，廷尉张汤搜集的罪证是张次公与淮南王女刘陵通奸及收受财物罪。张次公的父亲张隆向皇上求情未果，他找到卫青，卫青也去向皇上求情。刘彻说："张次公罪证确凿，王子犯法与庶民同罪，你让朕怎么办？"

卫青只好退下。

秋后，张次公被斩首，废除侯爵。卫青抱着张次公的尸体号啕大哭，他心里非常自责，当时他也曾劝过他不要跟刘陵来往，可他就是不听。刘陵也多次挑拨他们两人的关系，生死兄弟的感情也差点完蛋。要不是卫青顾全大局，两人差点分道扬镳。

皇上下令厚葬了张次公。

张汤提议要杀雷被和葱青剑，因为他们都曾在淮南王手下干过，说是为了斩草除根。卫青向皇上苦苦求情，说雷被举报淮南王有功，葱青剑抗击匈奴也有功，才逃过一劫，但后来，张汤还是搜集到了雷被和葱青剑的"罪证"，把他们杀了。这件事，让卫青耿耿于怀，雷被和葱青剑的死让他很痛心。

尾声

一年又一年过去了，义姁依然单身。她的心里装着一个人，已容不下别人了，她在等卫青。

元狩四年春，汉武帝以十四万匹战马及五十万步卒作为后勤补给兵团，授予卫青与霍去病各率领五万骑兵、步兵和运输物资的军队十万余，兵分两路，跨漠长征出击匈奴。漠北之战击溃了匈奴在漠南的主力，匈奴逐渐向西北迁徙，十几年内再无南下之力。自卫青首次出征奇袭龙城以来，这是他第七次出征且第七次获胜。收复河朔、河套地区，击破单于，为北部疆域的开拓作出重大贡献。汉武帝为表彰卫青、霍去病的战功，特加封他们为大司马，管理日常的军事行政事务，以代太尉之职 。

义纵在官场上一路坦荡。自他被派驻上党郡任县令，敢作敢为，《汉书》说他"治敢往，少温籍，县无逋事"，意思是说，他敢于施行暴政，从不对任何人容情，使得县境之内没有盗贼容身之地。在考察政绩时，被举为当时第一。随后，他又先后被迁升为长陵令和长安令。长陵与长安多贵族权贵，他们的子弟门客，依仗权势，违禁乱法之事不断。义纵到任后，直法行治，不避贵戚，对违反法令者一律严惩。太后外孙名仲，身为皇亲，有恃无恐，横行京师，没人敢动他。义纵查知后，派人捕获，绳之以法。他的勇敢举动，得到汉武帝赞赏，认为有治民能力，提升他为河内郡都尉。河内郡豪强地主较多，气焰凶炽，义纵到郡，立即把郡内穰氏等豪强举族诛杀。河内郡迅速稳定，道不拾遗。义纵旋被提升为南阳郡太守。

平阳公主改嫁给汝阴侯夏侯颇后，两人感情一直不好。夏侯颇因为和他父亲的御婢通奸，畏罪自杀，封国也被撤销。义姁做梦都没想到的是，卫青很快就娶了平阳公主，他们的婚礼是皇上亲手操办的。皇上娶了卫青的姐姐卫子夫，卫青又娶了皇上的姐姐，这是什么关系啊，让义姁一时半会儿没有搞明白。

卫青和平阳公主成亲这天，义姁躲在屋里痛哭了一场。在爱一个男人的时候，女人可以是傻子，但在恨一个男人的时候，高情商的女人绝对是天才。义姁恨死了卫青，恨不得卫青立即死去，她不想再看他一眼。

卫青成婚后终日郁郁寡欢，好像变了一个人似的，整天就坐在屋里发呆不说话、吃饭和睡觉，要不就是病恹恹地躺着晒太阳。平阳公主以为卫青常年征战拼杀，经常饱一顿饿一顿，身体是不是出了什么问题，她把义姁请到府上来给卫青看病。当然平阳公主对卫青说是请义姁来聊天的，她怕卫青反感别人说他有病。

平阳公主把义姁送到卫青房间，轻轻关上了门，卫青见了义姁，眼睛一亮，“你怎么来了？”

“顺便路过，看看大司马！”义姁说，“大司马怎么整天待在屋里，不出去打猎、散步、遛鸟、听曲？”

卫青苦笑了一下说：“我现在是在等死。我现在没有兴趣生孩子了，也没兴趣看书或者打猎，遛鸟、听曲、喝酒这些事情也最好不要多做，因为自己是大司马大将军，皇上之下就是我了。我已站在山顶了，自己的一举一动都要得体，因为好多人都在看着我，所以这种事偶尔做一做倒是可以，但是绝对不能肆无忌惮地去做。”

“你现在是一人之下万人之上，是天下人羡慕之人，为什么会有这种想法？”

“我天生是打仗的料，漠北一战之后，终于走完了我人生的辉煌，天下已经无大仗可打，我感觉浑身不舒服。我现在是大司马，手上又有兵权，皇上自然对我有所忌惮。漠北决战之后，皇上老了，我也慢慢老了，外甥霍去病也早早地死了，所以大汉王朝唯一的大司马大将军不能太健康。外出打猎能够上马挽弓则是身体强健的表现，为了不让皇上忌惮太深，这种打猎的事情是绝对越少越好。即便是皇上约我一起去打猎，也要表现出一副老态龙钟的样子，不然可能命就没了。”

“打猎不行，可以在家看书啊？”

“不行，天下已经没有多少战事，四海升平。作为大将军，这个时候在家研究兵法韬略那简直就是死罪，所以专心地在家读书也会招来皇上的猜忌。骑马散心不行，专心看书也不好，所以干脆尽量少出门。所以为了满足皇上的小心眼，我的后半生大部分时间可能都是做一件事，这件事就是发呆等死。”

义姁心里五味杂陈，他对卫青说：“长此下去，你会得病了。我给你号一下脉搏，检查一下你的身体。”

“我没有病，生老病死，是每个人一生都要经历的事，我早已看淡。”卫青叹了一口气说，“对了，你的弟弟义纵，他还好吗？”

“他很好，得到了皇上的赏识和重用。”

“是啊，他连皇上姐姐的儿子都敢抓，我佩服他的胆量。”卫青说，“当年汉朝对匈奴展开大规模反击，大军远征多次由定襄郡出塞。而定襄郡吏治败坏，境内秩序混乱，直接影响到反击匈奴的军事行动。为保证对匈奴战争的胜利，皇上特调义纵任定襄郡太守。义纵到郡，以杀立威，先把狱中重罪者二百余人定为死罪，又把私自探狱的囚犯亲属二百余人抓起，最后把这四百余人同日斩杀。全郡人闻讯吓得胆战心惊，不寒而栗，定襄郡很快得到治理。”

“怪不得人们都把我弟弟叫作六亲不认的‘酷吏’。”义姁笑着说。

“有机会劝劝你弟弟，要收敛一点。”卫青忧心忡忡地说，“皇上喜欢用酷吏。酷吏专门和豪强作对，是为了帮他扫清路上的障碍，维护他的统治。酷吏的政绩大都相当突出，酷吏不仅能干，而且大多清廉。因为替主子出头卖命，酷吏的官运一般都相当好，经常越级升迁，深得皇上喜爱。虽然他们在官场常能平步青云，但最终的结局往往很悲惨。皇上经常要把他们抛掉，来假装好人。不信的话，到时你看酷吏张汤、王温舒等人的结局就很悲惨。”

“你原来一直是我心目中的大英雄，没想到你现在变得胆小谨慎，前怕狼后怕虎，我瞧不起你。”义姁伤心地说，“现在北方的匈奴降服了，天下归于太平，大司马大将军卫青却只顾明哲保身地苟且生活，对于皇上穷兵黩武的行为毫不规劝，对于推举贤士的事情也从不参与，甚至对曾经的军中旧部也毫不关心。你变了，变得绝情了，变得颓废了……你还是我心目中的那个卫青吗？”

“说心里话，我一直都很喜欢你，但皇上也喜欢你，我只好退出，怪我自己胆小，皇上喜欢的女人我不敢去竞争。”卫青长叹一口气说，“我不过是皇上手中的一枚棋子，甚至他让我娶平阳公主，我连反对都不敢说，只好顺从……我对不起你，你也不小了，赶快找个人嫁了吧！”

“我心里一直住着一个人，已没有位子了。”

卫青沉默了半天，慢悠悠地说：“人一辈子，忙乎到最后，都会发现，真正的幸福和逍遥，不是拥有富贵权势金钱，而是身体没病、心里没事！”

义姁推开门悄悄走了。

皇上本来要让义姁当太医令丞接管御医坊，她拒绝了。她只想当个御医，负责给后宫里的女人们看病。

一年又一年过去了，义姁的头上已出现了白发。

酷吏张汤终因办案有功被提拔为御史大夫，但他打击富商、铲除豪强得罪了不少人，由于御史中丞李文及丞相长史朱买臣的诬陷，张汤被强令自杀。死后家产不足五百金，皆得自俸禄及皇上赏赐。张汤虽用法严酷，但他为官清廉俭朴，不失为古代廉吏。他的兄弟之子要厚葬张汤，张汤的母亲说：“张汤作为天子的大臣，被恶言污蔑致死，有什么可厚葬的！”遂用牛车装载他的尸体下葬，只有棺木而没有外椁。汉武帝知道后说：“没有这样的母亲，不能生下这样的儿子。”因此将三位长史处以死罪。丞相庄青翟被迫自杀。释放了田信。汉武帝很为张汤之死惋惜，晋升了他的儿子张安世的官职。

第二年，汉武帝又把义纵与另一个酷吏王温舒调回京师。义纵任右内史，王温舒为中尉，督察京畿地区。由于这时社会阶级矛盾激化，盗铸者成分复杂，因此尽管义纵到任后大加捕杀，却不能彻底遏止盗铸之风，盗铸之事仍时有发生。汉武帝由鼎湖至甘泉宫，见沿途驰道久未修整，有所损坏，开始对义纵不满。这年冬季，大臣杨可奉旨主持告缗事务，义纵认为这会扰乱民生民心，未请示汉武帝，便派人把杨可的部下抓起一批。此事传到皇上那里，皇上大怒，命令逮捕义纵，并遣大臣杜式严查，最终定义纵为破坏执行诏令之罪，将其诛杀。

义纵被杀，义姁悲痛欲绝。她认为皇上是故意做给她看的，因为前些日子汉武帝又来缠义姁，想让她成为他的夫人，义姁坚决地拒绝了。

朝廷里有功的大臣，也被杀了不少。权力就像一味药，它可以医治许多“疾患”。但药总是有副作用的，长期服用，就会损坏自己的五脏六腑，最为直接的伤害就是会让自己的七情六欲失控。处于权力的癫狂之中，没有人能阻止，也没有人能规劝。如果不知道自我清毒，最终权力会成为一种慢性毒药，最后无可救药。义姁突然想到这些话，但想不起这是谁说的了。义姁看清了汉武帝的嘴脸，说不定哪天自己也会被莫名其妙地杀了，与其在宫里给宫女们看病，还不如给天下百姓看病。她决定学扁鹊，游历四方，看病救人，为民除疾。

人生，总有不期而遇的温暖和生生不息的希望。只有经历沧桑，才能遇见曙光。

义姁是在一天早上悄悄离开长安城的，她谁也没说。那天飘着雪，很冷，她回头望了长安城一眼，充满依恋，眼里有泪，她心里清楚她再也不会来长安了。长安城里有她太多的回忆和痛苦，过去的都已过去了，她将要开启一种新的生活。她把目光收回，朝北走去，她走得很坚决，毫不犹豫，她想沿着卫青当年抗击匈奴的路线走一遍。

雪地上留下她长长一串足迹。一会儿，这些足迹又被大雪覆盖了，不留一点痕迹，仿佛什么都没有发生一样。

大地瞬间一片雪白。

完

2019年9月12日